Für meine liebsten Leser:
Ruthy Gal, Saul Eitan und Ilan Yehuda Amkraut,
Gila Rose, Samuel Nathan und Lily Esther Sheldon

1

Trish Bartlett warf einen Blick auf die Uhr, als sie in die East Eighty-Third Street einbog. Viertel vor sechs. Gut. Sie war noch nicht zu spät dran, aber andererseits wollte sie auch nicht superpünktlich sein und als erste kommen. Deshalb ging sie lieber einen Schritt langsamer und blieb an Cynthias Ecke vor dem Korea-Shop stehen, um die Blumen zu begutachten. Die Iris waren halb verwelkt, die letzten Rosen der Saison verloren bereits die Blütenblätter. Sie entschied sich für einen Topf mit bernsteinfarbenen Zinnien – für das festliche Abendessen, mit dem sie das erste Treffen des Leseclubs nach der Sommerpause einleiten wollten, eigneten sie sich gut als dekorativer Mittelpunkt. Aber schon beim Bezahlen bedauerte sie ihre Wahl. Wie sie Cynthia kannte, hatte die bestimmt ein teures Blumenarrangement gekauft, farblich perfekt auf Tischdecke und Geschirr abgestimmt. Das war Cynthias Stil – eine mühelose Eleganz, erleichtert durch die großzügige Verwendung einer kleinen Plastikkarte und durch Mae, ihre Haushälterin, die immer zur Stelle war, um die Stiele abzuknipsen und die Vasen auf dem geschmackvoll gedeckten Tisch richtig zu plazieren.

Trish nahm den Topf entgegen und wechselte ihre Aktentasche in die andere Hand. Ganz schön schwer! Sie zog eine Grimasse. In der Tasche befanden sich die Patientenunterlagen, die sie unbedingt noch heute abend auf den aktuellen Stand bringen mußte. Dafür würde ihr nicht viel Zeit bleiben – nach dem Leseclub und nach Jasons flüchtigem Anfall von Leidenschaft (der an Abenden, an denen sie von einer Sitzung oder ähnlichem spät nach Hause kam, unvermeidlich schien – er wollte damit seine Macht über sie demonstrieren und gleichzeitig getröstet werden, weil er abends nicht gern allein war). Und dann mußte sie auch noch Mandy beruhigen, die automatisch aufwachte, wenn ihre Eltern miteinander schliefen. Aber egal – die Unterlagen mußten auf jeden Fall bearbeitet werden. Im Krankenhaus stand ein staatlicher Kontrollbesuch an, und ihre regulären Arbeitsstunden dort waren so vollgepackt, daß ihr schon kaum Zeit blieb für die Notfälle, die es immer gab. Heute nachmittag waren es gleich zwei gewesen – ein dreizehnjähriges Mädchen, bei dem die Selbstverstümmelung solche Ausmaße angenommen hatte, daß man im Grunde von einem Selbstmordversuch sprechen mußte. Und eine magersüchtige Studentin vom Sarah Lawrence College, die im Studentenwohnheim zusammengebrochen war und nicht mehr sprechen konnte, sondern nur noch weinte.

Ich habe einfach den falschen Beruf gewählt, dachte Trish grimmig und wartete darauf, daß die Ampel endlich auf Grün schaltete. »Cynthia hat das besser hingekriegt. Ach – sie kann mir gestohlen bleiben!« Den letzten Satz sagte sie laut und erschrak selbst über den harten Klang ihrer Stimme. Cynthia war doch ihre Freundin! Sogar eine sehr gute Freundin!

»Wer kann dir gestohlen bleiben?«

Jen, die offenbar ein paar Schritte hinter ihr gewesen war, hatte sie eingeholt und grinste sie vergnügt an. Sie schleppte zwar auch eine übergroße Ledertasche mit sich herum, nahm Trish aber trotzdem die Tasche ab, damit sie den Blumentopf besser tragen konnte.

»Man schleicht sich nicht von hinten an seine Freundinnen ran, Jen! Ich habe gerade an eine blöde Praktikantin im Krankenhaus gedacht, die eine Diagnose vermasselt hat«, log Trish. »Na ja – nicht weiter schlimm.«

Sie beugte sich hinunter und küßte ihre Freundin, die fast einen Kopf kleiner war als sie, auf den Scheitel. Wie schön, daß sie noch ein paar Minuten für sich hatten, ehe der allgemeine Trubel losbrach, die Umarmungen, die atemlosen

Begrüßungen. Zum erstenmal nach den langen Sommermonaten trafen sich die Mitglieder des Leseclubs wieder, und jede der Frauen hatte eine Taschenbuchausgabe von *Anna Karenina* dabei, mit Eselsohren und unterstrichenen Sätzen. Von allen Mitgliedern fühlte Trish sich Jen am nächsten. Sie war nie schwierig oder gemein, und bei den Diskussionen reagierte sie immer genauso ruhig und geduldig wie im Umgang mit Ian, ihrem langjährigen Freund.

»Wie war dein Sommer? Du siehst echt toll aus, Jen!«

Es stimmte: Die zarte Jen mit dem charmanten Lächeln wirkte ausgesprochen gut erholt. Von der Sonne war ihr Gesicht leicht gebräunt, was zu den kurzen schwarzen Locken paßte, die sich wie ein Helm an ihren Kopf schmiegten. Das korallenrote Strickkleid umschmeichelte ihre zierliche, aber durchtrainierte Figur.

»Mein Sommer? Ach – gar nicht übel. Ein paar schöne Wochenenden und dann eher langweilige Tage an der Küste von Rhode Island. Ian hatte plötzlich das dringende Bedürfnis, Seestücke zu malen, und jemand hat ihm eine Hütte in der Nähe von Westerly angeboten. Also hat er gemalt, und ich habe *Anna Karenina* gelesen und ständig damit gekämpft, keinen Sand in den Badeanzug zu kriegen. Meinst du, Anna hat sich auch überlegt, wie sie es verhindern kann, daß sie ständig Sand im Schritt hat?«

»Wenn ja, hat sie garantiert nicht darüber gesprochen.« Trish lachte. »Graf Leo hat sich jedenfalls nicht sehr für die Gespräche zwischen Frauen interessiert.«

»Darüber müssen wir heute abend unbedingt reden. Nach dem Cassoulet. Das gibt's nämlich zu essen. Cynthia hat gesagt, sie macht es extra zur Feier unseres ersten Treffens. Ich habe mich heute morgen im Büro mit ihr getroffen, aber da hatte ich irgendwie den Eindruck, daß sie eigentlich gar nicht in Feierlaune ist. Irgendwas bedrückt sie, glaube ich. Vielleicht ist ihre neue Assistentin zu gescheit oder zu hübsch oder beides.«

»Ich habe es noch nie erlebte, daß sich Königin Cynthia durch so etwas aus dem Konzept bringen läßt«, sagte Trish. »Mein professionelles Urteil würde lauten, daß sie eher nicht am Eva-Syndrom leidet. Oder kannst du dir ernsthaft vorstellen, daß sie auf ehrgeizige junge Aufsteigerinnen eifersüchtig ist?«

»Wahrscheinlich hast du recht.«

Mit ernster Miene schaute Jen zu der hohen Ulme hinauf, die vor Cynthias Townhouse Wache hielt. Die schmalen, goldumrandeten Blätter flüsterten leise in der abendlichen Brise. Ein paar waren schon abgefallen und tanzten über den Gehweg, melancholische Vorboten des Herbstes. Obwohl es noch ziemlich warm war, fröstelte Jen.

»Dann machst du also wieder ein Projekt mit Cynthia?« erkundigte sich Trish.

»Bei ihr gibt es ständig ein neues Projekt. Wer rastet, der rostet, lautet die Devise unserer Marketing-Chefin. Diesmal macht sie für Nightingale's noch ganz schnell einen Thanksgiving-Katalog – Topflappen in Truthahnform, kürbisfarbene Satinschürzen –, superschickes Küchenzeug für superschicke Kundinnen, die vermutlich nie eine Küche von innen sehen. Der Abgabetermin ist extrem knapp, und ich muß vermutlich die ganze Nacht durcharbeiten. Aber ich will mich nicht beschweren. Wir können das Geld gut gebrauchen. Ian hat seit ein paar Monaten nichts mehr verkauft, deshalb ist bei uns ziemlich Ebbe in der Kasse. Ich bin froh, daß ich Arbeit habe. Viele freischaffende Graphikerinnen sind wesentlich schlechter dran. Ich kann von Glück reden, daß Cynthia meine Telefonnummer auswendig weiß.«

»Und Cynthia kann von Glück reden, daß sie dich hat«, sagte Trish mit Überzeugung.

Sie kannte die Broschüren und Kataloge, die Jen mit leichter Hand entwarf. Was für eine tolle Begabung! Wie die meisten Wissenschaftler bewunderte Trish künstlerisches Talent, die intuitive Kreativität, die nicht abhängig war von Daten,

Experimenten und Forschungsergebnissen, sondern sich wie durch ein Wunder auf einer Leinwand oder auf Papier verwirklichte.

»Cynthia ist überhaupt eine Frau, die Glück hat im Leben«, sagte Jen ohne jedes Ressentiment. Trish nickte. Wie schaffte Jen es bloß, so unbefangen zu sein? Sie selbst konnte Cynthias Leben immer nur mit einer Spur von Neid betrachten – eine Reaktion, die zwar verständlich, aber nicht besonders nett oder souverän war.

Cynthia hatte wirklich alles – einen Superjob als Marketing-Chefin bei dem vornehmen Kaufhaus Nightingale's. Ein gigantisches Gehalt mit noch gigantischeren Vergünstigungen. Und dann war da Eric, der perfekte Ehemann, der gut aussah und dessen Dokumentarfilme mit einem Preis nach dem anderen ausgezeichnet wurden. Dazu die goldblonden Zwillinge, Liza und Julie, die so alt waren wie Mandy, aber wesentlich selbstbewußter als Trishs schüchterne Tochter (und die bestimmt nie nachts aufwachten, weil sie Angst im Dunkeln hatten). Und außerdem gab es Mae, die Haushälterin. Sie wohnte im Haus und wurde immer von irgendwelchen europäischen Au-pair-Mädchen unterstützt, die ein zauberhaftes Englisch mit britischem Akzent sprachen und sich tadellos um die Kinder und um das Haus kümmerten. Überhaupt, dieses Haus! Unzählige Zimmer, riesige Fenster, schimmernde Parkettfußböden und eine traumhafte Terrasse, die in einen gepflegten Garten überging. Und dann waren da noch all diese Reisen zu den exotischen Orten, an denen Erics Filme uraufgeführt wurden. Oder zu Werbekampagnen für neue Produktlinien von Nightingale's. Ein Leben wie im Märchen, mit einer märchenhaften Heldin – Cynthia war nämlich nicht nur ein Glückskind, sondern auch noch liebenswert und großzügig.

Trish wunderte sich immer wieder über sich selbst. Weshalb war sie so neidisch auf Cynthia? Sie hatte doch gar keinen Grund dazu! Sie lebte genau das Leben, das sie sich am

Anfang des Studiums immer ausgemalt hatte. Damals war es ihr total unmöglich vorgekommen, daß sie das Medizinstudium tatsächlich abschließen würde. Und auch noch heiraten! In den neunziger Jahren war es für Frauen noch ein steiler, steiniger Weg zum Berufsziel Ärztin gewesen. Und bei Studentinnen wie Trish, die auf ein Stipendium angewiesen waren, kamen noch andere Schwierigkeiten hinzu, was den Anstieg um einiges steiler machte. Immer wieder staunte sie, daß sie ihren Traum verwirklicht hatte und gleichzeitig einen Ehering am Finger trug. Und daß auf ihrem Schreibtisch – diskret, aber trotzdem nicht zu übersehen – ein lächelndes Kindergartenfoto von Mandy stand. Jason, ihr Mann, hatte zwar keinen so spektakulären Job wie Eric, aber er leitete mit großem Erfolg seine eigene Venture-Kapitalgruppe, sein Name wurde gelegentlich im *Wall Street Journal* erwähnt, und erst vor kurzem hatte er Trish gedrängt, nach einer größeren Eigentumswohnung Ausschau zu halten und sich zu überlegen, ob sie sich nicht in den Berkshires ein Sommerhaus kaufen sollten. Es geht bergauf, versicherte er ihr nach jedem finanziellen Triumph, und seine Wangen glühten, als wäre er tatsächlich ein Bergsteiger, der sich unaufhaltsam einem als unbezwingbar geltenden Gipfel näherte. Trish nahm ihn dann immer zärtlich in die Arme, lächelte und bemühte sich, seinen Enthusiasmus mitzuempfinden. Er ist phantastisch, sagte sie zu sich selbst. Ich habe einen phantastischen Ehemann.

Und Mandy war ein kluges, süßes Schmusekind. (Cynthias Zwillinge wirkten ein bißchen kühl und distanziert, dachte Trish insgeheim – oder wie ihre Kollegen in der Kinderpsychologie es ausdrücken würden: Sie waren emotional gebremst.) Trish wußte, daß die jüngeren Mitarbeiterinnen in ihrem Team sie bewunderten. Eine der Assistenzärztinnen hatte sich sogar eine ähnliche Frisur zugelegt wie Trish, einen fransigen Stufenschnitt. Einmal hatte sie gehört, wie die jungen Frauen sich leise über sie unterhielten. Vor allem ihre Fähigkeit, Familie und Beruf zu vereinbaren, fanden sie nachahmenswert. »Sie hat echt ein tolles Leben«, hatte eine der Praktikantinnen gesagt. »Das mit dem Kind hat sie unheimlich clever gemacht, sie hat gewartet, bis sie mit dem Assistenzarzt fertig war und eine feste Anstellung hatte.« Ich habe ein tolles Leben, sagte sie sich selbst. Es war wie ein Mantra, und wenn sie es nur oft genug wiederholte, würde sie es schließlich sogar glauben.

Warum verglich sie sich dann immer mit Cynthia? Und wieso hatte sie morgens Mühe, sich aus dem Kokon der Trauer zu befreien, der sie nachts umschloß? Sie zuckte die Achseln. Wahrscheinlich kam das einfach von der Erschöpfung. Zu viele Verpflichtungen. Zu viele Termine. Sie sollte sich wirklich eine Unterstützung für den Haushalt suchen. Sie konnten es sich doch inzwischen leisten! Ja, gleich heute abend wollte sie Cynthia nach dem Namen der Agentur fragen, über die sie all die attraktiven, tüchtigen Au-pair-Mädchen bekam.

Ihre Stimmung besserte sich schlagartig, als wäre der Gedanke schon die Umsetzung in die Tat, und sie lächelte Jen zu, während sie die breite Steintreppe zu der imposanten Eichentür hinaufgingen. Jen klopfte mit dem schweren Messingtürklopfer. Die Fenster standen offen, man hörte die Klänge einer vereinfachten Version von »Für Elise«, gespielt auf zwei winzigen Suzuki-Geigen. Die Zwillinge übten, und die Musik wehte durch die milde Abendluft.

Bratenduft, vermischt mit unbekannten Gewürzen, drang zu ihnen heraus, und Trish merkte auf einmal, daß sie ziemlichen Hunger hatte. Hatte sie überhaupt etwas zu Mittag gegessen? Sie konnte sich nur an einen Apfel erinnern – zwischen einem Beratungsgespräch mit besorgten Eltern und einer Besprechung mit einem Gastroenterologen, der Einwände gegen die Diätempfehlungen für eine bulimische Patientin hatte. Sie hatte ihn an Donna weiterverwiesen, die ihr bestimmt irgendwann im Laufe des Abends deswegen

Vorwürfe machen würde – wahrscheinlich zwischen dem Nachtisch und der Diskussion über *Anna Karenina*.

Und schon öffnete ihnen Donna die Tür, begrüßte sie strahlend, umarmte Jen und legte Trish kollegial (und vielleicht auch verzeihend?) den Arm um die Schulter. Wieder einmal schoß Trish der Gedanke durch den Kopf, daß Donna eine völlig andere Persönlichkeit annahm, sobald sie das Krankenhaus verließ. Sie arbeitete als Ernährungsberaterin, und in ihrem Büro mit den grünen Wänden hingen nur graphische Darstellungen der Ernährungspyramide sowie nicht besonders einladende Abbildungen des Verdauungstrakts. Ihre aschblonden Haare frisierte sie bei der Arbeit zu einem Knoten, und sie trug keinerlei Make-up. Durch den weißen Laborkittel, der ihre weichen, attraktiven Rundungen kaschierte, wirkte sie im Krankenhaus noch blasser. Aber hier, bei Cynthia, fielen ihr die Haare offen in silbernen Wellen über die Schultern, der hellblaue Lidschatten paßte genau zu ihrer Augenfarbe, und das dezente Rouge betonte ihre hohen Wangenknochen. Sie trug einen blaßlila Pulli, der ihre Brüste betonte, etwas dunklere Hosen, und flache Schuhe in derselben Farbe umschlossen ihre Füße wie weiche Handschuhe. Sie sah aus wie eine Frau, die sich für einen Mann angezogen hat. Vermutlich traf sie sich nach dem Leseclub noch mit einem der beiden Männer in ihrem Leben, den sie dann per Handy zur Ecke East Eighty-Third Street bestellte – entweder Tim, den Jazzmusiker, oder Ray, den feinsinnigen Neurologen. Beide waren sehr geduldige Liebhaber. Donna teilte die Wochenabende zwischen ihnen auf: Essen mit Ray, ein Konzert mit Tim, und an den Wochenenden wechselten sie sich ab. Ein Arrangement, das die anderen Frauen verwirrte und das sie bewunderten. Sie wollten nicht mit Donna tauschen, versicherten sie sich immer wieder gegenseitig, aber sie konnten es nicht fassen, mit wieviel Geschick Donna Konflikte umging. Klar, sie war jünger und belastbarer als die anderen. Sie und Rina waren die Nesthäkchen in der Gruppe und wanderten noch durch das gefährliche emotionale Terrain, auf dem man sich mit Anfang Dreißig bewegte.

»Ihr kommt zu spät!« schimpfte Donna gutgelaunt. »Die anderen sind alle schon da. Manche haben sich sogar schon das zweite Glas Chablis eingegossen. Und ihr habt das Duo von Liza und Julie verpaßt.«

»Das war bestimmt Absicht!« rief Jens Schwester Elizabeth spöttisch aus dem Wohnzimmer, wo sie neben Rina auf dem Ledersofa saß.

Trish warf Jen einen mitleidigen Blick zu. Elizabeth ließ keine Gelegenheit aus, um eine abfällige Bemerkung oder einen sarkastischen Kommentar von sich zu geben.

Wie verschieden die Schwestern doch waren, dachte Trish – Elizabeth war groß, hatte feines, dünnes Haar und ein angespanntes, schmales Gesicht und war oft schroff, während die zierliche, zarte Jen immer freundlich und manchmal fast unterwürfig wirkte, gern über sich selbst lachte und den anderen viel Wärme und Zuneigung entgegenbrachte. Wenn man sich die beiden anschaute, erhielt die alte Streitfrage »Anerzogen oder angeboren?«, über die ihre Kolleginnen so gern debattierten, eine ganz neue Dimension. Man konnte sich kaum vorstellen, daß die beiden Frauen dieselben Eltern hatten und in derselben Familie aufgewachsen waren. Aber das Leben hatte sie schließlich auch ganz verschieden behandelt. Eigentlich mußte man mit Elizabeth Mitleid haben, ermahnte sich Trish. Sie hatte es nicht leicht, als Mutter eines autistischen Sohnes und als Frau eines unausstehlichen Machos – anders konnte man Bert leider nicht bezeichnen.

Elizabeth war ein wichtiges Mitglied der Gruppe. Sie war intelligent und scharfsinnig. Genau wie den anderen Frauen machte es ihr unglaublichen Spaß, Bücher gründlich zu lesen und zu analysieren. Es war eine gute Idee von Jen gewesen, ihre Schwester zu fragen, ob sie bei ihnen mitmachen wolle, als Carla, ein früheres Mitglied, nach ihrer Scheidung nach Los Angeles zog. Die Zusammensetzung des Leseclubs hatte sich im Laufe der Jahre immer wieder verändert, weil jemand New York verließ, und die Frauen, die nachrückten, wurden sorgfältig überprüft, bevor sie eingeladen wurden. Schließlich waren sie von ihrem Selbstverständnis und ihrem Anspruch her keine durchschnittliche Büchergruppe, fanden alle. Sie trafen sich nicht, um die Zeit totzuschlagen oder um ihren unzufriedenen Ehemännern und quengelnden Kindern zu entkommen und nebenher ein bißchen über den neuesten Bestseller zu diskutieren. Nein, sie trafen sich, weil die Literatur ihre gemeinsame Liebe war. Bücher waren für sie so wichtig wie die Luft zum Atmen. Sie konnten und wollten sich auf das Leben der fiktionalen Charaktere einlassen, sie wollten über den Aufbau der Handlung, über Entscheidungen, die gefällt, über Konflikte, die gelöst wurden, leidenschaftlich streiten. Jede von ihnen trug etwas bei, sowohl aus ihrer persönlichen als auch aus ihrer beruflichen Erfahrung. Und Elizabeth besaß, bei aller Bitterkeit und Strenge, einen sehr klaren Verstand. Ihre eigenen Probleme mochten sie überfordern, aber mit den Schwierigkeiten von Anna Karenina wäre sie spielend fertig geworden. Trish fragte sich plötzlich, wie Elizabeth, die ihr eigenes Leben geopfert hatte, um ihrem behinderten Sohn beizustehen, es wohl einschätzte, daß Anna ihr einziges Kind bewußt im Stich läßt.

Trish lächelte Rina zu. Rina war wie immer blaß und viel zu dünn. In dem weiten Pulli und den ausgebeulten schwarzen Hosen wirkte ihre schmale Gestalt ganz verloren, und die Nägel an ihren ringlosen Fingern waren abgeknabbert. Rina grüßte mit einem müden Winken zurück – als fände sie schon die kleinste Bewegung viel zu anstrengend.

Cynthia selbst leuchtete. Die rotbraunen Haare hatte sie locker zurückgesteckt, und ein Rauchtopas an einer langen Goldkette verlieh dem einfach geschnittenen jadegrünen Seidenkleid eine dezent elegante Note. Ganz entspannt saß sie in einem tiefen Ledersessel. Liza und Julie, beide in Puh-der-Bär-Schlafanzügen und mit einer Minigeige in der Hand, hockten auf ihren Knien, die lächelnden Gesichter der Mutter zugewandt, als würden sie für einen unsichtbaren Maler posieren. Die letzten Strahlen der untergehenden Sonne verliehen Mutter und Töchtern für einen Moment einen goldenen Heiligenschein.

»Hallo, Jen! Hallo, Trish! Was für wunderschöne Blumen! Vielen Dank.« Cynthia lächelte und deutete einladend auf die Weingläser.

Wie auf ein Stichwort erschien Mae und nahm die Zinnien entgegen.

Mae, Cynthias korpulente irische Haushälterin mit den schon etwas verblaßten haselnußfarbenen Augen und den dünnen Haaren, durch die man die rosarote Kopfhaut schimmern sah, trug einen apricotfarbenen Jogginganzug mit dazu passenden Turnschuhen. Ihre gesamte Garderobe bestand aus solchen farblich exakt abgestimmten Outfits.

»Wo kriegt sie nur immer diese Turnschuhe her?« hatte Elizabeth einmal gefragt, als Mae ganz in Olivgrün erschien, und Jen hatte ihrer Schwester geduldig erklärt, die Marketing-Chefin von Nightingale's könne jedes Produkt ohne große Mühe auftreiben.

»Und wenn ein Hersteller es nicht anbietet, wird es speziell für sie gefertigt.«

»Na, da hat Mae ja ganz schön Glück! Das ist bestimmt besser, als ein eigenes Leben zu führen.« Elizabeth hatte entsprechend verdrossen geklungen.

»Herzlichen Dank, Mae«, sagte Jen jetzt freundlich. »Ich hoffe, Sie hatten einen schönen Sommer?«

»Ja, ging so.«

Cynthias Haushälterin, das wußten sie alle, war nicht besonders gut auf die Gruppe zu sprechen, sie konnte mit diesen Diskussionen nichts anfangen und war generell nicht damit einverstanden, daß Cynthia soviel Zeit mit den Frauen verbrachte. Außerdem machten die Treffen ihr jede Menge zusätzliche Arbeit – schließlich war Mae diejenige, die kochte (nach Gourmet-Rezepten, die Cynthia auswählte), den Tisch deckte (nach Cynthias Anweisungen) und alles abräumte, während sie im Salon saßen und über den Spannungsbogen eines Romans und die innere Entwicklung der Figuren debattierten. Aber ihnen war auch klar, daß Cynthia sich durch Maes Haltung nicht weiter irritieren ließ – ihr ging es nur um Effizienz und Zuverlässigkeit. Umgekehrt gab sie Mae ein großzügiges Gehalt und beschaffte ihr durch Sonderbestellung die pastellfarbenen Turnschuhe. Wie viele Frauen, die ihre Privilegien als selbstverständlich hinnehmen, war auch Cynthia bereit, mehr als den gängigen Tarif zu bezahlen, um sicherzustellen, daß ihr Haushalt kompetent geführt wurde und die Wünsche der Familie reibungslos erfüllt wurden.

»Ist das Essen fertig?« fragte sie Mae, die ihr schon den Rücken kehrte, um in die Küche zu gehen.

»Wann Sie's haben wollen«, erwiderte Mae und knallte die Tür hinter sich zu.

»Ingrid!« rief Cynthia und legte jedem ihrer Töchterchen eine perfekt manikürte Hand auf das goldblonde Haar. »Für euch zwei heißt es jetzt: Husch, husch ins Körbchen. Gebt mir einen Gutenachtkuß – und dann ab mit Ingrid.«

Wie zwei gehorsame Engelchen drückten die kleinen Mädchen ihrer Mutter die weichen roten Lippen auf die Wangen, gingen dann aber noch im Kreis herum und gaben jeder der anwesenden Frauen einen Kaugummikuss, um Zeit zu gewinnen. Dazu kicherten sie vergnügt. Die schlanke, flachsblonde Ingrid, ein neues Au-pair-Mädchen in hautengen Paillettenjeans und einem T-Shirt, das den gepiercten Nabel entblößte, wartete geduldig, aber ohne zu lächeln, bis Liza und Julie zu ihr gelaufen kamen, sie an der Hand faßten und mit sich fortzogen wie eine Gefangene.

Cynthia saß reglos da, bis sie hörte, daß sich oben die Tür des Kinderzimmers hinter den Zwillingen schloß. Dann wandte sie sich ihren Freundinnen zu. Ihre Stimme war sehr leise, und die anderen mußten sich vorbeugen, um sie zu verstehen. Trish mußte gleich an Dr. Tremont denken, ihren Lehranalytiker, bei dem das kaum hörbare Sprechen zur Methode gehörte. »Ein Patient, der sich anstrengen muß, um etwas zu verstehen, hört zu«, hatte er zu ihr gesagt. Ob Cynthia diese Technik auch bei den hochkarätigen Meetings im Konferenzraum von Nightingale's anwandte? fragte sich Trish, schob den Gedanken aber gleich wieder beiseite. Cynthias Augen schimmerten verdächtig, ihre Wangen waren gerötet, und obwohl sie so leise sprach, merkte man, wie sehr sie sich quälte.

»Ich möchte euch etwas Wichtiges sagen. Ich lasse mich von Eric scheiden. Er ist heute früh ausgezogen. Morgen kommt er im Laufe des Tages vorbei, während ich bei der Arbeit bin und die Zwillinge in der Schule sind, und holt seine Sachen. Das ist alles ganz plötzlich gekommen. Wir waren beide nicht darauf gefaßt. Aber gestern abend habe ich etwas entdeckt – und jetzt kann ich nicht mehr mit ihm unter einem Dach leben. Ich könnte es nicht ertragen, wenn er hier schlafen würde – keine einzige Nacht mehr. Bitte, stellt mir keine Fragen, weil ich sowieso nichts antworten würde. Aber ich wollte, daß ihr Bescheid wißt, weil wir uns einander doch immer so viel erzählen. Ich weiß, daß ihr zu mir haltet – aber bitte, macht euch keine Sorgen. Mir geht es gut. Ich brauche nichts. Ich habe alles im Griff. Sogar mich selbst. Mehr will ich nicht sagen. Ich möchte nicht darüber sprechen.«

Ein zaghaftes Lächeln spielte um ihre Lippen. Ihre Freundinnen verstummten erschrocken und rührten sich nicht, als könnte die geringste Bewegung alles endgültig aus dem Lot bringen. Mit gesenkten Blicken und betroffenen Gesichtern saßen sie da.

Das Klirren von splitterndem Glas schreckte sie auf, und sie starrten auf die vielen kleinen Scherben, die wie Tränen auf dem Parkettfußboden schimmerten: Rina hatte ihr Weinglas fallen lassen. Als wären sie aus einer Trance erwacht, fingen nun alle gleichzeitig an zu reden, ein aufgeregter, sorgenvoller Chor.

»Cynthia!«

Die Fragen, die sie eigentlich nicht stellen durften, schwirrten durch die Luft.

»Aber das kann doch nicht wahr sein!«

»Ihr müßt das anders regeln. Denk an die Kinder. Für die ist das doch furchtbar.«

»Cynthia! Was heißt das? Du meinst das nicht ernst, oder?«

Krampfhaft suchten sie nach tröstlichen Worten, nach konstruktiven Vorschlägen. Trish fragte leise, ob sie sich nicht überlegen wollten, zu einem Eheberater zu gehen. Jen, die große Vermittlerin, die mit Eric genauso befreundet war wie mit Cynthia, murmelte etwas von der Zeit, die alle Wunden heilt.

Dann verwandelte sich der erste Schreck in Unglauben. Cynthia, die tüchtige, privilegierte Cynthia, deren Leben ein Traum war, Cynthia die man nur bewundern konnte und manchmal leise beneiden mußte! Sie, die immer Glück gehabt hatte, schien plötzlich vom Pech verfolgt.

Schließlich stand Jen auf und nahm Cynthia in die Arme, schmiegte ihr kleines Elfengesicht an ihre Schulter. Zerstreut fuhr Cynthia ihr über die Haare, tröstete die Trösterin. Sie war totenbleich, und trotz ihres raffinierten Make-ups konnte man sehen, daß ihre Augen rot gerändert waren.

»Schluß jetzt!« rief sie, stand auf und klatschte in die Hände. »Das ist ein Leseclub-Treffen, keine Selbsthilfegruppe. Ich finde, wir essen erst mal, und dann diskutieren wir über die wunderbare Anna. Heute abend hat sich bestimmt keine getraut herzukommen, ohne das Buch ausgelesen zu haben. Immerhin hatten wir den ganzen Sommer Zeit.«

Sie klang bestimmend, aber trotzdem fast unbeschwert, hakte sich bei Jen unter und ging mit ihr voraus ins Eßzimmer, wo der gedeckte Tisch mit dem ockerfarbenen Leinentischtuch sie erwartete. Die Gläser blinkten, und neben den Terrakottatellern lag poliertes Silberbesteck. Ordnung und Schönheit – ein Gegengewicht zum emotionalen Chaos?

Ein wunderschöner Asternstrauß in einer erdfarbenen Vase stand mitten auf dem Tisch. Ja, sie hatte recht gehabt, konstatierte Trish und lächelte stumm in sich hinein. Ihre Zinnien waren auf dem Teewagen abgestellt worden und wirkten winzig neben der riesigen Kupferkanne, die Mae bereits mit aromatischem Kaffee gefüllt hatte. Aber Trish beneidete Cynthia nicht mehr, ja, sie schämte sich für ihre Gefühle von vorhin und empfand nur noch Mitleid, während sie ihre Freundin beobachtete, die konzentriert das Cassoulet verteilte, ihr hübsches, schmales Gesicht leicht gerötet, ihre Bewegungen ruhig, ihr Lächeln starr. Hatte Cynthia das Rezept und die Farbgestaltung ausgewählt, bevor oder nachdem sie die Entdeckung gemacht hatte, deretwegen sie Eric unwiderruflich aus ihrem gemeinsamen Haus, aus ihrem gemeinsamen Leben verbannte? Aber gleich wies Trish sich wieder zurecht – solche Gedanken waren nicht nett, sie sollte sich lieber der leckeren Mischung aus Lammfleisch und weißen Bohnen widmen und in das allgemeine Lob einstimmen.

»Schmeckt sagenhaft gut!«

»Und alles sieht so hübsch aus.«

»Sind die Teller neu?«

Während des Essens redeten sie noch nicht über *Anna Karenina*, sondern erzählten sich von ihren Sommerferien. Trish, Jason und Mandy waren eine Woche in den Berkshires gewesen und dann noch eine Woche in den Hamptons. Sie hätten nach einem Sommerhaus Ausschau gehalten, berichtete Trish, aber sie wisse nicht so recht, ob sie lieber ein Haus am Meer oder in den Bergen wollte. Was sie nicht offenbarte, war, daß sie in der Stille der Nacht, während Jason regelmäßig atmend neben ihr lag, oft nicht wußte, ob sie überhaupt *irgend etwas* wollte.

Obwohl Cynthia nicht über ihren Sommer sprach, wußten

alle, daß sie, Eric und die Zwillinge zu einem Filmfestival an die Riviera geflogen waren und anschließend eine Woche auf einer griechischen Insel verbracht hatten, weil dort eine *Cinéma Verité*-Konferenz stattfand. Bilder des glamourösen Paares und der hübschen Zwillingstöchter bei der Ankunft und beim Abflug waren im *New York Magazine* und in der Gesellschaftskolumne der *Times* erschienen. Es schien unpassend, jetzt daran zu denken.

Was kann Eric, dieser gutaussehende Mann, verbrochen haben, um das perfekte Familienglück zu zerstören? Trish wußte, daß dieser Gedanke sie alle beschäftigte. Im Geist gingen sie die verschiedenen Möglichkeiten durch, während sie ihr Lammfleisch kauten, ihren Wein tranken und den Geschichten der anderen zuhörten. Sie bemühten sich, so zu tun, als wäre alles normal und nicht anders als sonst, aber zwischendurch musterten sie Cynthia verstohlen, und es entging ihnen nicht, daß sie wenig aß, dafür aber ihr Weinglas mehr als einmal nachfüllte.

Donna war eine Woche mit Tim beim Jazzfestival in Newport gewesen und danach eine Woche mit Ray in einem Wellness-Hotel in Connecticut. Gut gelaunt sagte sie, im Grunde könne sie keine der beiden Erfahrungen weiterempfehlen.

»Was man über Jazzmusiker so nicht weiß – sie waschen sich sehr selten. Ich meine natürlich nicht Tim, sondern seine Freunde. Ganz schön nervig, wenn man sich sieben Tage lang in einem Raum aufhalten muß, in dem es nach Schweiß mieft und nach extrem schlechtem Gras!«

Alle lächelten verständnisvoll und stellten keine Fragen zu der Woche im Hotel.

Rina war mit Jeremy, ihrem sechsjährigen Sohn, nach London geflogen, um auf den Spuren von Sylvia Plath zu wandeln, die dort die letzten Monate ihres Lebens verbracht hatte. Die Todessehnsucht der tragischen amerikanischen Dichterin und wie sich diese Todessehnsucht auf ihr Werk auswirkte, das war das Thema von Rinas Doktorarbeit, die sie seit Jahren mit sich herumschleppte. Begonnen hatte sie damit während der Schwangerschaft, und wegen Jeremy war sie immer wieder gezwungen gewesen, den Abgabetermin zu verschieben.

»Mein Doktorvater ist supereinfühlsam«, sagte sie zynisch. »Er hat gesagt, eine alleinerziehende Mutter sollte lieber erst gar nicht auf die Idee kommen zu promovieren.«

»Den könntest du wegen Sexismus verklagen«, warf Elizabeth ein.

»Nein, lieber nicht, so kurz vor Schluß«, erwiderte Rina. »Das würde mir gerade noch fehlen, daß mir dann bei meiner Disputation eine allgemeine Feindseligkeit entgegenschlägt. Jeremy ist übrigens das absolute Reisegenie. Ich glaube, das ist genetisch bedingt.« Sie nahm sich noch eine Portion Cassoulet und aß viel zu schnell, als hätte sie Angst, es könnte alles weg sein, bevor sie richtig satt war. Die anderen gingen ganz selbstverständlich davon aus, daß sie später eine Plastikdose mit Resten sowie eine Stange Baguette mitnehmen würde.

Niemand antwortete etwas. Rina reiste bekanntlich gar nicht gern, und keine der Frauen hatte je zu fragen gewagt, wer Jeremys Vater sei, der Mann mit der guten Reise-DNA. Selbst Donna, mit der sie im Studentenwohnheim auf dem Campus ein Zimmer geteilt hatte, mußte gestehen, daß sie zwar einen Verdacht hegte, aber auch nicht wußte, welche Beziehung es gewesen war, die zu Jeremys Geburt geführt hatte. Rina redete nie darüber, und selbst wenn sie je etwas sagen würde, wären es wahrscheinlich nur erfundene Geschichten (was Donna allerdings den anderen gegenüber verschwieg). Daß Rina sich selbst immer wieder neu erfinden mußte, war Donna schon lange klar, und dazu gehörte auch, daß sie die Wahrheit oft umgestaltete, damit sie den eigenwilligen Anforderungen entsprach, die Rina an sich und an ihr Leben stellte. Eines Tages hatte Rina sie angerufen und ihr eröffnet, sie sei schwanger. Ob Donna ihr eine gute Schwangerschaftsernährung empfehlen könne? Später hatte sie dann allerdings noch einmal angerufen und gesagt, die calciumhaltigen Lebensmittel, die Donna vorgeschlagen habe, seien alle viel zu teuer. Donna hatte gemeint, der Vater des Kindes könnte sich doch an den Kosten beteiligen, woraufhin Rina nur sehr kurz angebunden erwidert hatte, sie werde es schon schaffen. Und sie hatte es ja dann auch tatsächlich geschafft. Donna hatte oft beobachtet, wie sie um die Salatbar im Food Emporium herumschlich und einen Plastikbehälter mit rohem Brokkoli und mit Spinat füllte, woran sie kaute, während sie heruntergesetzte angeschlagene Lebensmitteldosen und Brot von gestern in ihren Einkaufswagen lud. Sie packte Probierstückchen von neuen Käsesorten in ihre immer dicker werdende Handtasche und füllte an der Kaffeetheke einen Pappbecher mit Milch, die sie auf dem Weg zur Kasse ohne jede Spur von Verlegenheit trank.

Donna, die sich gern um andere kümmerte, lud ihre Freundin zum Essen ein, gab ihr die Reste mit nach Hause, und nach Jeremys Geburt transportierte sie Gläser mit püriertem Obst und Gemüse quer durch die ganze Stadt.

»Denk dran – er muß gesund ernährt werden«, sagte sie zu Rina, und in ihrem Tonfall vermischte sich professionelle Strenge mit liebevoller Zuneigung.

Rina hatte das Essen und die guten Ratschläge stets widerspruchslos angenommen, denn sie war in diesem Punkt – wie überhaupt in allen Punkten – eine typische Nehmende. Außerdem war sie das Mädchen, das im Gemeinschaftsraum im Wohnheim den Jungen, die auf ihre Freundinnen warteten, verführerisch zulächelte; sie war eine Expertin in Sachen Stipendien, sie machte vor jedem Prüfungsausschuß eine glänzende Figur. Ihre Reise nach London war von einer Stiftung finanziert worden; die Wohnung in Hampstead, in der sie mit Jeremy gewohnt hatte, gehörte dem Freund eines Freundes.

»London klingt toll«, sagte Elizabeth jetzt etwas mürrisch. »Wir waren noch nie in Europa, Bert und ich. Eigentlich wollten wir gleich nach unserer Hochzeit hinfliegen, aber daraus ist dann leider nichts geworden. Und jetzt zahlen wir so viel Geld für Adam, daß wir froh sein können, wenn wir uns eine Reise innerhalb der USA leisten können. Ich habe Sommerkurse gegeben, damit wir ein paar Dollar abzweigen können und nicht bei jeder Rechnung in Schwierigkeiten kommen. Wir waren eine Woche lang in einem Motel, ganz in der Nähe von Adam. Bert findet es nicht gut, wenn wir ihn zu lange allein lassen, und die Ärzte und die Sozialarbeiter denken genauso.«

Adam war neun Jahre alt und autistisch. Auf den Fotos, die Elizabeth gelegentlich herumzeigte, war ein ausgesprochen hübscher Junge mit dunklen Augen zu sehen. Als Kleinkind hatte er den größten Teil der Zeit damit verbracht, sich auf dem Boden zu wälzen und seine holzgeschnitzten Farmtiere immer wieder neu aufzustellen. Ihre Farben waren schon ganz verblaßt, weil er sie dauernd ableckte und an ihnen lutschte. Als er älter wurde, fing er an, sich selbst so aggressiv in die Finger zu beißen, daß sie bluteten. Das Blut und die Tatsache, daß niemand mehr mit ihm zu Hause arbeiten wollte, hatten Bert und Elizabeth schließlich dazu gezwungen, ihn in einer Institution auf dem Land unterzubringen, die sie allerdings kaum bezahlen konnten.

»Und? Denkst du das auch?« fragte Trish leise.

»Ja, klar. Aber wir machen hier keine Therapiesitzung, Trish, und ich bin auch nicht deine Klientin.« Elizabeth' Wangen röteten sich vor Entrüstung. »Eigentlich sind wir hier, um über *Anna Karenina* zu reden.«

»Dann fangen wir doch am besten gleich damit an, einverstanden?« sagte Cynthia. »Nehmt eure Kaffeetassen mit rüber in den Salon.«

Wieder kam wie auf ein Stichwort Mae herein, stellte eine Platte mit winzigkleinen süßen Gebäckstückchen auf den polierten Eichenholztisch vor dem Sofa und begann dann, mit gelangweilter Miene den Tisch abzuräumen.

Vorsichtig trugen die Frauen ihre Tassen hinüber. Nur ja nichts verschütten! Dann kramten sie ihre Bücher hervor und nahmen im Halbkreis Platz. Alle Augen waren auf Trish gerichtet, die heute abend die Diskussion leiten sollte. Ihre Vorgehensweise war immer die gleiche: Ein Mitglied der Gruppe – die Aufgabe wurde vorher zugeteilt – fungierte als eine Art Moderatorin und mußte den Hintergrund des Buches darstellen, es gesellschaftlich und historisch einordnen, wichtige Fakten über den Autor zusammenfassen und Diskussionsthemen vorschlagen. Trish nahm diese Verantwortung immer sehr ernst und suchte jetzt in ihrer Aktentasche nach den Notizen, die sie sich vor ein paar Wochen am Strand von East Hampton gemacht hatte, während Jason untätig neben ihr saß. Sie fand den Ordner, und als sie ihn aufklappte, rieselte weißer Sand auf den Parkettfußboden. Alle lachten, lehnten sich entspannt zurück und fühlten sich einander sehr nahe.

Mit knappen Worten schilderte Trish Tolstois Leben, sprach vom Einfluß der modernen Wissenschaft des neunzehnten Jahrhunderts auf sein Werk, von seiner Abscheu gegen jede Form von Materialismus und über sein kompliziertes Verhältnis zum anderen Geschlecht, auch zu seiner eigenen Frau.

»Das darf man nicht aus den Augen verlieren, wenn man über einen Mann redet, der angeblich die Gefühle von Frauen so gut versteht«, sagte Trish. »Seine arme Ehefrau, die Mutter seiner neun Kinder – wozu vermutlich noch ein paar Fehlgeburten kamen –, hat *Krieg und Frieden* siebenmal abgeschrieben. Von Hand! Sieben Kopien dieses dicken Wälzers hat sie angefertigt, mit Feder und Tinte, während sie den Haushalt führte und den Kindern die Nase putzte.«

»Soll das heißen, wir müssen froh und dankbar sein, daß wir nicht im neunzehnten Jahrhundert leben?« fragte Elizabeth. »Oder bekommt die Ehefrau den roten Stern als Orden für Masochismus?«

»Das soll heißen, daß wir uns fragen müssen, wieviel der große Graf tatsächlich über die Probleme im Leben einer Frau wußte beziehungsweise über das Leben seiner Ehefrau. Wenn er seine eigene Frau nicht verstanden hat, wie konnte er dann Anna Karenina verstehen?« gab Trish zurück und schaute wieder in ihre Notizen.

»Ich möchte euch gern ein Zitat von Tolstoi vorlesen, das ich hochinteressant finde. Er schreibt: ›Geschichte ist eine Aneinanderreihung von Ereignissen, die immer ein Element von Zufall enthält.‹ Ich glaube, daraus kann man ableiten, daß er auch das Leben seiner Figuren so betrachtet – daß ihr individuelles Schicksal sehr stark vom Zufall bestimmt ist. Annas ganze Geschichte beruht letztlich auf einem Zufall. Ihr Bruder trifft zufällig Graf Wronskij auf dem Bahnhof und stellt ihn Anna vor, seiner verheirateten Schwester – verheiratet und gelangweilt. Wronskij und Anna verlieben sich ineinander. Verrückte Begegnungen, leidenschaftliche Nächte. Eine Scheidung ist im zaristischen Rußland keine Bagatelle. Wronskij will sich nicht festlegen. Anna verzweifelt und wirft sich vor den Zug. Was uns wieder zum Konzept des Zufalls zurückbringt. Wenn ihr Bruder Wronskij nie begegnet wäre – ein ungeplantes Zusammentreffen –, dann wäre Anna mit Alexeij verheiratet geblieben und wahrscheinlich im Altenheim gestorben und nicht auf den Gleisen.«

»Das heißt, wir haben keinerlei Kontrolle über unser Leben, wir können keine Veränderungen anstreben, keine geplanten Entscheidungen treffen. Zwölfpunkteprogramme sind passé, jetzt weht der Wind des Zufalls«, warf Rina ein. »Da kannst du deinen Job gleich an den Nagel hängen, Trish.«

»Stimmt, selbst eine Therapie unterliegt dem Prinzip des Zufalls«, gab Trish zu.

Eine ganze Weile lang sprachen sie über diese Thematik.

Jede erzählte von einer zufälligen Begegnung, die ihr Leben verändert hatte. Elizabeth berichtete, sie habe Bert auf einer Party kennengelernt, zu der sie fast nicht gegangen wäre. Donna hatte beschlossen, nach New York zu ziehen, weil ihre Zulassung zu einem Fortbildungsprogramm in Boston an die falsche Adresse geschickt worden war und deshalb eine Woche zu spät kam – sie hatte bereits eine Stelle am Metropolitan Hospital angenommen. Eine Freundin von Rina bekam Mononukleose, und Rina hatte ihre Stelle als Dozentin am Community College bekommen. Ian und Jen hatten sich bei einem Malkurs getroffen. Er hatte ihre Arbeit kritisiert und war dann mit ihr nach Hause und ins Bett gegangen. Überall stellte sich die Frage nach dem »Was wäre, wenn …« – was wäre, wenn Elizabeth nicht zu der Party gegangen wäre, wenn Donnas Zusage für Boston rechtzeitig eingetroffen wäre, wenn Jen diesen Kurs nicht besucht hätte – sie malten sich aus, was passiert wäre, spekulierten und debattierten andere Modelle. Das Gefühl von Nähe wurde noch intensiver, und immer wieder mußten sie lachen. Genau wie Tolstois Anna waren sie offenbar Spielzeuge in der Hand des Zufalls.

Nur Cynthia schwieg. Plötzlich erhob sie sich, zog die Vorhänge zu und drehte das Hochzeitsbild von ihr und Eric, das auf dem Klavier stand, einfach um. Sie hatte am vergangenen Abend eine zufällige Entdeckung gemacht, das wußten alle. Und diese Entdeckung hatte ihr ganzes Leben auf den Kopf gestellt. Wann würde sie ihnen sagen, was passiert war? Jetzt nicht, es war noch zu früh. Aber Cynthia war sowieso diejenige von ihnen, die am wenigsten preisgab und ihre Geheimnisse gut hütete. Doch wenn sie sich öffnete, war sie immer sehr ehrlich. Die Wahrheit, das hatte sie einmal gesagt, sei für sie wie eine Obsession. Sie brachte es fertig, wegen einer winzigen Lüge einen Angestellten zu entlassen. Freundschaften wurden beendet, wenn sie jemanden bei einer Unwahrheit ertappte, und sei sie auch noch so banal. Sie haßte es, wenn jemand andere hinterging. Hatte Eric sie hintergangen?

Die Frage stand unausgesprochen im Raum: *Was wäre*, wenn sie diese Entdeckung nicht gemacht hätte, wenn das mysteriöse Geheimnis nicht ans Tageslicht gekommen wäre? Hätte sie Eric trotzdem weggeschickt und von Scheidung gesprochen – oder hätte sie ihr Leben weitergeführt wie bisher? Die anderen tauschten fragende Blicke, spürten, daß sie alle das gleiche dachten, wechselten schnell das Thema und wandten sich dem nächsten von Trishs Diskussionspunkten zu.

»Hier ist noch ein Zitat – ich bin nicht ganz sicher, auf wen es sich bezieht. Vielleicht auf Lewin«, sagte Trish. »Ich finde, es läßt einen nicht los. ›Wenn es so viele Denkweisen gibt, wie es Köpfe gibt, dann gibt es auch so viele Arten von Liebe, wie es Herzen gibt.‹«

Sie schwiegen alle, ließen die Worte auf sich wirken, horchten auf die Gedanken und Gefühle, die sie bei ihnen auslösten.

»Mutterliebe. Erotische Liebe«, begann Elizabeth. »Bei jeder Mutter sieht die Liebe zu ihrem Kind anders aus, bei jedem Liebespaar läuft die Beziehung anders.« Sie verstummte und goß sich noch eine Tasse Kaffee ein.

Alle bewunderten ihr Durchhaltevermögen und stellten keine Fragen. Was bedeutete Mutterliebe für Elizabeth, die Mutter eines behinderten Kindes, das sie durch seine Krankheit an sich kettete? Daß Adam seine Mutter schon gekratzt und gebissen hatte, bis sie blutete, das wußten sie. Sie hatten die Narben gesehen, sie hatten es von Jen gehört. Konnte Mutterliebe zu weit gehen?

Sie stritten sich, aber sie sprachen über den Roman. Die Liebe zu Wronskij hatte Anna dazu gebracht, ihren achtjährigen Sohn Serjosha im Stich zu lassen, nicht wahr? Hatte hier die erotische Liebe über die Mutterpflichten gesiegt? Die Debatte wurde immer lebhafter und zugleich konzentrierter, die Worte gingen hin und her, alle genossen diesen Austausch, ihre Wangen glühten. Sie waren Anna, sie waren Wronskij, sie waren Kitty und Lewin, und die Verwirrung im

Hause Oblonskij machte sie ganz schwindelig. Die Sommerlektüre wurde ihr Leben.

»Aber wenn Dolly, Annas Schwester, über ihre Ehe spricht, über ihre eigene Situation, sagt sie folgendes.« Aufgeregt blätterte Trish in ihrem Buch, um die Stelle zu finden. »Ach ja, genau, hier ist es. ›Und das schlimmste ist, das mußt du verstehen: Ich kann ihn gar nicht verlassen; die Kinder … ich bin gebunden. Aber weiter mit ihm leben kann ich auch nicht. Ihn nur zu sehen ist eine Qual für mich.‹ Das ist das Dilemma einer Frau – eine schreckliche Alternative.«

Cynthias Löffel fiel klappernd auf die Untertasse. Sie erhob sich abrupt und ging aus dem Zimmer. Trish schlug erschrocken die Hand vor den Mund.

»Ich bin ja so blöd! Ich habe überhaupt nicht nachgedacht – ich war so mit meinen eigenen Gedanken beschäftigt … da hab ich gar nicht mehr dran gedacht. Soll ich nach ihr sehen?«

Die anderen schauten sich an, fassungslos, unentschlossen, aber ehe jemand etwas antworten konnte, war Cynthia schon wieder zurück, frisch zurechtgemacht. Sie brachte einen Korb mit wunderschön verpackten kleinen Schachteln mit.

»Tut mir leid – ich mußte schnell eine Aspirin nehmen, weil ich gespürt habe, daß ich Kopfschmerzen bekomme. Und ich hätte fast vergessen, daß ich euch etwas mitgebracht habe. Ich war in einem winzigen Laden in Florenz, und da mußte ich gleich an euch denken.«

Jetzt war sie wieder ganz die großzügige Freundin, die ihren Wohlstand und ihr Glück gern mit den anderen teilte und alle an ihrem luxuriösen Lebensstil partizipieren ließ. Von jeder ihrer aufregenden Reisen brachte sie kleine, aber teure Souvenirs mit – Kettchen aus Athen, Rosenquarz-Schlüsselanhänger aus der Türkei und Seidentücher aus Paris.

Froh und erleichtert, rissen die anderen die Verpackung auf, öffneten die Schachteln und fanden Lesezeichen aus weichem Leder, jedes in einer anderen Pastellfarbe. Sie bedankten sich überschwenglich und legten die Lesezeichen in ihren Roman.

»Wie wär's mit *Madame Bovary* für nächstes Mal?« fragte Jen.

Alle nickten zustimmend.

»Trish – du bist doch jetzt schon unsere Expertin in Sachen europäische Ehebrecherinnen –, wärst du bereit, noch mal die Leitung zu übernehmen? Dann kommt die nächste dran.« Elizabeth' Stimme klang betont neutral. Ihr fiel oft die Aufgabe zu, die Treffen ein wenig zu strukturieren. Sie war es gewohnt, Entscheidungen zu treffen, ohne Alternativen anzubieten. Die anderen Frauen stellten sich vor, wie sie sich in ihrem Büro mit den Eltern zusammensetzte – sie arbeitete an einer innerstädtischen Schule –, ihnen Ultimaten stellte und keinerlei Ausreden akzeptierte. Und alle fanden ihre Entscheidungen in der Regel sehr klug. Auch jetzt notierten sie zufrieden den geplanten Termin in ihre Taschenkalender. Sie würden sich bei Rina treffen, sie aber vorher noch einmal anrufen, um zu fragen, was sie mitbringen sollten. Rina kochte bestimmt kein Cassoulet. Sie war nur für die alkoholfreien Getränke zuständig, und auch da kaufte sie immer die Hausmarke ihres Supermarkts.

Zum Abschied umarmten alle Cynthia und redeten ihr gut zu.

»Du kannst mich jederzeit anrufen, Cyn.«

»Wenn wir irgend etwas für dich tun können … oder wenn du jemanden zum Reden brauchst …«

»Wir sind immer für dich da.«

Ihre Stimmen waren voller Sorge, voller Anteilnahme.

Cynthia lächelte freundlich, nickte, zuckte die Achseln und ging nicht auf ihre Angebote ein.

»Das war eine schöne Sitzung heute abend. Gute Diskussion, Trish«, sagte sie.

Trish schoß das Blut in die Wangen, aber sie nickte dankbar.

Die schwere Eichentür fiel hinter ihnen ins Schloß. Sie gingen alle gemeinsam bis zur Ecke, wo sie stehenblieben und sich noch einmal zum Haus umdrehten. Weil die Vorhänge zugezogen waren, konnte man nicht sehen, ob in dem Raum, in dem sie gewesen waren, noch Licht brannte. Sie wollten nicht daran denken, daß Cynthia vielleicht dort allein im Dunkeln saß und weinte.

Als ob sie es vereinbart hätten, trennten sie sich nicht, als sie die Third Avenue überquerten. Donna rief keinen ihrer beiden Liebhaber an, und die anderen meldeten sich per Handy zu Hause und erfanden irgendwelche Ausreden, weshalb sie später kommen würden.

»Ich muß noch mal kurz im Krankenhaus vorbeifahren und ein paar Unterlagen abholen«, sagte Trish zu Jason.

»Meiner Freundin geht es nicht gut, deshalb bleibe ich noch ein bißchen bei ihr«, erklärte Rina ihrer Babysitterin.

»Cynthia will mit mir den Katalog für Thanksgiving durchgehen. Keine Ahnung, wie lange das dauert – ich komme halt irgendwann«, teilte Jen dem Anrufbeantworter mit. Sie überlegte gar nicht, wo Ian stecken könnte. Zu ihren Freundinnen hatte sie einmal gesagt, sie stelle keinerlei Besitzansprüche an ihn.

»Trish möchte mit mir über ein neues Medikament reden, das Adam eventuell helfen könnte«, sagte Elizabeth zu Bert. »Nein, ich kann nicht genau sagen, wann wir fertig sind.« Sie drückte auf die Aus-Taste, während er noch protestierte.

Sie grinsten einander schuldbewußt an und eilten dann in einen Coffee-Shop, wo sie um einen frisch abgewischten Tisch saßen und koffeinfreien Kaffee tranken.

»Was hat Eric gemacht? Was kann sie dazu bringen, derart radikal zu reagieren?« Jen sprach aus, was alle dachten. »Also – es kann doch nicht einfach nur eine Affäre sein. Nicht mal mehrere Affären. Dann fände sie es sicher nicht absolut unerträglich, ihn noch eine Nacht länger im Haus zu haben. Sie ist doch nicht Tolstois Dolly – und wir leben nicht im neunzehnten Jahrhundert. Wenn er eine Affäre hätte, dann würden sie sich wütend mit Sachen bewerfen oder zur Eheberatung gehen, wie Trish es vorgeschlagen hat, und anschließend eine systemische Therapie am Ackerman Institute machen. Oder eine zweimonatige Kreuzfahrt.«

»Kindesmißbrauch«, sagte Elizabeth. »Ich kriege das in meinem Büro sehr häufig mit, und das Phänomen beschränkt sich keineswegs auf das untere Ende der sozialen Leiter. Vielleicht hat sie zufällig etwas in seinem E-Mail-Eingang gefunden, irgendeine Pornoseite.«

»Das paßt nicht zu Eric«, protestierte Donna. »Er ist viel zu kontrolliert, er achtet auf sein Image, ist zu selbstbewußt, zu erfolgreich.«

»Es gibt kein klar definiertes Profil für Sexualstraftäter«, widersprach Trish. »Aber ich glaube trotzdem, daß du recht hast, Donna.«

»Außerdem kann er wunderbar mit Kindern umgehen«, sagte Rina. »Ich finde, es sagt ziemlich viel über einen Mann aus, wenn man ihn mit Kindern sieht. Er hat Jeremy mal mitgenommen zum Dreh, als er irgendeinen Dokumentarfilm gemacht hat. Jeremy und sogar noch einen Freund – die beiden mußten irgendein Schulprojekt machen –, und er hat sich rührend um sie gekümmert, sie waren begeistert.«

»Genau – da sieht man's«, sagte Elizabeth, und alle mußten lachen, ob sie wollten oder nicht.

Sie spielten andere Szenarien durch, während ihre Tassen von der Kellnerin, die schon demonstrativ auf die Uhr schaute, wieder aufgefüllt wurden. Drogen. Homosexualität. Rina, für die die finanziellen Verhältnisse der anderen oft Thema war, schlug schließlich vor, er könnte doch auch Geld unterschlagen haben. Wieder mußten alle lachen.

»Wir müssen jetzt für Cynthia da sein«, sagte Jen.

»Als würde sie uns je brauchen«, brummte Elizabeth unwirsch.

»Manche Menschen brauchen andere«, sagte Jen. Sie

wurde feuerrot und fixierte ihre Schwester trotzig, doch Elizabeth wandte sich ab. Die anderen zogen ihre Lippen nach und tranken ihre Tassen aus. Sie hatten sich stillschweigend darauf geeinigt, die schwesterlichen Differenzen, die gelegentlich zwischen Elizabeth und Jen aufflackerten, einfach zu ignorieren. Trish hatte sich einmal mit Donna über die Dynamik zwischen den beiden unterhalten.

»Es ist keine ungewöhnliche Beziehung«, hatte sie gesagt. »Sie sind auf ewig miteinander verflochten. Die gemeinsame Geschichte, die gemeinsame Verantwortung für die Mutter. Sie lieben sich, aber sie können sich nicht besonders gut leiden.«

Sie hatte kurz überlegt, ob sie vielleicht eine psychoanalytische Studie über das Verhältnis von Schwestern machen sollte, war der Idee dann aber nicht weiter nachgegangen. Während sie jetzt Jen und Elizabeth zuhörte, fiel es ihr wieder ein. Vielleicht ließe sich aus dem Ansatz ja doch etwas machen.

Sie warf einen kurzen Blick auf die Rechnung und legte einen Zehndollarschein auf den Tisch. Es war Zeit zu gehen. Genug geredet. Oder vielleicht sogar zu viel?

Sie verabschiedeten sich an der Ecke, und Trish rannte los, weil sie unbedingt den nächsten Bus erwischen wollte. Hektisch kramte sie an der Haltestelle nach ihrer Monatskarte und stellte dabei ihre Aktentasche ab, weil sie ihr plötzlich unglaublich schwer vorkam.

2

Rina Samuelson bereitete das Leseclub-Treffen sehr sorgfältig vor. Was die anderen verblüfft hätte. In ihren Augen war Rina die ewige Studentin, die immer am Existenzminimum entlangschrammte, ihre Umgebung sehr lässig gestaltete und zufrieden war mit ihrem billigen Apartment auf der West Side, dessen Möbel sie mit einem ironischen Grinsen Epochennamen wie »frühe Secondhandstücke« und »späte Scheidung« gab. Das beigefarbene Schlafsofa im Wohnzimmer, das sie als Bett benutzte, hatte Trish und Jason gehört, ganz am Anfang ihrer Ehe. Rina hatte die abgewetzte Polsterung mit buntgemusterten indischen Kissen aufgepeppt. Eine Batikdecke lag über dem Korbsessel, den sie in der West End Avenue am Straßenrand aufgelesen hatte. Der verblaßte blaue Webteppich war schon in der Wohnung gewesen, als sie einzog. Er hatte hochinteressante geometrische Flecken, und außerdem gab es einen großen rostfarbenen Klecks, der nach getrocknetem Blut aussah. Die vorherigen Mieter hatten sich scheiden lassen, kurz nachdem sie aufgehört hatten, die Miete zu zahlen, und Rina stellte sich vor, daß ihre Auseinandersetzungen damals immer heftiger wurden, daß Teller mit Essen und halbvolle Kaffeetassen durch die Gegend flogen und auf dem Teppich landeten, den sie vermutlich von ihrer Hochzeitsreise nach Griechenland mitgebracht hatten. Hatte Ted Hughes nicht auch einmal eine Schüssel mit Spaghetti nach Sylvia Plath geworfen? Dieser Geschichte mußte sie unbedingt nachgehen – vielleicht konnte sie ja einen Bezug zu einem der Gedichte in *Ariel* finden.

Der niedrige Couchtisch stammte noch aus dem Zimmer, das sie und Donna in den ersten Semestern geteilt hatten.

»Du brauchst ihn nicht, und ich kann mir keinen neuen kaufen«, hatte sie zu Donna gesagt, die zwar ebenfalls einen Tisch brauchte und sich keinen neuen leisten konnte – aber protestiert hatte sie trotzdem nicht. Rina schaffte es immer, ihre Situation als bemitleidenswerter darzustellen.

Für das Leseclub-Treffen räumte Rina den Berg von Literaturzeitschriften weg, der die eine Hälfte des Tischs dominierte. Sie schleppte alle in Jeremys Zimmer und verstaute sie unter dem Jugendbett, das sie von Cynthia bekommen hatte, als diese das Zimmer der Zwillinge renovierte. Sie packte auch die Zeitungen der letzten Woche zusammen, die sich in der Mitte des Tisches stapelten, brachte sie zum Papiermüll und fischte ganz nebenbei zwei alte *New Yorker*-Ausgaben aus der Gemeinschaftstonne. Kurz überlegte sie, ob sie auch die relativ neue Ausgabe von *Vanity Fair* mitnehmen sollte, aber der Fettfleck auf dem Cover schreckte sie ab. Mit einem Schulterzucken ging sie zurück in die Wohnung, räumte Jeremys Lego-Konstruktion vom Fußboden weg und saugte Staub. Dann rief sie Ellen an, die Mutter von Jeremys bestem Freund. Sie wollte sich rückversichern, daß mit der Übernachtung alles glattlief.

»Vielen Dank, daß er bei euch sein darf«, sagte sie. »Er kann die Leseclub-Treffen nicht ausstehen.«

Das stimmte nicht ganz. Jeremy fand es toll, wenn sich die Frauen im Wohnzimmer versammelten, er genoß es, daß sie sich um ihn bemühten und ihm kleine Geschenke mitbrachten. Aber Rina fühlte sich eingeschränkt, weil sie immer daran denken mußte, wie er wach im Bett lag und zuhörte, was sie redeten, und dann kam er ab und zu ins Zimmer gewandert, wollte etwas zu trinken oder klagte über Bauchschmerzen. Anders als Cynthia hatte sie nicht den Luxus eines großen Hauses, in dem das Kinderzimmer weit entfernt war vom Wohnzimmer, und sie hatte auch kein Au-pair-Mädchen, das nie lächelte, aber trotzdem sehr kompetent war und die spätabendlichen Kinderwünsche abfing. Cynthia hat es gut, dachte sie, korrigierte sich aber schnell: Nein, Cynthia hat es gar nicht mehr so gut. Außerdem war es lehrreich für Jeremy, wenn er sich dem Rhythmus einer anderen Familie anpassen mußte, und sie brauchte sein Zimmer als Mantelablage und für die Aktentaschen, die alle auf dem schmalen Bett landeten.

»Wir würden uns freuen, wenn Seth auch mal hier übernachten würde«, sagte sie noch. Ellens ausweichende Reaktion wunderte sie nicht. Ellen war Anwältin und mit einem Investmentbanker verheiratet. Sie hatte ihrer Kanzlei voller Stolz den Rücken zugewandt, um sich ganz der Mutterschaft zu widmen. Daß Rina allein lebte, schien ihr verdächtig. Daß Jeremys Vater nie auftauchte und daß auch nie richtig über ihn gesprochen wurde, paßte genauso wenig in ihr Weltbild wie die etwas unordentliche und möglicherweise hygienisch nicht ganz einwandfreie Wohnung der Samuelsons. Rina hatte beobachtet, wie Ellen einmal, während sie auf Seth wartete, automatisch mit dem Finger über den Küchentisch fuhr – und dann mit ihrem hübschen Stofftaschentuch einen Fettfleck wegwischte. Als Rina ihr sagte, daß der Leseclub sich bei ihr treffe, versicherte Ellen schnell, sie gehöre auch zu einem solchen Club, der sich aber immer nachmittags verabrede. Sie würden gerade Isabel Allende lesen, berichtete sie stolz.

Blöde Kuh, dachte Rina nur, doch sie erwähnte lieber nicht, daß ihre Gruppe Allende vor drei Jahren gelesen und ihre Bücher prätentiös und langweilig gefunden hatte.

»Also – dann noch mal vielen Dank für alles«, sagte sie, nachdem Ellen ihr versichert hatte, die beiden Jungen würden friedlich miteinander spielen und sie habe Jeremy einen Schlafanzug gegeben, weil der, den Rina eingepackt habe, ihm zu klein sei. Rina legte auf, nahm eine gebrauchte Serviette vom Telefontischchen (das sie vor dem Haus gefunden hatte) und stopfte sie in die Tasche.

Sie stellte den Computer aus und legte den Stapel Papier,

den sie gerade ausgedruckt hatte, in einen Ordner und verstaute diesen in einer Schublade. Sie wollte nicht, daß das Anfangskapitel des Romans, den sie vielleicht nie zu Ende schreiben würde, offen herumlag. Nur die unkorrigierten Essays ihres Schreibkurses ließ sie auf dem Tisch liegen. Schon beim Anblick der Papiere wurde sie todmüde. Sie würde sich demnächst dranmachen, ganz bestimmt. Ihr blieb gar nichts anderes übrig. Dieses Jahr ging es darum, ob sie eine Anstellung auf Lebenszeit bekam, und sie wollte nicht, daß sich die Studenten über sie beschwerten und sie dafür Minuspunkte bekam.

In der Küche schaute sie nach ihrer Avocadopflanze, die sich irgendwie weigerte weiterzuwachsen. Wahrscheinlich dachte sie frustriert an die schönen bunten Topfblumen und die großblättrigen Pflanzen, neben denen sie im Wintergarten ihrer Eltern in Florida gestanden hatte. Rina durchsuchte ihre Schränke nach Papptellern, Plastikbechern und Plastikbesteck, das sie dann in ordentlichen Haufen auf dem Couchtisch auslegte. Als sie gerade noch einen Kneteklecks wegkratzte, klingelte es.

Donna und Trish waren die ersten. Lachend und plaudernd, traten sie ein, die braunen Tüten mit den Fettflecken rochen verlockend nach Hummer mit Knoblauch und Rind Sezuan, vermischt mit verschiedenen Gemüsedüften und gebratenem Reis mit Shrimps.

»Ich habe mir die Sachen ins Büro bestellt, und sie sind ausgerechnet in dem Moment geliefert worden, als ich gerade mit einer meiner eßsüchtigen Patientinnen über Ernährungsfragen gesprochen habe. Perfektes Timing!« erzählte Donna grinsend, während sie Rina die Tüten überreichte.

»Na ja, selbst eine Ernährungsberaterin darf hin und wieder etwas essen, was nicht im Ernährungsschema vorkommt«, sagte Trish nachsichtig. »Aber wenn es öfter geschieht, ist es natürlich peinlich.«

»Ich lasse es schon nicht zur Gewohnheit werden«, erwiderte Donna pikiert. »Und du bist nicht mehr im Dienst, liebe Trish – falls du das noch nicht gemerkt haben solltest.«

»Entschuldige. Du hast vollkommen recht. Manchmal habe ich das Gefühl, daß ich immer im Dienst bin.« Ihre Stimme hatte einen traurigen Unterton, und Donna sah ihr die spitze Bemerkung gleich wieder nach.

Rina stellte die weißen Pappschachteln auf den Tisch und öffnete Jen und Cynthia die Tür. Die beiden brachten vornehme Plastikbehälter von Shun Lee East mit – Wan-Tan-Toast mit Schalotten, sauer-scharfe Suppe und knusprige Frühlingsrollen. Die üblichen Begrüßungsküsse wurden ausgetauscht, und alle umarmten Cynthia eine bißchen zu lange, während sie in ihrem perfekt geschminkten Gesicht nach Kummerspuren suchten.

»Geht's dir gut, Cynthia? Ist alles okay?« fragte Trish mutig. Die anderen verteilten das Essen und warteten nebenher ungeduldig auf Cynthias Antwort. Aber Cynthia war wie immer beherrscht und ruhig, ihr Gesicht zeigte nicht die geringste Regung.

»Es geht mir gut. Wirklich«, antwortete sie und bat Rina, die Suppe kurz aufzuwärmen. Sie hatte vorsichtshalber Suppenschälchen aus Plastik mitgebracht, weil sie nicht sicher war, ob Rina so etwas im Haus hatte.

»Deine Sorge war begründet – ich besitze keine Suppenschälchen. An Suppe habe ich gar nicht gedacht.«

Rina bewunderte Cynthia. Wie schaffte sie es, trotz ihrer schwierigen Situation noch an so etwas wie Suppenschalen zu denken? Unter ähnlichen Umständen wäre sie selbst völlig passiv und gelähmt. Sie mußte an den Anfang ihrer Schwangerschaft denken. Drei Wochen lang hatte sie nur auf dem Sofa gelegen, zusammengerollt wie ein Fötus, und war höchstens aufgestanden, um sich Salzstangen zu holen oder Tee zu kochen und ihren Doktorvater und ihre Freundinnen zu belügen, die regelmäßig anriefen.

»Danke, mir geht es bestens«, versicherte sie damals allen. »Ich schaffe das schon. Es ist genau das, was ich will.«

Glaubten die anderen wirklich, daß es genau das war, was sie wollte – das Kind allein bekommen und es allein großziehen? Aber letztlich war es sowieso egal, was sie dachten. Das einzige, was zählte, war, daß dieses Kind geboren wurde, damit sie sich wieder mit der Welt verbunden fühlen konnte und jemanden hatte, der biologisch zu ihr gehörte.

Stundenlang entwickelte sie Pläne, wie sie es packen konnte, das Kind zu bekommen und irgendwie zu überleben. Die finanzielle Seite mußte geregelt werden, sie mußte sich um ein höheres Stipendium bewerben und die Mini-Erbschaft von ihren Eltern klug anlegen, damit sie genug Geld für Essen, Miete und Krankenversicherung zur Verfügung hatte. Oft lag sie nachts wach und rechnete die verschiedenen Posten durch, verschob in Gedanken die Dollarsummen von einer Spalte in die andere und wieder zurück. Früher hatte sie mit der Armut geflirtet, hatte die dramatischen Aspekte für sich ausgenutzt und das Mitleid der anderen gern entgegengenommen. Jetzt war aus der gespielten Armut Realität geworden.

Mit keinem Gedanken dachte sie daran, den Mann, von dem sie schwanger geworden war (sie betrachtete ihn nie als Vater ihres Kindes), um Geld zu bitten. Er sollte aus ihrem Leben genauso schnell wieder verschwinden, wie er hereingekommen war. Sie hatte ihn während einer schwierigen Phase kennengelernt: ein paar Wochen, nachdem ihre Eltern bei einem Autounfall auf einem Highway in Florida ums Leben gekommen waren. Sie waren erst ein halbes Jahr vorher aus New York weggezogen, um im Süden ein neues Leben zu beginnen, ein bescheidenes Rentnerdasein in einer Senioren-Anlage im Garten Eden. Ihre Eigentumswohnung war neu, die Möbel waren neu, Korbsessel, Korbsofa, beigefarbene Sisalteppiche, ein Schlafzimmer aus hellem Holz. Selbst das Geschirr war neu, Keramikteller in Orange und Gelb hatten das angeschlagene Porzellan aus Rinas Kindheit abgelöst.

Als einziges Kind von zwei Einzelkindern mußte Rina in der Wohnung, in der es immer noch nach Farbe roch, allein *Shiva* sitzen. Das gerahmte Foto ihrer College-Abschlußfeier war der einzige Beweis dafür, daß es eine Verbindung zwischen ihr und diesen sonnendurchfluteten Räumen gab, in die ihr die Nachbarn, lauter ältere Leute, etwas zu essen brachten. Aufläufe und fertig gekaufte Kuchen – sie wußten ja auch nicht, was man einer Frau bringen sollte, die ganz allein trauerte. Rina fühlte sich doppelt verlassen. Ihre Eltern waren fort, und die Möbel ihrer Kindheit waren ebenfalls verschwunden. Nichts war geblieben, weder ihre Familie noch ihre Vergangenheit, nichts gab ihr Halt. Donna kam, half ihr, die Wohnung samt allem, was sich darin befand, zu verkaufen. Gemeinsam flogen sie zurück nach New York.

Rina studierte weiter, kam aber nur mühsam voran, weil die Trauer und die Einsamkeit sie einhüllten und von allem abschnitten. Sie war schon immer sehr schlank gewesen, aber jetzt war sie richtig dürr, und die Wangenknochen ragten spitz aus ihrem schmalen Gesicht. Ihre langen dunklen Haare flocht sie zu einem einzigen Zopf. Sie trug immer Schwarz, nur an dem Abend, an dem sie Jeremys Vater kennenlernte, trug sie eine rote Jacke über ihrem üblichen schwarzen Rollkragenpullover. Er war Gastdozent, schon etwas älter, und hielt nur einen einzigen Vortrag an ihrem Institut. Über britische Lyrik. Ein renommierter Akademiker, immer unterwegs, von einer Universität zur nächsten, von einer Konferenz in Oxford zu einer Dozentur in Italien.

Er sprach über den Dichter Wilfred Owen und drehte beim Sprechen an seinem breiten goldenen Ehering, aber seine leuchtendblauen Augen waren die ganze Zeit unverwandt auf Rina gerichtet. Sie wunderte sich nicht, als er sie nach dem Vortrag ansprach und zu einer Tasse Kaffee einlud.

»Sie sehen aus wie ein Bild von Modigliani«, sagte er, während sie das bittere Getränk tranken, das sie beide eigentlich gar nicht trinken wollten. »Aber weshalb sind Sie so traurig? Sind alle Juden immer so traurig?«

Diese Frage ließ sie innerlich zurückzucken, und sie studierte sein blasses, aristokratisches Gesicht, weil sie wissen wollte, ob er die Bemerkung irgendwie gehässig meinte. Aber sie konnte keine Spur von Bosheit entdecken. Sein Mitleid ließ sie dahinschmelzen. Sie sehnte sich nach Trost, nach Wärme, nach Zärtlichkeit, sie sehnte sich danach, zu jemandem zu gehören, und sei es auch noch so kurz. Sie gingen sehr langsam zu ihrer Wohnung, aber dann schliefen sie so schnell miteinander, daß sie sich beide wunderten. Er blieb die ganze Nacht bei ihr, und nachdem er sich am Morgen verabschiedet hatte, merkte sie, daß er sie nicht einmal nach ihrem Namen gefragt hatte. Zwei Monate später wußte sie, daß sie schwanger war. Worüber sie sich maßlos freute. Sie würde ein Kind bekommen, sie würde mit jemandem auf dieser Welt verwandt sein. Das Kind würde nur ihr gehören. Der Vater würde nie etwas von der Geburt erfahren, würde nicht wissen, daß er ein jüdisches Kind hatte, egal ob fröhlich oder traurig. Sie würde unabhängig sein und doch mit jemandem verbunden. *Verbunden*. Was für ein schönes Wort.

»Ich will es«, sagte sie zu Donna, die vorsichtig von anderen Möglichkeiten sprach.

»Ich werde nicht abtreiben – falls du das meinst«, entgegnete sie. »Ich will dieses Kind.«

»Aber wie wirst du euch durchbringen?«

Am College, das heißt während der ersten vier Jahre des Studiums, war Donna ihre Zimmerkollegin gewesen. Donna wußte, daß Rina sich permanent Sorgen ums Geld machte, oft völlig irrational. Sie bekam Schecks von ihren Eltern, löste sie aber nicht ein, sondern hortete sie in einer Schublade und lieh sich von anderen Leuten im Wohnheim kleine Beträge. Donna sagte nichts, als eine Studentin ihre Halskette vermißte und Rina plötzlich ein Schmuckstück trug, das sie vorher noch nie an ihr gesehen hatte. Eine andere Kommilitonin berichtete aufgeregt, aus ihrem Geldbeutel seien zehn Dollar verschwunden. Am selben Abend bestand Rina darauf, fürs Essen zu bezahlen: Die Rechnung belief sich auf knapp zehn Dollar. Donna stellte keine Fragen. Rina war ihre Freundin, ihre Vertraute, und genau wie sie eine unermüdliche Leserin. Diese leidenschaftliche Liebe zur Literatur verband sie sehr eng miteinander. Donna würde nie etwas sagen, was Rina weh tun könnte.

»Ich schaffe das schon«, sagte Rina, und Donna widersprach nicht.

Rina wußte, daß sie es schaffen konnte, daß sie es schaffen würde. Sie ging in Secondhandläden, kaufte in den Bäckereien immer das Brot vom Vortag und schränkte sich auch sonst ein. Sie hatte keine andere Wahl. Und immer wieder kehrte die Melancholie zurück und lastete schwer auf ihr. So schwer wie der Fötus in ihrem Bauch, der ihr den Atem nahm und ihre Schritte verlangsamte. Sie wollte einfach nicht weggehen, diese merkwürdige, anhaltende Traurigkeit, die sie immer genau in dem Moment überfiel, wenn sie dachte, sie hätte sie überwunden. Aus heiterem Himmel brach sie dann in Tränen aus oder reagierte oft aus unerklärlichen Gründen aggressiv. So war es auch gewesen, als sie in London auf den Stufen des Hauses standen, in dem Sylvia Plath, während ihre beiden kleinen Kinder schliefen, den Kopf in den Backofen steckte, weil sie ihre Dämonen nicht besiegen konnte. Jeremy war richtig erschrocken.

»Geht's dir gut?« fragten ihre Freunde und Kollegen, die erschraken, weil sie so bleich war und dunkle Ringe unter den Augen hatte, weil sie so lethargisch wirkte. Sie gaben ihr gute Ratschläge, kleine Geschenke, große Darlehen, unterstützten sie tatkräftig, paßten auf das Kind auf. Donna lud sie zum Essen ein, brachte ihr fertig gekochte Gerichte mit, rief häufig an, spätabends, frühmorgens. Sie schauten gemeinsam fern und trugen dabei die riesigen pinkfarbenen Bunny-Hausschuhe, die sie sich im zweiten Studienjahr gegenseitig geschenkt hatten. Sie spotteten über die Werbung, stellten den Ton ab, spielten ihre eigenen Dialoge und lachten sich dann schief über ihre genialen Einfälle. Sie begaben sich zurück in die Collegewelt, die sie vor einem Jahrzehnt verlassen hatten. Donna lud Rina ein, doch auch in den Leseclub zu kommen, und schon hatte sie eine neue Gruppe von Freundinnen, die sich um sie kümmerten und an einsamen Abenden anriefen, immer mit der unvermeidlichen Einleitungsfrage: »Geht's dir gut?«

Das war eine Frage, die jetzt nur Trish Cynthia zu stellen wagte. Aber Cynthia sah wirklich so aus, als gehe es ihr gut, sie strahlte Selbstbewußtsein aus, wie immer, und schien alles unter Kontrolle zu haben. Sie war nicht blaß, ihre Haut war glatt und rein, und sie hantierte souverän in der Küche herum, suchte einen Topf, der groß genug war für die Suppe, dazu eine Kelle, einen Topflappen. Ihre Hände zitterten nicht, anders als früher – und auch jetzt noch – bei Rina. Aber Cynthia befand sich ja auch in einer völlig anderen Situation: Sie hatte ein Netzwerk, das sie unterstützte, Familie, Freunde, Kollegen, ein schönes Haus und Bedienstete, die dafür sorgten, daß alles funktionierte. Und sie hatte keine Geldsorgen. Sie verdiente gut und legte ihr Geld geschickt an. Das Geld war ein Puffer gegen die Probleme des Lebens, es garantierte ihr Luxus, Komfort und Sicherheit. Egal, was Eric getan hatte (was konnte es nur sein?) – finanziell gesehen, spielte es keine Rolle, daß sie jetzt allein war. Sie würde sich nie gezwungen sehen, in den Supermarkt-Sonderständen nach verbeulten Dosen zu suchen oder »kaum getragene« Kleidung zu kaufen, die nach dem Parfüm anderer Leute roch.

Rina schaute zu, wie Cynthia die Suppe zum Tisch trug und begann, die Plastikschälchen zu füllen. Lag es wirklich am Geld und an der finanziellen Sicherheit, wenn sich jemand so elegant bewegte? Darauf konnte sie leider nicht antworten, weil sie es vermutlich nie selbst erleben würde. Aber es war eine der Fragen, die sich die Freundinnen immer stellten, wenn sie über Cynthias Situation redeten, was in letzter Zeit ja häufig genug vorkam. Bei einem ihrer spätabendlichen Telefongespräche mit Donna hatte Rina dieses Thema ebenfalls angesprochen.

»Wenigstens muß sie sich keine Sorgen ums Geld machen«, hatte sie gesagt.

»Woher weißt du das?«

»Ich habe eine Andeutung in der Richtung gemacht, und sie hat ganz klar geantwortet, daß in dieser Hinsicht alles okay sei. Sogar noch besser als okay.«

Jen und Trish fragten sich, als sie sich auf eine Tasse Kaffee trafen, ob Cynthia nicht schrecklich einsam war. Alle waren besorgt. Und neugierig. Sie stellten sich vor, wie sich Cynthia nachts in dem großen Haus fühlte. Sie überlegten sich, wie sie selbst sich in ihrer Lage fühlen würden. Aber natürlich wußte keine von ihnen, was wirklich los war, und die Gespräche endeten immer ein wenig abrupt. Sie waren sauer auf sich selbst und – ja, sie waren auch sauer auf Cynthia, und sie tat ihnen leid, ach, so leid!

»Sollen wir nicht auf Elizabeth warten?« fragte Rina. »Weiß jemand, ob sie kommt?«

»Ja, sie hat gesagt, daß sie kommt. Sie will auch das Video mitbringen«, erklärte Trish.

»Das Video?« fragte Jen überrascht.

»Ja, das Video. Hat sie dir das gar nicht erzählt? Ich dachte, es wäre doch super, wenn wir uns die alte Verfilmung von *Madame Bovary* ansehen. Es ist ein wunderbarer Film mit Van Heflin, Jennifer Jones und Louis Jordan, und als ich mit Elizabeth darüber gesprochen habe, meinte sie, in ihrer Schule hätten sie den Film. Das ist ein bißchen was anderes als sonst, aber ich finde, wir können es doch mal ausprobieren und uns den Film beim Essen ansehen.«

Trish lächelte. Sie war stolz auf ihre Idee und fand es irgendwie gut, daß die anderen so verdutzt waren. Es war bestimmt sehr entspannend, wenn sie sich den Film anschauten, ohne viel reden zu müssen. Ihr Tag war furchtbar gesprächsintensiv gewesen – die Bekenntnisse ihrer Patienten, die Besprechungen mit ihren Kollegen, ein etwas zu kurz geratenes Gespräch mit Jason, ein zu langes Telefonat mit Mandy über das Motto für ihre Geburtstagsparty, die erst in ein paar Monaten stattfand. Sie sehnte sich nach der solidarischen Stille, die entstand, wenn man gemeinsam einen Film anschaute – und sei es auch nur auf Rinas winzigem Bildschirm – und die Dialoge der Schauspieler begleitet wurden vom Klicken der Stäbchen und von den Kommentaren zu Jennifer Jones' absurder Garderobe.

»Sie hat mir gar nichts davon gesagt«, erwiderte Jen. »Aber wir haben auch nicht besonders oft miteinander gesprochen. Sie hatte eine extrem anstrengende Woche – Adam macht mal wieder eine Krise durch, und Bert ist da nicht unbedingt eine Stütze. Ganz zu schweigen von den üblichen Beschwerden unserer Mutter.«

Die anderen schwiegen. Wie oft hatten sie schon von Adams Krisen gehört – er zog sich dann ganz in sich zurück und reagierte auf die Menschen, die sich um ihn kümmerten und die in seine unerklärliche Gefühlswelt einzudringen versuchten, nur noch mit Aggressionen. Und sie wußten auch, was Jen meinte, wenn sie sagte, Bert sei »nicht unbedingt eine Stütze«. Er war nicht einverstanden damit, wie Elizabeth mit Adams Krankheit umging, er war wütend, weil die Unterbringung in einer privaten Institution einen großen Teil ihres gemeinsamen Einkommens auffraß – er konnte deswegen keine Stelle in der Industrie annehmen, da er dort weniger abgesichert wäre als bei seinem Job als Statistiker in einer staatlichen Behörde. Er suchte im Internet nach Artikeln über Autismus, die er ausdruckte und Elizabeth hinlegte – vor allem, wenn in diesen Artikeln die These vertreten wurde, die Krankheit habe etwas mit mütterlicher Zurückweisung zu tun, mit einer Vergiftung des Fruchtwassers während der Schwangerschaft oder mit einer genetischen Veranlagung, die von der mütterlichen Linie kam. Alle obskuren, unbewiesenen Mutmaßungen über diese Krankheit sorgten unweigerlich dafür, daß sich Elizabeth aufregte. Bert war groß und muskulös, und sogar bei harmlosen Gesprächen ballte er oft die Fäuste. Seine hellen Haare waren schon schütter, und die Freundinnen seiner Frau amüsierten sich insgeheim über die Sommersprossen auf seiner Kopfhaut.

Sie alle wußten im übrigen auch von Jens und Elizabeth' Mutter, einer unzufriedenen alten Frau, die sich immer über die beiden beschwert hatte, als sie noch Kinder waren, und die sich jetzt, im Alter, bei ihnen über alles mögliche beschwerte.

Trish schaute auf die Uhr.

»Sie hat gesagt, sie fährt noch schnell nach Hause, bevor sie hierherkommt, aber sie wollte pünktlich sein.« Sie sprach zögernd, und man hörte die Besorgnis in ihrer Stimme. Bert war ihrer Meinung nach latent gewalttätig, aber diesen Gedanken wollte sie nicht laut aussprechen. Sie hatte sich schon überlegt, ob sie das Thema einmal Jen gegenüber anschneiden sollte. Andererseits war die Beziehung zwischen den Schwestern ohnehin schon ziemlich kompliziert.

»Soll ich sie anrufen?« fragte Jen, aber genau in dem Moment klingelte es, und Elizabeth kam herein. Mit einem kurzen Nicken bat sie um Entschuldigung – es war nicht ihre Art, freundlich zu lächeln.

»Tut mir leid – ich mußte noch etwas mit Bert besprechen. Aber ich habe das Video dabei.«

Sie reichte es Rina, die ihr den Mantel abnahm. Und weil der Ärmel ihrer Bluse hochgerutscht war, sah man, daß Elizabeth einen frischen blauen Fleck auf dem Unterarm hatte.

Elizabeth bemerkte Rinas Blick. »Ich bin gegen einen Aktenschrank gelaufen«, murmelte sie. »Manchmal bin ich so was von ungeschickt!«

Rina schwieg. Was hätte sie auch sagen sollen? Sie merkte, daß Cynthia Elizabeth einen prüfenden Blick zuwarf, sich wegdrehte, dann plötzlich das Gesicht verzog und mit verdächtig feuchten Augen aus dem Zimmer stürzte. War das vielleicht die Erklärung? Hatte Eric sie körperlich mißhandelt? Nur Cynthia – oder auch die Zwillinge? Das könnte des Rätsels Lösung sein, die Antwort auf das »Warum?«, das sie alle nicht losließ. Auf jeden Fall war es eine Erklärung, an die bisher keine von ihnen gedacht hatte. Eric war immer so sanft, im Grunde ein wandelnder Anachronismus in Manhattan – ein extrem erfolgreicher Mann mit freundlichen Umgangsformen und einer leisen Stimme. Sollte sie Trish fragen? Nein, lieber nicht. Trish war immer so blöd analytisch. Rina konnte sich genau vorstellen, wie sie reagieren würde. *Und wie kommst du auf den Gedanken, Rina? Projizierst du eventuell eigene Erfahrungen?* Donna! Genau. Sie mußte es mit Donna besprechen.

Man hörte die Klospülung. Cynthia kam zurück, die Lippen nachgezogen, den knallgelben Seidenschal frisch gebunden. Elizabeth legte das Video ein, und sie begannen zu essen, während Trish die Lampe dimmte. Alle zogen die Schuhe aus, machten es sich auf dem Sofa und auf dem Fußboden bequem, lächelten verlegen und voller Vorfreude. Sie spießten kleine Stückchen Rindfleisch oder Hummer auf, mampften ihre Frühlingsrollen, schlürften ihre Suppe oder ihren Tee. Bequem zurückgelehnt, schauten sie zu, wie Dr. Charles Bovary einen kleinen Bauernhof betritt und mit der wunderschönen Emma das erste, schicksalhafte Frühstück zu sich nimmt. Sie kauten bedächtig, während das Unheil seinen Lauf nahm: Charles heiratet Emma; Emma langweilt sich in ihrer Rolle als Hausfrau und Mutter, fängt unselige Affären an und stürzt sich in Extravaganzen, die ihren armen Ehemann in den Bankrott treiben und Emma in den Selbstmord. Doch nur Donna weinte bei der tragischen Schlußszene. Ihre Tränen verblüfften die anderen und waren ihnen peinlich. Die Darsteller spielten miserabel, die Dialoge waren noch miserabler, und Donna war in der Regel eine kluge Kritikerin.

»Mensch, Donna! Was ist denn mit dir los? Das war doch absolut kitschig«, sagte Jen, und Rina füllte Donnas Teetasse, ohne ihrer Freundin in die Augen zu sehen.

»Also, ich glaube, in diesem Fall können wir mit Fug und Recht behaupten, daß das Buch besser ist als der Film«, bemerkte Elizabeth trocken, als der Nachspann lief.

»Ach, ich weiß nicht – ein paar Stellen waren doch richtig gut.« Cynthia goß sich auch noch eine Tasse Tee ein. »Es wäre natürlich schön, wenn Jennifer Jones spielen könnte, aber ich finde, sie schafft es trotzdem irgendwie, den Charakter von Emma zu erfassen.«

»Beziehungsweise ihren *Mangel* an Charakter«, warf Trish ein. »Ich glaube eigentlich schon, daß Flaubert viel Verständnis für Emma hatte. Ihr wißt es ja sicher auch alle – als man ihn fragte, nach wem er die Figur gestaltet hat, antwortete er ...«

»Madame Bovary, c'est moi«, riefen alle im Chor. Und lachten zufrieden.

»Und dem entspricht ja auch genau, wie James Mason in der Rahmenhandlung Flaubert spielt«, fuhr Trish fort. »Aber sonst war der Film schon ziemlich streng mit Emma und sehr milde gegenüber dem armen Charles Bovary. Ich würde mal vermuten, daß Hollywood damals nicht besonders tolerant gegenüber untreuen Ehefrauen war. Eine glückliche Ehe gehört zum amerikanischen Traum, und damals galt ganz generell, daß die Ehe, *jede* Ehe, um jeden Preis aufrechterhalten werden muß. Also ist Emma zwangsläufig die Böse, weil sie gegen das Ehegelöbnis verstößt.«

»Ach, ich denke, selbst die Studiobosse würden zugeben, daß unter Umständen das Verhalten eines Partners eine Scheidung unumgänglich macht«, sagte Cynthia.

Sie trat ans Fenster und schaute hinunter auf die menschenleere Straße.

Alle Blicke folgten ihr, und stumm wurde ein einziger Gedanke von einer zur anderen telegrafiert: *Welches Verhal-*

ten kann eine Scheidung unumgänglich machen? Was hat Eric getan? Im Coffee-Shop und bei ihren abendlichen Telefongesprächen hatten sie die Idee, daß Eric eine Affäre haben könnte, wieder verworfen. So verrückt konnte er doch nicht sein! Da waren sie sich einig. Cynthia war eine wunderbare Frau, ihr gemeinsames Leben ein Traum. Aber wenn Cynthia jetzt so empfindlich auf Madame Bovarys Untreue reagierte, mußten sie diese Erklärung vielleicht doch wieder in Betracht ziehen, oder? Doch schon warf Cynthia wieder alles um.

»Andererseits liefert natürlich so ein ganz normaler Fall von Untreue den Herren von Hollywood nicht genügend Stoff. So was reicht doch nicht aus, um eine Ehe kaputtzumachen, weder damals noch heute«, sagte sie fast beiläufig. »Da muß schon was ganz anderes passieren.« Sie setzte sich auf das Sofa und schloß kurz die Augen.

Führte Cynthia sie alle an der Nase herum? fragte sich Trish. Spielte sie mit ihnen, streute sie immer wieder kleine Hinweise ein und tilgte sie sofort wieder, ehe sie so richtig zündeten? Wieder erschrak Trish über sich selbst, weil sie so unfreundliche Dinge dachte. Also wechselte sie lieber das Thema.

»Flaubert interessierte sich mehr für die Personen als für die Ehe«, sagte sie. »Er war selbst nie verheiratet, und eigentlich verachtete er alle Leute, die sich zu einer Heirat entschlossen. Er konnte den Mann seiner Schwester nicht ausstehen. Und die Frau seines Bruders auch nicht. Ich glaube, in seinen Augen war die Ehe eine Art Gefängnis, das Ende der Freiheit.«

»Gar nicht so abwegig, dieser Gedanke«, murmelte Donna. »Ich sehe das ganz ähnlich. Wenn ich heiraten würde, hieße das für mich, daß ich meine Freiheit aufgebe. Im Moment bin ich ein freier, selbständiger Mensch. Ich habe meinen Beruf, meine eigene Wohnung. Ich kann mich abends mit Tim zum Essen verabreden, und am Wochenende kann ich mit

Ray wegfahren. Keine Ausreden, keine Entschuldigungen, keine Lügen.«

»Um diese Freiheit hätte dich Emma Bovary garantiert beneidet. Ich kann sie mir gut als eine Frau vorstellen, die mit mehreren Liebhabern jongliert und sich nicht auf einen bestimmten Mann festlegt. Eine Frau, die ihre finanzielle Situation selbst regelt, die ihr eigenes Leben lebt. Aber in dem Roman erlebt sie sich als Gefangene«, sagte Trish.

Donna lief rot an.

»Ich *jongliere* nicht mit mehreren Liebhabern«, entgegnete sie leise. »Es gibt nur eben zwei Männer in meinem Leben.«

»Das ist ja auch dein gutes Recht. Und du hast dabei großes Glück«, versicherte Rina ihr. Bei Gesprächen über dieses Thema war sie immer auf Donnas Seite.

»Als was für eine Art Gefangene erlebt sie sich?« fragte Jen und schaute dabei Trish an, die in ihrem Buch blätterte, um die Passage zu finden, mit der sie ihre These belegen konnte.

»Eine Gefangene der Langeweile. Gefesselt durch ihr eigenes Begehren«, warf Rina ein und grinste, weil ihr die Sätze so mühelos über die Lippen kamen. Die akademische Sprache war bei ihr schon ein Automatismus. Sie zitierte ihre eigene Arbeit, in der sie über Sylvia Plath sagte, sie sei durch ihr eigenes Begehren gefesselt, eine Idee, die sie erst noch belegen mußte. »Aber was der Film besonders hervorhebt – und das ist anders als bei Flaubert –, ist doch folgendes: Es ist ganz schlimm, daß Emma sich langweilt und sich ein anderes Leben wünscht. Klar, sie möchte unbedingt diese ganzen Luxusgüter – elegante Kleider, schicke Hüte, Handtaschen. Aber ist das ein Verbrechen?«

»Schon – wenn einem dafür jedes Mittel recht ist. Wenn man sich Dinge kauft, die man sich nicht leisten kann. Wenn man seinen Mann dadurch in den Bankrott treibt. Und das tut Emma«, sagte Elizabeth. »Ich könnte auch so einige Dinge aufzählen, die ich gern hätte, aber ich weiß, daß ich sie nicht haben kann. Also gebe ich mich ohne sie zufrieden. Wahrscheinlich bis ans Ende meiner Tage.« Sie saß kerzengerade da, die Lippen gespitzt, und strich mit den Fingern über den langsam dunkler werdenden Fleck auf ihrem Arm.

»Aber es gibt Frauen, die sich nicht so einschränken können! Die würden alles tun, um genau das zu bekommen, was sie ihrer Meinung nach brauchen und verdienen«, beharrte Rina. »Ich muß da an eine Frau denken, die ich neulich bei Saks gesehen habe.«

»Du warst bei *Saks*?« fragte Donna spöttisch. »Rina, die Anspruchslose, war bei *Saks Fifth Avenue*?«

Rina lachte.

»Bekanntlich dürfen auch verarmte Akademikerinnen die Tempel des Wohlstands betreten! In der Kinderabteilung war so ein toller eintägiger Ausverkauf, und Jeremy brauchte dringend neue T-Shirts. Also habe ich welche gekauft und bin dann noch eine Weile herumgeschlendert. Und da habe ich eine Frau gesehen, die sich durch einen Tisch mit herabgesetzten Handtaschen wühlte.«

Rina schwieg, und alle beugten sich erwartungsvoll vor. Rinas Anekdoten, ihre Beobachtungen von New Yorker Szenen, waren immer amüsant. Sie hatte einen guten Blick für Details und konnte anschaulich erzählen. Von Donna wußten sie, daß Rina auf dem College Artikel für die Campus-Zeitung geschrieben und oft im Gemeinschaftsraum des Wohnheims die anderen mit ihren Geschichten unterhalten hatte.

»Aber das war die alte Rina«, hatte Donna hinzugefügt, und die anderen hatten sofort verstanden, was sie meinte. Die Rina vor Jeremy, vor den Enttäuschungen. Die Rina, die ihre Dissertation in Rekordzeit abschließen wollte, um dann in einer Wohnung mit riesigen Bücherregalen und dicken Teppichen große Romane zu schreiben und einen Mann zu heiraten, der mindestens so gut aussah wie Sylvia Plath' Ted Hughes. Aber manchmal blitzte noch etwas von dieser alten Rina auf, vor allem, wenn sie eine Geschichte zum besten gab.

»Was für eine Frau? Was hat sie bei Saks gemacht?« fragte Jen neugierig. Sie war froh, daß es zwischendurch mal nicht um Emma Bovary ging. Zwar fand sie Flauberts Titelheldin nicht unsympathisch und hatte durchaus Verständnis für ihre Lügen, aber ihr Schweigen fand sie in keiner Weise mysteriös. Jen wußte, daß man um des lieben Friedens willen die Wahrheit manchmal für sich behalten mußte. Ihr war es seit je wichtig, Konflikte zu vermeiden und Harmonie zu schaffen. Das hatte sie gelernt, als sie in derselben Familie aufwuchs wie Elizabeth. Sie warf ihrer Schwester einen kurzen Blick zu, doch diese konzentrierte sich ganz auf Rina.

»Die Frau war ziemlich attraktiv, mit schulterlangen silbrigen Haaren, und man hat ihr gleich angesehen, daß sie gerade aus dem Beauty-Shop kommt. Ein schmales Gesicht, makellos geschminkt und sehr traurig. Schmale Hände, die Fingernägel frisch von der Maniküre und in einem dezenten Korallenrot lackiert, groß, schlank, ein schickes schwarzes Kostüm, dazu einen roten Seidenschal, rote Schuhe, marokkanisches Leder, würde ich vermuten.« Rina klang, als würde sie sich jede Einzelheit ins Gedächtnis rufen, weil auch Kleinigkeiten von großer Bedeutung waren.

»Schmuck?« wollte Cynthia wissen und fingerte instinktiv an ihrem massiven Armband und an den schweren Goldohrringen herum. Sie liebte Schmuck, und Eric hatte ihr immer zum Geburtstag, zum Hochzeitstag und im Urlaub erlesene Stücke geschenkt. Würde sie diese Geschenke vermissen? fragten sich die anderen. Würde sie die Broschen und Ketten, diese Symbole ihrer Ehe, auch weiterhin tragen?

Wenn du deinen Mann nicht mehr im Haus haben möchtest, nicht eine einzige weitere Nacht, wie kannst du dann seine Geschenke behalten?

Trish berührte unwillkürlich ihr eigenes Armband aus Silber und Türkis – es war ein Geschenk von Jason, zu Mandys Geburt, ein Geschenk, mit dem er ihr danken und sie um Verzeihung bitten wollte. Sie schloß die Augen. Nein, sie durfte jetzt nicht daran denken, warum er sie um Verzeihung bitten mußte, auch nicht an seinen Verrat, nicht an ihre eigene Feigheit.

»Einen Ehering. Mit Diamant. Und der Seidenschal wurde von einer silbernen Nadel in Form eines Pfeils zusammengehalten. Aber jetzt kommt's: Sie hatte keine Handtasche dabei. Also hat sie mit beiden Händen in den Sonderangeboten gewühlt – Abendtaschen, Lederbeutel, Kuriertaschen, alles mögliche –, ihr wißt ja, wie bei diesen großen Schlußverkäufen alles zusammengeworfen wird. Sie sah aus wie Moses, der das Rote Meer teilen will. Irgendwie hat sie mich fasziniert, also habe ich ihr eine ganze Weile zugeschaut, bis sie schließlich einen großen Beutel aus schwarzem Leder hervorzerrte, mit einem Griff aus Schildpatt, und ohne sich umzuschauen, ob jemand sie vielleicht beobachtet –«

»So wie du«, sagte Elizabeth schroff.

Rina beachtete den Einwurf gar nicht, sondern fuhr fort:

»Ohne sich umzusehen, hat sie das Preisschild abgerissen. Und dann hat sie aus ihren Jackentaschen alles mögliche herausgeholt, ihren Geldbeutel, ihren Make-up-Spiegel und zwei Schlüsselbunde. Das hat sie alles in den Beutel gestopft und ist dann total lässig in die nächste Abteilung geschlendert. Aber das allerseltsamste bei der Sache war, daß sie auf einmal gar nicht mehr traurig aussah. Sie hat gelächelt.«

»Und du denkst, das ist wichtig für unser Gespräch über *Madame Bovary*, weil ...?« Elizabeth klang richtig ungeduldig.

»Weil Rina – genau wie ich – findet, daß diese Frau etwas mit Emma Bovary gemeinsam hat. Sie ist süchtig nach schönen Objekten. Wahrscheinlich hat sie gehofft, daß sie die schreckliche Langeweile los wird, wenn sie diese attraktiven Dinge besitzt. Daß dann die Eintönigkeit des Alltags endgültig verschwindet. Ihr erinnert euch doch bestimmt daran, wie Emma immer aus dem Fenster schaut und darauf wartet, daß irgend etwas passiert – aber es passiert nichts. In gewisser

Weise ist sie typisch für alle Frauen, die keine Kontrolle über ihr eigenes Leben haben und deshalb versuchen, irgendwie doch selbst entscheiden zu können, und sei es auf noch so perverse Weise.«

Trish sprach sehr schnell und wunderte sich fast über das, was sie sagte, aber sie verstand plötzlich, warum Rina die Geschichte erzählt hatte. Der kleine Zwischenfall verhalf ihr zu einer Klarheit, die sie beim Lesen nicht gefunden hatte.

Sie redete nicht weiter. Die Sätze kamen zu hastig, ihre Gedanken gingen in verschiedene Richtungen gleichzeitig. Projizierte sie ihre eigene Unzufriedenheit auf Emma Bovary? Es war irrelevant, daß ihr Leben im Manhattan des einundzwanzigsten Jahrhunderts, äußerlich betrachtet, keinerlei Ähnlichkeit hatte mit der drögen Existenz einer Frau im neunzehnten Jahrhundert, die als Gattin eines Landarztes in der Normandie lebte. Beim Lesen war ihr die Langeweile, die Emma in der Provinzstadt Yonville packt, extrem vertraut vorgekommen. Während sie spätabends im Bett noch las und Jason neben ihr leise schnarchte, hatte sie das Buch oft panisch zugeklappt, weil sie spürte, daß sie ihr eigenes Leben, ihre eigenen Verpflichtungen und Termine nicht unter Kontrolle hatte, auch wenn es von außen ganz anders aussehen mochte. Sie war letztlich genauso machtlos wie Emma, ihre Entscheidungen waren definiert durch die Ansprüche ihrer Klienten, durch Jason, durch Mandy. Sie wußte, daß ihre jungen Patientinnen sich genau *dagegen* wehrten, wenn sie aufhörten zu essen und sich den Finger in den Hals steckten, um sich zu übergeben: Sie wollten irgendwie selbst über ihr Leben, über ihren Körper bestimmen. Es war kein Zufall, daß Trish, die von Kindheit an darum gekämpft hatte, ihr Leben selbst in die Hand nehmen zu können, sich auf die Behandlung von Eßstörungen spezialisiert hatte. Ihre emotionalen Bedürfnisse waren ihr beruflicher Kompaß geworden. Auf einmal verstand sie Emma Bovary – und vielleicht sogar sich selbst – auf einer ganz neuen Ebene.

Eine Erkenntnis, die auf der Hand lag, ihr aber bisher entgangen war.

»Du gehst davon aus, daß es pervers ist, wenn man eine Affäre hat«, sagte Jen sanft. »Meine Beziehung mit Ian kann man aber auch als Affäre betrachten, jedenfalls im konventionellen Sinn. Wir sind nicht verheiratet. Wir haben keinen offiziellen Treueid geschworen, aber ich finde das nicht pervers.«

»Nein, nein, so meine ich das nicht«, entgegnete Trish rasch.

»Na ja, es gibt Affären – und es gibt *Affären.*« Cynthia sprach mit monotoner Stimme, und alle verstummten, weil sie die Frage, die ihnen auf der Zunge lag, wieder hinunterschlucken mußten, ihr ständiges, stummes »Warum«? Hat Eric eine Affäre, die den Rahmen des Normalen sprengt? Ein Verhältnis mit einem pubertären Mädchen, mit einer alten Frau oder mit einem der hübschen jungen Männer, die an jedem Filmset herumschwirren? Die Möglichkeiten waren unbegrenzt. Es gab, wie Cynthia sich ausgedrückt hatte, Affären – und *Affären.*

Trish berührte wieder ihr Armband und dachte daran, wie bitterlich Jason geweint hatte, als er es ihr schenkte und ihr gestand, daß er während ihrer Schwangerschaft, während dieser komplizierten Schwangerschaft, eine kurze Beziehung mit einer Kollegin in einer anderen Stadt gehabt hatte. Eine blöde, banale Affäre, hatte er gesagt. Er liebte Trish, nur Trish. Es würde nie wieder vorkommen. Er hatte es ihr versprochen, und sie hatte ihm geglaubt, hatte zugelassen, daß er ihr das Armband anlegte, ihre Hand küßte. Sie hatte ihm verziehen, weil sie nicht anders konnte. Ja, sie wollte ihm keine Vorwürfe machen, sie suchte nach allen möglichen Ausreden, die ihn entlasteten: Sie hatte viel liegen müssen, war sexuell unerreichbar gewesen. Jason, auf Geschäftsreisen, einsam. Sie hatten ein neugeborenes Kind. Es war nicht so schlimm, ein Ausrutscher. Es gab Affären, und es gab *Affären.*

Donna wechselte das Thema.

»Ich finde, wir betrachten Emma immer nur als Ehefrau, als eine frustrierte Dame aus der Mittelschicht. Aber was ist mit Emma, der Mutter? Wenn eine Frau ein Kind bekommt, ändert sich dann nicht alles?«

»Ja, unwiderruflich.« Das kam von Elizabeth, wie aus der Pistole geschossen.

Keine von ihnen zweifelte daran, daß sie Bert längst verlassen hätte, wenn Adam nicht wäre. Die Ehe war noch nie besonders glücklich gewesen. Das hatte Jen schon öfter angedeutet, aber sie war ihrer Schwester gegenüber zu loyal, um mehr auszuplaudern. Die Frauen wußten, daß Elizabeth und Bert sich während der Schwangerschaft getrennt und auch nach der Geburt nicht zusammengewohnt hatten – bis sich herausstellte, daß Adam autistisch war. Es war sein Zustand, seine Bedürfnisse, die sie wieder zusammengeschweißt hatten, und nun waren sie gefangen in einem ehelichen Netz aus Vorwürfen und Beschuldigungen. Eine Scheidung war teuer, und auch die Fürsorge für ein Kind wie Adam war teuer. Sie hatten eine Entscheidung getroffen, und nun saßen beide in sicheren, aber öden Jobs fest, in einer unbefriedigenden Ehe, in einem Leben, in dem es nur Adams Krankheit und ihren eigenen Schmerz gab.

»Emma Bovary denkt nie an ihr Kind – genau wie Anna Karenina. Diese Frauen denken nur an sich, an ihr eigenes Glück«, fügte Elizabeth selbstgerecht, fast überheblich hinzu. Sie war nicht glücklich, würde nie glücklich sein, aber sie erfüllte wenigstens ihre Pflicht. Herausfordernd schaute sie zu ihrer Schwester hinüber, die ihrem Blick auswich. Wie schon als Kind hielt Jen ihre Reaktion zurück und goß sich eine Tasse Tee ein. Sie weigerte sich, in eine Auseinandersetzung hineingezogen zu werden, die mit einer abstrakten Debatte über *Madame Bovary* begann, aber unweigerlich mit Vorwürfen und Anklagen endete.

»Manchmal muß man über sich selbst hinausdenken«,

sagte Cynthia. »Das ist nicht nur verzeihlich, sondern sogar notwendig. Eine Mutter, die sich selbst beschützt, beschützt auch ihre Kinder.«

Sie schwieg, aber die anderen spannen stumm ihren Gedanken weiter, dachten die unausgesprochenen Worte (»Und genau das habe ich gemacht – deswegen habe ich Eric gezwungen auszuziehen«), und wieder setzte sich das Karussell der Spekulationen in Bewegung. In den kommenden Wochen sollten sie noch oft über diese Bemerkung reden, am Telefon oder bei einem kurzen Mittagessen in irgendeinem Restaurant. Der Kaffee wurde jedesmal kalt, wenn sie auf Cynthia zu sprechen kamen, ihre Sätze analysierten, ihr Geheimnis zu entschlüsseln versuchten. Wie hat Eric die Zwillinge bedroht? Hat er sie überhaupt bedroht? Warum betrachtet sich Cynthia als Beschützerin der Kinder?

Das Rätsel ihrer kompromißlosen Entscheidung verfolgte sie alle. Sie stürzten sich auf jeden Hinweis, den Cynthia fallen ließ, als hätten sie endlich den Ariadnefaden gefunden, der sie durch das emotionale Labyrinth zu einem Ausgang führte, wo sich alles aufklärte und sie endlich die Antwort auf ihr ewiges »Warum« fanden.

»Weder Emma Bovary noch Anna Karenina haben daran gedacht, ihre Kinder zu beschützen. Erst auf dem Totenbett fällt Emma wieder ein, daß sie ein Kind hat«, sagte Donna. »Was verständlich ist. Schließlich sind Kinder nicht für jede Frau der Mittelpunkt der Welt. Für Emma war ihre Tochter eindeutig nicht das Zentrum ihres Lebens. Ob man's glaubt oder nicht – es gibt sogar Frauen, die gar keine Kinder wollen.«

»Möchtest du keine Kinder, Donna?« fragte Trish.

Komisch – sie arbeitete so eng mit Donna zusammen, sie fühlte sich ihr so nahe, aber letzten Endes wußte sie nur wenig über sie. Wußte Rina mehr über Donna? Nicht einmal auf diese Frage hatte sie eine Antwort. Donna versteckte vieles unter einer Maske der Gelassenheit und Heiterkeit und ließ sich auch jetzt nur kurz durch Trishs Frage aus dem Konzept bringen.

»Wir reden über Emma Bovary, nicht über Donna Saunders«, erwiderte sie etwas schroff. »Aber da du fragst – ich weiß nicht genau, ob ich Kinder will. Genauso wenig, wie ich weiß, ob ich je heiraten möchte. Vielleicht wäre es für Emma Bovary ja auch besser gewesen, wenn sie nicht geheiratet hätte. Wer weiß – vielleicht wäre sie dann nicht mit dem Geschmack von Arsen auf der Zunge und mit dem Lied des blinden Bettlers im Ohr gestorben.«

Nun drehte sich die Diskussion darum, wie Emmas Leben ausgesehen hätte, wenn sie Charles Bovary nicht geheiratet hätte. Die Frauen entwarfen alle möglichen Varianten, kicherten über ihre literarischen Alternativvorschläge. Emma hätte nach Paris ziehen können, sie wäre eine zweite George Sand geworden, hätte Rodolphe, ihren Geliebten, abserviert, statt darauf zu warten, bis er sie abservierte. Aber sie hätte auch in Yonville bleiben können, ihre Tochter Berthe wäre zu einer wunderschönen jungen Frau herangewachsen, die sich in Rodolphe verliebte und das Leben lebte, das sich ihre Mutter immer erträumt hatte.

Charles Bovary hätte seine chirurgischen Fähigkeiten verfeinern können und wäre Mitglied der Ehrenlegion geworden. Emma hätte in Paris auf den großen Bällen getanzt, vor den königlichen Hoheiten geknickst, ihre Mädchenphantasien aus der Zeit an der Klosterschule verwirklicht.

Cynthia beschrieb Emma als alte Frau: eine vornehme Witwe, die in einem Fünfsternehotel residierte, exquisit gekleidet, mit mehreren Schichten Make-up, die Haare mit Lack zu einem kompakten Helm geformt, einen jungen Mann im Schlepptau, der ihr Tasche und Mantel trug.

»Solche Damen habe ich in den Hotels an der Riviera oft gesehen. Gelangweilte Primadonnen aus einer anderen Ära – jede von ihnen eine Emma Bovary mit Geld«, sagte sie. »Eric hat sogar mal überlegt, ob er nicht einen Dokumentarfilm über sie machen soll.« Sie zuckte zusammen, weil sie den Namen ihres Ehemannes ausgesprochen hatte.

Jen stellte sich vor, daß Emma friedlich mit Charles Bovary zusammenlebte, sich mit ihrer Situation als Ehefrau versöhnte und zufrieden damit war, gelegentlich eine Beziehung mit einem reichen älteren Herrn anzufangen, der dann ihre Ballkleider und ihren Musikunterricht bezahlte.

»Es könnte sogar sein, daß einer von ihnen einen Maler beauftragt, Emma zu portraitieren. Oder sie stellt fest, daß sie Talent hat, und wird selbst Malerin.«

Sie klatschte in die Hände, weil sie von dem Schicksal, das sie für Emma entworfen hatte, so entzückt war. Die anderen waren einverstanden. Keine wollte, daß sich Emma vergiftete – so wenig, wie sie wollten, daß Anna Karenina vom Zug überrollt wurde.

»Warum müssen Frauen eigentlich immer Opfer sein?« fragte Elizabeth verdrossen.

»Wir reden über das neunzehnte Jahrhundert«, entgegnete Rina. »Wie würde denn eine Emma des einundzwanzigsten Jahrhunderts aussehen?«

Sie überlegten – und schon flogen die Theorien hin und her: Emma als Patientin, die Prozac nimmt, Emma als Börsenmaklerin, Emma als feine Fernsehköchin à la Martha Stewart.

Diese Vorstellungen inspirierten sie. Sie ließen sich auf den Schwingen ihrer kreativen Phantasie davontragen, boten den Männern und Frauen von Yonville neue, spannende Lebensmöglichkeiten, stritten sich über die historischen und gesellschaftlichen Details, die in dem Roman beschrieben wurden. Sie tauchten so tief in Flauberts fiktionale Welt ein, daß sie ihr eigenes Leben hinter sich ließen. Sie vergaßen die kleinen Ärgernisse und die verwirrenden, nie endenden Konflikte, mit denen sie sich Tag für Tag herumschlagen mußten. Cynthias Problematik trat eine Weile in den Hintergrund, Trish schüttelte ihre emotionale Lethargie ab, Elizabeth die zermürbende Sorge um Adam. Rinas Telefon klingelte, aber sie nahm nicht ab, sondern ließ den Anrufbeantworter anspringen. Jen kritzelte mit Bleistift etwas auf eine Papierserviette: eine Skizze von einer Frau mit Kind, Emma und Berthe, vielleicht. Donnas Gesicht leuchtete vor Freude, während sie zuhörte, redete und wieder zuhörte.

Für sie alle war die Literatur eine Droge. Jede Verästelung der komplexen Handlung verschaffte ihnen ein neues High, ließ sie über die Wirklichkeit hinauswachsen, eröffnete ihnen magische neue Welten – die verschneiten Straßen von St. Petersburg, die pompöse Oper der Provinzstadt Rouen. Wie oft schon hatten sie sich gegenseitig gestanden, daß die Bücher, die sie lasen, ihnen Fluchtmöglichkeiten boten, Zugang zu literarischen Landschaften, die sie faszinierten und fesselten.

Seit ihrer Kindheit waren Bücher für sie die Heißluftballons, in denen sie der Wirklichkeit entkommen konnten – sie schwebten über den Streitereien ihrer Eltern, über den Demütigungen auf dem Schulhof, über der akademischen Langeweile. Für die Schwestern Elizabeth und Jen, die sich auf vielen Gebieten nicht besonders gut verstanden, gab es nichts Schöneres als das Lesen, sie versteckten ihre Märchenbücher in den entlegensten Winkeln ihres Elternhauses in der Vorstadt, nahmen die Anfangs- und Schlußsätze als Zaubermantras – *Es war einmal … und wenn sie nicht gestorben sind, dann leben sie noch heute*. Rina und Trish hatten beide mit einer Taschenlampe unter der Bettdecke gelesen. Donna war nie ohne ein Buch unter dem Kopfkissen schlafen gegangen und hatte immer Hörbuchkassetten gehört, wenn sie mit ihrer Mutter in der Küche arbeitete. Cynthia hatte auf dem Weg zur Schule gelesen, auf dem Heimweg, war oft gestolpert, hatte sich die Knie aufgeschlagen und hatte beim Weitergehen unbeirrt weitergelesen.

Wenn sie sich gegenseitig solche Geschichten von früher erzählten, mußten sie lachen – weil sie sich selbst in den anderen wiedererkannten. Sie waren miteinander verwandt, sie waren als Leserinnen zur Welt gekommen, und diese Leidenschaft war genetisch bedingt, wie blaue Augen oder eine Veranlagung zum Alkoholismus.

Sie waren kein normaler Leseclub, denn sie waren keine normalen Leserinnen. Jede von ihnen war schon in anderen Bücherzirkeln gewesen, hatte oberflächliche Kommentare gehört, Pseudoanalysen, Statements, die nichts anderes waren als Versatzstücke und intellektuelle Schaumschlägerei. *Ich glaube, eigentlich wollte der Autor sagen … Vielleicht sollten wir die Symbolik ansprechen, die meiner Meinung nach folgendes ausdrückt … Ich hasse den Schluß … Wie wär's, wenn wir nächsten Monat eine Biographie nehmen würden.*

Sie waren anders. Die Literatur war ihre große Liebe, jedes Buch, über das sie redeten, berührte ihr Herz und ihren Verstand, jedes Treffen wurde zu einem Feuerwerk der Ideen. Ihre Freundschaft, die emotionale Nähe zwischen ihnen, beruhte auf dieser gemeinsamen Leidenschaft, die gar nicht ausgesprochen werden mußte, sondern ohne Worte verstanden wurde. Wenn sie über die Bücher diskutierten, öffneten sie sich den anderen, sie enthüllten ihre Träume, ihre tiefsten Ängste, ihre kühnsten Hoffnungen. So wie jetzt bei ihrem Gespräch über das Leben der Emma Bovary, die sie weder bemitleideten noch bewunderten.

Schließlich waren sie alle so erschöpft, daß sie sich zurücklehnten und ihre Bücher auf den Boden gleiten ließen.

»Also gut«, sagte Trish, »und wer ist Madame Bovary nun wirklich?«

»Nous sommes Madame Bovary«, antworteten die anderen im Chor und brachen in schallendes Gelächter aus. Sie fanden ihre Vermessenheit amüsant, aber sie wußten auch, daß ein wahrer Kern darin steckte.

Und dann entdeckte Cynthia die Tüte mit den Glückskeksen und reichte sie herum, während Rina die Tassen wieder füllte und Elizabeth, die jede Form von Unordnung haßte (wie hält sie das aus, fragten sich die anderen oft, wenn Adam bei seinen unmotivierten Wutanfällen das ganze Wohnzimmer auf den Kopf stellt?), die Papierteller und das Plastikbesteck in einen schwarzen Müllsack stopfte.

Es entging ihnen nicht, daß Rina die Reste der chinesischen Gerichte in einen Plastikbehälter gab und dabei rücksichtslos Krabben in Hummersauce mit Rindfleisch Sezuan zusammenschüttete. Später würde sie einfach alles kunterbunt gemischt essen, das wußte Donna. Der Minikühlschrank in ihrem Wohnheimzimmer war vollgestopft gewesen mit Pizzascheiben, die sie vor dem Mülleimer der Nachbarn gerettet hatte, mit schlaffem Grünzeug, gestohlen von der Salattheke in der Cafeteria, und mit halb aufgegessenen Schokoriegeln, die sich mit der Zeit weiß verfärbten. Damals hatte Donna es lustig gefunden, daß Rina alles hortete. Heute machte sie sich deswegen Sorgen.

»Was willst du beweisen, verdammt noch mal?« hatte sie ihre Freundin schon öfter gefragt, aber nie eine Antwort bekommen, nie eine erwartet. Zu ihrer Beziehung gehörte es, daß sie sich gegenseitig uneingeschränkt akzeptierten. Auch jetzt schaute sie weg, als Rina die Sachen in den Kühlschrank packte, und gab die Tüte mit den Glückskeksen weiter.

Eine nach der anderen brachen sie das kleine Halbmondgebäck auf und lasen sich die Sprüche auf den schmalen Zettelchen laut vor.

»›Ein geheimnisvoller Mann wird in Ihr Leben treten‹«, las Donna und verzog das Gesicht. »Das hat mir gerade noch gefehlt – ein Mann, damit mein Leben noch ein bißchen komplizierter wird.«

»Sollen wir tauschen?« fragte Elizabeth. »Obwohl – mein Spruch ist auch nicht übel. ›Ein finanzieller Goldregen erwartet Sie.‹ Ich glaube, ich möchte lieber einen Goldregen als einen geheimnisvollen Mann.«

Jen und Trish bekamen beide dieselbe Warnung: »›Machen Sie keine Pläne vor dem nächsten Vollmond‹«, las Jen vor.

»Die passen aber nicht besonders gut auf in der großen

Glückskekse-Fabrik da oben im Himmel«, beklagte sich Trish. »Was ist, wenn jetzt eine ganze Gruppe denselben Spruch kriegt? Dann glaubt ja keiner mehr irgendwas. Aber andererseits – ich mache garantiert keine Pläne bis zum nächsten Vollmond. Für mich ist das der beste Ratschlag seit Tagen.«

»Ich mache auch keine Pläne«, sagte Jen. »Das überlasse ich lieber Ian.«

»Ganz was Neues«, bemerkte Elizabeth spitz. Jen blickte kurz hoch, sagte aber nichts.

»Mein Spruch paßt«, verkündete Rina. »›Vollende die dir gestellte Aufgabe.‹« Sie schaute hinüber zu ihrem Stapel mit unkorrigierten Arbeiten. »Ich werd's versuchen«, sagte sie zu dem kleinen Zettel und zerriß ihn.

»Cynthia?« fragte Trish.

»Lohnt sich nicht«, erklärte Cynthia und warf den Zettel in den Papierkorb. »Ich muß jetzt sowieso los. Das neue Au-pair-Mädchen und Mae kommen nicht so richtig miteinander aus, und ich habe Mae versprochen, daß ich nicht allzu spät nach Hause komme, weil ich noch mit ihr reden muß.«

»Wer arbeitet hier für wen?« warf Elizabeth trocken ein.

Cynthia antwortete nicht, sondern packte ihr Buch in die weiche Ledertasche und schlang sich ihr Kamelhaarcape, das genau zu ihrem Kleid paßte, um die Schulter. Sie beugte sich vor, um ihre Stiefel zu binden, und ihre rotbraunen Haare schimmerten im Schein der Lampe. Einen Moment lang sah sie aus wie ein Model aus einem ihrer Kataloge, passend zu einem Werbeslogan ihrer Firma: »*Nightingale Woman* – die perfekte Kleidung für ein perfektes Leben«. Sie lächelte den anderen zu, als würde sie für einen unsichtbaren Fotografen posieren.

»Kann mich eine von euch bitte anrufen, wenn ihr entschieden habt, was wir als nächstes lesen?« sagte sie, warf einen Kuß in die Runde und zog die Tür hinter sich zu.

Rina angelte Cynthias verschmähten Spruch aus dem Papierkorb und las ihn vor.

»›Entscheidungen, die man in Eile trifft, bereut man, wenn man Zeit hat.‹«

»Volltreffer«, brummte Elizabeth.

»Jedenfalls hat Cynthia es so empfunden«, sagte Trish. »Sonst hätte sie uns den Spruch ja vorgelesen.«

»Vielleicht denkt sie, es stimmt. Es ist doch total verrückt mit diesen Prophezeiungen. Ich lese zum Beispiel immer mein Horoskop in diesen blöden Zeitschriften, und das Irre ist – später merke ich dann, daß ich es doch irgendwie ernst nehme«, gestand Donna.

»Vielleicht denkt Cynthia, der Spruch trifft auf sie zu. Sie hat sich ganz schön überstürzt entschieden, und womöglich bedauert sie das inzwischen. Das Leben ohne Eric ist bestimmt nicht leicht«, sagte Rina. »Aber wenigstens hat sie keine Geldsorgen. Und wenn ich es schaffe, finanziell irgendwie durchzukommen, schafft sie es erst recht. Aber darum geht es eigentlich nicht. Die zentrale Frage ist doch nach wie vor: Warum? Was hat er verbrochen? Und wieso will sie nicht mit uns darüber reden?«

Jetzt befanden sie sich wieder auf vertrautem Terrain, und sämtliche Spekulationen der vergangenen Wochen wurden noch einmal aufgewärmt und durchgekaut. Jede der Frauen hatte versucht, Cynthia zu erreichen, sich mit ihr zum Essen zu verabreden, hatte vorsichtig Fragen gestellt und emotionale Rettungsanker ausgeworfen.

»Es ist sicher nicht einfach, mit so etwas allein fertig zu werden.«

»Wie geht's den Zwillingen?«

»Wie geht es dir?«

Cynthia hatte immer sehr höflich geantwortet, ohne etwas preiszugeben. Es gehe ihr gut. Ja, einfach sei das alles nicht. Die Zwillinge kämen mit der Situation ganz gut zurecht.

»Was glaubt ihr?« fragten sie sich jetzt wieder einmal gegenseitig, aber letztlich blieb es eine rhetorische Frage. Alle Erklärungsversuche waren aufgebraucht, die Optionen abgegriffen. Also redeten sie lieber über das nächste Buch.

»Donna ist dran«, sagte Trish nach einem Blick in ihr Notizbuch. »Du führst die Diskussion, wir treffen uns bei dir, also mußt du entscheiden.«

»Schluß mit dem neunzehnten Jahrhundert. Schluß mit den europäischen Heldinnen, die Selbstmord begehen!« verkündete Donna gutgelaunt. »Ich habe gerade angefangen, die Briefe von Edith Wharton zu lesen. Ich glaube, da finden wir jede Menge Material. Und wenn wir noch Zeit haben, könnten wir noch einen Roman lesen. Vielleicht *Das Riff*.«

»*Das Riff* oder die Briefe. Oder beides. Auf jeden Fall wird's ein Wharton-Abend.« Wie immer faßte Trish die Grundtendenz zusammen.

Alle waren einverstanden, fast erleichtert. Ein guter Vorschlag. Es würde ein spannendes Treffen werden. Ein Abend, der Spaß machte.

»Ich möchte gern ein paar neue Rezepte ausprobieren«, verkündete Donna. Alle lachten. Donna war eine Superköchin, sie kochte mit professionellem Flair. Bei ihr mußte man nicht auf chinesische Take-aways zurückgreifen. Sie einigten sich auf ein Datum und vermerkten es in ihren Terminkalendern.

»Ich sage Cynthia Bescheid«, sagte Jen. »Wir treffen uns morgen, weil wir über die graphische Gestaltung der neuen Werbekampagne reden müssen.«

»Sehr gut«, sagten die anderen wie aus einem Munde.

Jede von ihnen würde unter irgendeinem Vorwand Jen am nächsten Abend anrufen, um herauszufinden, in welcher Verfassung Cynthia gewesen war und ob sie irgend etwas Neues gesagt hatte, ob Erics Name gefallen war. Sie würden sich alle ein bißchen dafür schämen, daß sie so neugierig waren, und auch jetzt schauten sie sich nicht in die Augen, während sie sich wie immer mit Küßchen voneinander verabschiedeten.

Es war ein für die Jahreszeit ungewöhnlich milder Abend. Deshalb beschloß Trish, zu Fuß nach Hause zu gehen. Die engagierte Diskussion, die Erinnerungen an Jason, die ungerufen aufgetaucht waren, die unvermeidliche Debatte über Cynthia und ihre rätselhafte Entscheidung – irgendwie war das alles sehr anstrengend gewesen, und sie fühlte sich seltsam leer, so ausgelaugt und erschöpft wie nach einer besonders konzentrierten Therapiesitzung. Eine weißhaarige Frau, gebeugt von der Last des Alters, führte einen kleinen Pudel aus, auf den sie pausenlos mit hoher Stimme einredete. Ein Fahrradbote sauste, eine Pizza balancierend, in die andere Richtung. Ein junges Paar, beide in grauen Trainingsanzügen, joggte schweigend an ihr vorbei. An der Ecke blieben die beiden stehen und küßten sich, die Frau legte den Kopf in den Nacken, während der junge Mann ihr zärtlich über die Haare strich. Ein Taxi hielt vor einem Brownstone-Haus, und eine junge Frau, in einem offiziell wirkenden Kostüm und mit einer Aktentasche bewaffnet, trat aus der Tür, winkte zu einem der Fenster hinauf und stieg rasch ein.

Warum laufe ich nicht so schnell wie möglich nach Hause, zu Jason und Mandy? fragte sich Trish. Sie beneidete die Frau im Taxi, die offensichtlich dringend irgendwohin wollte. Sie war auch neidisch auf das Jogger-Paar, weil sich die beiden so hingebungsvoll an der Straßenecke geküßt hatten. Wann hatten sie und Jason sich das letzte Mal liebevoll umarmt? Sie konnte sich nicht erinnern und schüttelte ungeduldig den Kopf.

Die Basis ihrer Beziehung zu Jason war nicht die große Leidenschaft. Sie hatte sich aus Vernunftgründen mit ihm zusammengetan: Freunde von ihr fanden, sie würden gut zusammenpassen, und luden sie deshalb gemeinsam ein. Trish war damals in ihrem ersten Jahr als Assistenzärztin und stolz darauf, daß sie es geschafft hatte, ihr Medizinstudium abzuschließen, obwohl sie in vieler Hinsicht benachteiligt gewesen war. Jahrelang hatte sie sich immer wieder um Stipendien bemühen müssen, hatte ein Formular nach dem anderen ausgefüllt, um irgendwelche Darlehen zu bekommen. Sie hatte öde Teilzeitjobs gemacht, während sie gleichzeitig wie verrückt fürs Studium büffelte. Aber dann war Schluß mit den möblierten Zimmern und den auf einer einzigen Herdplatte gekochten Mahlzeiten – eine Packung Makkaroni mit Käse, die für Mittag- und Abendessen reichen mußte. Endlich war sie Ärztin. Sie hatte eine Einzimmerwohnung. Daß sie allein war, betrachtete sie als ein weiteres kleines Hindernis, das auch noch aus dem Weg geräumt werden mußte. Sie war auf dem richtigen Weg.

Jason war gerade zum Juniorpartner einer Venture-Kapitalfirma befördert worden, hatte sich sein erstes Auto gekauft und ein Opernabonnement für zwei Personen, als hätte er schon geahnt, daß er demnächst die Person für den zweiten Sitzplatz kennenlernen würde. Er empfand ein fast perverses Vergnügen dabei, als er seinen Eltern einen Scheck ausstellte, weil sein Vater einen Schlaganfall erlitten hatte. Dieser Scheck war ein Triumph gegenüber seiner Familie, die sich immer über seine Pläne lustig gemacht hatte, und vor allem gegenüber seinem Bruder, der ihm die Lehrbücher versteckt und seine Ausdrucksweise nachgeäfft hatte, weil er sie angeberisch fand.

Trish und Jason waren beide auf der Suche nach einer festen Beziehung, als sie sich das erste Mal begegneten: zwei junge Akademiker, die von der Intelligenz und den beruflichen Errungenschaften ihres Gegenübers beeindruckt waren und schon genügend gescheiterte Affären hinter sich hatten. Sie fanden es wunderbar, daß sie so vieles verband. Sie liebten die Oper, sie hielten weinend Händchen, als Madame Butterfly starb (Trish trocknete Jasons Tränen, ja, ein paar küßte sie sogar weg, sie erinnerte sich noch an den salzigen Geschmack), sie applaudierten stehend und umarmten sich am Schluß einer hinreißenden *Bajazzo*-Aufführung. In der Oper waren sie glücklich, und eine Zeitlang kochten sie auch miteinander und schafften sich eine erstklassige Sammlung von Gewürzen an, die jetzt alle ganz hinten in ihrer Speisekammer verstaubten.

»Wir haben so vieles gemeinsam«, sagten sie zu ihren Freunden und erfüllten somit die Prophezeiung des Paares, das sie zusammengebracht hatte. »Wir haben so vieles gemeinsam«, sagten sie zueinander und hielten diese Gemeinsamkeiten für Liebe. Daß Jason Trishs Leidenschaft fürs Lesen nicht teilte, spielte keine Rolle. Es gab genug andere Dinge, und Trish hatte damals schon den Leseclub – der reichte ihr und stellte keine Bedrohung dar.

Sie erzählten einander von ihren Familien – sie stammten beide aus einfachen Verhältnissen, Jason aus dem ländlichen Pennsylvania, Trish aus einer Arbeitersiedlung in Delaware. Zu Hause waren sie so gut wie gar nicht unterstützt worden, weil ihre Eltern fassungslos waren angesichts der ehrgeizigen Träume ihres Sohnes beziehungsweise ihrer Tochter. Diese Träume sprengten ihren eigenen Erfahrungshorizont. Das Unverständnis der Eltern schlug schon bald in Ablehnung um, und inzwischen begegnete man sich mit kühler Gleichgültigkeit. Telefonanrufe am Geburtstag, Ausreden an Thanksgiving, lieblos ausgesuchte Weihnachtskarten.

Aber auch in der Welt, für die sie sich entschieden hatten, fühlten sich Trish und Jason oft einsam. Sie dachten, sie könnten diese Einsamkeit besiegen, indem sie heirateten. Es war eine kleine, unaufwendige Hochzeitsfeier. Freunde, Kollegen. Nur Trishs Mutter war mit dabei. Jasons Familie schickte eine große Obstschüssel aus Glas, die sie einem Dritte-Welt-Laden stifteten.

Sie arbeiteten hart. Trish stürzte sich in ihren Klinikjob. Daß sie sich auf Psychiatrie spezialisiert hatte, paßte gut zu ihrer Liebe zur Literatur, dachte sie manchmal, zu ihrem brennenden Wunsch, die Motive jener fiktionalen Charaktere zu verstehen, die ihre einsame Kindheit bevölkert hatten. Mit der Zeit konzentrierte sie sich immer mehr auf Patienten mit Eßstörungen, auf junge Menschen, die verzweifelt versuchten, die Leere zu begreifen, die sie selbst so gut kannte. Ihre Patienten wurden ihr zweites Ich. Sie setzte sich mit all ihrer Kraft für sie ein.

Meistens schuftete sie bis spät in die Nacht, und wenn sie nach Hause kam, saß Jason, der ebenfalls extrem viel arbeitete, schlafend vor dem Fernseher. Der Aufstieg auf der sozialen Leiter zehrte an den Kräften. Geschäftsreisen, Sitzungen nach Dienstschluß, Meetings mit Forschungs- und Entwicklungsteams. Sie sahen sich immer seltener. Es kam kaum noch vor, daß sie gemeinsam kochten. Meistens mußten sie ihre Opernkarten anderen Paaren anbieten: Trish hatte Bereitschaftsdienst, Jason war dienstlich unterwegs.

Und dann wurde sie schwanger. Ungeplant, aber trotzdem zu einem günstigen Zeitpunkt. Sie war fertig mit ihrer Assistenzzeit und hatte jetzt eine feste Anstellung. Jason hatte ein phantastisches Geschäft erfolgreich abgeschlossen, das erste in einer nicht enden wollenden Reihe. Endlich konnten sie sich eine praktische, schöne Wohnung in Manhattan leisten.

Aber es gab Komplikationen, Trish mußte wochenlang liegen, und Jason war immer häufiger unterwegs. Zum erstenmal wurde sie unruhig. War das wirklich das Leben, das sie sich gewünscht hatte? Sie langweilte sich, aber das schob sie auf Jasons Abwesenheit, auf das Alleinsein und den Streß wegen der Schwangerschaft. Sollte sie wieder zu ihrem Analytiker gehen? Aber eine Therapie war eigentlich kein Mittel gegen Langeweile. Sie erfuhr, daß sich Carl und Rita – das Paar, das sie und Jason zusammengebracht hatte – scheiden ließen, und ein Schauder lief ihr über den Rücken. Eine solche Entwicklung hatte sie in bezug auf ihre eigene Ehe noch nie in Erwägung gezogen. Und warum auch? Sie und Jason waren füreinander bestimmt, sie hatten sich ihr Leben gut eingerichtet. Trish wollte gar nicht darüber nachdenken, sondern schnitt sich die langen dunklen Haare ab, die schon von ein paar grauen Fäden durchzogen wurden. Von nun an trug sie eine stufige Fransenfrisur, die ihr schmales Gesicht vorteilhaft umrahmte. Dann kaufte sie sich pastellfarbene Seidenunterwäsche, für die Zeit nach der Geburt. Sie war fest entschlossen, ihre Ehe wiederzubeleben, das Schiff geschickt zu steuern, durch die Untiefen, an denen Carl und Rita gescheitert waren. Und als sie Mandy das erste Mal in den Armen hielt, spürte sie eine freudige Erregung, eine neue sexuelle Energie.

Eins dieser verführerischen neuen Seidennegligés in zartem Sonnenblumengelb trug sie an dem Abend, als Jason ihr das Armband überreichte und seine Affäre beichtete. Wieder weinte er, aber diesmal trocknete sie seine Tränen nicht.

Ja, sie hatte ihm verziehen, aber irgend etwas in ihr war gestorben. Sie kämpfte dagegen an, deckte den Schmerz mit Arbeit zu. Sie konnte doch das Leben, das sie – sie und Jason gemeinsam – mit soviel Mühe aufgebaut hatten, nicht einfach zerstören! Insgeheim hatte sie beim Lesen Emma Bovary um ihren Mumm beneidet, eine Affäre mit Rodolphe anzufangen, um Charles Bovary und der Langeweile des Alltags zu entfliehen. Das würde sie, Trish, sich niemals trauen. Aber solche Gedanken verwarf sie schnell wieder. Ihr Leben war doch nicht langweilig! Und trotzdem bewunderte sie Emma, so wie sie, wenn auch zögernd, Cynthia bewunderte.

»Es muß sie einigen Mut gekostet haben, zu Eric zu sagen, er soll ausziehen«, hatte sie einmal bei einer Tasse Kaffee in der Krankenhaus-Cafeteria gegenüber Donna erwähnt.

»Man braucht keinen Mut, wenn man das Gefühl hat, daß einem nichts anderes übrigbleibt«, hatte Donna geantwortet und nachdenklich in ihrem Kaffee gerührt. »Eric muß irgend etwas Furchtbares getan haben. Was müßte Jason tun, damit du sagst: So, das war's, Schluß, Ende, aus?«

Diese Frage, von Donna eher beiläufig gestellt, ließ Trish erstarren. Ihr Magen verkrampfte sich, genau wie an dem Abend, als Cynthia ihnen so ruhig (zu ruhig?) von ihrer

Entscheidung erzählt hatte. Wenn eine Ehe, die als gut und gefestigt galt, in die Brüche ging, hatte das einen Dominoeffekt – alle anderen Ehen waren ebenfalls bedroht. Ein Paar nach dem anderen kippte um, trennte sich …

Donna musterte sie aufmerksam. War ihre Frage vielleicht doch nicht so beiläufig gemeint gewesen? Vorsichtshalber antwortete Trish vage:

»Keine Ahnung. Aber ich denke, es müßte schon was ziemlich Extremes sein.« Und Jason, ihr vorsichtiger, friedlicher Jason, neigte nicht zu extremen Verhaltensweisen. Er lebte nicht wie Eric in einer verrückten Glamourwelt, mit supertollen Reisen nach Griechenland und in die Toskana, immer erster Klasse, versteht sich, mit wunderschönen Frauen und, ja natürlich, auch mit wunderschönen Männern. Jasons Welt war klein und überschaubar, sie bestand aus Sitzungen, aus Faxmitteilungen und aus Geschäftsreisen in Städte, in denen es eigentlich nichts gab außer Einkaufszentren und Bürogebäuden. Manchmal, ganz selten, suchte der müde Reisende vielleicht Ablenkung und unternahm einen zaghaften Ausflug ins Reich des billigen Sex, aber das konnte man nicht als »extrem« bezeichnen. Seine Affäre war eine einmalige Sache gewesen, sie paßte nicht zu ihm, wiederholte sich nicht.

»Eine Affäre?« schlug Donna vor. Und Trish zuckte die Achseln und weigerte sich, das Spiel noch weiter zu treiben.

»Das wäre doch nicht besonders extrem. Jedenfalls nicht in einer Welt nach Clinton. Hillary hat neue Maßstäbe gesetzt – für uns alle.«

Sie lachten beide, tranken ihren Kaffee aus und eilten in ihre Büros zurück, um sich dem nachmittäglichen Terminplan zu stellen.

Trish hatte ihrer Freundin bei diesem Gespräch etwas verschwiegen: Sie hatte Jason nicht verlassen, ja, nicht einmal daran *gedacht*, ihn zu verlassen, als er ihr seine Affäre beichtete und so die Freude über Mandys Geburt und alle Hoffnungen auf einen Neuanfang wegfegte. Andere Frauen hätten wahrscheinlich getobt, geweint, gedroht. Sie hatte sich damals einfach nur abgewandt, und seine Tränen waren auf das Armband getropft, das, wie sich herausstellte, ihr viel zu weit war.

Warum war das so? Warum habe ich nicht mal an eine Trennung auf Probe gedacht? fragte sie sich jetzt, während sie vor dem Mietshaus stand, in dem sie und Jason wohnten. Die Antwort, die ihr als erste einfiel, war verblüffend simpel: Weil ich es nicht wollte. Weil ich mit Jason verheiratet bleiben wollte. Und ich will auch heute noch mit ihm verheiratet sein.

Sie waren allein auf der Welt, sie und Jason, weit weg von ihren Familien – ihre Eltern und Geschwister schickten nicht einmal Geburtstagskarten für Mandy. War es die Angst, die sie zusammenhielt? Aber selbst wenn das stimmte, war diese Angst durchaus in der Wirklichkeit begründet – verbunden mit einer tiefen Sympathie und der beiderseitigen Entschlossenheit, diese Beziehung zu erhalten. Trish war Ärztin, sie war Psychiaterin. Sie konnte Symptome und Syndrome deuten. Sie wußte, wenn es keine Heilung gab, konnte man zu Schmerzmitteln greifen. Und auch emotionaler Verfall konnte herausoperiert werden wie ein kleiner, invasiver Tumor. Weder Emma noch Charles, der ja selbst Arzt war, hatten das gewußt. Plötzlich wurde Trish ganz ungeduldig gegenüber den Bovarys und Kareninas dieser Welt. Sie hatten sich nicht genügend Mühe gegeben! Und Cynthia – hatte sie sich *überhaupt* bemüht? Wieder diese Frage. Aber es gab keine Antwort. Cynthia bewachte ihr Geheimnis zu gut.

Trish schaute zu ihrem Fenster hinauf, das golden in der Dunkelheit leuchtete. Nur eine kleine Tischlampe brannte. Im Licht dieser Lampe stand Jason und blickte hinunter auf die Straße. Immer wartete er auf sie, wenn sie abends länger weg war. Er beugte sich vor, ein großer Mann, der schon langsam ergraute, der als Kind wenig Liebe erfahren hatte und jetzt vielleicht befürchtete, er könnte auch die Zärtlichkeit und Zuneigung verlieren, die ihn von Anfang an mit Trish verbunden hatte. Auch die Tränen, die er damals, vor vielen Jahren, vergossen hatte und über die sie nie sprachen, waren dieser Angst entsprungen.

Er trat zurück in den Schatten, und ihr Herz wurde von einer Welle der Zärtlichkeit erfaßt. Dieses Gefühl hatte sie schon fast vergessen. Schnell betrat sie das Gebäude, denn sie sehnte sich auf einmal danach, ihn zu begrüßen, mit ihm in Mandys Zimmer zu gehen und ihr schlafendes Kind zu betrachten.

Vielleicht konnten sie auch über das Sommerhaus reden, das er so gern kaufen wollte. Vielleicht würde sie morgen Cynthia anrufen, um sie endlich nach der Agentur für Au-pair-Mädchen zu fragen.

Im Gegensatz zu Emma Bovary – und wohl auch im Gegensatz zu Cynthia – blieben ihr noch Entscheidungsmöglichkeiten, und die würde sie nutzen. Eine neue Leichtigkeit beflügelte sie. Sie wartete nicht auf den Fahrstuhl, sondern rannte nach oben und wunderte sich nicht, daß Jason sie in der Tür erwartete.

3

Jen! Jen Reardon!«

Irritiert drehte Jen sich um. Sie stand an der Ecke Madison Avenue und Fifty-Fifth Street und versuchte, ein Taxi zu bekommen. Der erste scharfe Wind des Spätherbstes fegte durch die Straßen, und sie hatte Mühe, ihre große schwarze Ledertasche festzuhalten. Sie war zu spät dran für ihren allwöchentlichen Besuch im Seniorenheim. Ihre Mutter wartete bestimmt schon ungeduldig. Die Falten in ihrem mürrischen Gesicht wurden jede Woche tiefer, und die müden Augen waren stumpf von den unzähligen Enttäuschungen, die sich im Laufe ihres Lebens angehäuft hatten. Eigentlich hatte Jen gehofft, sie könnte noch kurz zu Hause vorbeischauen, den langen dunklen Mantel und die zu eng anliegende schwarze Wollmütze gegen ihre Jeansjacke mit der Kapuze austauschen und Ian das Sandwich mit Räucherlachs bringen, das sie vom Mittagsbuffet bei Nightingale's mitgenommen hatte. Aber das schaffte sie jetzt nicht mehr. Die Besprechung mit Cynthia hatte sich in die Länge gezogen, und der Zeitplan der Marketing-Chefin war natürlich wichtiger als ihrer. Cynthia redete immer sehr sanft, aber bestimmt, ihre kritischen Anmerkungen zu Jens Entwürfen brachte sie mit einem entschuldigenden Unterton vor, war dabei aber in der Sache absolut kompromißlos. Auf einem Storyboard wollte sie die Produkte deutlicher im Mittelpunkt haben, bei einem anderen wünschte sie eine dezentere Farbgebung.

»Diese neuen Gewürzregale aus Schweden müssen dem Verbraucher sofort ins Auge springen. Jeder hat schon ein Gewürzregal. Wir verkaufen etwas, was keiner braucht, höchstens irgendeine junge Braut, also müssen wir die ästhetische Seite betonen, Jen. Wir wollen die Kunden, die den Prospekt durchblättern, dazu bringen, daß sie innehalten und sich deine Präsentation genauer ansehen.«

Jen war nicht unbedingt derselben Meinung, aber sie mußte zugeben, daß Cynthia ein Marketing-Genie war, und außerdem war sie die Chefin: Sie vergab die Projekte, sie unterschrieb die Schecks. Die Besprechung ging in ein frühes Mittagessen über. Und erst beim Kaffee waren sämtliche Korrekturen, die Cynthia haben wollte, endgültig festgeklopft, das heißt, sie konnten sich entspannen und wie Freundinnen miteinander reden. Cynthia machte Jen ein Kompliment zu ihrem Outfit, vor allem zu dem geringelten Pulli mit den riesigen Taschen – praktisch für die Stifte, die Jen ständig mit sich herumtrug.

»Steht dir sehr gut, Jen«, lobte sie.

»Den hat mir Ian gekauft«, antwortete Jen – und bedauerte es sofort. Sie wollte Cynthia nicht daran erinnern, daß sie einen Freund hatte, der ihr Geschenke machte, während Cynthia jetzt allein war.

Sie musterte ihre Freundin verstohlen. Wie so oft in letzter Zeit war sie trotz Make-up sehr blaß, und sie war so dünn, daß ihr karmesinrotes Wollkleid (nur Cynthia wagte es, eine Farbe zu tragen, die so einen schrillen Kontrast zu ihren rötlichen Haaren bildete) viel zu weit schien.

»Du siehst ein bißchen müde aus«, sagte Jen besorgt.

»Na ja, es ist alles nicht so einfach«, gab Cynthia zu und goß sich Sahne in ihren Kaffee.

»Möchtest du darüber reden?« hakte Jen behutsam nach. Diese Frage war riskant, das wußte sie, aber sie wollte Cynthia zu verstehen geben, daß sie Zeit für sie hatte.

Cynthia zögerte kurz, schüttelte dann aber den Kopf.

»Nicht jetzt. Noch nicht.«

Und Jen hatte natürlich nicht darauf bestanden weiterzureden, sondern auf die Uhr geschaut und sich schnell verabschiedet, ohne weitere Umstände, weil sie ja eigentlich längst bei ihrer Mutter sein müßte.

»Jen!«

Wieder rief die Stimme ihren Namen, drängender als vorher. Genau in dem Moment hielt ein Taxi an. Jen drehte sich kurz um – und schon war der Wagen wieder weg, weil der Fahrer einen anderen Fahrgast erspäht hatte.

Es war Eric. Er kam auf sie zu, sein offener Mantel flatterte im Wind, sein Gesicht war gerötet von der kalten Luft, sein fotogenes dichtes Haar fiel ihm in die ebenso fotogene Stirn. Jen zwang sich zu einem Lächeln, versuchte, ihre Frustration zu überspielen. Sie hatte sich selbst immer gut unter Kontrolle, worüber sich ihre Schwester Elizabeth gern lustig machte, genau wie Ian, ihr Freund.

»Alles nur, um Konflikte zu vermeiden«, sagte Elizabeth dann spöttisch, um sie aus der Reserve zu locken, aber Jen fiel selten darauf herein. Jahrelange Erfahrung hatte sie gelehrt, wann sie aus dem Zimmer gehen oder den Hörer auflegen mußte – oder in die Küche verschwinden, um irgend etwas Sinnvolles zu tun.

»Die Leute spucken dir ins Gesicht, und du tust so, als würde es regnen.« Solche und ähnliche Bemerkungen brummelte Ian verächtlich, wenn er fand, daß Jen für ein Projekt wieder einmal zu wenig Geld verlangte, daß sie sich zu schnell einverstanden erklärt hatte, jemandem (meistens Elizabeth) einen Gefallen zu tun, der mit enormem Aufwand verbunden war, daß sie nichts unternahm, wenn die Kassiererin im Supermarkt ihr zu wenig Wechselgeld herausgegeben hatte. Oder wenn ihre Beschwerden, daß im Treppenhaus das Licht kaputt war oder das Wasser im Bad nicht richtig heiß wurde, vom Vermieter ignoriert wurden. Meistens erzählte sie ihm solche Sachen gar nicht mehr. Er beklagte sich aber auch, wenn kein Klopapier mehr da war, wenn eine Rechnung nicht bezahlt worden war, wenn er seinen Skizzenblock verlegt hatte. Sie wehrte sich selten. Es war einfacher, Klopapier zu kaufen, die Rechnung zu bezahlen, den Skizzenblock zu suchen, den Vermieter noch einmal anzurufen. Sie hatte ihre Lektion in der Kindheit gelernt, als sie in Elizabeth' Schatten aufwuchs und den Streitereien ihrer Eltern aus dem Weg zu gehen versuchte.

»Hallo, Eric.« Sie hielt ihre Stimme bewußt neutral, um sich nicht anmerken zu lassen, wie sehr sie sich wunderte, ihn ausgerechnet hier vor Nightingale's zu treffen. Das mußte doch etwas mit Cynthia zu tun haben, oder? Wartete er auf sie, spionierte er ihr nach? Aber nein – sie wollte ihm nichts unterstellen. Er tat ihr maßlos leid. Wie verzweifelt er aussah! Sein Gesicht wirkte ganz eingefallen, und die dunklen Ringe unter seinen Augen machten Jen richtig traurig. Der elegante Kamelhaarmantel schlotterte an ihm, schmale Handgelenke ragten aus den Ärmeln heraus, alles schien eine Nummer zu groß, und als er sich zu ihr herunterbeugte, um ihr einen Begrüßungskuß auf die Wange zu drücken, roch sie den Alkohol in seinem Atem.

»Kommst du gerade von einer Besprechung mit Cynthia?« erkundigte er sich.

»Ja, wir haben schon Pläne für den Schlußverkauf nach Weihnachten gemacht.« Es waren noch mehrere Wochen bis Thanksgiving, aber Cynthia dachte schon an den Januar. Das war typisch für sie: alles im Griff, gut durchorganisiert, immer die Zukunft im Auge. Deshalb saß sie jetzt bequem hinter ihrem riesigen, ordentlich aufgeräumten Mahagonischreibtisch, während Jen hektisch versuchte, ein Taxi zu erwischen.

»Wie geht es Cynthia?« Eric bemühte sich, unaufdringlich zu klingen, aber ein gequälter Schatten huschte über sein Gesicht. Jens Mitleid wurde noch größer. Sie mochte Eric, hatte ihn schon immer gemocht. Er war stets nett zu ihr gewesen. Einmal hatte er sogar eines von Ians Bildern gekauft, obwohl ihm die abstrakten Farbklecksereien sicher nicht besonders gefielen.

»Na ja – sie kommt zurecht«, antwortete sie vage. Was die Leute eigentlich mit dieser Formulierung meinten, hatte sie nie so ganz kapiert. Jen borgte sie sich aus Elizabeth' Wortschatz. Die Standardreplik ihrer Schwester, wenn sich jemand nach Adam, nach ihrer Arbeit, nach ihrer Ehe erkundigte, lautete immer: »Ich komme zurecht.«

Das schien Jen jetzt die adäquate Antwort für Eric zu sein. Und es stimmte ja auch irgendwie. Cynthia kam zurecht. Obwohl sie sichtlich erschöpft war, hatte sie es ohne Probleme geschafft, sich während ihrer Besprechung auf die Arbeit zu konzentrieren, und ihre Kommentare zu Jens Entwürfen hatten genau ins Schwarze getroffen. Im Laufe des Vormittags hatte sie zwei persönliche Anrufe getätigt: Sie hatte mit Mae gesprochen und sie daran erinnert, daß sie für die Zwillinge und Ingrid Abendessen machen mußte, weil bei Nightingale's ein Dinner-Meeting stattfand, das Cynthia nicht versäumen durfte. »Wilden Lachs, keinen Zuchtlachs«, hatte sie Mae aufgetragen. Sie war zwar nicht zu Hause, um mit den Kindern zu essen, aber sie überwachte trotzdem den Speiseplan. Der zweite Anruf kam von der Lehrerin der Zwillinge, die den Termin für den Elternabend bestätigen wollte. Die ganze Zeit hatte Cynthia nebenher Jens Entwürfe studiert. Auch Jens Angebot, noch ein bißchen zu reden, hatte sie freundlich abgewiesen und auf einen Termin, der ihrem eigenen inneren Zeitplan entsprach, verschoben. Sie wirkte nicht wie eine Frau, deren traumhaftes Leben sich auf einmal in einen Alptraum verwandelt hatte. Nein, Cynthia kam zurecht, sie wußte, wie man auch unter Streß sein Leben managte.

»Ich möchte mit ihr reden«, sagte Eric. »Ich *muß* mit ihr reden!«

»Ich kann dir leider nicht helfen, Eric – aber das weißt du ja.«

»Kann ich dann mit *dir* reden?« Es war keine Forderung, sondern eine flehentliche Bitte.

Gegen Bitten war Jen in der Regel wehrlos, aber jetzt, in

diesem Moment, blieb ihr keine andere Wahl, als nein zu sagen. Sie hatte Elizabeth versprochen, den wöchentlichen Besuch im Seniorenheim zu übernehmen und mit der Verwaltung über die wie üblich zu hohen Rechnungen zu verhandeln. Von Elizabeth konnte niemand erwarten, daß sie sich um solche Angelegenheiten kümmerte und sich den Launen ihrer Mutter aussetzte – sie hatte einen Ganztagsjob, sie mußte Adams und Berts Ansprüchen gerecht werden. Jen hörte gar nicht zu, wenn Ian sie immer wieder darauf hinwies, daß sie zwar keine festen Bürostunden einhalten müsse, ihre Arbeit aber genauso viel Zeit in Anspruch nehme wie die von Elizabeth, und daß ihre Schwester ohnehin nicht das Recht habe, ihr Vorschriften zu machen.

Wieder näherte sich ein Taxi, und Jen fuchtelte aufgeregt.

»Tut mir schrecklich leid, Eric, aber ich muß mich beeilen. Meine Mutter … ich bin sowieso schon zu spät dran.«

Das Taxi hielt an, und Eric öffnete ihr die Tür. Was für ein netter, höflicher Mann. »Geht's vielleicht ein andermal?« fragte er.

»Ruf mich an.« Sie konnte sich doch mal irgendwann mit ihm treffen, mit ihm eine Tasse Kaffee trinken, oder? Das war harmlos. Auf keinen Fall war es ein Verrat an Cynthia. Wie sollte sie Cynthia auch verraten? Sie verfügte ja über keinerlei Informationen, die sie weitergeben konnte, sie kannte keine Geheimnisse.

Ohne zu überlegen, küßte sie ihn spontan auf die Wange, als er sich zu ihr beugte. Im Wegfahren drehte sie sich noch einmal zu ihm um und sah, wie er zum Nightingale's-Gebäude hochstarrte und sich dann schnell entfernte.

Jen kramte in ihrer Tasche nach ihrer Edith-Wharton-Ausgabe der *Library of America* und strich lächelnd über den glatten schwarzen Einband. Das dünne Papier fühlte sich noch so schön neu an. Sie begann nicht zu lesen, sondern blätterte nur die Seiten um, während das Taxi in rasantem Tempo Richtung Seniorenheim fuhr. Donna hatte vorgeschlagen, sie sollten zusätzlich zu Whartons Briefen noch *Das Riff* lesen, und von Cynthia wußte sie, daß diese den Roman gestern nacht verschlungen hatte.

»Ich habe bis drei gelesen, weil ich unbedingt den Schluß wissen wollte«, hatte sie gesagt, und Jen hatte sich vorgestellt, wie sie in dem riesigen Bett lag, das sie mit Eric geteilt hatte. Die pinkfarbene Nachttischlampe beleuchtete ihr Buch, während Erics Seite des Betts im Dunkeln blieb. Kein Wunder, daß Cynthia so müde war! Die Einsamkeit vertrieb den Schlaf.

Ob die Zwillinge nachts aufwachten und nach ihrem Vater riefen? Als erste hatte Rina die Frage gestellt, wie Cynthia den Kindern wohl Erics plötzliches Verschwinden erklärt hatte, und alle hatten sich augenblicklich auf die Thematik gestürzt.

Jen seufzte. Dann las sie die ersten beiden Wörter von *Das Riff*. »Unerwartete Hindernisse ...« Das waren Begriffe, mit denen Cynthia bestimmt etwas anfangen konnte. Schließlich hatte ein unerwartetes Hindernis, eine plötzliche Katastrophe, ihre Ehe entgleisen lassen. Die anderen Leseclub-Frauen würden sie, Jen, im Laufe der Woche anrufen, weil sie wußten, daß sie mit Cynthia zusammenarbeitete. Sie wollten Informationskrümel haben. *Wie geht es ihr? Was hat sie gesagt?* Sie würden nicht aufhören zu fragen, mußten alles erfahren. Selbst ihre Schwester Elizabeth, die immer so zornig und ichbezogen war, verließ kurz den Sumpf ihres eigenen Unglücks, um sich nach Cynthia zu erkundigen. *Leitet sie ihre Abteilung so effizient wie immer? Hat sie alles im Griff?* Elizabeth war stolz darauf, daß sie trotz Adams Krankheit und Berts üblen Launen ihren Job tadellos ausfüllte – sie ließ sich nie krank schreiben, verfaßte detaillierte Berichte über Problemschüler und deren noch viel problematischere Eltern, organisierte Besprechungen mit dem Lehrkörper und individuelle Beratungsgespräche. *Sie* hatte alles im Griff. Würde Cynthia das auch schaffen?

Jen würde gewissenhaft berichten: Cynthia sei nach wie

vor die kompetente, strukturierte Marketing-Direktorin, vielleicht manchmal ein wenig brüsk, aber eigentlich wie immer. Sie würde nichts von der Trauer sagen, die Cynthias sonst so strahlendgrüne Augen verschleierte, davon, daß sie stark abgenommen hatte und bei ihren kritischen Kommentaren zu Jens Entwürfen manchmal ganz leise wurde oder sogar völlig verstummte. Wenn das passierte, wie heute vormittag, wartete Jen immer geduldig ab, bis Cynthia den Kopf schüttelte und genauso abrupt, wie sie verstummt war, ihre klar begründete Kritik fortsetzte. Cynthia hatte ihr nichts anvertraut, was sie für sich behalten mußte, aber auch nichts, was sie den anderen erzählen konnte. *Noch nicht*, hatte sie nur gesagt. Mehr nicht. Damit mußten sich die anderen wohl oder übel zufriedengeben.

Jetzt bremste das Taxi an einer Ampel. Sollte sie ihren Freundinnen von ihrem Zusammentreffen mit Eric erzählen? Heute abend war sie mit Donna zum Essen verabredet. War es okay, wenn sie es da nebenbei erwähnte?

Jen klappte das Buch zu und begann, das Räucherlachs-Sandwich zu essen. Es war nicht mehr weit bis zum Seniorenheim, in dem ihre Mutter, in stummer Wut erstarrt, auf sie wartete.

»Jen? Bist du das?«

Ians Stimme hallte durch den großen Loft. Komisch, daß er zu Hause ist, dachte Jen, als sie am Abend die Tür aufschloß.

»Wer sonst?« Sie bemühte sich, unbefangen zu klingen. Er sollte ihre Frustration nicht durchhören. Wieso war er nicht weg? Normalerweise unterrichtete er Mittwoch abends um diese Zeit einen Kurs an der *Art Students' League*. Sie hatte sich darauf gefreut, noch eine Stunde für sich zu haben, ein bißchen Ruhe in der abendlichen Wohnung, um sich von den endlosen Stunden mit dem Layout des Nightingale's-Katalogs und den noch endloseren Stunden im Seniorenheim zu erholen. Krampfhaft hatte sie versucht, irgendwie mit ihrer Mutter zu kommunizieren. Und dann noch mit der Verwaltung wegen der zweifelhaften Rechnungen gestritten.

»Hast du heute abend keinen Kurs?« fragte sie, stellte ihre Tasche ab und warf ihre Mütze auf den großen Butcherblock-Tisch, auf dem noch die Reste von Ians Mittagessen herumstanden. Eingetrocknete Tomatensuppenreste klebten in der gelben Suppenschale, und die Brotkanten hatte er einfach in seinen leeren Kaffeebecher geworfen. Automatisch stellte Jen Schüssel und Becher in die Spüle, nahm einen Schwamm und wischte den Tisch ab, noch bevor sie ihren schweren Mantel auszog.

»Ich war zu müde. Patrick hat meine Stunden übernommen.«

Ian lag auf dem Bett, groß, schlaksig, ein wenig kräftiger als vor drei Jahren, als sie ihn in einem Zeichenkurs kennenlernte. Die roten Haare, die er normalerweise zu einem Pferdeschwanz frisierte, lagen offen auf dem Kissen, und zum erstenmal bemerkte Jen die vielen Silberfäden. Das machte sie fast ein bißchen traurig. Ian, der immer noch karierte Hemden und Jeans trug wie während des Studiums, der immer noch ein paar Joints in jener Gauloise-Dose aufbewahrte, die er sich in Paris gekauft hatte, als er ein Jahr dort studierte, Ian, der bis heute kein eigenes Konto besaß – er durfte nicht alt werden. Erst vor ein paar Wochen hatten sie gemeinsam ihren fünfunddreißigsten Geburtstag gefeiert, und fünfunddreißig war doch kein Alter! Spontan beugte sie sich über ihn und küßte ihn auf die Wange, oberhalb von dem blauen Farbklecks, der langsam antrocknete.

Ian strich ihr übers Haar, ließ seine Finger über ihren Rükken wandern und massierte ihre verspannten Muskeln, bis sie sich unter seiner Berührung lockerten. Dazu summte er »Let It Be« von den Beatles, Jens Lieblingssong. Es war diese elementare Zärtlichkeit, die sie von Anfang an mit ihm verbunden hatte.

»Tut mir leid, aber ich konnte den Kurs wirklich nicht geben. Ich weiß, wir brauchen das Geld, aber ich habe heute das Bild fertiggemalt, sieben Stunden am Stück. Danach hab ich es einfach nicht mehr geschafft, vor einem Kurs an der Staffelei zu stehen.«

»Ja, klar. Das kann ich gut verstehen«, sagte Jen und überschlug im Kopf ihren Kontostand, abzüglich der Miete für den Loft und der Kreditkartenrechnung, die noch ungeöffnet auf ihrem Schreibtisch lag.

Ja, sie brauchten das Geld. Sogar dringend! Im Seniorenheim hatte sie für die zusätzlichen Medikamente, die ihrer Mutter verschrieben wurden, einen Scheck ausstellen müssen, ein Kostenpunkt, bei dem sie Elizabeth nicht um Unterstützung bitten konnte. Für Adam war ein neues Individual-Programm entwickelt worden, was bedeutete, daß sie und Bert astronomische Summen für zusätzliche Therapiestunden aufbringen mußten. Ach, sie würde das schon irgendwie hinkriegen. Ein Modewarengeschäft hatte sie gebeten, deren neues Werbe-Package zu entwerfen, und Cynthia hatte Jens Namen an einen Versandbetrieb weitergegeben, der von ihrem Nightingale's-Katalog begeistert war und sie gern ausprobieren wollte. Na, gut. Dann mußte sie eben ein paar Stunden länger arbeiten und vielleicht tatsächlich ihre Tarife erhöhen. Sogar Cynthia hatte gesagt, sie verlange nicht genug.

Sie betrachtete Ians Bild.

Es war riesig, die Leinwand brauchte zwei Staffeleien, eine eigenwillig kraftvolle Abstraktion des Abendhimmels, große kobaltblaue Flächen, von leuchtenden Silberstrahlen durchzogen, dazu die zarten Pastelltöne der sinkenden Sonne.

»Wunderschön, Ian.«

Sie trat näher, um es genau zu studieren. Was für eine kühne und gleichzeitig subtile Pinselführung!

»Mit den Sachen, die du im Sommer am Meer gemacht hast, und mit vielleicht noch drei solchen großen Bildern hast du genug für die geplante Einzelausstellung in der Maestrato Gallery«, sagte sie.

»Noch drei große Bilder? Du sagst das so, als würde ich die Sachen aus dem Ärmel schütteln – so wie du deine Layouts für die Kataloge«, entgegnete er sarkastisch, und Jen zuckte innerlich zusammen. Ian spürte gleich, daß er sie verletzt hatte, und schloß sie in die Arme.

»Entschuldige, war nicht so gemeint«, murmelte er.

»Ist schon gut.« Sie seufzte.

Was er gesagt hatte, tat weh. Aber andererseits mußte sie zugeben, daß er recht hatte.

Schon lange hatte sie die Grenzen ihrer eigenen Begabung erkannt, hatte sich enttäuscht eingestanden, daß sie einfach nicht gut genug war, um ernsthaft zu malen. Also hatte sie sich auf kommerzielles Design spezialisiert. Das war eine ganz pragmatische Entscheidung gewesen, und ingesamt klappte alles bestens, sie hatten dadurch ein regelmäßiges Einkommen, was Ian ermöglichte, sich stärker auf seine Kunst zu konzentrieren, während sie sich ihre Arbeitszeit nach Bedarf einteilen konnte. Elizabeth beäugte dieses Arrangement voller Mißtrauen. Aber sie hätte an jeder Entscheidung, die Jen traf, herumgemäkelt, so wie sie es schon als Kind immer getan hatte, in jenen Horrorjahren, als die Eltern ständig herumbrüllten und sich die beiden Schwestern in entgegengesetzten Winkeln des riesigen, überheizten Gebäudes verkrochen, das eher eine Kampfzone als ein Zuhause war.

Ihre Mutter und ihr Vater stritten wegen des Geldes, und Elizabeth und Jen flohen in ihre Zimmer, machten die Tür hinter sich zu und lasen. Die Eltern stritten über Ferienpläne, über die Kochkünste der Mutter, über die Teilnahmslosigkeit und das Desinteresse des Vaters, und die Töchter blätterten schnell um und vertieften sich in das Leben anderer Familien, in denen man sich morgens fröhlich begrüßte und abends gemütlich am offenen Kamin saß. Die Schwestern spielten nicht miteinander, sie lasen auch nicht im selben Zimmer, aber sie tauschten ihre Bücher aus, sie hatten denselben Geschmack, von Kindheit an, auch wenn sie sonst auf die beklemmende Atmosphäre absolut gegensätzlich reagierten.

Elizabeth stürzte sich in die Rolle der Schiedsrichterin, sie wies mal ihre Mutter, mal ihren Vater zurecht und schlug rationale Lösungen vor, zu denen die Eltern aber unfähig waren. Streng erklärte sie den beiden, was sie falsch machten, diesem schwachen, wütenden Mann und der nörgelnden, seelisch verhungerten Frau, die sie Vater und Mutter nannten. Elizabeth ging auf Konfrontationskurs, während Jen sich entzog. Die lauten Stimmen jagten ihr Angst ein, sie fing an zu zittern und verstummte. Mit ihrem Schweigen, mit ihrer Fügsamkeit flehte sie um Frieden. Daß Elizabeth so früh heiratete, war eine Art Flucht, ein Versuch, ihr Leben selbst in die Hand zu nehmen. Wenn sie schon das Leben ihrer Eltern nicht regeln konnte, wollte sie wenigstens über ihr eigenes bestimmen. Bert war ein hartnäckiger, zurückhaltender Verehrer. Von den Gefühlstumulten unter der ruhigen Oberfläche war nichts zu ahnen. Und vielleicht hätte Elizabeth auch tatsächlich alles meistern können, wenn Adam ein normales Kind gewesen wäre, wenn er nicht mit leerem Blick durch andere Menschen hindurchgeschaut hätte, wenn seine kleinen, graziösen Hände irgendwann aufgehört hätten zu trommeln und er die wenigen Wörter, die er kannte, nicht endlos wiederholt hätte. Seine Krankheit entzog sich Elizabeth' Zugriff. Jen, die wußte, was ihre Schwester brauchte, hatte großes Mitleid mit ihr und sagte nichts. Es überraschte sie nicht, daß Elizabeth einen Beruf wählte, bei dem sie das Leben ihrer Schüler beeinflussen und kontrollieren konnte. »Ihr müßt euch an diesem College bewerben«, sagte sie den Jugendlichen. »Ihr solltet folgende Kurse belegen.« »Das muß gemacht werden«, teilte sie den besorgten Eltern mit. Weil sie ihr eigenes Leben nicht steuern konnte, beriet sie andere. Und ihr Bedürfnis, andere zu lenken, erstreckte sich auch auf Jen. Welche Richtung hatte Jen eingeschlagen? Was brachte ihr die Beziehung mit Ian? Wäre es nicht besser, wenn *Jen* irgendwelche weiterführenden Kurse besuchen würde, statt Ian zu ermöglichen, ganz für die Malerei zu leben?

Jen ging gar nicht darauf ein. Ihr war es gleichgültig, daß Elizabeth ihren Freund nicht mochte und fand, er würde sie ausnutzen.

»Redet ihr je übers Heiraten?« fragte Elizabeth immer mal wieder.

Auch diese Frage ließ Jen an sich abprallen. Sie hatte keine Lust, zu erklären, daß ihr genau diese Unsicherheit an ihrem Leben mit Ian gefiel – weil sie ihr eine gewisse Macht verlieh und sie selbst dadurch frei war. Im Gegensatz zu ihrer Schwester, im Gegensatz zu ihrer Mutter – deren kaputte Ehe in ein einsames, unglückliches Witwendasein übergegangen war – saß sie nicht in der Falle. Sie entgegnete nichts auf Elizabeth' neugierige Fragen, die immer eine Mischung aus Gemeinheit und Fürsorge waren, sie konterte nicht mit Gegenfragen zu Elizabeth' Beziehung mit Bert. Jen erklärte ihrer Schwester nicht, daß sie Ians mangelndes Verantwortungsbewußtsein und seinen Narzißmus durchaus wahrnahm, ihm aber alles verzieh, weil er soviel Talent besaß, und sie sagte auch nicht, daß er ihr Schutz und Zuflucht bot, weil er die Fähigkeit besaß, sie zu trösten und sie zu überraschen.

»Ach, übrigens – Elizabeth hat angerufen, als du weg warst«, sagte Ian jetzt und trat einen Schritt zurück, um sein Gemälde aus einer anderen Perspektive zu begutachten.

»Hat sie gesagt, was sie will?« fragte Jen.

»Sie wollte wissen, wie's eurer Mutter geht. Du sollst sie zurückrufen.«

In dem Moment fiel Jen erst auf, daß sich Ian gar nicht nach ihrer Mutter erkundigt hatte. Aber das tat er eigentlich nie. Ihn interessierte nur ihr gemeinsames Leben.

»Ach, da muß sie sich bis morgen gedulden. Ich treffe mich gleich mit Donna zum Essen und bin sowieso schon spät dran.«

»Hey, ich dachte, wir bestellen uns eine Pizza und machen uns hier einen gemütlichen Abend.« Er klang fast gekränkt.

»Tut mir leid – ich finde es auch schade, aber ich habe mich mit Donna verabredet, weil ich dachte, du unterrichtest heute.«

»Verstehe.«

Sie waren beide enttäuscht, bemühten sich aber, keine große Sache daraus zu machen. Ian wärmte sich ein paar Reste auf, während Jen sich umzog: ein bequemes Sweatshirt und Jeans. Er begleitete sie zur Tür und küßte sie auf die Wange.

Donna erwartete sie im Gino's, einem kleinen italienischen Restaurant in der Ninth Avenue, wo die Tische gerade so weit voneinander entfernt standen, daß man die Gespräche der Nachbarn nicht mithören konnte. Die Tischdecken hatten hartnäckige Tomatensaucenflecken, die sich nicht mehr herauswaschen ließen, und die Kerzen, die nie brannten, steckten in staubigen, mit Wachs zugetropften Chianti-Flaschen. Die Vase mit den Plastikblumen hatte Donna bereits weggestellt und rieb jetzt ihr Wasserglas mit der Serviette sauber. Das Essen schmeckte hier hervorragend, man wurde zügig bedient, man konnte stundenlang sitzen bleiben und Kaffee trinken, ohne daß einem signalisiert wurde, man solle gefälligst gehen. Angenehmerweise war Gino's kein typisches Restaurant für Paare, sondern eher ein Treffpunkt für Freundeskreise. Das gefiel ihnen. Mehrere Gruppen von Frauen saßen zusammen, redeten, lachten leise, während die Männer die Köpfe zusammensteckten, sehr ernst debattierten und plötzlich in schallendes Gelächter ausbrachen.

Gino's war eine von Donnas Entdeckungen, aber sie traf sich hier nur mit Jen. Rina hätte über die Preise geklagt, obwohl sie relativ niedrig waren, und dadurch allen ein schlechtes Gewissen gemacht. Sie stellte ihre Armut zur Schau wie andere Frauen ein neues Kleid. Für Trish und Cynthia war es zu anspruchslos, aber sie waren sowieso immer darauf erpicht, nach der Arbeit rechtzeitig nach Hause zu kommen, um, wenn irgend möglich, gemeinsam mit ihrer Familie zu essen – was selten genug vorkam. Elizabeth ging eigentlich nie um diese Zeit aus. Das Abendessen war für sie und Bert die einzige Gelegenheit, um ausführlich zu reden, hatte sie erklärt, als Donna sie einlud, doch einmal mitzukommen. Das klang zwar ziemlich unglaubwürdig, aber sie hatte nie nachgefragt. Jen wußte von jeher, daß es wenig Sinn hatte, die Prioritäten ihrer Schwester in Frage zu stellen, und Donna hatte zwar großen Respekt vor Elizabeth, weil sie sich so selbstlos um ihren Sohn kümmerte, und fand auch ihre Bemerkungen bei den Diskussionen im Leseclub immer sehr anregend, konnte sie aber trotzdem nicht richtig leiden, wie sie unumwunden zugab.

So hatte es sich ganz von selbst ergeben, daß sich Jen und Donna – beide unverheiratet, kinderlos und mit Freunden, die keine großen Besitzansprüche stellten – immer mal wieder im Gino's zum Essen verabredeten und Geheimnisse austauschten.

Jen setzte sich Donna gegenüber und griff ebenfalls zur Serviette, um einen Saucenfleck von dem riesigen Suppenlöffel zu reiben, der zu ihrem Gedeck gehörte.

»Kannst du dir Cynthias Gesicht vorstellen, wenn sie das hier sehen würde?« sagte sie lachend.

»Sie würde wahrscheinlich angeekelt darauf starren und dann den Kellner um einen frischen Löffel bitten. Und nie wieder herkommen. Du kennst doch Cynthia.«

»Kennen wir sie wirklich?«

Kenne ich Cynthia? Diese Frage beschäftigte Jen seit Wochen – bei der Diskussion über *Madame Bovary*, bei den Layout-Besprechungen, wenn sie zuhörte, wie Cynthia am Telefon den Wochenspeiseplan mit Mae und mit dem Aupair-Mädchen die Termine der Kinder besprach, wenn sie einen Lieferanten anpfiff, einen Druckereibesitzer zurechtwies und dabei übergangslos von einer Rolle in die andere schlüpfte.

Aber jetzt studierte Jen erst einmal die Speisekarte und entschied sich für Linguini mit Muschelsauce. Dazu ein Glas Rotwein.

»Das ist ein Essen, das die Seele tröstet«, sagte sie zu Donna. »Und ich brauche dringend Trost.«

»Für mich das gleiche, bitte«, sagte Donna zum Kellner und strich sich Butter auf ein Stück Weißbrot. »War's ein anstrengender Tag?«

»Eigentlich nicht anstrengender als sonst«, antwortete Jen. »Das heißt – vielleicht doch. Ich war bei meiner Mutter. Und davor hatte ich eine ziemlich ausführliche Besprechung mit Cynthia bei Nightingale's. Bis nach dem Mittagessen! Dabei hat sie genau gewußt, daß ich noch ins Seniorenheim muß. Das paßt irgendwie gar nicht zu Cynthia.«

»Aber was paßt zu ihr? Oder müßte die Frage lauten: Was für ein Mensch ist Cynthia unter dem schönen Schein?« Donna hatte Jens Fragestellung umformuliert, ihre Zweifel verbalisiert.

Jen zögerte.

»Na ja – wir kennen die biographischen Eckdaten«, sagte sie schließlich. »Cynthia Anders, geborene Simmons. Wohlhabende Eltern, gutes Zuhause, auch wenn sie nie von ihrem Vater spricht. Einmal hat sie gesagt, er sei ein Mann, der die Erwartungen enttäuscht – aber was heißt das? Bachelor vom Bryn Mawr College, Master in Betriebswirtschaft von der University of Pennsylvania, Traumjob. Romantische Verlobungszeit in Italien, Traumehe mit Eric Anders, einem genialen Dokumentarfilmer, wunderhübsche Kinder und dann …«

»Eine alptraumartige Trennung – und eine alptraumartige Scheidung am Horizont«, ergänzte Donna. »Wodurch vielleicht alles Lügen gestraft wird, was wir sonst über sie wissen. Oder was wir zu wissen glaubten. Ich gebe es ja nicht gern zu, weil ich mich ein bißchen schäme, aber ich habe sie immer beneidet – die stabile Familie, das supertolle Haus, die Jetset-Artikel in *People*, der Job, Eric. Der nette, begabte, liebe Eric. Ich mag ihn eigentlich sehr gern. Wir mögen ihn alle, glaube ich.«

»Ich hab ihn heute gesehen.« Jen nippte an ihrem Rotwein.

»Ehrlich? Wo?«

»Ich kam gerade von Nightingale's und wollte ein Taxi rufen – du weißt ja, wie das ist, am frühen Nachmittag in Manhattan –, und da ist er plötzlich aufgetaucht. Er hat ein paarmal meinen Namen gerufen und kam dann auf mich zugestürzt.«

»Vor Nightingale's? Was hat er denn da verloren?«

»Keine Ahnung. Ich hatte nicht genug Zeit, um ihn zu fragen.«

»Wahrscheinlich wollte er Cynthia abfangen.« Donna schwenkte den Wein in ihrem Glas, probierte einen Schluck und verzog das Gesicht.

»Ich kann mir Eric nicht als Stalker vorstellen«, protestierte Jen.

»Ich eigentlich auch nicht.« Donna lächelte traurig.

Es stimmte. Alle mochten Eric, und er war immer zu allen nett gewesen, hatte ohne großes Getue immer wieder einer von ihnen einen Gefallen getan: Er hatte das Gemälde von Ian gekauft, er hatte es ermöglicht, daß Jeremy und ein Freund zum Set kommen durften, als er gerade wieder eine Dokumentation drehte, und irgendwie hatte er für Donna eine günstige Wohnung gefunden.

»Wie sah er aus?«

»Traurig. Sehr abgemagert. Seine Klamotten haben richtig geschlottert.« So wie Cynthias rotes Kleid. Was für eine traurige Parallele!

»Das ist nicht selten bei Leuten, die in einer Depression stecken. Eins der ersten Symptome ist Appetitmangel, verbunden mit Gewichtsverlust. Ich habe viel mit solchen Patienten zu tun. Für die kann ich die tollsten Ernährungspläne aufstellen, es hilft nichts – am besten geht es mit *Ensure* oder irgendeinem anderen flüssigen Nahrungsersatz.« Donna rutschte leicht, fast zu leicht, in ihr berufliches Thema. Sie liebte ihre Arbeit, ihr machte es Spaß, zu analysieren und dann einen Lösungsweg zu suchen. Wenig Kohlehydrate, dafür reichlich Proteine, Vitaminsupplemente. Sie und Trish hatten gemeinsam einen Artikel für eine psychiatrische Zeitschrift geschrieben mit dem Titel »Ernährung und Depression«.

»Kriegt man in der Brasserie *Ensure*?« fragte Jen trocken, und Donna lachte. Eric hatte sie unabhängig voneinander schon dorthin zum Mittagessen eingeladen.

»Vielleicht gießen sie es in übergroße Kristallgläser«, sagte sie. »Was habt ihr geredet?«

»Nicht viel. Ich habe gleich gesagt, daß ich wegmuß, weil meine Mutter auf mich wartet, und das hat ja auch gestimmt. Aber ich habe ihm vorgeschlagen, daß wir uns bald mal treffen und reden.« Sie verstummte.

»Und?« Donna ließ nicht locker.

Der Kellner brachte die Linguini, die verlockend nach Knoblauch dufteten. Jen wickelte ein paar Nudeln um die Gabel, legte sie dann aber wieder hin.

»Ich glaube, er hat nach Alkohol gerochen«, gestand sie. »Betrunken war er nicht, da bin ich mir sicher. Aber er hatte eindeutig eine leichte Fahne.«

Sie wurde rot, weil sie ein schlechtes Gewissen hatte. Eigentlich hatte sie sich vorgenommen, nicht darüber zu reden, und jetzt hatte sie das Gefühl, Eric verraten zu haben, aber sie wollte unbedingt Donnas Meinung hören und mit ihren Fragen, mit ihrer Neugier nicht allein bleiben.

»Meinst du, er ist Alkoholiker?« sagte Donna. »Ist das vielleicht der Grund, weshalb Cynthia ihn rausgeworfen hat?«

Während der ganzen Wochen war diese Vermutung noch

gar nicht aufs Tapet gekommen, aber auf ihrer Fahrt zum Seniorenheim hatte Jen natürlich auch daran gedacht.

»Ich hatte immer den Eindruck, er trinkt nur in Gesellschaft. Klar, bei irgendwelchen Premieren haben wir ihn Wein trinken sehen und auch mal einen Martini auf einer Cocktailparty. Aber mehr nicht, und oft nicht mal das. Wir hätten es doch bestimmt gemerkt, wenn er trinkt! Und selbst wenn er ein bißchen zuviel trinken würde oder meinetwegen auch viel zuviel – meinst du wirklich, das hätte Cynthia so aufgeregt, daß sie ihn Knall auf Fall rausschmeißt? Das wäre doch ziemlich übertrieben, findest du nicht?« sagte Jen.

»Es sei denn, es geht noch um andere Substanzen und der Alkohol ist nur die Spitze des Eisbergs. Das erleben wir oft im Krankenhaus.«

»Du meinst Drogen?«

»Bei Alkoholikern kommt es vor, daß Drogen die nächste Stufe sind. Das ist gar nicht so selten. Gras, dann Kokain. Heroin. Womöglich auch Ecstasy. Cynthia würde ihn garantiert nicht im Haus dulden, wenn sie wüßte, daß er dort Drogen nimmt. Schon wegen der Kinder. Und bei seinem Beruf kommt er doch jederzeit an das Zeug ran. Die Filmszene! Wir wissen doch alle, daß da Drogen dazugehören. Könnte sein, daß sie deswegen so schnell gehandelt hat.«

Donna redete langsam, wodurch das Szenario, das sie entwickelte, an Bedeutsamkeit gewann. Ihre Worte klangen sehr gewichtig. Erst am Nachmittag war eine minderjährige Schauspielerin ins Krankenhaus eingeliefert worden, vollgepumpt mit Crack. Bei der Aufnahme war sie halb nackt gewesen, und ihre Speiseröhre war so angegriffen vom ständigen Erbrechen, daß Donna Protein-Drinks verordnen mußte, um sie bei Kräften zu halten. Sie hatte die Fallgeschichte der Patientin studiert. Das Mädchen hatte sich zuerst immer mit Wein betrunken, dann mit scharfen Sachen, danach kam Marihuana an die Reihe, und die harten Drogen hatten schließlich dafür gesorgt, daß ihre Akte auf Donnas Schreibtisch landete.

»Eric ist doch nicht in Hollywood. Und auch nicht beim Fernsehen. Er macht Dokumentarfilme! Über seriöse Themen. Er arbeitet mit seriösen Leuten zusammen. Wir haben doch viele von denen kennengelernt – bei den Premieren und bei den Partys. Das waren keine Kokser«, protestierte Jen. »Ach, vergessen wir's. Er hatte ein paar Drinks zum Mittagessen, vielleicht wegen seiner Depressionen. Das heißt noch lange nicht, daß er Alkoholiker oder ein Junkie ist. Ich hätte es gar nicht erwähnen sollen. Reden wir lieber über etwas anderes.«

Sie widmete sich wieder ihren Nudeln, aber auf einmal schmeckten sie ihr nicht mehr. Als Donnas Handy klingelte, war Jen richtig erleichtert. Sie hörte zu, wie ihre Freundin mit Tim verabredete, sich nach dem Essen mit ihm in dem Jazzclub zu treffen, in dem er zur Zeit auftrat.

»Du hast doch nichts dagegen, oder?« fragte Donna.

Jen schüttelte den Kopf. Nein, sie hatte nichts dagegen. Sie wollte auf einmal so schnell wie möglich nach Hause, zu Ian, sie wollte sich in seine Arme schmiegen, seinen warmen Atem an ihrer Wange spüren, seine zärtlichen Berührungen genießen.

Aber Ian war nicht da, als sie heimkam. Die einzige Nachricht auf dem Anrufbeantworter stammte von Elizabeth – wie immer knurrig und vorwurfsvoll. Jen ignorierte sie. Sie studierte noch einmal Ians neues Gemälde und merkte, daß sich an dem unruhigen Himmel ein Unwetter zusammenbraute. Das machte sie wieder traurig, und sie bekämpfte dieses Gefühl mit dem Mittel, das sie immer anwandte, wenn sie nicht weiterwußte: Sie las. Lesen war ihre Zuflucht.

Sie nahm ihr Buch und verkroch sich in der schützenden Höhle der Literatur, in der Welt, die Edith Wharton in *Das Riff* geschaffen hatte: Es war die Geschichte von Anna Leath, einer Witwe, die auf ihren Geliebten wartet und nicht ahnt, daß er ein Verhältnis mit Sophy Viner, der Verlobten ihres Stiefsohns, angefangen hat. Jen war sofort gefesselt, las atemlos weiter. Der mysteriöse Fels, der dem Roman seinen Titel gab, wurde ihr eigener Abgrund; der Garten des Hauses in der Normandie verwandelte sich in ihre eigene innere Landschaft, faszinierend, aber nicht bedrohlich. Sie gab sich ganz der Erzählkunst von Edith Wharton hin. Anna Leath' Ungewißheit vertrieb ihre eigene. Sophy Viners Konflikt überdeckte Cynthias Trauer, den Schmerz in Erics Augen. Die Geschichte ließ sie nicht mehr los, betäubte ihre Angst. Schließlich schlief sie beim Lesen ein und wachte erst wieder auf, als sie Ians Lippen auf den Augenlidern spürte. Lautlos glitt das schwere Buch zu Boden.

Donna plante das Essen für das Gruppentreffen so gewissenhaft wie die Speisepläne im Krankenhaus und achtete, wie immer, auf die perfekte Kombination von Geschmack, Nährwert und Ästhetik. In dem italienischen Geschäft in der Eighth Avenue hatte sie eine neue Gewürzmischung entdeckt – die mußte sie unbedingt ausprobieren. Vielleicht bei der toskanischen Auberginen-Vorspeise, die sie im Internet entdeckt hatte. Das Rezept verlangte eigentlich Dosentomaten, aber Donna wollte lieber die natürlich gereiften Tomaten verwenden, die sie bei *Whole Foods* gekauft hatte. Sie schloß die Augen und lächelte bei dem Gedanken an das bunte Gericht, das auf ihrem Herd blubberte und ihre helle Küche mit würzigem Knoblauchduft erfüllte. Tim, der manchmal auf einem der hohen Hocker saß und ihr beim Kochen zuschaute, hatte einmal halb bedauernd, halb scherzhaft bemerkt, sie sei in der Küche offenbar glücklicher als im Schlafzimmer. Sie hatte gelacht, aber nicht widersprochen. Es stimmte: Sie war am glücklichsten, wenn sie kochte. Vor allem, wenn sie allein kochte.

Schließlich hatte sie ihren Beruf nicht zufällig gewählt. Daß sie Ernährungswissenschaften studieren würde, war für sie ganz selbstverständlich gewesen. Bei der Entscheidung mußte sie sich nicht so quälen wie so viele ihrer Kommilitoninnen, die nicht wußten, ob sie das richtige gewählt hatten. Beispielsweise Rina. Rina machte zuerst Kreatives Schreiben, dann Geschichte und landete schließlich bei der Englischen Literatur. Donna Saunders hatte nie geschwankt. Sie hatte vom ersten Collegetag an gewußt, was sie studieren wollte.

Das Kochen hatte ihr schon immer unglaublich viel Freude gemacht. Für sie war die Küche ihrer Mutter ein Zauberreich gewesen, eine magische Insel, umwogt vom Duft der Kräuter und Gewürze. Mit gemächlich vor sich hin köchelnden Suppen und goldenen Brotlaiben, die nach und nach in dem riesigen Backofen aufgingen, der seine Wärme im ganzen Haus verbreitete. Von dieser Küche aus dirigierte Anne, ihre Mutter, den kleinen Cateringservice, mit dem sie die Familie über Wasser hielt. Hier verdiente Anne ihren Lebensunterhalt, das Kochen war ihr Beruf, auch wenn ihr dieser Beruf aufgezwungen worden war.

Ed Saunders war ein kräftiger, vitaler Mann gewesen, als Anne ihn heiratete. Die Entscheidung fiel so schnell, daß es für Anne nur wenige Erinnerungen an die Zeit vor der Hochzeit gab – wie sie neben ihm im Theater saß, die Gardenie im Knopfloch, die er ihr an einem Blumenstand auf der Straße gekauft hatte; wie sie in einem kleinen, spärlich erleuchteten Club mit ihm tanzte und die kühlen Metallknöpfe seiner Uniform an ihrer Wange spürte … Doch als Ed aus Korea zurückkehrte, war er nur noch ein Schatten seiner selbst, Veteran eines vergessenen Krieges, ein Mann, dessen Hände unkontrollierbar zitterten und dessen Augen sich aus unerfindlichen Gründen immer wieder mit Tränen füllten. Er weinte, wenn ihm die kleine Donna ein Buch oder ein Spielzeug zeigte. Er weinte, wenn es klingelte oder wenn im Rundfunk ein bekannter Song lief. Das Radio, das immer auf denselben Sender eingestellt blieb, stand im Wohnzimmer, wo Ed seine Tage in einem alten Sessel verbrachte, zugedeckt mit einer

Wolldecke. Er hatte eine schwere Brandverletzung am linken Oberschenkel, weshalb ihm das Gehen Beschwerden machte. Er verließ das Haus nur, um ins Veteranenhospital zu gehen, wo man ihm neue Rezepte ausstellte und seinen verfallenden Körper untersuchte. Als Antwort auf Annes Fragen zuckten die überforderten Ärzte immer nur die Schultern: Man kann nichts machen, sagten sie. Aber Anne tat, was sie konnte. Sie war seine Frau und seine Krankenschwester, sie legte ihm die Kleidung zurecht, half ihm in die Badewanne und wieder heraus, sie fütterte ihn, sie gab ihm die Beruhigungsmittel, die jedoch weder gegen seine Weinkrämpfe noch gegen das Zittern halfen und die auch nichts daran änderten, daß er ziellos von einem Zimmer ins andere wanderte, alles anfaßte, den Hahn aufdrehte und das Wasser einfach laufen ließ, im Wäscheschrank nach etwas suchte, was er, wie er glaubte, zwischen den Laken und Handtüchern versteckt hatte, die er dann auf dem ganzen Fußboden im Flur verstreute. Posttraumatisches Streßsyndrom, sagten die Ärzte bedeutungsvoll. Gewöhnen Sie sich daran. Lernen Sie, damit zu leben.

Aber Anne war auch Mutter, es gab eine Tochter, die versorgt werden mußte, ein Leben, das gelebt werden wollte. Die monatlichen Schecks von Eds Behindertenrente reichten nicht für Donnas Ausbildung, nicht einmal für die neuen Schuhe und die pastellfarbenen Kleidchen, die Anne für das Kind kaufte. Ihre hübsche blonde Tochter einzukleiden war ihr einziger Luxus, ihre einzige Freude im Leben. Und deshalb verwandelte sie etwas, was eigentlich nur ein Hobby war – das Kochen –, in ein Unternehmen, das ihr genügend Geld brachte, um einen Collegefonds für ihre Tochter anzulegen, um nie wieder ihr Konto überziehen zu müssen.

Die Suppen und die Schnittchen, die Eintöpfe und die Rostbraten, die sie mit Rosmarinzweigen dekorierte, waren für die Tische fremder Menschen bestimmt. Anne organisierte einen Lieferdienst, der die Sachen in die eleganten Villen, zu Kirchen und Synagogen, zu Sälen der *American*

Legion und zu Schulhallen transportierte. Sie war stolz auf die Gerichte, die sie in Kartons packte, welche sie selbst entworfen hatte – und von Kindheit an machte Donna mit: Sie stand auf einem Hocker und beaufsichtigte die Gemüsebrühe, rührte die Mehlschwitze, gab eine Spur Fenchel in die Sauce.

Sie kam gar nicht auf die Idee, sich zu fragen, wieso ihre Mutter an der Küchentür einen Riegel angebracht hatte, damit diese geschlossen blieb, während sie gemeinsam kochten. Und immer spielte der kleine Kassettenrecorder. Sie hörten Geschichten auf Kassette, während sie schälten und schnippelten, während sie vorgekochtes Gemüse ins Wasser gaben und den grünen Salat schleuderten. In der Küche ihrer Mutter hörte Donna *Wilbur und Charlotte, Stuart Little, Hans Brinker, Betty und ihre Schwestern* und später die Romane von Jane Austen, die Kurzgeschichten von Dorothy Parker, die Verwicklungen der Familie Glass in J. D. Salingers Romanen. George Eliot versetzte sie nach England, Balzac führte sie durch Frankreich.

Als Teenager sagte Donna einmal zu ihrer Mutter, am liebsten würde sie immer nur lesen. Anne drehte sich entsetzt zu ihr um, und ihre Augen blitzten.

»Du mußt dein Leben *leben*, Donna! Du darfst es dir nicht nur ausdenken. Dafür habe ich nicht die ganze Zeit geschuftet. Ich ermögliche dir Dinge, die ich nie haben konnte. College, Reisen, einen Beruf. Versprich mir, daß du diese Möglichkeiten nutzt.« Sie nahm Donnas Hände und hielt sie ganz fest.

Erschrocken flüsterte Donna: »Versprochen. Versprochen.«

Literatur und Kochen blieben für sie immer miteinander verbunden, zwei tröstliche Refugien, die zusammengehörten, das gemeinsame Glück von Mutter und Tochter – nicht einmal dadurch gestört, daß Ed Saunders immer wieder an der Tür rüttelte und hereinkommen wollte, ehe er dann in einen anderen Teil des Hauses humpelte.

Erst Jahre später, während einer Fortbildung, bei der es um Verhaltensmuster von Alzheimerpatienten und Menschen mit nicht behandelbaren Depressionen ging, begriff Donna, daß das für dieses Krankheitsbild typische ziellose Herumwandern auch auf ihren Vater zutraf. Aus Angst hatte ihre Mutter die Küchentür verriegelt, aus Angst war sie in regelmäßigen Abständen von der Küche ins Wohnzimmer gelaufen und hatte mit hoher, besorgter Stimme gerufen: »Ed? Geht's dir gut?« – obwohl sie genau wußte, daß es ihm *nicht* gutging und daß es ihm nie wieder gutgehen würde.

Aber Donna ging es gut in der Küche ihrer Mutter. Hier war die Welt in Ordnung. Das Obst und Gemüse, das Rindfleisch und das Huhn frisch vom Metzger, der schimmernde Fisch in dem festen weißen Papier, der Duft von Saucen und Gewürzen, das Licht und die Wärme, die Geschichten, die leise murmelnd aus dem Kassettenrecorder drangen, und ihre Mutter neben ihr. In allen Küchen, in denen sie später arbeitete – die Laborküchen, in denen sie lernte, und die Klinikküchen, die sie beaufsichtigte, als sie zu arbeiten begann, die freundliche Küche in ihrer eigenen Wohnung – in all diesen Küchen war immer alles okay, sie fühlte sich wohl, alles war sauber, gut organisiert, und immer waren auch die kultivierten Stimmen der Sprecher da, die ihr Romane und Geschichten erzählten, um sie zu beruhigen, während sie schabte, zerkleinerte und mit Fett begoß.

Aber der mütterliche Auftrag war nicht vergessen. Sie lebte ein ausgefülltes Leben, genau wie ihre Mutter es sich gewünscht hatte. Sie hatte ihren Job, hatte Freunde und Liebhaber, sie unternahm große Reisen, besuchte Eliots England und Balzacs Frankreich, und überall Bücher: Bücher in der Tasche, Bücher auf dem Nachttisch, Bücher in der Küche, ein offener Band an den Karteikasten gelehnt, in dem sie die Rezepte ihrer Mutter aufbewahrte. Sie waren mit violetter Tinte auf Karten geschrieben, die inzwischen schon an den Rändern ausfransten.

Am Tag vor dem Leseclub-Treffen hatte Donna es sich so eingerichtet, daß sie im Krankenhaus früher Schluß machen konnte. Vorher schaute sie noch in Trishs Büro vorbei, um ihr den Speiseplan für eine neue Patientin vorzulegen.

»Alles flüssig. Frisch gepreßtes Gemüse, frisch gepreßtes Obst. Im Bericht des Gastroenterologen wird erwähnt, daß die Speiseröhre kaputt ist. Möglicherweise hat sie Geschwüre in der Kehle.«

»Typisch für Bulimikerinnen«, murmelte Trish. »Das regelmäßige Erbrechen ist für die Speiseröhre ganz übel. Kannst du noch ein bißchen Eis dazugeben? Sie ist drogensüchtig, aber mehr oder weniger raus aus der Sucht, und jetzt braucht sie Süßigkeiten.« Seufzend klappte sie die Akte zu. »Weshalb sind diese Mädchen nur so selbstzerstörerisch? Sie ist eine junge Frau, die alles hat, was man sich nur wünschen kann – reiche Eltern, denen sie echt wichtig zu sein scheint, Verstand, Intelligenz, ein hübsches Äußeres –, und dann wird sie nach diesem Zeug süchtig. Ich könnte wahrscheinlich hundert Jahre praktizieren, jedes Papier lesen, das je zu diesem Thema veröffentlicht wurde, und tausend Fallstudien analysieren – und ich würde trotzdem nicht begreifen, was Sucht eigentlich ist. Bei Leuten aus sozial schwierigen Verhältnissen könnte ich es ja noch einigermaßen verstehen, aber unsere Patienten gehören nicht zu dieser Schicht. Im Gegenteil, es sind Menschen, denen die Welt offensteht. Warum greifen sie dann zur Flasche oder zur Nadel? Wieso müssen sie weißes Pulver schnupfen und sich den Finger in den Hals stecken? Klar, ich kenne die Antworten aus den Lehrbüchern … suchtgefährdete Persönlichkeitsstruktur, Streß, Veranlagung, emotionale Leere. Damit müssen wir arbeiten, aber irgendwie genügt mir dieses Erklärungsinstrumentarium nicht.«

Donna schaute auf die Karte und trug mit Bleistift »Speiseeis« ein.

»Würdest du Eric, mal ganz oberflächlich betrachtet, als suchtgefährdeten Menschen bezeichnen?« fragte sie beiläufig.

Trish warf ihr einen prüfenden Blick zu.

»Wieso fragst du?«

»Jen hat ihn getroffen. Zufällig. Oder vielleicht nicht ganz zufällig. Er hat vor Nightingale's gewartet. Sie hat gemerkt, daß sein Atem nach Alkohol riecht. Und sie sagt, er sieht ziemlich fertig aus. Also hat sie sich gefragt – das heißt, *wir* haben uns gefragt, ob das vielleicht der Grund ist, weshalb Cynthia ihn rausgeworfen hat.«

»Na ja, ein Drink nach dem Mittagessen macht ihn noch nicht gleich zum Alkoholiker«, erwiderte Trish trocken. »Aber Drogen, echte Suchttendenzen – das wäre natürlich was anderes. Dann könnte ich verstehen, daß Cynthia zu so massiven Mitteln greift.«

»Wir dachten an Drogen«, gab Donna zu.

Plötzlich schämte sie sich. Irgendwie war es doch schrecklich, daß sie alle pausenlos an Cynthias Schicksal herumzupften. Was zwischen Cynthia und Eric vorgefallen war, ging nur die beiden etwas an. Es war nicht Aufgabe des Leseclubs, sich in Spekulationen zu verstricken, in Coffee-Shops herumzusitzen und Theorien zu entwickeln, sich gegenseitig anzurufen, um neue, noch unwahrscheinlichere Ideen auszutauschen. Das konnte nicht richtig sein. Sie drangen in Cynthias emotionales Territorium ein, die Flagge der Freundschaft schwenkend. Ja, klar, Cynthia war ihnen wichtig, sie wollten ihr helfen, aber sie hätten ihren Wunsch nach Diskretion respektieren sollen. Und trotzdem – Donna wußte, daß sie ihre Neugier nicht zügeln konnte und wollte, und diese Neugier wurde immer stärker, je mehr Zeit verging. Schon als Kind hatte sie sich immer gefragt, was eine Ehe so unerträglich machte, daß sie unwiderruflich zu Ende ging. Mußte es noch schlimmer sein als die erdrückende, hoffnungslose Krankheit ihres Vaters? Wann wurde der Riegel an der Tür eine permanente Einrichtung, wann konnte er nicht mehr zurückgeschoben werden? Das war eine Frage, die sie ihrer Mutter nie zu stellen gewagt hatte, weder zu Lebzeiten ihres Vaters noch nach seinem Tod. Und dann war keine Zeit mehr dafür gewesen.

Sie wußte, daß jede Ehe und jede Familie, ob glücklich oder unglücklich, anders aussah als alle anderen. Davon war sie felsenfest überzeugt. Tolstoi irrt sich, hatte sie gedacht, als sie den Anfangssatz von *Anna Karenina* das erste Mal las: *Alle glücklichen Familien ähneln einander; jede unglückliche aber ist auf ihre eigene Art unglücklich.* Trotzdem suchte sie nach einem gemeinsamen Nenner, nach einem Muster, und Cynthias Geheimnis konnte ihr da vielleicht eine Antwort liefern. Und wenn schon keine Antwort, dann wenigstens einen Hinweis.

»Ich finde nicht, daß Eric dem Profil einer suchtgefährdeten Persönlichkeit entspricht«, sagte Trish jetzt. »Er ist zielorientiert, diszipliniert. Seine Art von Erfolg erreicht man nicht ohne strukturierte Planung und harte Arbeit. Und er kann gut mit Menschen umgehen. Er und Cynthia haben jede Menge Freunde – denk doch nur an die Partys bei seinen Premieren. Und ich glaube, er hat auch eigene Freunde, aus der Collegezeit, Berufskollegen. Jason und ich sind ein paarmal mit Cynthia und Eric essen gegangen. Er hat nie mehr als ein Glas Wein bestellt. Drogen? Kann ich mir nicht vorstellen. Das wäre mir aufgefallen.«

»Bist du dir sicher?« Donna ließ nicht locker.

»Donna, du weißt doch so gut wie ich, daß kein Psychiater bei irgend etwas je hundertprozentig sicher sein kann. Ich bin mir noch nicht mal sicher, ob Eis für unsere Bulimikerin das richtige ist. Aber ich würde immerhin drauf wetten. So, und jetzt raus mit dir! Du mußt einkaufen gehen, und ich habe Termine, erst mit dem wütenden Vater einer Patientin und danach mit einer dankbaren Mutter. Ich glaube, mit dem wütenden Vater wird's weniger kompliziert.«

Sie lachten beide, und Donna verabschiedete sich. Als sie das Krankenhaus verließ und hinaus auf die windige Straße trat, löste sie ihre Haare aus dem Knoten.

Sie erledigte ihre Einkäufe zügig, packte das Gemüse in eine große Netztasche und trug die Forelle, in das vertraute, schwere weiße Papier gewickelt, vorsichtig in der Hand. Eigentlich hatte sie vorgehabt, etwas mit Krabben zu machen, aber sie wußte nicht, ob Rina dieses Jahr die jüdischen Essensvorschriften befolgte. Wie alles bei Rina war auch die Einhaltung religiöser Gesetze bei ihr unberechenbar.

Abends kochte Donna, nachdem sie sowohl Tim als auch Ray am Telefon abgewimmelt hatte, die sie beide zum Essen ausführen wollten.

»Ich bin beim Kochen«, sagte sie. »Du weißt schon, für meinen Leseclub.«

Keiner von beiden hatte Protest angemeldet. Sie verstanden Donnas Prioritäten und hatten nichts gegen ihren Wunsch nach Unabhängigkeit. Es entsprach ihrem eigenen Wunsch nach einer Beziehung ohne Verpflichtungen, in der keine Fragen gestellt wurden. Ray war verheiratet gewesen, kurz und unglücklich. Tim wollte sich nicht einschränken, er brauchte die Möglichkeit, Konzerte in anderen Städten zu geben und spontan bis in die frühen Morgenstunden zu jammen. Beide ahnten von der Existenz des anderen, aber von Anfang an hatten sie Donnas Devise »Keine Fragen, keine Antworten« akzeptiert. Es war ein Arrangement, das allen Beteiligten paßte. Jetzt, heute. Um die Zukunft machten sie sich keine großen Gedanken. Es wurden keine Forderungen erhoben, keine Ultimaten gestellt. Und während Donna jetzt die Zutaten studierte, die sie schon auf der Arbeitsplatte bereitgestellt hatte, dachte sie mit keinem Gedanken an die beiden. Summend legte sie die Hörbuch-CD von *Das Haus der Freude* auf.

»Selden hielt überrascht inne«, begann der Sprecher mit seiner wohltuenden Stimme. Donna lächelte, griff zum Schneidemesser und ließ sich die Geschichte von Lily Bart erzählen.

Am nächsten Tag stürmte es, und nach dem wochenlang sehr milden Herbstwetter erinnerte ein heftiger, eisiger Regenguß daran, daß der Winter vor der Tür stand. Die Mitglieder des Leseclubs betraten Donnas Wohnung mit tropfenden Schirmen, die Gesichter feucht und glänzend, Regentropfen im Haar. Lachend berichteten sie von ihren Abenteuern – von den Schubsereien, bis sie endlich ein Taxi ergattert hatten, von den mutigen Sprüngen über riesige Pfützen. Rinas Umweg, weil sie erst noch eine blinde Frau nach Hause begleitet hatte. Cynthias Spurt zurück zu Nightingale's, weil sie einen Entwurf holen mußte, den sie auf dem Schreibtisch vergessen hatte.

Die Schirme deponierten sie in Donnas Badewanne, die nassen Mäntel hängten sie über die Stange des Duschvorhangs, dann ließen sie sich auf die Kissen fallen, die überall im Wohnzimmer auf dem Boden lagen, und zogen, wie kleine Mädchen, ihre nassen Strümpfe aus. Selbst Elizabeth plapperte munter. Ihre hellen Haare klebten am Kopf wie eine Mütze, und der Saum ihres langen Jeansrocks war dunkel vor Feuchtigkeit. Stolz schilderte sie, wie sie es geschafft hatte, ein Taxi herbeizuwinken, und als ein Mann versuchte, es ihr vor der Nase wegzuschnappen, habe sie ihn mit dem Schirm bedroht.

»Und ich hab gewonnen, ich hab gewonnen!« rief sie triumphierend, und die anderen applaudierten.

Der Regen hatte sie alle in Schwung gebracht. Sie hatten ihre überheizten Arbeitsplätze verlassen und waren in ihren bunten Regenmänteln und Capes durch Wind und Wetter gelaufen, um sich in einer warmen Wohnung mit ihren Freundinnen zu treffen und gemeinsam einen langen Abend mit gutem Essen und spannenden Gesprächen zu verbringen.

Und Donna – das Gesicht von der Hitze des Backofens leicht gerötet, die langen blonden Haare mit einem blaßblauen Schal zurückgebunden, der auf ihren Hosenanzug abgestimmt war – ging fröhlich zwischen ihnen hin und her, bot ihnen toskanischen Auberginenaufstrich auf knusprig getoastetem Brot an, füllte ihre Gläser mit perlendem Cider aus einem Keramikkrug, den Cynthia mitgebracht hatte.

»Ein Sonderangebot von Nightingale's für Thanksgiving«, verkündete sie. »Man kann den Krug nachfüllen oder später als Blumenvase benutzen. Ich habe ihn letztes Jahr in Irland entdeckt.«

Sie tranken den Cider in kleinen Schlucken. Ja, an diese Irlandreise erinnerten sie sich. Erics Dokumentation über irisch-amerikanische Familien war beim *Dublin Film Festival* mit einem Preis ausgezeichnet worden, und Cynthia hatte von der Landschaft geschwärmt, von der Warmherzigkeit der Menschen, von der genialen Rede, die Eric vor der Vorführung gehalten hatte. Sie hatte jeder von ihnen ein Lavendelsäckchen aus irischem Leinenstoff geschenkt. Dachte Cynthia an Eric, während sie ihren Cider trank? fragten sich alle insgeheim. Dachte sie oft darüber nach, daß sie durch die Trennung auch von seiner Welt der Premieren und Preise abgeschnitten war, von den hell erleuchteten Schildern und den dunklen, gedämpften Kinosälen, von den Cocktailpartys mit den bewundernden Fans? Donna mußte plötzlich an etwas denken, was ihre Mutter gesagt hatte, als sie an einem Winterabend in den lautlos fallenden Schnee hinausschaute, die Schultern angespannt, ihr Gesicht bleich.

»Man heiratet nicht den Mann«, hatte Anne Saunders voller Bitterkeit gesagt. »Man heiratet das Leben.«

Damals hatte sich Donna gefragt – und sie fragte sich auch heute noch: Wenn die Ehe endet, ist dann das Leben ebenfalls vorüber? Was wäre passiert, wenn ihre Mutter ihren Vater verlassen hätte, wie es ihr so viele Freunde und Verwandte nahegelegt hatten? (»Er merkt doch gar nicht, daß du da bist, Anne. In einem Seniorenheim wäre er besser aufgehoben« – ach, diese ungebetenen Ratschläge, die sie als Kind so oft mit anhören mußte, hatten ihr angst gemacht und das Gesicht ihrer Mutter zu einer Maske erstarren lassen.) Wäre dann ihr Leben, wie sie es kannten, das Leben ihrer Mutter und ihr eigenes, automatisch auch zu Ende gewesen? Rückblickend wußte Donna, daß die Verwandten und Freunde recht gehabt hatten. Ihre Mutter hätte einen anderen Mann kennenlernen, ein neues Leben beginnen können. So vieles wäre möglich gewesen: Urlaub, Reisen, Gemeinsamkeit. Vielleicht wäre die Trauer von ihr gewichen und nur eine leise Melancholie zurückgeblieben.

Donna schob die Erinnerung weg und eilte in die Küche. Die Forelle mit der Weißwein-Schalotten-Sauce war genau richtig, das Reis-Pilaw goldbraun, der frische grüne Salat, verziert mit Pinienkernen, glänzte.

»Das Essen ist fertig!« rief sie, und ihre Freundinnen, alle barfuß, die Gesichter vom Regen wie frisch gewaschen, versammelten sich um den Tisch, der mit einem grünen Leinentischtuch und mit dem Hochzeitsgeschirr und Hochzeitsbesteck, das ihre Mutter nie benutzt hatte, gedeckt war.

»Der Tisch paßt perfekt zu Edith Wharton«, bemerkte Cynthia anerkennend.

Donna lächelte. Daß Cynthia, die Perfektionistin, etwas lobte, geschah nicht alle Tage.

»Na ja, vielleicht zu ihrem Sommerhaus in Newport, bevor sie richtig losgelegt hat. Aber auf keinen Fall elegant genug für das Mount, ihr Landgut in den Berkshires, oder für ihre Wohnungen in Paris«, brummte Elizabeth, und Jen duckte sich.

Warum mußte ihre Schwester das kleinste Kompliment immer gleich zerpflücken? Nicht zum erstenmal bereute sie es, daß sie Elizabeth in die Gruppe geholt hatte. Dieses Gefühl war typisch für ihre Beziehung. Schon immer ging bei ihr das Pendel zwischen Zuneigung und Ablehnung, zwischen Schuldgefühlen und Trauer hin und her. Elizabeth' unglückliche Ehe und Adams Autismus trugen noch dazu bei. Jen war frei, während ihre Schwester eine schwere Last zu tragen hatte. Als Carla, die viele Jahre in der Gruppe gewesen war, wegzog und sie darüber redeten, wer sie ersetzen könnte, hatte Jen nach längerem Zögern ihre Schwester vorgeschlagen. Elizabeth liebe die Literatur, hatte sie ihren Freundinnen versichert, und alle waren einverstanden gewesen. Sie wollten der klugen, elfenhaften Jen eine Freude machen. Jen war immer nett, immer umgänglich. Und es stellte sich heraus, daß Elizabeth sehr viel zu den Diskussionen beisteuern konnte. Das fanden alle. Und Jen wußte, daß Elizabeth froh war über die Abwechslung und die Gesellschaft, auch wenn sie sich nie bei Jen bedankt hatte. Daß sie sich manchmal über sie ärgerte, war eigentlich ein geringer Preis dafür, daß die latenten Schuldgefühle, die sie seit ihrer Kindheit mit sich herumschleppte, beschwichtigt wurden.

»Aber das Essen würde garantiert zu den Dinnerpartys im Mount oder in einer der Wohnungen in England oder Paris passen«, erwiderte Trish und lud einen Bissen Forelle auf die Gabel. »Schmeckt superköstlich, Donna.«

»Vielen Dank.« Donna ging herum und füllte die Weingläser nach. »Aber Wharton hätte selbstverständlich nicht selbst gekocht. Sie war eine Meisterin in Sachen Planung, samt Gästelisten, Speisenfolge, Geschirr, Besteck, Tischtuch und was so alles dazugehört.«

»Ein bißchen wie bei dir, Cynthia«, warf Rina grinsend ein. »Du schreibst vor, Mae führt aus.«

»Stimmt nicht ganz.« Cynthias Protest war sehr mild. »Ich habe zwar nichts dagegen, wenn man mich mit Edith Wharton vergleicht, Rina, aber wir müssen schon genau hinschauen. Ich habe eine Haushälterin und außerdem Au-pair-Mädchen, die kommen und gehen – vor allem gehen. Aber Edith – ich finde, wir sollten sie Edith nennen …«

»Edith!« riefen alle im Chor und hoben die Gläser. »Auf Edith!«

»Wunderbar – darin sind wir uns also einig«, fuhr Cynthia fort. »Also – Edith hatte Personal, eine ganze Batterie von Dienstmädchen und Köchen und Dienern. Und ich habe zwei Kinder, die versorgt werden wollen, während unsere gute Edith nur diese widerlichen kleinen Hunde hatte.«

»Die für sie wie Kinder waren«, ergänzte Trish. »Erinnert ihr euch an den Brief, den sie an eine Freundin geschrieben hat, als ihr Hund gestorben ist? Der schwappt ja regelrecht über vor Pathos und Schmerz! Man hat das Gefühl, sie trauert um ein Kind. Als Psychologin würde ich sagen, das ist ein typischer Fall von Ersatzbeziehung.«

»Bitte, keine klinischen Analysen«, sagte Rina. »Denk dran – heute abend reden wir nicht über die Arbeit.«

Alle nickten zustimmend. Die Leseclub-Treffen waren Oasen der Muße. Es gab nur eine einzige Verpflichtung, und die galt dem Buch, auf das sie sich geeinigt hatten. Und es gab das Versprechen, offen und ehrlich darüber zu reden.

»Ich muß auch noch etwa tausend Arbeiten korrigieren, aber ich werde einfach nicht dran denken«, fügte sie hinzu.

Elizabeth nahm sich noch eine Portion Salat. »Ich finde trotzdem, daß Trish einen sehr interessanten Punkt angesprochen hat«, sagte sie in dem diplomatischen Tonfall, den sie vermutlich auch bei den Eltern eines Problemschülers anschlug. »Ich weiß nicht, ob es nur mir so gegangen ist, aber als ich die Briefe las, dachte ich, daß sich Wharton irgendwie allein und verlassen gefühlt haben muß. Und sie hatte ja auch allen Grund dazu. Schließlich ist sie erst von ihrem Ehemann betrogen worden und dann auch noch von ihrem Geliebten.«

»Na, wenigstens hat ihr Koch sie nicht betrogen. Und ihr Buchhalter war sicher auch nie untreu«, warf Cynthia ein, und alle lachten.

»Ich hätte auch gern einen Koch. Und einen Buchhalter«, klagte Rina. »Falls ich noch mal auf die Welt komme, wäre ich gern Edith Wharton.«

»Eine jüdische Edith Wharton?« fragte Trish, und wieder lachten alle. »Irgendwie kann ich mir das nicht so ganz vorstellen. Du müßtest im Mount eine koschere Küche führen.«

»Und Henry James würde dich im Stich lassen. Es sei denn, er käme als Jude wieder auf die Welt«, sagte Jen kichernd.

»Als Jude und als Hetero. Das wäre doch toll – ein ganz neuer Henry James – heterosexuell und jüdisch«, sagte Cynthia und nahm sich noch ein Stück Brot.

Die anderen lächelten: Sie freuten sich über Cynthias Appetit. Daß sie abgenommen hatte, war nicht zu übersehen. Elizabeth legte ihr unauffällig noch ein Stück Fisch auf den Teller. So fütterte sie Adam, so fütterte sie manchmal ihre Mutter, die das Essen im Seniorenheim meistens nicht mochte. Und jetzt brauchte auch Cynthia ihre Fürsorge.

»Ja, aber wenn er heterosexuell gewesen wäre – das heißt, wenn er zur Verfügung gestanden hätte – und trotzdem Jude, dann wäre er für Edith nicht akzeptabel gewesen, und Dame Wharton hätte ihn fallenlassen«, sagte Trish. »Das hätte jedenfalls ihrem Verhaltensmuster entsprochen.«

»Ach, ich finde, wir sollten die arme Edith nicht analysieren.« Donna stand auf, um die Servierschüsseln abzutragen. »Ich bringe kurz alles in die Küche, und dann trinken wir den Kaffee im Wohnzimmer. Habt ihr eure Bücher dabei?«

Die anderen nickten bejahend. Sie brachten die Bücher immer mit, damit sie nachlesen konnten, wenn sich jemand auf eine bestimmte Textstelle berief. In ihren Augen war das ein Indiz dafür, daß sie die Lektüre ernst nahmen und die Bücher, die sie auswählten, sehr genau studierten. Alle erhoben sich jetzt vom Eßtisch und machten es sich im Wohnzimmer bequem, jede mit einem Kaffeebecher bewaffnet, das Buch auf dem Schoß.

Donna stellte einen Teller mit Pistazienkeksen auf den Couchtisch und skizzierte anhand ihrer Notizen das Leben der Autorin, ihre einsame Kindheit, ihre sehr früh erkennbare Fähigkeit, Geschichten zu erfinden, und ihre tiefe Liebe zur Literatur, die eigentlich schon zu der Zeit erwachte, als ihr der Vater das Lesen beibrachte.

»In einem Brief an ihre Schwägerin schreibt sie, für sie sei das Lesen eine ›heimliche Ekstase der Vereinigung‹. Das ist eine geniale Formulierung, finde ich. Genauso habe ich das empfunden, als ich das erste Mal diese Audiobücher gehört habe, während meine Mutter kochte, und auch als ich angefangen habe, selbst zu lesen. Meine Mutter hat immer kontrolliert, ob meine Nachttischlampe aus ist, und dann bin ich aufgestanden und habe die Tür einen Spaltbreit geöffnet, damit ich in dem Lichtstrahl, der vom Flur hereinfiel, weiterlesen konnte. Ich hatte keine Lust, diese ›Vereinigung‹, von der Wharton spricht, schon aufzugeben. Ich wollte nicht wieder allein sein.« Die Trauer in Donnas Stimme war nicht zu überhören. Fast unwillkürlich schaute sie zu dem Hochzeitsbild ihrer Eltern, das in ihrem Bücherregal stand – Anne, wie Donna, blond und üppig, ihr Vater robust, athletisch – dieser Mann, den sie erst kennengelernt hatte, als er von seinen Verletzungen und seinen Erinnerungen schon völlig ausgehöhlt war. Ihre Freundinnen folgten Donnas Blick und senkten dann schnell die Augen.

Alle schwiegen nachdenklich. Die Worte der Schriftstellerin hatten jede von ihnen in ihrem Innersten berührt. Ja, sie verstanden diese »heimliche Ekstase«, die es ihnen ermöglichte, der Einsamkeit zu entfliehen, und wieder einmal spürten sie, wieviel sie miteinander verband.

»Ich wüßte gern, ob sie über das Schreiben ähnlich gedacht hat«, sagte Rina. »Wenn sie vom Schreiben spricht, betont sie nämlich immer wieder, daß es so furchtbar mühsam und anstrengend ist –«

»Und daß ihre Verleger sie über den Tisch ziehen«, warf Elizabeth ein. »Sie hat dauernd nur ans Geld gedacht. Dabei brauchte sie eigentlich gar keins. Zuerst hat sie von ihren Eltern einen beträchtlichen Treuhandfonds bekommen, und dann war da noch diese unerwartete Erbschaft von einem entfernten Cousin.«

Donna überprüfte ihre Notizen.

»Ja, es handelte sich um hundertzwanzigtausend Dollar. 1885 war das eine Wahnsinnssumme. Wahrscheinlich so viel wie heute zwei Millionen oder so. Da wundert es einen schon, daß sie so versessen aufs Geld geachtet hat.«

»Eigentlich nicht. Das Geld war für sie der Schlüssel zur Freiheit.« Cynthia klang nüchtern, sachlich. »Durch das Geld war sie unabhängig, sie konnte ihre eigenen Entscheidungen treffen, reisen. Letzten Endes hat es ihr ermöglicht, sich von Teddy Wharton scheiden zu lassen. Ohne eigenes Geld und wenn sie nicht fähig gewesen wäre, etwas zu verdienen, hätte sie ihn nicht verlassen können, egal, was er getan hätte. Ich habe eine«, – sie überlegte kurz, als müßte sie nach dem richtigen Begriff suchen –, »ich habe eine Verwandte, deren Mann eine Geliebte hatte, eine heimliche Familie. Er hat sie hintergangen, er hat die Kinder hintergangen, er hat ihr ganzes Leben in eine Lüge verwandelt. Aber sie saß in der Falle. Sie konnte sich nicht scheiden lassen, weil sie kein Geld hatte. Und keinen Beruf. Das habe ich mitbekommen, und deshalb war mir immer sonnenklar, ich muß dafür sorgen, daß ich mich selbst ernähren kann. Ich habe natürlich nicht gedacht, daß es je soweit kommen würde – aber jetzt …«

Sie verstummte, ihre Wangen waren gerötet, und als sie ihren Kaffeebecher nahm, zitterte ihre Hand.

Donna schaute Jen an, Rina wechselte Blicke mit Trish. Sie dachten alle das gleiche. Hätte sich Cynthia von Eric trennen können, wenn sie kein eigenes Geld besäße? Wäre sie wie ihre »Verwandte« in einer Ehe hängengeblieben, die sich in eine Lüge verwandelt hatte?

Elizabeth drehte an ihrem Ehering, zog ihn ab, steckte ihn wieder an.

»Aber sie hätte sich doch auch ohne eigenes Geld gegen Teddy Wharton durchgesetzt. Auf jeden Fall hätte sie eine Art Unterhaltszahlung aushandeln können. Es gab genug Gründe für eine Trennung! Er war ein Ehebrecher, er hat Geld von ihren Konten genommen und es für Prostituierte ausgegeben, er war ein Playboy, der von ihrem Vermögen lebte und nie selbst gearbeitet hat, nicht einen Tag«, sagte Donna. »Die Frage ist meiner Meinung nach nicht, weshalb sie sich scheiden ließ, sondern warum sie so lange bei ihm geblieben ist. Sie war keine besonders überzeugte Anhängerin des Ehegelöbnisses. In einem ihrer Briefe schreibt sie, daß das Band der Ehe die Betroffenen erwürgen kann. Man sollte annehmen, daß sie keine Probleme hatte, diesen Knoten zu lösen. Besonders fromm war sie auch nicht – das heißt, die Religion war ebenfalls kein Hinderungsgrund. Ich wüßte gern, wie sie es fertiggebracht hat, so viele Jahre mit Teddy Wharton zuammenzuleben, obwohl er ihr absolut nichts zu bieten hatte – keine Liebe, keine Kinder, keine finanzielle Sicherheit.«

»Vielleicht, weil sein Verhalten sie nicht überraschte«, schlug Trish vor. »Sie hat sich vom ersten Tag an damit abgefunden, mit seinen ganzen Launen und Spinnereien. Wahrscheinlich hat sie alles, was er machte, vorausgeahnt. Und trotzdem gedacht, sie könnte dafür sorgen, daß es klappt. Ich finde das auch irgendwie seltsam, genau wie Donna. Sie muß doch ziemlich schnell begriffen haben, daß es nicht funktioniert – und dann gab es überhaupt nichts mehr, was die beiden zusammenhielt. Wieso hat sie also achtundzwanzig Jahre gebraucht, um sich scheiden zu lassen? Selbst eine total eingeschüchterte, neurotische Frau hätte diesem Typ den Laufpaß gegeben. Ich denke da an eine Patientin aus meiner Ausbildungszeit, die genau das gemacht hat.«

Cynthia blätterte ungeduldig in der Wharton-Biographie, die sie mitgebracht hatte. »Weil sich die Lage nach achtundzwanzig Jahren zugespitzt hat. Weil sich sein Verhaltensmuster verändert hat und es noch eine Steigerung gab. Und da hat sie gemerkt, daß sie bestimmte Dinge nicht mehr hinnehmen kann, von denen sie vorher dachte, daß sie ihr nichts ausmachen. So was gibt's. Die Menschen verändern sich. Die Toleranzschwellen verschieben sich. Der

Mann, den man heiratet, ist nicht unbedingt identisch mit dem Ehemann, mit dem man zusammenlebt. Im Grunde hat man einen Vertrag mit einem Partner geschlossen, den es nicht mehr gibt.«

Sie sprach schnell, hastig, ohne zu überlegen. Redete sie von Edith und Edward Wharton oder von ihrer eigenen Ehe? fragten sich die anderen und schauten betreten weg. Cynthia schien das allgemeine Unbehagen zu spüren, denn sie erhob sich und verschwand im Badezimmer.

Rasch nahmen sie die Diskussion wieder auf. Donna wollte eine Passage aus den Briefen vorlesen, die sie besonders beeindruckt hatte.

»Die Briefe an Morton Fullerton, ihren Geliebten, fand ich am faszinierendsten«, begann sie. »Irgendwie wußte sie von Anfang an, daß die Affäre zum Scheitern verurteilt ist, aber sie hatte trotzdem keine Angst, sich darauf einzulassen, mit ihm auf Reisen zu gehen und ihn sogar ins Mount einzuladen.«

»Sie hat ihm auch gute Ratschläge gegeben, wie er sich einer früheren Freundin gegenüber verhalten soll«, fügte Elizabeth hinzu. »Daraus kann man schließen, daß ihr klar war, was für ein Mensch er ist – unzuverlässig, unbeständig, unberechenbar. Es ist ein Unterschied, ob man mit jemandem eine Beziehung eingeht, ohne seine Schwächen zu kennen, oder ob man sie kennt und ignoriert.«

Sie sagte das sehr streng, und Jen, die ihre Schwester genau beobachtete, dachte, daß sie sich selbst gegenüber wie immer sehr nachsichtig war und ihre Fehler entschuldigte. Sie hatte Bert viel zu schnell geheiratet. Sie hatte gar keine Zeit gehabt, um zu durchschauen, wie launisch und unausgeglichen er war und daß in ihm eine dunkle Wut brodelte, die immer wieder Tobsuchtsanfälle auslöste – was durch die Scham und die Angst, die Adams Autismus hervorrief, noch potenziert wurde. Nein, sie hatte nicht den Luxus gehabt, rechtzeitig zu erkennen, was ihr bevorstand. Und wie immer betrachtete sie sich selbst als das Opfer, das demonstrativ und vorwurfsvoll das doppelte Elend von Ehe und Mutterschaft schulterte.

Auf einmal merkte Jen, daß Elizabeth sie fixierte, die Lippen spöttisch-vielsagend gespitzt. Wie gut sie diesen Gesichtsausdruck aus ihrer Kindheit kannte! Sie begriff, daß Elizabeth gar nicht ihren eigenen Mann beschrieben hatte, sondern Ian. Und die Frau war sie, Jen. Das paßte. Elizabeth warf ihr ja dauernd vor, sie sei zu schwach und würde Ians Fehler bewußt ausblenden, seine Unzuverlässigkeit nicht durchschauen. Jen wandte sich ab, weil sie die Wut in sich aufsteigen fühlte, die sie als Kind immer unterdrückt hatte. Verdammt noch mal, dachte sie. Wieso habe ich sie nur eingeladen, in unsere Gruppe zu kommen?

»Aber sie hat doch ganz genau gewußt, was sie tut«, beharrte Trish. »Es war ihre Entscheidung. Sie war ehrlich – sich selbst gegenüber und auch gegenüber Fullerton.« Trish blätterte blitzschnell in ihrem Buch. »Hier, ich hab die Stelle – 1909 schreibt sie ihm: ›Meine einzige Sorge ist, daß meine Liebe mich blendet und mein Herz *morgen* flüstert, wenn mein Verstand *heute* sagt.‹ Es ist ziemlich gewagt, so etwas seinem Geliebten zu schreiben. Aber sie war immer bereit, Risiken einzugehen.«

»Weil sie stark war – und ihre Stärke kannte«, ergänzte Rina. »Und sie verfügte über Geld und Begabung, um diese Kraft zu unterfüttern. Aber da ist noch etwas, was ich ganz toll fand – als sie mit ihm Schluß macht, schreibt sie: ›Ich finde, ich habe mehr verdient als das.‹ Ziemlich fortschrittlich für eine Frau von damals.«

»Sogar für eine Frau von heute.« Cynthia war wieder da, ihr Gesicht frisch gewaschen und ohne Make-up, die kastanienbraunen Haare zurückgebunden, ihre beherrschte Haltung wiederhergestellt. »So viele Frauen haben keine Ahnung von ihrem eigenen Wert! Darauf zielen wir ab, wenn wir bei Nightingale's eine Werbekampagne planen. ›Kaufen Sie das oder jenes. Sie sind es wert. Sie haben es verdient.‹ Unsere

Werbe-Gurus versichern mir immer wieder, daß es viel zu viele Frauen gibt, die nicht glauben, daß ihnen *irgend etwas* zusteht.«

»In der Werbung geht das vielleicht«, wandte Trish ein. »Aber ich kann mir nicht vorstellen, daß ich zu einer Frau, die mit Eheproblemen zu mir kommt, so etwas sagen kann. Wie würde ich es ausdrücken – ›Lassen Sie sich scheiden, Sie haben etwas Besseres verdient‹? Für diese Frauen geht es nicht um *Oil of Olaz*, sondern um ihr Leben. Ich darf da nicht so unverblümt reden.«

»Wieso nicht?« fragte Cynthia ruhig und goß sich noch einmal Kaffee ein. »Wenn's stimmt?«

Donna stand auf, mit funkelnden Augen und geröteten Wangen.

»Weil es nicht immer eine einfache Lösung gibt. Wenn es so wäre, dann hätte sich meine Mutter von meinem Vater scheiden lassen müssen, gleich an dem Tag, als er aus Korea zurückgekommen ist. Ihr war völlig klar, was für ein Leben sie erwartet. Daß sie seine Krankenschwester sein würde, seine Pflegerin, alles, nur nicht seine Frau. Aber sie ist bei ihm geblieben und hat sich um ihn gekümmert, bis zu seinem Tod, obwohl sie genau wie Wharton wußte, daß sie mehr verdient hätte. Und das hätte sie, das hätte sie wirklich! Aber sie hat an andere Dinge gedacht als daran, was sie *verdient*. Sie hat an ihn gedacht und an mich und – davon redet heutzutage kein Mensch mehr – an ihre Pflicht. Dafür hat sie einen hohen Preis bezahlt. Ein ganzes Leben, das sie nie gelebt hat. Und als er dann gestorben war, da wollte sie es nicht mehr leben. Sie war erschöpft. Er war tot, ich war selbständig. An dem Abend, bevor sie starb, hat sie mit meiner Tante telefoniert. ›Ich bin müde‹, hat sie gesagt. ›Ich bin zu müde, um morgens aufzustehen, und es gibt ja eigentlich auch gar keinen Grund mehr. Ich will mich nur noch ausruhen.‹«

Donna kämpfte mit den Tränen und schaute wieder zu dem Hochzeitsbild. An dem Morgen, als ihre Mutter starb, hatte sie es auf dem Nachttisch gefunden, neben den fünf leeren Schlaftablettenröhrchen und dem Brief, den Anne mit der violetten Tinte geschrieben hatte, die sonst nur den Speiseplänen und Rezepten vorbehalten gewesen war. Um Liebe und Vergebung hatte sie in diesem Brief gebeten und Donna mitgeteilt, wo sie ihr Testament aufbewahrte, ihre Bankunterlagen und ihr kleines Sparguthaben. Nur Rina wußte von diesem Brief, nur Rina wußte von den leeren Tablettenröhrchen.

Donna nahm das gerahmte Foto in die Hand, stellte es wieder hin. Sie hatte Tränen in den Augen. In ihrer Betroffenheit wußten die anderen nicht, was sie tun sollten. Sie glaubten, daß sie sich gegenseitig gut kannten und sich nahe genug standen, um die Lebensgeschichten der anderen zu verstehen. Sie waren in einem Alter, in dem der Tod der Eltern zwar traurig, aber nicht ungewöhnlich war. Ihre Väter und Mütter wurden älter, gebrechlicher, sie starben an Krebs oder an anderen Krankheiten. Bei Donna war es anders: Ihre Mutter war schon tot gewesen, als sie zu der Gruppe stieß, und zum erstenmal fragten sich die anderen, woran Anne Saunders eigentlich gestorben war. Sie merkten, daß ihre Nähe Grenzen hatte. Donnas Schmerz verunsicherte sie, und auch das, was Cynthia so dezidiert vorgebracht hatte, konnten sie nicht verstehen. Sie beobachteten, wie Rina zu Donna ging und sie in den Arm nahm, wie Jen ihr ein Glas Wasser brachte, ihr ein Taschentuch anbot. Donna trank, wischte sich die Augen und lächelte scheu, um Entschuldigung bittend, aber die fröhliche Stimmung war verflogen. Alle waren verwirrt, ratlos.

Trish war es, die sie mit professionellem Geschick auf weniger gefährliches Gebiet zurückführte – zurück zu ihrem Roman. Sie diskutierten jetzt ruhig und sachlich. Nach einer Weile ging Donna in die Küche, und als sie zurückkam, hatte sie die Fassung wiedergefunden und brachte eine Platte mit goldbraunen Minibirnen, eine Opfergabe für die wiederhergestellte Normalität.

Mit knappen Worten faßte Trish den Roman zusammen, so wie sie es immer machten. Obwohl alle *Das Riff* gelesen hatten, hörten sie aufmerksam zu, wie Trish von Darrow, dem unverheirateten jungen Diplomaten, erzählte und von seinem zufälligen Zusammentreffen mit Sophy Viner in Paris. Sie schilderte ihre Affäre, ein kurzes Zwischenspiel, weil Darrows Reise zu seiner wahren Liebe, Anna Leath, aus unerklärlichen Gründen verschoben wird. Und daß Sophy dann später als Gouvernante von Annas kleiner Tochter und als die Verlobte ihres Stiefsohns wiederauftaucht.

Zwischendurch wurde sie immer wieder von den anderen unterbrochen. Cynthia vertrat die These, daß die detaillierten Beschreibungen von Sophy Viners Kleidung sehr wichtig seien. Rina stellte Vermutungen über Sophys Familie an, über ihre ökonomische Lage. Elizabeth fragte nach der namenlosen Schwester.

Das Gespräch war, wie immer, sehr konzentriert und ergiebig. Sie lasen nicht zum Zeitvertreib, verstanden sich auch nicht als intellektuelle Voyeure. Die Bücher, die sie fesselten, eröffneten ihnen neue Welten, ließen sie am Leben der Figuren teilnehmen. Sie wollten in die Nuancen der Erzählung eintauchen, tauschten Gedanken aus, entwickelten Theorien.

»Ich verstehe, was du sagen willst.«

»Auf die Idee bin ich noch gar nicht gekommen.«

Sie waren sich einig, sie widersprachen sich. Sie lachten und seufzten.

»Ich fand das Buch wunderbar«, sagte Elizabeth, »aber trotzdem kommt mir vieles ziemlich konstruiert vor. Wieder so viele Zufälle! Zum Beispiel, daß Sophy Viner ausgerechnet in Givre auftaucht, dem Wohnsitz von Anna Leath – dabei gibt es jede Menge Landgüter in Frankreich.«

»Aber wie hätte die Handlung sonst weitergeführt werden können?« fragte Donna. »Denk doch mal an Casablanca – was wäre passiert, wenn Ilse nicht in Rick's Bar gegangen wäre? Gar nichts! Und dann sagt doch Bogart diesen herrlichen Satz: ›Von allen Bars in allen Städten der Welt mußtest du dir ausgerechnet diese aussuchen?‹ Oder so ähnlich. Das gehört zur Fiktion. Und manchmal auch zum wirklichen Leben. Ich habe Ray auf einer Medizinerkonferenz in San Francisco kennengelernt, und zwei Wochen später taucht er plötzlich bei einer Party in New York auf. Das hat sich niemand ausgedacht, das war reiner Zufall. Darrow trifft Sophy in Paris, und Monate später ist Sophy plötzlich in Givre. Das ist genau das gleiche. Ich glaube gar nicht mal, daß Wharton die Handlung vorher genau geplant hat. In den Briefen an ihre Verleger gibt sie nie eine Vorschau auf die Bücher, die sie gerade schreibt. Sie hat keine Exposés eingereicht.«

»Was denkt ihr, wieviel von Whartons eigenem Leben in *Das Riff* eingegangen ist?« fragte Trish.

Solche Fragen liebte Rina. Sie stellte sie oft in ihren Kursen. Motivationsgründe faszinierten sie, das *Warum* im Leben anderer Menschen, das *Warum* bei ihren eigenen Entscheidungen. *Warum* klaute eine gutgekleidete Dame eine teure Handtasche, die sie sich offensichtlich leisten könnte? *Warum* hatte Sylvia Plath ausgerechnet an jenem Tag in den frühen Morgenstunden Selbstmord begangen? *Warum* hatte sie, Rina, sich dafür entschieden, ihr Kind allein zu erziehen, obwohl ihr doch so viele andere Möglichkeiten offengestanden hätten? *Warum* hatte Edith Wharton, die selbst keine Kinder hatte, einen Roman über eine Witwe verfaßt, die ihre Mutterpflichten über ihr Liebesglück stellt?

Sie blätterte in dem Band mit den Briefen, bis sie endlich zu der Stelle kam, die sie zitieren wollte.

»Hier ist ein Brief, den sie an den Kunstkritiker Bernard Berenson schrieb, während sie an *Das Riff* gearbeitet hat. Ich würde vermuten, er hat sie gefragt, ob der Roman autobiographisch ist, und sie hat geantwortet: ›Vergiß nicht, das bin nicht ich, obwohl ich es dachte, als ich es geschrieben habe‹«, las Rina vor. »Ich glaube, die Antwort auf deine Frage, Trish, lautet: ja und nein und auch noch vielleicht. Ein Autor verliert sich in seinem Werk, verschmilzt mit den Charakteren, die er oder sie schafft, und löst sich wieder von ihnen, bis die Grenzen zwischen Autor und Figur verfließen. Wie bei Flaubert: ›*Madame Bovary, c'est moi.*‹ Wharton hätte sagen können: ›*Anna Leath, c'est moi.*‹ Es ist nicht ihr reales Leben, das in den Roman eingegangen ist. Es war ihr imaginiertes Leben.«

Sie nahm sich eine Birne, biß hinein und lehnte sich zurück, zufrieden mit ihrer Antwort.

»Ich glaube, das ist so ähnlich, wie wenn Flannery Connor sagt: ›Ich schreibe, damit ich weiß, was ich denke‹«, sagte Elizabeth nachdenklich.

Jen musterte ihre Schwester überrascht, die anderen nickten zustimmend. Das war Elizabeth' Stärke, diese erlesenen literarischen Kostbarkeiten, die sie ins Gebrodel ihrer Diskussionen warf, wie eine begabte Chefköchin, die ein spezielles Gewürz in eine Suppe gibt. Das schätzten sie an ihr, deshalb nahmen sie ihren Zynismus und den Schatten der Depression, der sie überallhin begleitete, geduldig hin.

»Vielleicht sollte ich Schriftstellerin werden – damit ich endlich weiß, was ich denke«, murmelte Cynthia und lächelte wehmütig. »Und dann weiß ich vielleicht auch, was ich tue und warum ich es tue.«

»Das weißt du nicht?« fragte Trish schnell.

»Manchmal weiß ich es – und manchmal weiß ich es nicht«, antwortete Cynthia. »Es gibt Tage, an denen komme ich mir vor wie Anna Leath. Erst will sie Darrow heiraten. Dann will sie sich von ihm trennen. Hin und her, vor und zurück. Als würden ihre Gefühlen Pingpong spielen. Und was Darrow getan hat, ist nicht wirklich schlimm. Er hat niemanden verletzt. Oder jedenfalls nicht absichtlich. Er hat sich aus Nettigkeit auf Sophy Viner eingelassen. Darrow bedeutet keine Gefahr.«

»Willst du damit sagen, daß du jeden Tag anders über deine Entscheidung denkst?« erkundigtc sich Jen so leise, als könnte ein lautes Wort Cynthias fragiles Selbstbewußtsein verletzen.

Aber Cynthia nickte nur unglücklich und preßte den Finger auf die Lippen, wie ein Kind, das Angst hat, es könnte zuviel ausgeplaudert und ein Geheimnis verraten haben, obwohl es geschworen hat, es für sich zu behalten.

Die Freundinnen tauschten besorgte Blicke. Cynthias Worte waren zwar kryptisch, aber sie gaben Anlaß zu neuen Spekulationen, holten Vermutungen ins Gedächtnis zurück, die sie schon verworfen hatten. Sie hatte betont, daß Darrow niemanden verletzt habe, daß er keine Gefahr bedeute. Bedeutete Eric eine Gefahr, hatte er jemanden verletzt? Wie konnte diese Gefahr aussehen, welche Form konnte sie annehmen – körperlich, emotional, sexuell oder alles zusammen? Aber sie schwiegen, sie hielten sich an die Regeln, die Cynthia aufgestellt hatte. Und Cynthia schien sich gegen die versteckte Neugier und die Anteilnahme schützen zu wollen – sie schaute auf die Uhr und sprang auf.

»Meine Güte, es ist ja schon so spät! Ich habe Mae versprochen, daß ich früh nach Hause komme. Sie geht nicht gern ins Bett, wenn ich nicht da bin, weil ihr Zimmer so weit weg ist vom Kinderzimmer, und dann ist sie nicht sicher, ob sie die beiden hört. Und Ingrid, das neue Au-pair-Mädchen, ist eine absolute Null. Tut mir schrecklich leid, seid mir nicht böse, aber ich muß los. Ihr könnt mich ja anrufen und mir sagen, was wir als nächstes lesen und bei wem wir uns treffen.«

Sie eilte wieder aus dem Zimmer, um ihre Tasche und ihr Cape zu holen. Jen folgte ihr und schloß die Tür hinter sich. Cynthia zog ihre Schuhe an, suchte nach ihrer Tasche.

»Cynthia – ich habe Eric gesehen«, sagte sie.

Cynthia erstarrte.

»Und?« fragte sie tonlos.

»Wir sind uns auf der Straße begegnet. Er hat gesagt, er würde gern mit mir reden. Ich will mich aber nicht mit ihm treffen, ohne dich vorher gefragt zu haben.« Sie erwähnte nicht, daß sich die Szene vor Nightingale's abgespielt hatte, daß seine Augen todtraurig gewesen waren und seine Stimme gezittert hatte und daß sie den Gedanken, ihm die Bitte abzuschlagen, nicht ertragen konnte.

»Das ist lieb von dir«, sagte Cynthia. »Aber ich habe nicht das Recht, dir zu verbieten, daß du dich mit ihm triffst. Das mußt du selbst entscheiden.«

Sie legte ihr goldfarbenes Regencape um die Schultern und setzte die Kapuze so auf, daß sie kaum ihre roten Haare verbarg. Die Hand schon auf dem Türknauf, sagte sie:

»Ich würde nicht behaupten, daß es mich freut, aber vielleicht – *vielleicht* – hilft es ja sogar etwas.«

Und bevor Jen etwas erwidern konnte, öffnete sie die Tür zum Wohnzimmer. Wie kann es etwas helfen, wenn ich mit Eric rede? überlegte Jen noch, während Cynthia durch den Raum schwebte, allen zum Abschied zuwinkte und dann durch die Wohnungstür verschwand. Jen malte sich aus, wie Cynthia nach Hause kam und über den weichen Teppich schritt, der Duft gelber Rosen in der Luft, neue Bücher in glänzenden Schutzumschlägen säuberlich ausgelegt auf dem Mahagonicouchtisch. Auf Zehenspitzen würde sie die Treppe hinaufgehen, zu dem Zimmer, in dem ihre Töchter schliefen, die goldblonden Haare auf den mintgrünen Kopfkissen, die mit Kermit dem Frosch verziert waren. Und dann zog sie sich in ihr eigenes Zimmer zurück, in das breite Bett, in dem sie jetzt allein schlief, während das Radio leise spielte, weil sie, wie sie Jen erzählt hatte, die Stille der einsamen Nächte nicht ertragen konnte.

Die Frauen hatten sich wieder um den Tisch im Eßzimmer versammelt, und Donna goß frisch gefilterten Kaffee ein.

»Ich glaube, Cynthia sind Zweifel gekommen«, sagte Rina. »Sie klingt jedenfalls längst nicht mehr so entschlossen wie an dem Abend, als sie uns das erste Mal von ihrer Entscheidung erzählt hat.«

»Es ist bestimmt nicht leicht für sie. Jetzt ist sie auf einmal allein, nachdem sie jahrelang mit Eric zusammen war. Ich kenne Ian noch nicht sehr lange, aber ich kann mir nicht mehr vorstellen, wie es ist, in eine leere Wohnung zu kommen. In ein leeres Leben«, murmelte Jen.

»Das ist noch lange kein Grund, in einer Ehe oder in einer Beziehung zu bleiben«, entgegnete Elizabeth. »In einer schlechten Partnerschaft kann man noch viel einsamer sein, als wenn man allein ist. Unabhängigkeit bedeutet Freiheit.«

Wieder drehte sie an ihrem Ehering. Die Unabhängigkeit, die sie durch ihre Heirat hatte erreichen wollen, hatte sich schnell in Luft aufgelöst.

»Aber Cynthia und Eric waren das perfekte Paar«, sagte Trish. »Alles paßte. Ich wüßte gern, was sie gemeint hat, als sie sagte, Darrow bedeutet keine Gefahr. Bestimmt hat sie an Eric gedacht – aber was für eine Gefahr könnte von ihm ausgehen?«

Rinas bitteres Lachen ging unter, weil jetzt alle durcheinanderredeten. Plötzlich wurden die Ideen, die ihnen durch den Kopf gegangen waren, hochgeschickt wie bunte Versuchsballons, die über den Tisch segelten und immer wieder zusammenstießen, weil sie alle zur selben Zeit losgelassen worden waren. Die Lautstärke steigerte sich, sie wollten unbedingt wissen, was los war, sie wollten verstehen.

»Ja, sie hat den Begriff Gefahr verwendet«, sagte Elizabeth. »Vielleicht hat Eric die Zwillinge mißhandelt. Oder Cynthia selbst. Darüber haben wir ja schon geredet. Oder sie hat erfahren, daß er früher so was gemacht hat, in einer anderen Beziehung. Eine frühere Freundin taucht auf. Vorwürfe werden laut. Und sie befürchtet, daß es sich um ein Verhaltensmuster handelt, das sich wiederholen könnte.«

»Das ist ein ziemlich extremes Szenario«, entgegnete Trish. »Und nicht besonders wahrscheinlich, finde ich. Eric ist doch immer so nett und sanft. Fast zu sanft. Aber ich denke schon länger, daß er mit Depressionen zu kämpfen hat, vor allem zwischen zwei Filmprojekten. Nachdem er den Dokumentarfilm über die Fabrikarbeiter in South Carolina gedreht hat – ihr wißt schon, der, für den er den Preis der Filmkritik bekommen hat –, konnte er den Erfolg gar nicht richtig genießen, weil er Angst hatte, ihm könnte nie wieder etwas einfallen. Das hat er mir damals erzählt. Vielleicht sieht Cynthia in diesen Depressionen eine Gefahr für die Kinder – sozusagen eine emotionale Gefahr. Ich habe einen depressiven Patienten, dessen Frau die Scheidung eingereicht hat, nachdem ich ihr die Diagnose mitgeteilt hatte. ›Ich will nicht, daß meine Kinder in einer Umgebung aufwachsen, die von Depressionen geprägt ist‹, sagt sie, und ich muß zugeben, daß ich ihr da keinen Vorwurf machen kann.«

»Kinder überleben auch depressive Eltern«, protestierte Donna verärgert. Wieder wanderte ihr Blick zum Foto ihrer Eltern, wieder berührte Rina ihre Hand, eine tröstliche, beschützende Geste. »Ich glaube nicht, daß Cynthia in Depressionen eine akute Gefahr sieht – jedenfalls keine so große, daß sie Eric deswegen keine Stunde länger im Haus ertragen kann. Da muß noch etwas anderes gewesen sein.«

»In meiner Schule gibt es zur Zeit einen hochkomplizierten Fall«, berichtete Elizabeth. »Ich muß da eng mit dem Jugendamt zusammenarbeiten. Es geht um ein Kind, dessen Vater im Internet immer Kinderpornoseiten besucht hat. Die Sozialarbeiterin findet das so gefährlich, daß die Mutter der Kinder ihn auffordern soll zu gehen und eine einstweilige Verfügung erwirken soll.«

Jen spürte, wie sie richtig wütend wurde. Sie schlug mit dem Löffel gegen ihren Becher, und ihre Stimme zitterte fast, als sie sagte:

»Hört euch doch mal zu! Wir sind wie die Geier, die auf ein paar Wörtern herumhacken. Cynthia hat ›Gefahr‹ gesagt – na und? Sie hat ›verletzen‹ gesagt – na und? Mehr hat sie nicht gesagt, und wir klopfen die zwei Wörter auf mögliche Anspielungen ab, wir wälzen uns in Verdächtigungen, die keinerlei Grundlage haben, wir reden über körperliche Gewalt, über Perversionen im Internet. Dabei kennen wir Eric seit Jahren. Und er war immer nett zu uns. Großzügig, freundlich. Was soll der Quatsch? Warum machen wir das?«

Die anderen schwiegen. Sie wußten, daß Jen recht hatte – aber was sollten sie sagen? Sie konnten sich nicht entschuldigen, weil ihnen klar war, daß ihre Neugier nicht verschwinden würde. Sie würden auch weiterhin fragen und spekulieren, denn ihre Suche nach Cynthias Wahrheit war auch eine Suche nach ihrer eigenen Wahrheit geworden, nach der Wahrheit in ihrem eigenen Leben, in ihren eigenen Entscheidungen, ein Prüfstein ihrer Wahrnehmung. Sie hatten sich getäuscht. Cynthia und Eric gehörten seit vielen Jahren zu ihrem Universum, sie waren die hellsten Sterne in ihrem Freundeskreis gewesen. Cynthia und Eric, die in Jumbojets stiegen, die sie zu glamourösen Partys und Premieren einluden und ihnen über einen wunderschön gedeckten Tisch hinweg zulächelten, überall Silber und Kristall und Blumen, die so frisch waren, daß Tauperlen auf den Blütenblättern schimmerten – Cynthia und Eric, das Traumpaar, beneidet und beneidenswert. Wie war es möglich, daß sie sich alle geirrt hatten? Und wenn sie sich in ihrem Bild von Cynthia und Eric geirrt hatten, was bedeutete das für ihr sonstiges Urteilsvermögen? Wie sicher waren ihre eigenen Beziehungen?

»Das reicht jetzt aber!« rief Elizabeth. »Sei nicht so verdammt scheinheilig, Jen. Du bist doch genauso in das Cynthia-und-Eric-Rätsel verwickelt wie wir anderen auch. Vielleicht sogar noch mehr, weil du Cynthia öfter siehst. Du arbeitest für sie. Vielleicht fühlst du dich zu besonderer Loyalität verpflichtet, weil sie dich bezahlt, und das Geld brauchst du dringend, es sei denn, in *Art News* käme plötzlich ein Bericht über Ian. Du möchtest nur kein großes Trara machen. Das ist nicht deine Art. War es noch nie.«

Jen wurde rot. Sie ging nicht auf ihre Schwester ein, sondern stand auf und begann, die Kuchenteller zu stapeln, wodurch sie eine allgemeine Aktivitätswelle auslöste. Donna goß noch einmal Kaffee nach. Die anderen waren von Elizabeth' Attacke unangenehm berührt und konzentrierten sich hastig darauf, Zucker und Sahne herumzureichen. Rina machte Donna ein Kompliment zu dem Fleischgericht. Trish wollte das Rezept für die Pistazienkekse.

»Mandy liebt Pistazien. Jason auch«, fügte sie nach einer kurzen Pause hinzu. Sie nannte den Namen ihres Mannes, als wollte sie sich selbst und ihre Freundinnen daran erinnern, daß ihre Ehe intakt war. »Wir suchen nach einem Sommerhaus mit einer richtig großen Küche«, fügte sie hinzu. »Ich möchte wieder mehr kochen und backen. Wahrscheinlich, weil ich soviel mit anorektischen und bulimischen Patienten zu tun habe.« Sie lachte selbstironisch, in der Erwartung, daß die anderen einstimmen würden.

»Und ich suche eine Wohnung mit einem zusätzlichen Schlafzimmer«, verkündete Rina. »An ein Sommerhaus ist bei mir natürlich nicht zu denken. Aber ich möchte gern abends ins Bett gehen können, ohne ein Schlafsofa aufklappen zu müssen. Meint ihr, Edith Wharton wußte, was das ist, ein Schlafsofa?«

Sie lachten alle, die Spannung wich.

»Dabei fällt mir ein – ich muß leider auch jetzt gehen«, sagte Elizabeth. »Bert wartet auf mich, weil Adams Therapeut anrufen wollte. Was lesen wir als nächstes? Und wo und wann treffen wir uns?«

Die Taschenkalender wurden hervorgeholt.

»Zwischen Thanksgiving und Weihnachten«, sagte Trish, und sie einigten sich auf einen Termin Mitte Dezember. »Ich glaube, du bist an der Reihe, Jen.«

»Sehr gut.« Jen war sofort einverstanden.

»Wenn's bei dir nicht geht, können wir uns auch bei mir treffen, Jen«, sagte Elizabeth, und alle wußten, daß dieser Vorschlag ein Versöhnungsangebot war.

»Danke, aber das ist wirklich kein Problem«, erwiderte Jen

freundlich. Sie war nicht nur harmoniebedürftig, sondern auch alles andere als nachtragend.

»Du bestimmst auch, welches Buch und welcher Autor!« rief Donna aus der Küche.

»Kurzgeschichten von Shirley Jackson, vor allem ›Die Lotterie‹, und vielleicht noch die fiktionalisierten Memoiren *Nicht von schlechten Eltern*. Die Bücher habe ich in einem Antiquariat gefunden, als ich im Sommer mit Ian in dieser Hütte in Rhode Island festsaß. Er hat seine Seestücke gemalt, und ich habe ein Taschenbuch nach dem anderen gelesen, die alle nach Meer gerochen haben, und bei manchen haben auch ein paar Seiten gefehlt. Aber die Texte von Shirley Jackson waren zum Glück vollständig.«

»Also dann – Shirley Jackson. Und wir treffen uns bei Jen.« Wie fast immer nahm Trish die organisatorische Seite in die Hand.

»Ich sage Cynthia Bescheid«, versprach Jen.

»Gut. Ich finde es auch wichtig, daß wir uns weiterhin um sie kümmern. Vielleicht will sie ja mal essen gehen oder ins Kino. In ihrer Situation braucht sie viel Unterstützung.«

Trish war wieder in ihre Therapeutinrolle geschlüpft, aber das störte niemanden mehr. Sie nickten zustimmend. Sie hatten sowieso vor, Cynthia anzurufen. Sie wollten ihr anbieten, etwas gemeinsam zu unternehmen, sie wollten diskrete Fragen stellen und ansonsten über den Alltag reden. Zuneigung und Neugier würden sich bei diesen Telefonaten vermischen, und sie würden immer darauf achten, daß sie erst anriefen, wenn die Zwillinge schon schliefen und Cynthia Zeit zum Reden hatte.

Sie steckten ihre Kalender weg, halfen Donna, den Tisch abzuräumen, holten ihre Mäntel und Taschen. Donna begleitete sie zur Tür. Es hatte aufgehört zu regnen, die Nachtluft war angenehm frisch. Sie eilten die Treppe hinunter, winkten Donna zum Abschied zu, Donna winkte zurück und ging wieder in ihre Wohnung.

Nun war sie allein in der Küche. Sie machte den CD-Spieler an, packte die Reste weg, kratzte die Teller ab und lauschte hingebungsvoll der Geschichte von Lily Bart. Eine Zeile – der Satz, mit dem Edith Wharton ihr Urteil über die unglückliche Heldin fällte – traf sie besonders: »Es war für Lily eine Erleichterung, als ihr Vater starb.« Das Telefon klingelte, aber sie nahm nicht ab. Sie wurde eins mit Lily, für sie war diese Reaktion auf den Tod des Vaters absolut nachvollziehbar. Auch sie war erleichtert gewesen, als ihr Vater starb, ehrlich erleichtert, wenn auch mit schlechtem Gewissen. Der Tod ihrer Mutter hingegen war ihr schrecklich nahegegangen und quälte sie immer noch.

Wieder klingelte das Telefon. Sie reagierte nicht. Es war entweder Tim, der oft anrief, um einfach nur gute Nacht zu sagen, oder Raymond, der sich meldete, weil er nicht einschlafen konnte. Genau wie Morton Fullerton, Edith Whartons Geliebter, wollten auch ihre unkomplizierten Liebhaber, daß sie ihre Gegenwart selbst dann spürte, wenn sie nicht bei ihr waren. Sie stellte den Tonruf ab. War *Das Haus der Freude* eins der Bücher, die ihre Mutter auf Kassette gehört hatte, in der warmen Küche, in der es nach herrlichen Gewürzen duftete und deren Tür verriegelt war, um den unberechenbaren Vater auszusperren? Tränen rollten ihr über die Wangen, still, ungewollt, während sie die Hände in eine Abwaschschüssel voller Seifenschaum tauchte.

4

Jen mochte »Die Lotterie« nicht. Sie hatte die Kurzgeschichte während ihrer Collegezeit gelesen und konnte sich noch gut an das unangenehme Gefühl erinnern, das sie damals nach der Lektüre gehabt hatte. Als sie sich dann im Sommer am Strand von Rhode Island noch einmal daranmachte – Ian malte, die Sonne verschwand immer wieder hinter den jagenden Wolkenfetzen, die schwarze Schatten auf ihre zerlesene Secondhand-Anthologie warfen –, hatte sie eine ähnlich diffuse Wut empfunden. Shirley Jacksons Welt war so verdammt düster! Ignoranz und Gemeinheit tanzten Hand in Hand durch diese Erzählung, die unaufhaltsam auf die Katastrophe zusteuerte. Trotzdem war Jen fasziniert gewesen, und als sie das Buch beiseite legte, beschloß sie, es ihrer Lesegruppe vorzuschlagen, weil sie hören wollte, wie die anderen mit Jacksons Geschichten umgingen.

Als Vorbereitung für das Treffen las sie, auf dem ungemachten Futon liegend, die Geschichte noch einmal durch. Sie trug ein Hemd von Ian, das lauter Farbflecken hatte, und beim Lesen spielte sie mit ihren von der Dusche noch feuchten dunklen Locken. Zwischendurch warf sie immer wieder einen Blick auf Ian, der mit nackter Brust vor seiner Staffelei stand und mit kraftvoll-trägen Bewegungen seine Pinselstriche auf die Leinwand auftrug. Der »Frühling« aus Vivaldis *Vier Jahreszeiten* trillerte seinem bezaubernden Ende entgegen, während Jen den grauenvollen letzten Absatz der Kurzgeschichte las. Und auch diesmal nervte sie der Schluß so, daß sie das Buch quer durchs Zimmer schleuderte. Es landete direkt vor Ians Füßen.

Verdutzt drehte er sich um.

»Hey – was soll das?«

»Ach, nichts. Ich bin bei unserem nächsten Leseclub-Treffen so was wie die Moderatorin. Dabei finde ich nicht mal zu einer einzigen von diesen Kurzgeschichten einen echten Zugang.«

Sie hob das Buch auf und ging an ihren Schreibtisch. Gedankenverloren nahm sie einen Kohlestift in die Hand und begann planlos in ihr Skizzenbuch zu malen. Mit Erstaunen stellte sie fest, wie aus dem Gekrakel eine Zeichnung entstand: ein einzelnes Strichmännchen, umringt von einer Gruppe, die sich aus großen und kleinen Figuren zusammensetzte, alle mit ausgestreckten Armen.

»Und was machst du jetzt?« wollte Ian wissen.

»Ich glaube, ich fange an, die blöde Geschichte zu zeichnen«, antwortete sie. »Eigentlich ist es nämlich eine ganz hervorragende Erzählung.«

Sie zeichnete um jeden der ausgestreckten Arme einen Kreis. Steine. Sie zeichnete Steine. »Über den Text *reden* kann ich nicht, aber ich kann ihn *darstellen*«, sagte sie, während sie nun neben jede der Figuren einen kleinen Steinhaufen zeichnete.

»Na ja – schließlich bist du ja auch Malerin«, sagte er und trat einen Schritt zurück, um sein eigenes Werk zu begutachten.

»Bin ich das?«

»Ach, komm. Ich habe keine Lust auf Selbstmitleidsarien.« Er legte seinen Pinsel weg und trat zu ihr, nahm sie in die Arme. »Mein Kobold«, murmelte er und knabberte an ihrem Ohr, wodurch er sie zum Lachen brachte. »Mein süßer, kleiner Kobold.« Das andere Ohr. Sie mußte wieder lachen, hörte dabei aber nicht auf zu zeichnen, sondern griff zu ihrem Lineal und zog einen Rahmen um das Bild.

»Wird das eine Art Comic?« fragte Ian.

»Sieht fast so aus.«

Ohne auf seine Berührung und seinen schneller werdenden

Atem zu reagieren, zeichnete sie weiter. Eine lächelnde Sonne. Eine Wiese: frisches Gras, blühende Blumen. Ein Dorfplatz. Zehn Uhr auf der Kirchturm. Der Kohlestift bewegte sich blitzschnell hin und her. Sie zeichnete den ersten Abschnitt der »Lotterie«, Jacksons Schilderung einer ganz normalen Kleinstadt an einem idyllischen Sommertag. Jen arbeitete rasch, unverkrampft. Es machte Spaß, wenn eine Zeichnung mit solcher Leichtigkeit entstand, wenn sie zum Leben erwachte, als würde sie aus einer verborgenen Quelle sprudeln, die unabhängig war von jeder bewußten Willensentscheidung. So arbeitete Ian immer, sein Pinsel bewegte sich von der Palette zur Leinwand, getrieben von einer kreativen Energie, aber für sie war das eine eher seltene Erfahrung.

Das Telefon klingelte. Sie zeichnete weiter. Ians Hand glitt in die Tasche des verkleckstеn Hemdes, das sie trug, umschloß ihre Brust. Seine Wange schmiegte er an Jens Haare.

»Geh nicht ran«, flüsterte er heiser. »Der Anrufbeantworter erledigt das für uns.«

Sie nickte. Nach dem dritten Klingeln sprang das Gerät an, und Erics Stimme war zu hören, gedämpft, zögernd. Sehr befremdlich vor dem Hintergrund von Vivaldis beschwingter Musik.

»Jen, tut mir leid, daß ich dich neulich so überfallen habe, aber ich muß unbedingt mit dir sprechen. Bitte, ruf mich an, damit wir etwas ausmachen können … Kaffee, Mittagessen, Abendessen, ganz egal.« Er schwieg für einen Moment, als wollte er noch etwas sagen, könnte aber nicht die richtigen Worte finden. »Also dann – bis bald.« Damit legte er auf.

Jen legte den Kohlestift weg. Der Zauber war verflogen. Erics Tonfall war sehr dringlich gewesen, was bei ihr einerseits Mitleid auslöste, sie aber andererseits ganz unsicher machte. Ian ließ sie los.

»Was sollte das denn?« fragte er.

»Eric … Er will sich mit mir treffen. Mit mir reden. Über Cynthia, nehme ich an.«

»Du bist Cynthias Freundin, oder?«

»Ja. Ich habe sie gefragt, und sie findet es okay. Sie hat sogar gesagt, es könnte vielleicht etwas helfen.«

»Ich möchte nicht, daß du dich mit ihm triffst«, erklärte Ian kategorisch.

Die CD war zu Ende, und er legte sie sorgfältig zurück in die Hülle. Bei vielen Dingen war Ian extrem nachlässig, es störte ihn nicht, wenn sich in der Spüle das schmutzige Geschirr stapelte oder wenn die Handtücher im Bad auf dem Boden herumlagen. Er machte sich auch nicht die Mühe, die Scherben zusammenzufegen, wenn ihm ein Becher hinunterfiel. Aber er war sehr pedantisch mit seinen CDs und mit seinen Malutensilien. Seine Palette war makellos sauber, die Pinsel wusch er mit Terpentin aus und schraubte alle Farbtuben gewissenhaft zu, wenn er aufhörte zu arbeiten. Genauso war es mit den CDs: Er legte sie immer zurück in die Hülle und stellte sie ins Regal. Als Jen diese Eigenart einmal Elizabeth gegenüber erwähnte, hatte ihre Schwester nur mit den Schultern gezuckt.

»Das ist doch klar. Auf seine eigenen Sachen paßt er auf. Das gehört zu seinem Muster.«

Jen hatte nicht nachgefragt, was Elizabeth mit »Muster« meinte, sondern nur bedauert, daß sie das Thema überhaupt angeschnitten hatte. Sie wußte ja, daß ihre Schwester Ian nicht mochte und ihn für einen Parasiten hielt, der die Leute nur ausnutzte. Alles, was sie über ihn sagte, war irgendwie negativ. Aber während sie jetzt beobachtete, wie er seine CDs ordnete, ärgerte sie sich über seine besitzergreifende Reaktion auf Erics Anruf. Deshalb fiel ihr Elizabeth' Bemerkung wieder ein.

Ja, genau, er paßt auf seinen Besitz auf, dachte sie. Aber ich bin nicht sein Besitz. Ich will nicht, daß er sich auf diese Art um mich kümmert. Auf einmal fragte sie sich, ob dieser Besitzanspruch, sein Bedürfnis, Kontrolle auszuüben, eines Tages so dominant werden könnte, daß es zum Bruch kommen würde. Was müßte passieren, damit sie eine Entscheidung wie Cynthia treffen würde? Aus welchem Grund würde sie zu ihm sagen, er müsse gehen, es sei aus zwischen ihnen, für immer? Klar, ihre Situation war völlig anders als die von Cynthia, auf allen Ebenen. Sie und Ian waren nicht verheiratet. Sie legten beide großen Wert darauf, sich nicht offiziell zu binden. Sie kannte seine Familie nicht, er hatte ihre Mutter noch kein einziges Mal besucht. Es gab keine Kinder, keine blonden Zwillinge, die unter der Trennung leiden würden. Und doch, und doch. Obwohl sie es gar nicht wollte, fielen ihr verschiedene Parallelen ein. Sie waren ein Paar, trotz allem, genau wie Cynthia und Eric – früher.

Ihr Blick fiel auf den Stapel Rechnungen auf ihrem Schreibtisch, auf das Storyboard auf ihrem Arbeitstisch. Weil Ian seine letzten beiden Zeichenkurse an der *Art Students' League* nicht gehalten hatte, war sie gezwungen gewesen, einen ziemlich langweiligen Auftrag anzunehmen, und mußte jetzt für irgendeine obskure Stiftung eine Hochglanzbroschüre entwerfen.

»Kein Problem«, hatte sie Ian versichert, als er sich etwas einsilbig entschuldigte. Aber es war doch ein Problem. Es nagte an ihr, daß Elizabeth mit ihrer Einschätzung recht hatte. Ihre Unzufriedenheit wuchs. Sie dachte an Shirley Jacksons hilflose Heldinnen, diese sehnsuchtsvollen Frauen, die unaufmerksamen, lieblosen Männern ausgeliefert waren. Nein, so war sie nicht, so würde sie nie werden.

»Warum nicht? Warum soll ich mich nicht mit Eric treffen?« fragte sie ruhig, obwohl sie sich innerlich ganz anders fühlte. Wie gut sie gelernt hatte, ihren Ärger zu unterdrükken!

»Du weißt nicht, wieso Cynthia ihn rausgeworfen hat«, antwortete er mürrisch. »Womöglich kommst du in eine blöde Situation. Ich will dich nur beschützen.«

»Wir reden über *Eric*«, erwiderte sie betont sachlich. »Über Eric, der dein schwarzweißes abstraktes Gemälde gekauft und in sein Büro gehängt hat, damit möglichst viele Leute es sehen. Eric, der zu deiner Ausstellung gekommen ist und Freunde mitgebracht hat – und zwei von ihnen haben sogar ein Bild gekauft. Eric, der nie die Stimme hebt, der immer nett zu uns war. Glaubst du im Ernst, daß es gefährlich ist, wenn ich mich mit ihm in einem Restaurant oder einem Coffee-Shop treffe? Mitten am Tag? Komm schon, Ian.«

Sie lächelte ihm zu – es war soviel leichter zu lächeln, als zu streiten. Es war leichter, leise zu reden, als zu schreien. Leichter, die Wut zu verbergen, als sie zu zeigen.

»Ich mache mir Sorgen um dich, Jen«, sagte er und strich ihr über die Haare, steckte die Finger in die jetzt trockenen dunklen Locken. »Du bist meine Schatz, mein Elfenkind.«

Wieder lächelte sie. Wie schön es doch war, jemanden zu haben, der sich sorgte. Eine angenehme Abwechslung, denn normalerweise war sie diejenige, die sich um alle Leute Sorgen machte – als Kind um die unglückliche Ehe ihrer Eltern, um Elizabeth, ihre verbitterte, einsame Schwester, und um Elizabeth' Sohn, ihren Neffen, den armen, wunderschönen Adam mit den ausdruckslosen dunklen Augen. Sie bangte um ihre Mutter, verwitwet und ohne Kraft, um Cynthia und Eric und ihre Zwillinge. Sie stellte sich vor, wie die kleinen blonden Mädchen in dem eleganten Haus in der East Side am Fenster standen und nach Eric Ausschau hielten, so wie sie als Kind oft in der Wohnung ihrer Eltern aus dem Fenster gespäht und gewartet hatte, ob ihr Vater nach Hause kam. Sie hatte Angst vor seiner Rückkehr gehabt, aber sie hatte auch Angst davor gehabt, er könnte *nicht* mehr kommen. Auf einmal war sie todtraurig und erlaubte es Ian, sie zum Futon zu führen und sie mit Zärtlichkeit und Leidenschaft zu trösten.

Später, als er gegangen war, um sich mit ein paar Malerfreunden im Pub an der Ecke zu treffen, ging sie wieder an ihren Schreibtisch und zeichnete das erste Bild ihres Comics fertig, zeichnete eine Wolke, die die Sonne knapp berührte, ein Vorbote der heraufziehenden Dunkelheit. Sie dachte wieder an die »Lotterie«. Irgendwie verstand sie die Geschichte jetzt besser. Sie legte den Stift weg, rief Eric in seinem Büro an und vereinbarte mit ihm, daß sie sich im Laufe der Woche mit ihm zum Mittagessen treffen würde.

Zwei Abende später traf sie sich mit Donna zum Abendessen, sagte aber nichts von ihrer Verabredung mit Eric. Auch mit Cynthia redete sie nicht darüber, als sie am Frühjahrskatalog für Nightingale's arbeiteten. Zum erstenmal fiel ihr auf, daß Cynthia keinen Ehering mehr am Finger hatte und ihre schulterlangen rotbraunen Haare offen trug, was Jen viel zu mädchenhaft fand. Während der Besprechung klingelte zweimal das Telefon, und bei beiden Gesprächen brauchte Cynthia ihren Palm Pilot. »Abendessen?« sagte sie. »Sehr schön. Ich kann aber nur auf einen Drink bleiben.« Sie klang, als müßte sie sich entschuldigen. »Die Kinder, du weißt schon.«

Dann wandte sie sich wieder Jen und den Layouts zu, die sie vor sich ausgebreitet hatten.

»Ich glaube, ich fange ein neues Leben an«, sagte sie, als wäre sie Jen eine Erklärung schuldig.

»Aber hast du mit dem alten denn wirklich abgeschlossen?« fragte Jen leise.

Cynthia antwortete nicht, aber als sie mit ihrem Textmarker über die Entwürfe fuhr, zitterten ihre Finger. Es war Jen, die zwei Preisveränderungen bemerkte, die noch nicht übertragen worden waren, Fehler, die Cynthia sonst automatisch ins Auge fielen.

»Gut aufgepaßt«, murmelte sie. »Ich fürchte, ich bin etwas unkonzentriert.«

»Na ja, du hast ja auch wirklich viel um die Ohren.« Entschuldigungen zu finden fiel Jen immer leicht.

Cynthia spielte mit den Fransen ihres feinen Paisley-Schals, der auf ihr blaßblaues Kaschmirkleid mit dem klassischen Rollkragen abgestimmt war. »Findest du?« fragte sie mit einem traurigen Lächeln, eine Frage, die weder eine Antwort noch einen Kommentar verlangte.

Eric hatte ein schickes Bistro ausgewählt, in einer Straße, die vom Union Square abging – weit weg von Nightingale's, wie Jen sofort registrierte, weil es bedeutete, daß sie voraussichtlich ungestört bleiben würden. Die Chance, daß Cynthia oder sonst jemand, den sie kannten, sich so weit von Downtown Manhattan entfernte, war gering. Eric saß schon an einem Ecktisch, auf dem in einem rauchigen Windlicht eine Kerze brannte, obwohl draußen die Sonne schien und es auch im Restaurant alles andere als dunkel war. Ein überhöflicher Kellner schob ihr den Stuhl zurecht und lächelte ihr und Eric verständnisinnig zu. Eric mochte in einem Strudel persönlicher Probleme stecken, aber für die Außenwelt war er immer noch Eric Anders, eine Person des öffentlichen Lebens, ein renommierter Produzent, der nach den Premieren in Restaurants wie diesem mit seinen Gästen speiste. Der Kellner reichte ihnen große, in Leder gebundene Speisekarten, die sie aber beide nicht aufklappten – woraufhin er sie diskret wieder mitnahm.

»Danke, daß du den langen Weg auf dich genommen hast, Jen«, sagte Eric. »Ich muß nachher zu einem Screening ganz hier in der Nähe, deshalb habe ich dieses Lokal vorgeschlagen.«

Er trug einen beigefarbenen Anzug aus feinem Tuch, ein frisch gebügeltes gelbes Hemd und eine schmale senffarbene Seidenkrawatte – die Arbeitskleidung eines erfolgreichen Filmproduzenten, unterwegs zu einem wichtigen Termin. Er konnte jederzeit als Model für einen Edelkatalog posieren. Cynthia wäre garantiert einverstanden gewesen. Doch das Jackett saß zu locker, als wäre es für einen kräftiger gebauten Mann geschneidert, und das schmale Gesicht wirkte noch ausgezehrter als neulich.

»Ich finde es gut hier«, sagte Jen. »Weit weg von Nightingale's.«

Sie hatte keine Lust zu heucheln – schließlich wußte sie genau, wieso er sich für dieses Bistro entschieden hatte. Eric nickte und strich sich die widerspenstige blonde Haarlocke aus der Stirn, die ihm immer ins Gesicht fiel, was ihm etwas Jungenhaftes gab. Stumm trank er einen Schluck von seinem Martini. Seine Augen war rot gerändert. War es sein erster Drink heute? fragte sich Jen. Würde er noch einen bestellen?

Der Kellner kam zurück, und tatsächlich bestellte Eric noch einen Martini. Jen entschied sich für ein Glas Weißwein, dazu nahmen beide einen Salat.

»Was macht der Leseclub?« erkundigte sich Eric.

»Ach – alles wie immer«, antwortete Jen. »Wir lesen tolle Sachen, und die Treffen sind eigentlich immer interessant – manchmal vielleicht ein bißchen turbulent.«

Bestimmt würde er sich wundern, wenn er wüßte, daß ihre Abende eine neue Dimension hatten, weil jedesmal, wenn sich Cynthia verabschiedet hatte, das Rätsel ihrer Ehe diskutiert und analysiert wurde. Oder würde er sich ärgern? Plötzlich schämte sie sich. Elizabeth hatte recht. Sie konnte sich nicht über die anderen erheben – sie war mindestens so neugierig wie ihre Freundinnen.

»Und Cynthia kommt zu allen Terminen?«

»Wir haben uns in letzter Zeit nicht besonders häufig getroffen, aber sie war jedesmal da. Sie hat überhaupt noch kein einziges Leseclub-Treffen verpaßt, glaube ich.«

Darüber hatte sie noch nie nachgedacht, aber es stimmte. Cynthia war die Zuverlässigste von ihnen. Trish hatte schon öfter gefehlt, weil es in der Klinik einen Notfall gab. Donna war nicht gekommen, weil sie mit Ray auf Kosten irgendeines Pharmaunternehmens eine Spritztour durch die Karibik machte oder wegen eines Jazzkonzerts mit Tim unterwegs war. Bei Rina lag es meistens daran, daß Jeremy krank war oder der Babysitter kurzfristig absagte. Elizabeth hatte öfter wegen Adams Krisen ein Problem, und sie selbst geriet gelegentlich wegen eines Abgabetermins unter Druck – oder weil ihre Mutter mal wieder eine Panikattacke hatte. Aber nichts konnte Cynthia daran hindern, zu den Treffen zu kommen. Jen hatte schon öfter miterlebt, wie sie Einkaufsreisen und Marketing-Konferenzen verschoben hatte, damit diese nicht mit einem Leseclub-Termin in Konflikt kamen.

»Das glaube ich sofort. Eure Treffen sind ihr wahnsinnig wichtig«, sagte Eric. »Vielleicht sogar noch wichtiger als euch anderen.«

»Wieso denkst du das?«

Er trank einen Schluck, stellte das Glas wieder hin.

»Wahrscheinlich ist dir das noch gar nicht aufgefallen – aber Cynthia hat nicht viele Freundinnen. Was für eine Frau, die auf dem Bryn Mawr College war, ziemlich ungewöhnlich ist. Sie war schon damals sehr stark auf ihre Karriere fixiert und wollte auf der sozialen Leiter nach oben kommen – deshalb hatte sie sicher Angst, irgendeine Kollegin könnte die Sprossen mit Seife bestreichen, damit sie abrutscht. Für sie war es immer das höchste Ziel, ganz an die Spitze zu gelangen und absolut unabhängig zu sein. Es fällt ihr schwer, anderen zu vertrauen. Keiner weiß das besser als ich.«

Die Niedergeschlagenheit in seiner Stimme war nicht zu überhören. Cynthia hatte ihm, ihrem Mann, dem Vater ihrer Kinder, das Vertrauen entzogen.

»Die Frauen in eurer Gruppe sind für sie keine Bedrohung«, fuhr er fort. »Ihr arbeitet alle auf anderen Gebieten als sie und habt einen anderen Lebensstil. Du bist die einzige, mit der sie auch beruflich Kontakt hat, und sie weiß genau, daß du nicht auf einen Vollzeitjob bei Nightingale's aus bist. Aber vielleicht ist es sogar noch entscheidender, daß ihr alle genauso lesesüchtig seid wie sie und euch so in eure Bücher vertiefen könnt, daß nichts anderes mehr zählt. Ich habe oft gedacht, Cynthia hat keine Freundinnen, sondern ihre Bücher. Wenn sie liest, ist sie wie hypnotisiert. Wir haben tonnenweise Bücher auf unsere Hochzeitsreise mitgenommen, und auf ihrem Nachttisch stapeln sich die Bände. Und als du sie in den Leseclub eingeführt hast, ist sie zum erstenmal in ihrem Leben Frauen begegnet, die Bücher genauso lieben wie sie und die nichts von ihr wollen, außer daß sie ihnen sagt, was sie von *Anna Karenina* hält. Da kann sie mitdiskutieren und sich ohne Bedenken einbringen. Sie versteht euch, und ihr versteht sie. Ich kann dir gar nicht sagen, wie dankbar sie dafür war – und noch ist – und wieviel es ihr bedeutet. Immer, wenn wir auf Reisen waren, hat sie Geschenke für euch gesucht. Das ist ihre Art, um Zuneigung zu werben und Zuneigung auszudrücken.« Er faßte sich an die Krawatte, strich über den Seidenstoff. »Weißt du, wie viele Krawatten ich besitze? Wie viele Hemden und Manschettenknöpfe? Sie sind alle von Cynthia. Und jede einzelne soll sagen: ›Ich liebe dich. Du bist mir wichtig.‹«

Jen dachte daran, daß sie erst sehr selten ein Geschenk von Ian bekommen hatte, obwohl sie ihm immer wieder mit irgendwelchen phantasievollen Kleinigkeiten überraschte. Ein Lederetui für seine Metrokarte, ein Batikhalstuch in den Farben eines abstrakten Großformats, das er an ein kleines Museum in Massachusetts verkauft hatte, einen Gutschein von Starbucks. Alle ihre Geschenke drückten aus, wie wichtig er ihr war. Von Liebe wollte sie nicht reden, das hatte sie sich abgewöhnt.

»Du warst ihr wichtig. Sie hat dich geliebt. Warum ist es plötzlich anders?« fragte sie leise.

Er trank sein Glas leer und schaute versunken hinüber zum Nachbartisch, an dem ein junger Mann und eine junge Frau saßen und sich verliebt in die Augen schauten, die Finger ineinander verflochten. Statt zu antworten, winkte Eric dem Kellner, deutete stumm auf sein leeres Glas.

»Hast du ihr auch Geschenke gemacht?« Jen ließ nicht locker.

Die Salate wurden gebracht. Jen und Eric stocherten beide ziemlich lustlos in dem teuren Grünzeug. Er lud sich eine Sardelle auf die Gabel. Sie ein Stückchen Ziegenkäse.

»Ja, ich habe sie beschenkt. Ich habe sie geliebt. Sie war mir wichtig. Ich liebe sie immer noch, sie ist mir immer noch wichtig!« Er klang so mutlos, so bedrückt.

»Eric – warum wolltest du dich mit mir treffen?« fragte Jen jetzt ganz direkt.

»Ich muß wissen, wie es Cynthia geht. Wie sie mit der Situation fertig wird. Sie redet nicht mit mir. Mae redet nicht mit mir. Und wenn ich die Zwillinge sehe, ist immer dieses bescheuerte Au-pair-Mädchen dabei.«

Seine Augen schimmerten verdächtig, seine Unterlippe zitterte. Gleich fängt er an zu weinen, dachte Jen.

»Wahrscheinlich braucht Cynthia einfach Zeit, bevor sie wieder mit dir reden kann. Egal, was zwischen euch vorgefallen ist … so schlimm kann es doch nicht sein.«

»Doch. Für sie ist es schlimm. Unverzeihlich. Sagt sie«, entgegnete er. »Aber vielleicht hast du ja recht. Vielleicht vollbringt die Zeit ein Wunder. Aber ich will wenigstens wissen, wie es ihr geht, was sie denkt und fühlt.«

»Es geht ihr soweit gut, Eric. Ehrlich.« Jen dachte an Cynthia, wie sie am Telefon sagte: »Abendessen? Sehr schön.« »Drinks? Sehr schön.« Cynthia, die sich mit anderen Männern verabredete. Cynthia, die sich systematisch ein neues Leben aufbaute.

Erics Gesicht erschlaffte. Hatte er gehofft, sie würde sagen, Cynthia sei krank, würde leiden?

Jen konnte seinen Schmerz nicht mit ansehen. Sie wandte den Blick ab und beobachtete die anderen Gäste. Zwei Frauen, Mitte Zwanzig, die munter drauflosplapperten, beide mit einem Verlobungsring an der gepflegten Hand. Drei Männer mit wachen Gesichtern, die irgendwelche Dokumente hin und her schoben. Ein gutgekleidetes älteres Paar, die Frau mit hochgekämmten grauen Haaren und einem Seidenschal, der von einer Diamantbrosche zusammengehalten wurde. Sie studierten beide die Speisekarte. Das junge Paar, das sich so verliebt angeschaut hatte, ging jetzt zur Tür, und bevor die beiden auseinandergingen, küßten sie sich zärtlich. Lauter Menschen, die ihr Leben im Griff hatten, wohlhabend, zufrieden. Sie hatten den Weg ins Glück gefunden. Mit einem gewissen abwegigen Stolz dachte Jen, daß diese Beschreibung weder auf sie noch auf ihre Freundinnen vom Leseclub zutraf. Nicht einmal auf Cynthia. Jedenfalls nicht mehr. Sie waren Suchende, nicht Findende, sie waren Lesende, für die es nicht ausschlaggebend war, ob es ein Happy-End gab oder nicht, egal ob im eigenen Leben oder in den Büchern, die sie verschlangen.

»Und was ist mit dir, Eric? Wie geht es dir?« fragte sie.

Er zuckte die Achseln, zerrupfte ein Brötchen und aß es so hastig, daß die Krümel auf seiner senffarbenen Krawatte landeten.

»Wie's mir geht? Ach, mir geht es ganz mies. Klar, ich kann arbeiten, ich sichte Drehbücher, gehe zu Meetings, alles, wie es sich gehört. Ich lasse mich bei den angesagten Partys und bei den wichtigen Premieren fotografieren, und bisher ist noch keinem besonders aufgefallen, daß meine lächelnde, erfolgreiche Frau nicht neben mir steht. Ich bin nicht so prominent, daß sich die Regenbogenpresse auf mich stürzt und ich durch die Klatschspalten gezogen werde. Aber dann gehe ich nach Hause, und mein Zuhause ist eine Mietwohnung in den East Sixties. Ein unmöbliertes Apartment, das heißt, ich lebe im Chaos, wie ein Student, und zahle so viel Miete wie ein Yuppie. Ich bin über vierzig und schlafe auf einer Pritsche, und meine Hundert-Dollar-Krawatten liegen in großen Pappkartons, zusammen mit meinen sündhaft teuren Hemden von Brooks Brothers. Wenn mir einfällt, daß ich ja auch mal etwas essen muß, schiebe ich Gefriergerichte in die Mikrowelle, und manchmal trinke ich meinen Scotch direkt aus der Flasche. Jetzt weißt du, wie es mir geht, Jen.« Eine Träne lief ihm über die Wange. Er kramte nach einem Taschentuch, trocknete sich die Augen, fuhr sich mit den Fingern durch die hellen Haare. »Entschuldige«, murmelte er. »Ich wollte dich nicht in Verlegenheit bringen.«

»Du bringst mich nicht in Verlegenheit«, entgegnete Jen mit gesenktem Blick. Sie wollte seine Tränen nicht sehen.

Einmal, nach einem besonders heftigen Streit zwischen ihren Eltern (und alle ihre Auseinandersetzungen waren sehr lautstark gewesen), hatte sie sich in die Küche geschlichen. Ihr Vater, ein schmächtiger Mann mit schütterem Haar, saß in seiner gestreiften Schlafanzughose und einem verwaschenen weißen Unterhemd am Küchentisch und weinte. Die Tränen quollen in dicken Tropfen zwischen seinen Fingern hervor. Jen war davon überzeugt, sie würde sich an den Tränen verbrennen, wenn sie ihn zu trösten versuchte. Schon damals hatte sie immer den Impuls gehabt, andere zu trösten, genau wie heute.

Ihre Mutter war hinter sie getreten und hatte gezischt: »Na, siehst du's? Siehst du, was er für einer ist? Ein erwachsener Mann, der plärrt.«

Sie hatte verstanden, daß die Tränen ihres Vaters anscheinend die Wut ihrer Mutter rechtfertigten, diese schreckliche Wut – sie hatte einen Schwächling geheiratet, einen Mann, der weinte wie ein Kind. Jen wollte ihn jetzt auch nicht mehr trösten – jetzt verachtete sie ihn. Er hatte kein Recht dazu. Er hatte kein Recht dazu!

An jenem Abend war sie verzweifelt zu ihrer Schwester ins Zimmer gelaufen. Aber Elizabeth hatte nur kurz von ihrem Buch aufgeschaut und mit eisiger Ruhe gesagt: »Bleib einfach weg, wenn sie sich gestritten haben – er weint dann nur, und sie schreit.«

Wie alt war sie damals gewesen? Zehn vielleicht oder höchstens elf – jedenfalls noch ziemlich klein, denn sie hatte dann in einer Ecke von Elizabeth' Zimmer *Heidi* gelesen. Die Bücher, die sie in solchen Krisensituationen las, blieben ihr immer besonders im Gedächtnis. Sie hatte Heidi maßlos beneidet, das kleine Waisenkind, das von seinem brummigen Großvater so geliebt wurde. Die Tränen ihres Vaters, sein müder, enttäuschter Blick – die Abwehr, die sie damals empfunden hatte, spürte sie auch heute noch. Jen hatte sich auch weggedreht, als Ian weinte, weil ein berühmter Kritiker ein Gemälde von ihm, das in einer kleinen Galerie ausgestellt war, verrissen hatte. Und nun konnte sie Eric nicht anschauen. Die Starken durften nicht weinen, bitte!

Plötzlich fiel ihr ein, wie Cynthia einmal eine junge Assistentin, die weinte, weil irgendeine wichtige Bestellung schiefgelaufen war, mit kühler Geringschätzung bestraft hatte. Bestimmt hatte sie auf Erics Tränen auch eher ungeduldig reagiert. Aber Beziehungen zerbrachen nicht daran, daß der Mann weinte und die Frau damit nicht umgehen konnte – weder die Ehe ihrer Eltern noch die von Cynthia und Eric oder ihre Beziehungen mit Ian. Aber warum nannte sie die drei Paare innerlich in einem Atemzug? Das gefiel ihr nicht. Und wieder fragte sie sich, was sie und Ian dazu bringen könnte, getrennte Wege zu gehen. Doch sie schob diese Überlegungen schnell beiseite und sah Eric an.

»Das kannst du doch ändern, Eric!« sagte sie. »Du kannst dir ordentliche Möbel kaufen und dir etwas kochen.«

»Aber das will ich gar nicht!« entgegnete er heftig. »Ich will kein Sofa, ich will keine Töpfe und keine Teller. Ich will nichts tun, was diese Situation als Realität festschreibt. Ich will mein Leben zurück.«

Alle Farbe war aus seinem Gesicht gewichen, und er leerte mit einem schnellen Schluck sein Glas.

»Dein Leben mit Cynthia?«

»Mein Leben. Mein Haus. Meine Kinder. Und – ja, mein Leben mit Cynthia. Ich will alles zurück.«

»Ist das möglich?«

»Oh, Gott – ich weiß es nicht. Ich weiß es nicht.«

Jen befürchtete schon, er könnte wieder in Tränen ausbrechen, aber er schaute auf die Uhr, bedeutete dem Kellner, daß er zahlen wolle, und holte seine Kreditkarte hervor.

»Kann ich irgend etwas für dich tun?« fragte Jen.

»Du kannst zuhören. Mir. Ihr. Ich glaube, das ist alles. Im

Moment jedenfalls. Aber – du hast vermutlich recht.« Seine Stimme wurde lebhafter, er klang schon fast optimistisch. »Wir brauchen einfach Zeit, um alles zu sortieren. Beide.«

Er hatte sich wieder unter Kontrolle, die Blässe verschwand. Mit konzentrierter Miene öffnete er seinen Aktenkoffer, warf einen kurzen Blick auf einen Ordner, klickte die Tasche wieder zu. Innerlich war er schon auf dem Weg zur Arbeit. Genau wie Cynthia konnte er sein Inneres in verschiedene Bereiche aufspalten und effizient arbeiten, auch wenn er emotional aus dem Geichgewicht war. Er bezahlte die Rechnung, gab ein üppiges Trinkgeld.

»Also dann, Jen – wir bleiben in Kontakt. Das ist mir wichtig.« Da war er wieder, dieser flehende Unterton, der sofort Jens Herz erweichte.

»Ja, natürlich, wir bleiben in Kontakt.«

»Ich muß los.« Er küßte sie auf die Wange und eilte davon. Ein gutaussehender Mann in teuren Klamotten, unterwegs zu einem wichtigen Termin. Während Jen ihm nachschaute, mußte sie an James Harris denken. Harris war eine Figur von Shirley Jackson, ein enigmatischer, blonder Mann, der ins Leben ihrer traurigen Heldinnen trat und ohne Vorwarnung wieder verschwand.

Jen blieb noch eine Weile lang sitzen und trank ihren Kaffee aus, obwohl er schon lauwarm war und bitter schmeckte. Dann rief sie Donna auf dem Handy an.

»Ich habe gerade mit Eric zu Mittag gegessen«, berichtete sie.

»Und? Was wollte er?« Die Frage war so knapp, als würde Donna bewußt ihre Neugier zügeln.

»Keine Ahnung«, antwortete Jen. »Ganz ehrlich – ich habe nicht den geringsten Schimmer.« Schnell wechselte sie das Thema. »Ich wollte für unser Treffen ein Kalbsgulasch kochen. Kannst du mir vielleicht ein gutes Rezept mailen?«

»Klar. Ich habe eins mit Paprika, Tomaten und Wein.«

»Klingt super.«

Sie seufzten beide erleichtert, weil sie sich auf ungefährlichem Terrain bewegten. Es war einfacher, über Kochen und Bücher zu reden, sich über Filme zu unterhalten, über Partys und Einladungen, als ständig dieselben Theorien zu wälzen, die doch längst schal und abgegriffen klangen. Und irgendwie erschien es bedrohlich, über Cynthia und Eric zu reden. Wie Reisende, die kurz vor dem Abflug sämtliche Berichte über Unfälle und Flugzeugabstürze ausblenden, so kämpften sie gegen ihre zwanghafte Wißbegier.

Obwohl Jen schon vor Wochen mit Ian darüber gesprochen hatte, daß sich der Leseclub im Dezember bei ihnen treffen würde, reagierte er verärgert, als sie ihn ein paar Tage vorher daran erinnerte, daß er seine Staffelei wegräumen mußte, damit sie einen Kleiderständer für die Mäntel aufstellen konnte. Seine Frustration steigerte sich noch, als Elizabeth ankündigte, sie wolle am Abend vorbeikommen – was ziemlich selten vorkam, aber wenn, dann richteten sich Tag und Uhrzeit immer nach Elizabeth, sie erkundigte sich nicht einmal, ob ihr Besuch in Jens und Ians Zeitplan paßte.

»Ich kann es nicht ausstehen, wenn ich die Staffelei wegräumen muß«, schimpfte er. »Wenn ich sie wieder aufstelle, klappt es nie richtig mit dem Licht. Und ich bin bei diesem Bild gerade in einer ganz entscheidenden Phase. Das weißt du doch genau! Wieso muß euer Treffen denn ausgerechnet hier stattfinden?«

»Weil wir uns abwechseln«, erklärte Jen geduldig. »Jede kommt mal dran. So war's schon immer.«

Sie erinnerte ihn nicht daran, daß er im vergangenen Jahr ebenfalls protestiert hatte und im Jahr davor auch schon. Jedesmal hatte sie ihm alles geduldig erklärt. Sie lebten jetzt schon fast drei Jahre zusammen, aber Ian konnte sich nicht mit den Aspekten ihres Lebens anfreunden, die ihm nicht in den Kram paßten.

»Und was soll ich tun, während ihr euch über den Autor des Monats unterhaltet – wer immer das sein mag?«

»Shirley Jackson. Sie ist die ›Autorin des Monats‹, wie du so schön sagst. Du kannst machen, was du willst, Ian. Geh ins Kino. Oder in einen Coffee-Shop. Ganz egal.«

Jen klang fast ein bißchen ungehalten, was ihr eigentlich gar nicht entsprach. Am liebsten hätte sie gesagt: Hey, der Mietvertrag läuft auf meinen Namen, ich bezahle alle Rechnungen, während du mit deiner Kunst den ganzen Loft in Beschlag nimmst – deine Bilder lehnen an der Wand, deine Staffelei blockiert die Fenster, damit du nur ja das beste Licht hast. Aber sie beherrschte sich. Daß sie so leben wollten, darauf hatten sie sich beide geeinigt, nur Wochen, nachdem sie sich kennengelernt hatten und nebeneinander auf dem Futon saßen, seine große Hand auf ihrem Kopf, als wollte er sie krönen mit seiner Zärtlichkeit.

Sie waren sich bei einem Akt-Zeichenkurs begegnet: Seite an Seite malten sie das nackte Modell, einen zitternden alten Mann mit dünnen grauen Haaren, die wie Drähte auf der Kopfhaut lagen. In einer extrem unbequemen Pose kauerte er vor ihnen. Jen malte mit Kohle, aber alle Versuche, den Knochenbau und den Gesichtsausdruck des Modells einzufangen, gingen daneben, und sie zerriß das Bild, ehe der Kursleiter Gelegenheit fand, etwas dazu zu sagen. Ian stand zwei Staffeleien weiter und arbeitete zügig, sein falkenhaftes Gesicht fast reglos, weil er sich so konzentrierte. Er verwendete Wasserfarben, weil, wie er ihr später erklärte, Ölfarben so verdammt teuer waren, daß er sie nur für seine »richtige Arbeit« verwendete, nicht für die Übungen im Studio. Sein Bild war schwungvoll, das Elend des alten Mannes in den blassen, traurigen Pastellfarben gut erfaßt. Jen spürte während des ganzen Kurses seine körperliche Gegenwart und atmete mit einer seltsamen Lust den Geruch von Schweiß und Intensität ein. Sie amüsierte sich über die grünen Farbkleckse in seinen karottenroten Haaren, bewunderte seine

Arbeit, erkannte seine Begabung. Er hatte das, was Andrew West, ihr Lieblingsdozent am Tyler College, immer als »das gewisse Etwas« bezeichnete und was Ian selbst seine »richtige Arbeit« nannte. Andrew West war auch derjenige, der beim Collegeabschluß Jens Mappe gründlich studierte und ihr dann versicherte, sie habe zwar Talent, aber es wäre klug, wenn sie sich mehr in Richtung graphisches Design orientieren würde. Diesen Weg hätte er Ian niemals vorgeschlagen. An jenem ersten Abend hatte sich Jen ganz schüchtern Ians Staffelei genähert und voller Hochachtung genickt.

Sie war nicht erstaunt, als Ian sie nach dem Kurs fragte, ob sie mit ihm einen Kaffee trinken gehen wolle. Es überraschte sie auch nicht, als er den alten Mann aufforderte, doch ebenfalls mitzukommen. Daß er zu dem Mann (der würdevoll ablehnte) so nett war, gefiel ihr, und es gefiel ihr auch, daß er sie sanft auf die Wange küßte, als sie sich vor ihrem Haus verabschiedeten. Drei Wochen später waren sie ein Paar. Zwei Monate später zog er in ihren Loft und stellte seine Staffelei an das große Fenster mit Blick auf den Fluß. Es war ein Arrangement, das für sie beide gut war, jedenfalls die meiste Zeit. Es funktionierte reibungslos, weil sich Jen ihm anpaßte. Das wußte sie genau. Aber sie war es ja gewohnt, sich anderen unterzuordnen, sie hatte viel Erfahrung in Sachen Nachgiebigkeit. Wenn es allerdings um den Leseclub ging, blieb sie standhaft. Diese Treffen waren ihr viel zu wichtig.

»Gut, dann geh ich eben«, brummt Ian jetzt, zog seine Jakke über und kramte in der Schublade nach seinem Schal. »Du hast recht. Es gibt immer einen Coffee-Shop oder einen Film. Heute abend ist sogar eine Vernissage. Erica Manning stellt in einer Galerie aus. Vielleicht schaue ich da mal vorbei.«

Der Name kam Jen bekannt vor. Eine junge Malerin, die vor kurzem aus London hierher gekommen war. Hübsch. Talentiert. Sollte das eine Drohung sein? Nein. Das war nicht Ians Art.

»Ich möchte sowieso nicht hier sein, wenn heute abend

deine verdammte Schwester kommt«, fuhr er fort. »Was will sie überhaupt?«

»Kein Ahnung.« Ians Frage war nicht unbegründet. Daß Elizabeth mitten in der Woche vorbeikam, war ungewöhnlich – sie arbeitete immer sehr viel, leitete die Schüler- und Elternberatung an ihrer eigenen Schule und fungierte dann noch als Beraterin bei einer privaten Bildungsinstitution. Garantiert kam sie aus einem ganz konkreten Grund. Gesagt hatte sie allerdings nichts.

Jen reichte Ian seine Handschuhe und die schwarze Wollmütze, die sie ihm erst vor ein paar Tagen gekauft hatte. Ein Friedensangebot. Aber als sie sich auf die Zehenspitzen stellte, damit er sie küßte – ihr übliches Abschiedsritual –, ignorierte er sie. Seine blauen Augen funkelten immer noch böse, und er knallte vorwurfsvoll die Tür hinter sich zu. Jen fröstelte. Wenn irgend jemand seine Wut zeigte, und sei es auch noch so harmlos, bekam sie unwillkürlich Angst.

Gleich darauf klingelte es. Seufzend ging sie zur Tür und drückte den Öffner.

»Was ist denn mit Ian los?« fragte Elizabeth empört. »Er kam gerade zur Haustür raus und ist an mir vorbeigerauscht, ohne zu grüßen.«

Jen nahm ihrer Schwester den langen dunklen Mantel ab, steckte den roten Wollschal in den Ärmel und hielt den Mantel noch so lange, bis Elizabeth, die immer gut auf ihre Sachen achtete, Mütze und Handschuhe in den Manteltaschen verstaut hatte. Die hatte Jen ihr geschenkt, nachdem sie für den Winterkatalog von Nightingale's eine lustige Illustration gemacht hatte: Handschuhe und Mütze, die einen Schal als Hüpfseil nehmen. Cynthia fand die Zeichnung sehr gelungen und verwendete sie für das Cover, und Elizabeth hatte sich auf ihre schroffe Art bei Jen bedankt: Ja, sie könne eine neue Mütze und auch einen Schal gut brauchen. Rot sei allerdings nicht ihre Farbe, hatte sie noch hinzugefügt, sie hätte eine andere ausgesucht.

»Ach, er steht ziemlich unter Strom«, erklärte Jen. »Er muß genügend Bilder für eine Galerie-Ausstellung zusammenbekommen. Und da arbeitet er oft nachts – er experimentiert mit einer neuen Impasto-Technik, um Dunkelheit besser darstellen zu können ...«

Wieso fühlte sie sich eigentlich verpflichtet, Ians Verhalten Elizabeth gegenüber zu rechtfertigen, obwohl ihre Schwester nichts von Malerei verstand und sich nicht einmal dafür interessierte? Sie unterbrach sich selbst.

»Jedenfalls hat es ihn geärgert, als ich ihm sagte, daß unser Leseclub nächste Woche hierher kommt.«

»Es hat ihn geärgert?« wiederholte Elizabeth spöttisch und bückte sich, um ihre Stiefel auszuziehen. Sie war die Strecke vom U-Bahnhof zum Loft zu Fuß gegangen, und sie würde den Rückweg genauso zurücklegen, es sei denn, daß Bert sie abholte. Was absolut unwahrscheinlich war, das wußte Jen. »Ist ihm nicht klar, daß das hier deine Wohnung ist, daß du die Miete bezahlst und deshalb gewisse Privilegien hast?« Sie pustete auf ihre Finger, die trotz der Handschuhe von der Kälte rot angelaufen waren.

»Ach, weißt du, Elizabeth – meine Beziehung mit Ian ist nun wirklich meine Sache«, entgegnete Jen leise. »Ich glaube an sein Talent. Wir passen zusammen. Er gibt mir, was ich brauche.«

»Wozu leider nicht gehört, daß am Monatsende ein Gehalt auf dem Konto ist. Und ein Heiratsantrag ist wohl auch nicht vorgesehen.«

In dem sarkastischen Tonfall erkannte Jen die Stimme ihrer Mutter, die schrill durch den Flur hallte, und sie mußte daran denken, was ihr Vater immer erwidert hatte.

»Mir sind andere Dinge wichtiger.«

Sie hatte keine Lust, Elizabeth auseinanderzusetzen, was sie damit meinte. Ihrem Leben mit Ian wurde man nicht mit emotionaler Buchhaltung gerecht, sie konnte und wollte seine Zuneigung, seine Zärtlichkeit nicht aufrechnen gegen ihre

Bereitschaft, ihre Wohnung zu teilen, die Rechnungen zu bezahlen und sich mit seinen albernen Trotzanfällen abzufinden. Seine Nähe war für sie unentbehrlich. Aber wenn es sein mußte, konnte sie sich durchaus gegen ihn durchsetzen. Wie zum Beispiel heute abend. Und sie hatte in letzter Zeit öfter festgestellt, daß er sich zu einer neuen Zuverlässigkeit durchrang und seine Arbeit viel konsequenter vorantrieb als früher, was für ihr Zusammenleben nur von Vorteil sein konnte. Er war ihr wichtig. Sie war ihm wichtig. Und nur darauf kam es an. Sie würden es schon schaffen. Zum Teufel mit Elizabeth' Vorurteilen und ihrer Forderung, daß alles gleichmäßig aufgeteilt werden mußte. War denn ihre Ehe mit Bert ausgeglichen? Aber das war eine Frage, die sie, Jen, nie stellen würde. Was würde es auch bringen?

Sie kochte eine Kanne Kaffee, stellte Käse und Baguette auf den langen Tresen im Küchenbereich und wartete, bis Elizabeth ihre hellbraunen Haare zu einem strengen Dutt zurückgesteckt hatte. Schließlich saßen sie nebeneinander auf den Barhockern, Elizabeth wie immer kerzengerade, als hätte sie einen Stock verschluckt, und Jen barfuß, mit wirren Haaren, die Beine irgendwie untergeschlagen. Sie wartete auf den Satz, mit dem alle Gespräche über ihre Mutter begannen. Und als Elizabeth ihre Erwartungen prompt erfüllte, mußte sie grinsen.

»Bert und ich waren vergangenes Wochenende im Seniorenheim und haben sie besucht«, fing Elizabeth an. »Es geht ihr gut.«

»Ich weiß. Ich war gestern da. Wobei ich sagen muß – besonders nett war sie nicht, auch nicht besonders wach, aber das ist ja nichts Neues.« Jen schnitt sich ein Stück Käse ab. Warum verwendeten sie eigentlich immer nur das Personalpronomen, wenn sie über ihre Mutter sprachen? fragte sie sich. Wahrscheinlich wollten sie auf diese Weise eine gewisse Distanz zu ihrer Mutter schaffen und ihre ambivalenten Gefühle für diese alte Frau kaschieren, die sich ihnen gegenüber, als sie noch Kinder waren, so grauenhaft ambivalent verhalten hatte.

»Was denkst du, warum sie überhaupt Kinder bekommen haben?« hatte Jen einmal ihre Schwester gefragt.

»Vielleicht konnten sie nicht zu zweit allein sein«, hatte Elizabeth entgegnet.

Daran dachte Jen jetzt, während sie von ihrem Besuch bei ihrer Mutter erzählte, von dieser qualvoll langen, sinnlosen Stunde.

»Ich glaube, am wohlsten fühlt sie sich mit Fanya, dieser schrecklich dicken Pflegerin aus Rußland, die immer Mundgeruch hat. Ich würde sofort ihr Gehalt erhöhen, wenn sie das Geld für eine Flasche Mundwasser ausgeben würde. Vielleicht sollten wir ihr eine zu Weihnachten schenken.«

Sie hatte eigentlich gehofft, daß Elizabeth lachen würde. Seit ihrer Kindheit liebten sie beide solche respektlosen Beobachtungen. Manchmal dachte Jen, daß sie nichts miteinander verband außer ihrem gehässigen Humor und ihrer Bücherliebe. Aber Elizabeth lachte nicht, sondern rührte umständlich in ihrem Kaffee, obwohl sie weder Zucker noch Milch nahm.

»Ich wollte sowieso mit dir über die Pflegerinnen reden«, sagte sie. »Fanya arbeitet fünf Tage in der Woche und dann am Wochenende die Philippinin Elena. Bert und ich haben ausführlich darüber geredet. Diese Regelung kostet uns eine Stange Geld.«

»Wir teilen uns doch die Kosten«, wandte Jen ein. »Ich bezahle die Hälfte. Und du weißt ja, daß sie die Hilfe braucht. Das haben wir schon oft genug durchgesprochen. Das Heim hat viel zu wenig Personal. Die Pflegerinnen müssen kommen, damit sie etwas ißt, damit sie gewaschen wird, damit sie ab und zu das Haus verläßt. Das übernimmt die Krankenversicherung nicht.«

»Aber wir können uns das nicht mehr leisten«, erklärte Elizabeth kategorisch. »Dafür haben Bert und ich einfach nicht die Mittel. Wir möchten, daß Adam ein neues Programm anfängt. Eine ganz individuelle Therapie für autistische Kinder. Man muß einen speziellen Trainer einstellen, einen sogenannten ›Schatten‹, der am Tag mehrere Stunden mit ihm arbeitet. Die Methode kommt aus Kalifornien und ist dort sehr erfolgreich eingesetzt worden. Das ist alles wahnsinnig teuer, aber wenn wir an anderen Stellen sparen, schaffen wir es vielleicht.«

»Und eine dieser Einsparungen sind die Pflegerinnen?« fragte Jen.

»Anders geht es nicht. Es ist sowieso nicht fair, daß du uns da einspannst. Wir müssen für Adam zahlen. Du hast keine solchen Verpflichtungen.« Sie setzte sich noch aufrechter hin, ihr Gesicht trotzig und starr, die schmalen Lippen verkniffen, die Augen unverwandt auf Jen gerichtet.

»Adam ist neun. Ihr denkt seit neun Jahren nur an ihn. Therapeuten. Trainer. Die Unterbringung. Und jetzt diese neue Methode. Glaubst du wirklich, daß sie etwas hilft?« Jen sprach sehr leise, als könnte sie dadurch die Schärfe ihrer Aussage abschwächen.

»Wir müssen es versuchen. Wir müssen dieser Therapie eine Chance geben.«

»Und wenn sie nicht funktioniert – übernehmt ihr dann wieder die Hälfte des Pflegerinnengehalts?«

Jen tastete verzweifelt nach einem Strohhalm, an dem sie sich festhalten konnte. Ihre Frage bedeutete ja eigentlich schon, daß sie sich mit der Entscheidung abgefunden hatte. Aber es würde ihr leichter fallen, wenn es auf Elizabeth' Seite kein endgültiger Rückzug aus der Verantwortung wäre, obwohl sie das befürchtete. Bisher hatte kein einziges Programm etwas gebracht. Ihr Neffe gehörte zu der Gruppe extrem autistischer Kinder, für die es eigentlich keine Heilungschancen gab. Eine Psychologin in seinem Heim hatte sie gebeten, sie solle ihrer Schwester diese traurige Tatsache möglichst schonend beibringen, aber Jen hatte es gar nicht erst versucht. Sie wußte, daß sie gegen Elizabeth' rigide Entschlossenheit absolut machtlos war.

»Nein, wenn dieser neue Ansatz nicht hilft, dann müssen wir für Adams Zukunft vorsorgen. Was passiert, wenn er zu alt ist für das Jugendheim? Das kostet dann noch mehr als jetzt. Bert meint, wir müßten gleich heute anfangen, dafür Geld beiseite zu legen, und dagegen kann ich nichts sagen.«

Jen nickte. Sie hatte begriffen. Diskussionen mit Bert endeten oft mit schrecklichen Ausbrüchen und verletzenden Vorwürfen. Was für eine Ironie des Schicksals, daß Elizabeth aus dem gewalttätigen Elternhaus in eine noch gewalttätigere Ehe geflohen war.

»Ich muß hier raus«, hatte Elizabeth an dem Abend gesagt, an dem sie ihre Verlobung bekanntgab, einem Abend mit viel Geschrei, mit Tränen und zerschlagenem Geschirr.

Und später hatte sie dann versucht, aus ihrer Ehe herauszukommen. Sie hatte Bert verlassen, als sie mit Adam schwanger war, hatte bei ihren Eltern Unterschlupf gesucht, obwohl diese sie nicht gerade freundlich aufnahmen. Zu Jen hatte sie gesagt, sie wolle für sich und ihr ungeborenes Kind ein neues Leben aufbauen. Sie hatte einen Beruf, eine Anstellung auf Lebenszeit. Gleich nach der Geburt wollte sie eine Kindertagesstätte und eine eigene Wohnung finden und sich nie wieder einsperren lassen. Das klang alles sehr zukunftsfroh. Doch dann hatte sich herausgestellt, daß Adam weder brabbelte noch lachte, daß er nicht einmal schrie wie andere Kinder, nicht mit seinen Spielsachen spielte und den Blick der Erwachsenen, die sich besorgt über sein Bettchen beugten, nicht erwiderte. Er lag nur reglos da und starrte an die Decke. Die Diagnose war eindeutig, und bald darauf versöhnten sich Elizabeth und Bert. Allein konnte Elizabeth diese Aufgabe unmöglich bewältigen: Adam war ihre gemeinsame Aufgabe, und sie waren beide seine Gefangenen. Verantwortungsbewußtsein und Ressentiment hielten sich die Waage. Elizabeth versuchte, ihre Entscheidung innerlich zu rechtfertigen, und verschanzte sich hinter der grimmigen Selbstgerechtigkeit des ewigen Opfers. Sie redete in knappen, abgehackten Sätzen, saß immer ganz gerade, mißbilligte die Exzesse anderer. Ihr eigenes Leben hatte sie abgeschrieben und sie fällte erbarmungslose Urteile über das Leben anderer. Seit sie in den Leseclub aufgenommen worden war, hatte sie Jen gegenüber alle anderen Mitglieder abqualifiziert: Rina war verantwortungslos, Trish pedantisch, Donna oberflächlich und Cynthia extravagant.

Bei diesem Gedanken seufzte Jen und goß ihrer Schwester Kaffee nach.

»Ach, weißt du, Elizabeth«, begann sie, »mir ist völlig klar, wie schwer das alles für euch ist. Aber ich kann es mir genausowenig leisten, die gesamten Kosten allein zu tragen. Dafür verdiene ich einfach nicht genug.«

»Aber das wäre sofort anders, wenn du nicht auch noch alles für Ian bezahlen würdest. Wenn er seinen Anteil übernehmen würde.«

»Ich hab's dir doch vorhin schon gesagt – das geht dich nichts an.«

»Doch, es geht mich etwas an. Du siehst es doch selbst! Und außerdem bist du meine Schwester. Ich finde es nicht gut, was da abläuft.«

»Und was läuft deiner Meinung nach ab?« Jen bemühte sich, nur ja nicht die Stimme zu erheben.

»Du wirst doch auch nicht jünger. Deine biologische Uhr tickt. In fünf Jahren wirst du vierzig. Oder sind es noch sechs? Ihr redet nicht übers Heiraten und erst recht nicht über Kinder. Wenn du verheiratet wärst und Kinder hättest, wäre dein Leben wesentlich stabiler. Dann müßte Ian anerkennen, daß er Verpflichtungen hat.«

»Du glaubst doch nicht im Ernst, daß Ehe und Kinder identisch sind mit Sicherheit? Da gibt es genügend Gegenbeispiele. Denk nur an Eric und Cynthia.« Elizabeth' eigene Situation wollte sie lieber nicht als Argument ins Feld führen.

»Cynthia. Eric. Die sind doch nicht typisch für verheiratete Paare! Das Leben, das sie führen, können wir gar nicht nachvollziehen. Im Grunde sind sie wie Gestalten aus einem Märchen. Sie könnten genausogut auf einem anderen Planeten leben. Die Zwillinge sind wunderhübsche Prinzessinnen, das Haus ist ein Traumschloß, sie reisen in silbernen Flugzeugen, segeln auf dem azurblauen Meer, und immer wird gelächelt, pausenlos gelächelt.«

Elizabeth redete in einem monotonen Singsang, in dem Jen Adams Sprechrhythmus erkannte. Autismus war doch nicht ansteckend, oder? Übernahmen die Pflegenden die Eigenarten der Menschen, die ihnen anvertraut waren? Fanya ahmte auch die kurzen Klagesätze ihrer Mutter nach. Nein, ermahnte sie sich selbst, so darf ich nicht denken.

»Aber sie leben nicht glücklich und zufrieden bis an ihr Lebensende«, warf sie ein, um ihre Schwester zum Schweigen zu bringen. »Und warum nicht? Meinst du, wir werden es je erfahren?«

»Ich finde etwas anderes viel wesentlicher: Warum beschäftigt uns das so maßlos?« Das war wieder eine dieser präzisen, kompromißlosen Formulierungen, für die alle Elizabeth so bewunderten.

Statt zu antworten, rutschte Jen von ihrem Hocker herunter, trat an den Schreibtisch und blätterte ihr Scheckheft durch.

»Hör zu, Elizabeth«, sagte sie. »Für die nächsten Monate kann ich die vollen Kosten übernehmen. Ich habe ein Angebot von einer Werbeagentur, und wenn ich das annehme, schaffe ich es. Und wenn Ians Ausstellung gut läuft, kann es ja auch sein, daß er etwas verkauft oder Aufträge bekommt – oder vielleicht sogar beides. Also – ich sage ja, jedenfalls für ein paar Monate, und dann sehen wir weiter.«

»Das ist nett.« Elizabeth sagte das so leise, als fiele es ihr schwer, irgendeine Form von Dankbarkeit zu zeigen. Jen empfand einen stillen Triumph: Sie war auf Elizabeth' Bitte eingegangen, hatte sie aber nicht *ganz* erfüllt.

»Wie findest du eigentlich Shirley Jackson?« fragte sie jetzt, weil sie nicht mehr über ihre Mutter oder über Adam reden wollte.

»Kommt darauf an, welche Shirley Jackson du meinst«, erwiderte Elizabeth. »Die düstere Schriftstellerin oder die leichtherzige Erzählerin, die Familiengeschichten zum besten gibt?«

»Die düstere Schriftstellerin ist mir persönlich viel zu düster«, sagte Jen.

»Und die leichtherzige Erzählerin ist viel zu leichtherzig.«

Elizabeth grinste, und sie fingen beide an zu lachen. Wie schön, daß sie sich einig waren! Im sicheren Hafen der Literatur konnte ihnen nichts zustoßen.

Wenig später verabschiedete sich Elizabeth, und als nach einer Stunde dann Ian zurückkam, nahm er Jen in seine starken Arme und preßte sie an sich, eine wortlose Entschuldigung. Zärtlich drückte er seine kalte Wange an ihr Gesicht und hauchte ihr ins Ohr.

»Ich war gar nicht bei Ericas Vernissage«, flüsterte er.

Als am nächsten Morgen das erste milchige Dämmerlicht durch das vorhanglose Fenster drang, stand Jen auf und setzte sich an ihren Schreibtisch, während Ian noch fest schlief. Mit schnellen Strichen entwarf sie das zweite Bild, zeichnete die Menschen, die sich schon in der Frühe auf dem Dorfplatz versammelten – einen schmalen jungen Mann in einem viel zu weiten Anzug, eine dürre ältere Frau, die kerzengerade dastand, die Haare zu einem straffen Knoten zurückgesteckt (eine gewisse Ähnlichkeit mit Elizabeth war nicht zu leugnen), und hinter einem hohen Baum versteckt eine kleine, koboldartige Gestalt mit dunklen Locken (die ihr ähnlich sah, wie Jen selbst zugab). Zufrieden klappte sie ihr Skizzenbuch wieder zu, als sie hörte, daß Ian aufwachte. Sie wollte nicht gefragt werden, woran sie arbeite. Aber sie nahm sich vor, die Zeichnungen bis zum Treffen des Leseclubs abzuschließen.

Am frühen Nachmittag des vereinbarten Tages kochte Jen das Kalbgulasch, ohne großen Aufwand, um Ian, der seit dem Vormittag mit schnellen, schwungvollen Pinselstrichen malte, nicht zu stören. Zwischendurch blickte sie immer wieder aus dem Fenster. Der Himmel verdunkelte sich zusehends. Im Wetterbericht war Schnee angekündigt worden, und sie befürchtete schon, daß ein Schneetreiben einige ihrer Freundinnen fernhalten könnte. Rina kam auf jeden Fall – sie hatte schon angerufen und erzählt, sie habe seit neuestem mit einer Frau bei ihr im Haus vereinbart, abwechselnd auf die Kinder aufzupassen. Typisch Rina. Sie war so egozentrisch, daß sie ihre organisatorischen Schwierigkeiten für die größten Probleme überhaupt hielt, dachte Jen ungeduldig und wunderte sich über ihre eigene Reaktion. Trish hingegen sagte, sie sei darauf angewiesen, daß Jason pünktlich nach Hause kam, damit er Mandy ins Bett bringen konnte.

»Wir bemühen uns wirklich, unsere Arbeitszeiten besser abzusprechen«, erklärte sie. »Früher haben wir nicht genug darüber geredet, und dann ist dauernd etwas schiefgelaufen – er war sauer auf mich, weil ich mir zuviel aufgebürdet habe, und ich war traurig, weil ich dachte, er denkt überhaupt nicht an mich, wenn er seine Termine für Geschäftsreisen und Konferenzen plant. Jetzt passen wir besser auf, weil so was ziemlich gefährlich werden kann.«

Jen hatte den Eindruck, daß alle irgendwelche neuen Vorsichtsmaßnahmen trafen – seit der Geschichte mit Cynthia und Eric. So ähnlich wie Autofahrer, die instinktiv das Tempo drosseln, wenn sie einen Unfall sehen. Auch sie und Ian hatten sich seit Elizabeth' Besuch kein einziges Mal mehr gestritten.

Jetzt legte Ian den Pinsel weg und trat wie immer einen Schritt zurück, um sein Werk zu begutachten.

»Was denkst du?« fragte er Jen, die gerade Wein in das köchelnde Gulasch goß.

Sie ging zu ihm und studierte das Bild: Glitzernde Sterne

funkelten an einem Nachthimmel, dessen Dunkelheit durch breite Pinselstriche schattiert wurde, von Pechschwarz bis zu dem leuchtenden Schwarzblau, das er in einem Geschäft in Chinatown in winzigen Tuben kaufte. Eine einsame, perlmuttglänzende Wolke in Form einer Faust verdeckte fast den größten Stern.

»Wunderbar«, sagte sie aus tiefstem Herzen.

»Es ist beinahe fertig. Also kann es mit in die Ausstellung. Hoffe ich jedenfalls.«

Er tunkte seine Pinsel in Terpentin, kratzte seine Palette sauber. Behutsam schob er die Staffelei hinter eine Stellwand aus Reispapier, die Jen gekauft hatte, als er einzog, von der er aber nur selten Gebrauch macht. Jen war ihm dankbar, daß er jetzt daran dachte. Lächelnd stellte sie sich auf die Zehenspitzen, um ihm einen Silberklecks vom Kinn zu wischen.

»Dann geh ich jetzt mal«, sagte er.

»Sie kommen erst in ein paar Stunden.«

»Ich will noch in der Maestrato Gallery vorbeischauen und mit dem Besitzer reden. Und danach gehe ich in die *League* – ich habe mit Patrick ausgemacht, daß ich heute abend seinen Kurs übernehme. Das Geld können wir brauchen.«

»Ja, stimmt.«

Jen freute sich. Er bemühte sich, das war nicht zu leugnen. Langsam, ganz langsam schien er zu begreifen, was auf dem Spiel stand.

Sie hatte ihm von Elizabeth' Bitte erzählt und gestanden, daß sie nachgegeben hatte. Eigentlich hatte sie gedacht, er würde toben, aber aus irgendeinem Grund schien er das Dilemma einzusehen und bot sogar von sich aus an, mehr zu den allgemeinen Kosten beizutragen – wenn irgend möglich. Sie und Ian verhielten sich in gewisser Hinsicht ähnlich wie Jason und Trish: Sie versuchten ganz bewußt, stärker auf die Bedürfnisse des anderen Rücksicht zu nehmen.

Er beugte sich zu ihr und drückte ihr einen Kuß auf die Nasenspitze.

»Ich komme nicht zu spät nach Hause«, sagte er. »Aber auch nicht zu früh.«

»Keine Sorge.« Sie grinste. »Ich bin ja sowieso hier.«

»Das will ich doch hoffen.« Er zerstrubbelte ihr die Haare und zog die schwere Wohnungstür hinter sich zu, wartete aber noch draußen im Treppenhaus, bis er hörte, wie Jen den Riegel vorschob. Sie liebte solche fürsorglichen Augenblicke, die liebevolle Aufmerksamkeit, die ihr das Gefühl gab, daß er sie beschützte.

Sie würzte das Gulasch kräftig nach, rührte um, zog dann einen bequemen Jogginganzug an und ging an ihren Zeichentisch. Eine Stunde lang arbeitete sie etwas planlos an einem Entwurf für die Werbeagentur. Die Art-Direktorin wollte eine Zeichnung für einen neuen Citrus-Drink. Jen machte ein paar Skizzen, die sie aber alle wieder zerriß. Durch die Arbeit mit Cynthia war sie verwöhnt, das merkte sie jetzt. Cynthia hatte immer sehr genaue Vorstellungen. Seufzend malte sie eine weinende Orange, eine lachende Zitrone, eine wütende Grapefruit. Aber auch diese Zeichnung landete im Papierkorb. Dann las sie den Begleittext noch einmal und zeichnete die drei Früchte, wie sie Hand in Hand im Kreis tanzen. Das funktionierte. Na also! Sie wählte noch einen Schrifttyp für den Text aus und machte sich dann einigermaßen zufrieden wieder an ihre Comiczeichnungen für »Die Lotterie«. Als die Abenddämmerung einbrach, war sie fertig mit den verschiedenen Bildern und klebte sie auf zwei Storyboards, die sie auf eine von Ians unbenutzten Staffeleien stellte.

Ob das die ersten Illustrationen zu Jacksons Kurzgeschichte waren? fragte sie sich. Plötzlich bekam sie Angst vor der Reaktion der anderen. Ihre Zeichnungen gaben sehr treffend die Atmosphäre in dieser Kleinstadt wieder, in der einmal im Jahr durch eine Lotterie ein Sündenbock bestimmt wurde – ein harmloser, unschuldiger Mensch, der dann von seinen Nachbarn, die ebenfalls völlig harmlose Durchschnittsbürger waren, gesteinigt wurde. In Jacksons Erzählung war das Opfer Tessie Hutchinson, eine liebe, nette Ehefrau und Mutter. Jen betrachtete ihre Arbeit prüfend, gab dem Steinhaufen noch etwas schärfere Konturen und versah Tessie Hutchinsons Schürze mit einem Karomuster. Jackson hatte die Schürze nicht genauer beschrieben, aber sie wäre bestimmt mit Jens Darstellung einverstanden gewesen. Sie war ja eine Autorin, die mit ihren sparsamen, aber atmosphärisch dichten Schilderungen vor allem darauf abzielte, daß man das Geschehen deutlich vor sich sah. Eine Schriftstellerin, die in *Wie man kleine Teufel erzieht* die Punkte auf dem neuen Linoleumfußboden in der Küche erwähnte, hatte mit Sicherheit nichts dagegen, wenn ihre unglückliche Heldin eine karierte Schürze trug. Jen drehte die Staffelei um und machte sich an die Zubereitung des Salats.

Das Telefon klingelte, als sie gerade das Dressing mischte. Es war Rina. Sie mußte schreien, um den Lärm und das Gelächter im Hintergrund zu übertönen.

»Ich bin noch im College, weil ich für eine Kollegin einspringen mußte. Und meine Babysitterin kann blöderweise nicht kommen, also muß ich Jeremy erst noch zu Cynthia bringen, sie hat sofort ja gesagt. Aber deshalb komme ich sicher ein bißchen zu spät. Heute ist so ein Tag, an dem einfach alles danebengeht. Na ja – eigentlich ist das bei mir ja immer so.« Sie lachte resigniert, als hätte sie sich mit den ewigen Pechsträhnen abgefunden.

»Du bringst Jeremy zu Cynthia?« fragte Jen verblüfft.

»Ja. Warum nicht? Er kennt die Zwillinge. Sie machen zusammen nach der Schule einen Malkurs. Erst wollte ich Trish fragen. Aber ich glaube nicht, daß Jason besonders begeistert wäre, und Cynthia hat ja Mae und das Au-pair-Mädchen. Sie hat gesagt, die beiden hätten nichts dagegen. Und selbst wenn – ich glaube, Cynthia wäre das ziemlich egal. Jedenfalls kann es sein, daß ich mich verspäte.«

Selbstverständlich war es Cynthia egal, wie ihr Personal

reagierte. So wie es ihr auch gleichgültig war, wenn ein Meeting über die Mittagspause hinausging. Cynthia bezahlte die Leute, die für sie arbeiteten, sehr gut und erwartete entsprechend auch sehr viel von ihnen. Vielleicht hat sie auch von Eric mehr erwartet, als er ihr geben konnte? Behandelt sie ihren Mann genauso wie ihre Angestellten? Eigentlich gar keine so absurde Frage, dachte Jen zu ihrer eigenen Verblüffung.

Sie legte auf. Es hatte tatsächlich angefangen zu schneien. Winzige Kristallsterne tanzten gegen die Fensterscheibe, und der wechselnde Wind trieb sie zum Fluß. Es klingelte. Jen schob den Riegel beiseite – es war Donna, ohne Mütze, die Wangen gerötet vom Wind, eine bedeckte Kuchenplatte in der Hand.

»Applepie«, verkündete sie. »Wenn es das erste Mal schneit, soll man warmen Applepie essen.«

»Du klingst wie eine Frau, gegen die Shirley Jackson garantiert Aversionen gehabt hätte«, sagte Jen lachend und trug den Kuchen in den Küchenbereich.

»Ich glaube, sie könnte uns alle miteinander nicht leiden. Außer Rina vielleicht.«

»Rina? Wieso Rina?« Jen war verdutzt.

»Weil Rina wie die Frauen in ihren Geschichten ist. Desorganisiert, verletzlich, immer in Geldnot und ständig damit beschäftigt, sich selbst neu zu erfinden. Und sie ist eine gute Mutter – genau wie Jackson.«

»Wenn du alles glaubst, was sie in *Nicht von schlechten Eltern* und W*ie man kleine Teufel erzieht* schreibt. Was ich nicht tue, wie ich gleich gestehen muß«, entgegnete Jen.

»Na, das wird ja eine spannende Diskussion! Dabei fällt mir ein – Trish kommt eventuell mit ein bißchen Verspätung. Sie arbeitet heute in der Aufnahme, und gerade ist noch ein Notfall eingeliefert worden.«

»Rina hat auch schon angekündigt, daß sie nicht pünktlich sein kann. Sie muß Jeremy zu Cynthia bringen.«

Aber Trish und Rina kamen gleichzeitig und fast genau zur vereinbarten Zeit, gefolgt von Elizabeth, die Jen eine exzellente Flasche Wein überreichte. Sie hat ein schlechtes Gewissen, dachte Jen, stellte die Weingläser hin und kippte die Nudeln ins kochende Wasser. Trotzdem freute sie sich, daß ihre Schwester wenigstens andeutungsweise zu begreifen schien, was sie ihr abverlangte. Viel zu oft redete Elizabeth in diesem anklangenden Ton mit ihr – eigentlich seit ihrer Kindheit. *Hast du sie diese Woche besucht? Hast du mit der Heimverwaltung über die letzte Rechnung gesprochen? Du wolltest mich doch anrufen und mir berichten!*

Das Kalbsgulasch duftete köstlich, und Jen drehte die Flamme noch ein bißchen kleiner. Nach Donnas Rezept müßte der Topf eigentlich jetzt noch in den Backofen, aber so etwas gab es in ihrem Loft nicht. Sie und Ian hatten zwar vorgehabt, sich einen zu kaufen, wenn Ian das nächste Bild verkaufte, aber dieser Plan war bis auf weiteres hinfällig.

Es klingelte wieder. Rina öffnete, und vor der Tür stand Cynthia in einem Pelzmantel mit Kapuze und hohen schwarzen Stiefeln.

»Tut mir leid, daß ich zu spät komme«, entschuldigte sie sich atemlos. »Ich mußte mich noch mit jemandem auf einen Drink treffen.«

Die anderen schaute sich vielsagend an. Mit jemandem. Mit einem Mann? Natürlich mit einem Mann!

Unter dem Cape trug sie ein schwarzes Kaschmirkleid mit weitem Rock und Rollkragen und einem enganliegenden Oberteil. Mit einem Mann, na klar.

»Danke, daß Jeremy zu den Zwillingen kommen durfte«, sagte Rina.

»Hast du die Mädchen gesehen, als du ihn abgeliefert hast?«

»Ja. Wieso fragst du so besorgt? Ist irgendwas? Ich hatte den Eindruck, alles ist in bester Ordnung.«

»Ach, ich mache mir andauernd Sorgen. Es ist schon ziemlich schwierig für die beiden«, sagte Cynthia fast ein wenig ungehalten.

»Das wird wieder besser«, sagte Jen beruhigend. »Vielleicht kommt ja alles wieder ins Lot zwischen dir und Eric.«

Cynthia zuckte nur die Achseln.

»Das kommt darauf an, was du mit ›ins Lot kommen‹ meinst. Aber ich will eigentlich nicht darüber reden.«

»Ja, ich weiß«, sagte Jen rasch und widmete sich wieder ihren Töpfen. Schließlich stellte sie alles auf den Tresen.

Die Frauen bedienten sich selbst und nahmen auf den großen Sitzkissen Platz, die Jen um die kleinen bunten Plastiktische herum plaziert hatte. Sie goß allen Wein ein. Trish trank einen kräftigen Schluck und seufzte laut.

»Ich habe befürchtet, ich würde viel zu spät kommen«, sagte sie. »Wir hatten gerade noch einen extrem komplizierten Neuzugang. Ein kleines Mädchen, das von einem Angehörigen mißbraucht worden war. Sie stand total unter Schock – es hat mir fast das Herz gebrochen. Ich mußte die ganze Zeit an Mandy denken. Kinder sind so furchtbar verletzlich.«

»Von einem nahen Verwandten?« wollte Cynthia wissen. Rote Flecken erschienen auf ihrem Hals, und sie mußte ihre Gabel weglegen, weil ihre Hand so zitterte.

»Ich darf nichts sagen«, antwortete Trish. »Eigentlich hätte ich das Thema gar nicht anschneiden dürfen.«

»Ja, ich habe mich schon gewundert«, sagte Elizabeth, selbstgerecht wie so oft. »Ich achte immer ganz streng darauf, daß ich nichts von meinem Schulalltag ausplaudere. Man kann nie wissen.«

»Also ich rede immer sehr gern über meine Speisepläne«, warf Donna fröhlich ein. »Möchte vielleicht irgend jemand wissen, was ich für das Weihnachtsessen im Krankenhaus plane?«

Alle lachten, und Jen bemerkte mit Erleichterung, daß sich Cynthia ein großes Stück abschnitt, als sie den warmen Applepie servierte. Vielleicht hatte sie auf Trishs Mißbrauchsgeschichte nur deshalb so heftig reagiert, weil sie ohnehin angespannt war. Jede von ihnen hätte diese Frage stellen können. Eric, der ruhige, sanfte Eric, war doch kein Kinderschänder!

Sie räumten das Geschirr weg, und Jen setzte sich auf ein knallgelbes Kissen, die Bücher, die sie für ihre Einführung gelesen hatte, neben sich auf dem Fußboden.

Die Notizen hatte sich Jen gemacht, während Ian neben ihr schlief. Sie erzählte von der Kindheit der Autorin, von den seelischen Wunden, die dem einsamen, introvertierten kleinen Mädchen von seiner kalten, strengen Mutter zugefügt wurden, die sich eine hübsche, angepaßte Tochter gewünscht hatte, und von dem ehrgeizigen, materialistischen Vater, für den es nur seine Geschäftswelt gab.

»Ich habe irgendwo gelesen, daß es in ihrem Haus in Kalifornien kein einziges Buch gab«, sagte Rina.

An solche Details erinnert sich Rina immer, dachte Jen, verärgert über die Unterbrechung.

»Ich glaube, das war noch das wenigste«, fuhr sie fort. »Die Eltern waren bornierte Antisemiten und dabei unglaublich arrogant. Aber Shirley hat es geschafft, sich dieser Umgebung zu entziehen, indem sie Geschichten erfand und sie aufschrieb. Über das Schreiben hat sie gesagt – und da muß ich sie wörtlich zitieren –, es sei eine ›köstlich private Angelegenheit‹. Ich habe das Zitat unterstrichen, weil es mir mit dem Lesen genauso geht – ich finde, es ist auch eine köstlich private Angelegenheit.«

Wieder einmal nickten alle, weil sie nachvollziehen konnten, was Jen meinte.

Die Familie zog später nach Rochester, New York, berichtete Jen, und Shirley fühlte sich in dieser kalten Stadt im Norden noch einsamer, bis sie dann an der Syracuse University eine Gruppe seelenverwandter Schriftsteller und Leser fand. Dort lernte sie Stanley Edgar Hyman kennen, einen radikalen jüdischen Intellektuellen aus Brooklyn, der sich um die Tochter aus einer protestantischen Mittelschichtfamilie bemühte und auch prompt ihr Herz eroberte.

»Für beide Elternpaare war diese Ehe eine Katastrophe. Stanleys Vater saß sogar *Shiva* für seinen Sohn – bei orthodoxen Juden ist es Sitte, nach dem Tod eines nahestehenden Menschen sieben Tage zu trauern. Offenbar tun das manche auch, wenn jemand einen Nichtjuden heiratet – aber da muß die Familie schon extrem religiös sein. Meinst du, das gibt es heute noch, Rina?« fragte sie.

»Hey – ich bin die einzige Jüdin hier in der Runde, und schon werde ich zur Talmudgelehrten!« Rina lachte. »Ich glaube, es gibt immer noch orthodoxe Juden, die ihre Kinder verstoßen, wenn die jemanden heiraten, der kein Jude ist. Ich glaube, meine Eltern wären auch nicht besonders glücklich darüber gewesen, daß Jeremys Vater nicht zum erwählten Volk gehörte. Sie hätten sicher nicht *Shiva* für mich gesessen – ich habe ja auch nicht geheiratet, sondern bin nur schwanger geworden –, aber sie hätten mir mehr als deutlich zu verstehen gegeben, daß es ihnen ganz und gar nicht paßt.«

Alle schauten sie erstaunt an. Es war das erste Mal, daß sie Jeremys Vater erwähnte – hoffentlich erzählte sie noch mehr! Aber sie schwieg, und Jen setzte ihren Bericht über Jacksons Leben fort.

Die Anfangszeit war nicht einfach für das junge Paar, am Rand der Boheme von Manhattan, mit schlechtbezahlten Jobs. Aber Shirley schaffte es, selbst in den frustrierendsten Erfahrungen noch etwas Humorvolles zu entdecken.

»Als sie eine Weile bei Macy's gearbeitet hat, wurde daraus gleich die Geschichte ›Mein Leben bei R.H. Macy‹«, sagte Jen.

»Die finde ich ganz toll«, mischte sich Rina ein. »Ich habe sie sogar mehr oder weniger nachgespielt, als ich in meinem zweiten Studienjahr in der Vorweihnachtszeit als Verkäuferin gearbeitet habe. Ich habe meine Kündigung mit meiner Angestelltennummer unterschrieben, genau wie Jackson. Ich glaube, ich habe mich ein bißchen gefühlt wie ihre seelische Zwillingsschwester.«

»Ja, und ich weiß auch noch genau, wie du mir erzählt hast, daß du das Bargeld eingesteckt hast, das dir die Kunden gaben – wie Shirley Jackson«, fügte Donna hinzu.

»Stimmt. Es waren vierzehn Dollar. Ich habe das nicht als Diebstahl betrachtet, für mich war es eher ein Rachefeldzug gegen einen Großkonzern. Ich glaube, Jackson hat das auch so gesehen, als sie die fünfundsiebzig Cent, die ihr ein Kunde bei Macy's gegeben hat, in die eigene Tasche steckte.«

Lachend wühlte sie in ihrer großen Ledertasche nach einem Taschentuch. War es den anderen aufgefallen, daß die Tasche einen Schildpattgriff hatte – genau wie die Handtasche, die die gutgekleidete Dame in Rinas Geschichte bei Saks Fifth Avenue gestohlen hatte? fragte sich Donna. Ihr war plötzlich sonnenklar, daß es diese Frau nie gegeben hatte. Sie war Rinas Erfindung, und Rina führte offenbar immer noch Rachefeldzüge gegen Großkonzerne.

Shirley Jackson hätte Rinas Verhalten bestimmt gebilligt, vermutete Donna. Emma Bovary hätte es auch verstanden, und Edith Wharton hätte es einfach interessant gefunden. Sie lächelte bei dem Gedanken daran, wie lange sie schon Rinas Schrullen geduldig hinnahm. Dann wandte sie ihre Aufmerksamkeit wieder Jen zu, die gerade über die Geburt von Shirleys Sohn Laurie redete und daß die Familie bald darauf nach Vermont zog, wo sie in einer Kleinstadt in Neuengland ein merkwürdiges Doppelleben führte, wo ihre drei anderen Kinder geboren wurden und wo die Autorin der »Lotterie« eine absolut konventionelle Mutter und Hausfrau wurde.

»Warum sagst du, es war ein Doppelleben?« wandte Elizabeth ein. »Ich würde sagen, sie hat mehrere Leben gelebt, genau wie wir alle. Unser Berufsleben, unser Privatleben. Unsere verschiedenen Rollen: Tochter, Ehefrau. Mutter. Freundin. Schwester.«

»Es stimmt, daß jeder Mensch mehrere Rollen hat«, sagte

Trish. »Aber diese Rollen werden alle von einer intakten Persönlichkeit gespielt. Ich glaube, Jen sieht eine Spaltung in Shirley Jacksons Persönlichkeit, und diese Spaltung zeigt sich auch in ihrem Werk. Auf der einen Seite haben wir die witzigen Geschichten über ihre Kinder, über die liebenswürdigen Aspekte des Alltags in einer Kleinstadt in Neuengland – Baseballtraining, Geburtstagseinladungen, die Männer spielen Poker, die Frauen trinken Kaffee und planen das Mittagessen. Und dann haben wir ihre dunkle Seite, die gewalttätigen, bedrohlichen Geschichten über eben diese Kleinstadt – überall lauert die Grausamkeit, das Böse, selbst in den sonnigen Küchen und den gepflegten Gärten. Ich finde, hier sind zwei verschiedene Autorinnen am Werk. Offenbar lebten zwei verschiedene Frauen – vielleicht noch mehr – in Shirley Jacksons Körper. So etwas sehe ich im Krankenhaus jeden Tag.«

»Ich finde, du nimmst das viel zu sehr von der pathologischen Seite«, protestierte Cynthia. »Ich will's mal mit einer anderen Erklärung versuchen. Mit dem Geld. Stanley Edgar Hyman war Akademiker. Er hat für den *New Yorker* und die *New Republic* geschrieben, um etwas zu verdienen, und obwohl er sich wirklich große Mühe gab, hat sein Einkommen nie gereicht. Er hat sogar selbst gesagt, es genüge gerade mal für die Rechnung in der Bar – die immer ziemlich hoch war, weil die beiden ganz schön gebechert haben. Also war es Shirleys Geld, von dem sie gelebt haben, obwohl er die Finanzen kontrollierte und sie ihn um jeden Penny bitten mußte. Sie mußte seine Erlaubnis einholen, um das Geld ausgeben zu dürfen, das sie selbst verdient hat! Sie war die brave, unterwürfige Ehefrau, brachte ihm die Drinks, kochte seine Mahlzeiten und hat ihm absolute Macht verliehen. Ihre Geschichten über die Kinder hat sie an Zeitschriften wie *Woman's Home Companion* und *Good Housekeeping* verkauft. Dafür hat sie gutes Geld bekommen, und auf dieses Einkommen war Verlaß, es reichte für die Kinder, das große Haus und ihre Partys. Und dann hat sie tief in ihre Seele geblickt und die anderen Geschichten geschrieben, hat die Romane mit ihrer ›dunklen Seite‹ verfaßt, wie Trish es ausdrückt. Alle Künstler, die sich mit der Wirklichkeit auseinandersetzen, tun so etwas an irgendwelchen Punkten in ihrem kreativen Schaffen. So wie Eric – er dreht diese großartigen Dokumentarfilme, aber er macht auch Werbespots. Wegen des Geldes. Jackson hat bestimmte Sachen garantiert auch nur aus finanziellen Gründen geschrieben. Sie hat das nicht als Niederlage empfunden, genauso wenig wie Eric oder ...« Sie verstummte mitten im Satz und schaute ihre Freundinnen verwirrt an, als wäre sie selbst verblüfft über das, was sie gerade gesagt hatte. Sie hatte über Eric gesprochen, als wären sie immer noch zusammen, als müßte sie, ganz die stolze Ehefrau, seine beruflichen Entscheidungen verteidigen.

Donna überbrückte die betretene Stille.

»Es stimmt, daß sich Shirley Jackson permanent Sorgen ums Geld gemacht hat. In den Geschichten über die Kinder erwähnt sie immer, wieviel die Sachen kosten und daß sich die Leute dies oder jenes nicht leisten können und daß sie ihre Kinder bestrafen, indem sie ihnen das Taschengeld entziehen. Vielleicht spielten ja finanzielle Erwägungen eine Rolle, wenn sie entschied, was sie schreiben will. Aber irgendwie glaube ich nicht, daß das Geld für sie wirklich der treibende Faktor war. Ich denke, sie hat versucht, sich ihre eigene Realität zu schreiben und ein Szenario zu entwerfen, wie sie ihr Leben gern haben wollte und wie ihre Wunschwelt aussehen würde. Also hat sie sich selbst in die Rolle der geistreichen, amüsierten Mutter hineingeschrieben, die zwar ständig ein wenig überfordert ist, aber trotzdem mit allem fertig wird, und aus ihren Kindern wurden diese charmanten kleinen Gören, die frech und unglaublich phantasievoll sind, und sie leben in diesem kleinen Städtchen, gehen zu Baseballspielen, und die Mutter ist im Elternbeirat, sie verabredet sich mit anderen Frauen zum Kaffeekränzchen, und der Ehemann spielt Poker. Sie hat sich selbst, ihre Nachbarn, ihre ganze Welt neu erfunden. Ich bin aber anderer Ansicht als Trish – ich glaube nicht, daß man für so was eine gespaltene Persönlichkeit haben muß. Wir wollen uns doch alle ein Leben erfinden, das sich von dem unterscheidet, das wir tatsächlich leben. Als Kind habe ich mir immer ausgemalt, ich hätte einen Vater, der jeden Tag zur Arbeit geht, und eine entspannte, glückliche Mutter, die genug Zeit hat, um im Garten zu arbeiten und um zu lesen. Im Grunde schaffe ich ja heute noch verschiedene Welten für mich selbst. An einem Abend bin ich mit Tim im Blue Note und am nächsten mit Ray in einem Symphoniekonzert. Ich habe viel zu lange miterlebt, wie meine Mutter in ihrer Küche gefangen war und mit Hilfe ihrer Hörbuchkassetten ihrem Leben entflohen ist. Ich habe keine Lust, meine Freiheit zu opfern. Ich möchte mich immer wieder neu erfinden. Und Shirley Jackson tut das in ihrer Arbeit.« Sie redete wie ein Wasserfall, und als sie fertig war, lehnte sie sich erschöpft zurück.

»Aber nur bei ihren sogenannten leichtherzigen Sachen. Die verschiedenen Leben, die du für dich erfindest, Donna, sind lauter Alternativen zu dem Leben, das du bei deiner Mutter gesehen hast«, sagte Elizabeth. »Bei Jackson ist das anders. Nimm zum Beispiel ›Die Lotterie‹. Das kleine Städtchen oder Dorf, in dem die Geschichte spielt, ist eindeutig Bennington, Vermont, wo sie gelebt hat. Und die Dorfbewohner, die sich an der ›Lotterie‹ beteiligen und bereit sind, eine unschuldige Frau zu steinigen, sind dieselben netten Nachbarn, die sie mit so heiterer Sympathie in den Geschichten über ihre Kinder beschreibt. Wenn wir Donnas Theorie übernehmen, daß sie eine idealisierte Welt schaffen wollte – was machen wir dann mit dieser anderen Welt, für die sie dieselbe Landschaft, dieselben Personen wählt?«

»Ich würde mal annehmen, sie wußte, daß es gar kein so weiter Weg vom netten Nachbarn zum Folterer ist, und aus dem Folterer von heute kann morgen schon wieder der nette Nachbar werden«, sagte Jen. »Übrigens – ich hoffe, ihr habt nichts dagegen, aber ich habe etwas vorbereitet, was sogar für uns ein bißchen unorthodox ist. Ich habe eine Art Comic über ›Die Lotterie‹ gezeichnet. Nur für uns.«

Sie holte die Staffelei näher heran und wartete ab, während die anderen ihre Bilder studierten. Rina stand auf, um sie ganz genau zu betrachten.

»Du hast die Atmosphäre wunderbar getroffen«, sagte Cynthia in demselben behutsamen Ton, in dem sie sich bei der Arbeit über Jens Entwürfe äußerte. »Man kann die wachsende Spannung richtig spüren, mit jedem Bild wird die Stimmung bedrohlicher.«

»Und wie sich die Gesichter verändern!« rief Donna voller Bewunderung. »Darin spiegelt sich die ganze Geschichte wider. Am Anfang denkt man, sie treffen sich zu irgendeinem Fest, weil alle so fröhlich lächeln. Und gegen Ende sind die Mienen verzerrt und haßerfüllt.«

»Ja, und genauso sind die Dorfbewohner«, sagte Rina. »Sie tragen diese Dualität in sich. Sie sind gut, und sie sind böse. Wie alle anderen Menschen auf der Welt vermutlich auch. Und es gibt ja überall Vorurteile, weil man irgendwelche Stereotype internalisiert hat. Wie wenn zum Beispiel ein Mann eine Jüdin fragt, warum alle Juden immer so traurig sind.« Sie schloß die Augen beim Gedanken an diese unbedachte Frage des Mannes, der Jeremys Vater wurde – und der nichts von Jeremys Existenz wußte.

»Der Gedanke hat Jackson sehr beschäftigt«, fuhr sie dann fort. »Sie *mußte* einfach darüber schreiben. Und wenn wir uns ansehen, wie Jen die Menschenmenge auf dem letzten Bild darstellt – sämtliche Dorfbewohner, sogar der Sohn der Frau ist dabei, während das Opfer in der Mitte kauert –, da muß ich sofort an die Nazis denken. Da war es auch so, daß völlig harmlose Deutsche, die ihre Kinder liebten, ihre Häuser putzten, Beethoven hörten und sonntags in die Kirche gingen, sich plötzlich in Mörder verwandelt haben und über die Opfer herfielen, die in ihrer Mitte kauerten. Sie hatten alle auch ihre guten Seiten, bis der Haß sie gepackt hat und eine ›Lotterie‹ abgehalten wurde. Die Juden waren wie Tessie Hutchinson, Shirley Jacksons Sündenbock.«

»Ich finde, du bist überempfindlich, Rina«, widersprach Elizabeth. »Man muß nicht unter jedem Bett einen Antisemiten vermuten.«

»Was ich sage, hat überhaupt nichts damit zu tun, daß ich Jüdin bin«, konterte Rina aufgebracht. »Ich wundere mich eher, daß keine von euch bisher die Parallele gesehen hat.«

»Ich sehe sie«, sagte Trish ruhig. »Und ich finde deine Interpretation völlig richtig, Rina. Ich habe im Netz einen Text über Jackson gelesen, und da hieß es, als Jackson gefragt wurde, worum es in der Geschichte geht, habe sie geantwortet, es geht um die Juden. Und das paßt ja auch. Ihr Mann war Jude, ihre Kinder waren Halbjuden, und in diesem Kaff in Vermont waren sie immer wieder mit Antisemitismus konfrontiert. Es ist ein bißchen absurd, weil die Jacksons ja überhaupt keine praktizierenden Juden waren, aber für die Dorfbewohner spielte das keine Rolle. Ihnen hat es genügt, daß sie aus New York kamen und Intellektuelle waren – und dadurch einfach anders. Klar, sie haben ihr Anderssein auch zelebriert. Er ist zum Beispiel immer in einem Umhang herumgelaufen und hat einen Stockdegen geschwungen, und sie wog neunzig Kilo und trug rote und lila Flattergewänder. Aber der Antisemitismus hat sie gequält. Immer wieder mußte sich Jackson gehässige Bemerkungen anhören, und die Vorurteile waren täglich spürbar. Und ihre Eltern waren ja auch erklärte Antisemiten. Sie hat genau gesehen, daß die netten Menschen in ihrem Dorf zu allem fähig waren, weil sie wußte, daß in jedem Menschen ein potentieller Gewalttäter schlummert. Sie war ja selbst ziemlich jähzornig. Es konnte passieren, daß sie ihre Kinder zärtlich an sich drückte – und im nächsten Moment hat sie die armen Kleinen furchtbar angeschrien. Aber sie hat gegen diese innere Wut angekämpft, sie wollte lieben und geliebt werden. Gerade weil sie ihre eigene Dualität kannte, hatte sie Angst. Vielleicht hat sie ja versucht, diese zu überwinden, indem sie Geschichten wie ›Die Lotterie‹ schrieb. Ich glaube, daß ihre Phantasie, ihre kreative Begabung, sie ängstigte. Die Familiengeschichten waren für sie eine Art Rückversicherung, daß alles normal war. Aber am Schluß hat sie es nicht mehr gepackt. Nicht mal eine normale Familie genügte ihr als Rettungsanker.«

»Aber es war doch keine normale Familie!« protestierte Elizabeth. »Na ja – im Grunde gibt es ja auch gar keine ›normale‹ Familie«, fügte sie hinzu.

»Für die Außenwelt sah es schon so aus. Ein großes Haus, liebevolle Eltern, kreative Kinder, das Essen immer pünktlich auf dem Tisch. Sie hat gekocht, sie hat gebacken. Wer ahnt schon, was sich hinter verschlossenen Türen abspielt? Wenn ihr all die Geschichten kennen würdet, die ich in der Familientherapie zu hören bekomme …«

»Man muß nicht Therapeutin sein, um zu wissen, daß jede Familie ihre Geheimnisse hat und daß auch ein Traumleben manchmal ein Alptraum ist«, warf Cynthia leise ein.

Spontan legte ihr Donna die Hand auf die Schulter. Dann stand Cynthia lächelnd auf und ging zu der Staffelei, um sich die Zeichnungen noch einmal anzusehen.

»Ich finde, du solltest sie einem Verlag anbieten, Jen«, sagte sie. »Vielleicht kannst du noch ein paar Illustrationen zu anderen Geschichten machen. Es muß ja nicht unbedingt eine Geschichte von Shirley Jackson sein. Aber ich würde denken, damit ließe sich was machen.«

»Ehrlich?« Jen strahlte.

»Comics sind ja eine eigene Literaturform geworden, könnte man sagen, spätestens seit Spiegelmans *Maus*«, sagte Rina.

»Ja, ich bin auch davon überzeugt, daß es sich vermarkten läßt«, fügte Cynthia nachdenklich hinzu. »Ich kann dich mit einem Agenten zusammenbringen, wenn du noch mehr Material hast.« Sie blieb noch eine Weile stehen und setzte sich dann wieder neben Donna.

»Mich interessiert vor allem die Frage des Neu-Erfindens«, sagte Rina, um die Diskussion wieder anzustoßen. »Ich glaube, das berührt eine ganz elementare Frage beim Schreiben, und Shirley Jackson war sich dessen bewußt. Erinnert ihr euch an ihre Geschichte ›Charles‹? Da geht Laurie in die Vorschule, und immer, wenn er heimkommt, erzählt er von Charles, dem Klassenschreck. Charles ist schrecklich, Charles ist furchtbar, aber dann wird er immer netter, und am Schluß ist er ein richtig lieber Junge. Als Jackson am Elternabend mit der Lehrerin spricht, findet sie heraus, daß es in der Gruppe gar kein Kind namens Charles gibt – es ist Laurie selbst, der die unmöglichen Sachen anstellte, die er Charles in die Schuhe geschoben hat. Er hat sich sozusagen selbst erfunden. Das ist die höchste Stufe der Fiktion.«

»Ja, man schiebt einer erfundenen Figur die Dinge unter, die man selbst getan hat«, murmelte Donna und dachte wieder an Rinas Beschreibung der eleganten Taschen-Diebin.

»Genau.« Lächelnd strich Rina über ihre Ledertasche, über den glatten Griff aus Schildpatt.

»Ich glaube, das ist auch wichtig fürs Lesen«, sagte Elizabeth. »Menschen wie wir wenden sich Büchern zu, weil wir andere Leben, andere Welten erleben wollen. Wir sind keine passiven Leserinnen, die nur so nebenbei irgendwelche Bücher konsumieren. Es gibt sogar Zeiten, da kommen mir die Geschichten, die ich lese, realer vor als mein eigenes Leben.«

Elizabeth nahm die Biographie der Autorin in die Hand, die Jen für ihre Recherchen verwendet hatte, und studierte das Foto von Shirley Jackson auf dem Umschlag. Es war eine Aufnahme von Laurence Hyman, ihrem ältesten Sohn. Ihre Augen verdunkelten sich, und Jen, die das mitbekam, wußte sofort, daß ihre Schwester an ihren eigenen Sohn dachte, an Adam, der nie ein Foto von seiner Mutter machen würde.

Behutsam nahm sie das Buch wieder an sich und legte es auf den Schreibtisch.

Das Telefon klingelte. Das penetrante Geräusch durchbrach die ungewöhnliche Stille. Jen nahm ab.

»Oh, hallo, Mae«, sagte sie. »Ja, Cynthia ist hier.«

»Ach, Mist.« Ein bißchen ungehalten, nahm Cynthia den Apparat. Sie hörte eine ganze Weile wortlos zu, aber ihr Gesicht war jetzt nicht mehr verärgert, sondern besorgt.

»In Ordnung, Mae. Wir gehen gleich los und nehmen ein Taxi. Ja, wir sind sofort da. Wir beeilen uns.«

Sie beendete das Gespräch und schaute Rina an.

»Jeremy hat Kopfschmerzen. Starke Kopfschmerzen, sagt Mae. Er hat vor zwei Stunden angefangen zu klagen, und sie dachte, das hört schon wieder auf, aber es wird anscheinend immer schlimmer. Und er hat höchstwahrscheinlich Fieber.«

»Jeremy? Aber Jeremy hat doch nie Kopfschmerzen!« Rinas Stimme klang ängstlich. »Kopfschmerzen? Fieber?« wiederholte sie fassungslos, während sie ihren Mantel anzog.

»Das wird schon wieder«, beruhigte Jen sie. »Bestimmt geht es ihm morgen wieder besser. Ruf uns an und sag Bescheid.«

»Ja, mach ich. Vielen Dank.«

Sie war schon an der Tür, Cynthia folgte ihr, winkte den anderen zum Abschied zu. Aber ihr feines Gesicht war starr vor Sorge.

Die anderen traten an das große Fenster. Die Schneeflokken wirbelten im Wind. Sie sahen, wie Cynthia und Rina aus dem Gebäude traten und kurz am Bordstein warteten, bis ein gelbes Taxi vorfuhr und die beiden einlud. Sie sahen, wie Cynthia sich vorbeugte und dem Fahrer ihre Adresse gab, während Rina reglos im Dunkeln saß.

Trish hatte spontan das dringende Bedürfnis, zu Hause anzurufen. »Es ist sicher nichts Schlimmes mit Jeremy«, sagte sie leise zu Jason, als sie zu Hause anrief. »Schläft Amanda? Ich bin gleich da.«

Angst ist ansteckend, dachten ihre Freundinnen, da muß man sich irgendwie rückversichern.

Gemeinsam räumten sie wie immer das Geschirr weg, stapelten die Bodenkissen ordentlich in einer Ecke und einigten sich bei einer letzten Tasse Kaffee darauf, daß sie sich das nächste Mal bei Trish treffen würden, um über ein relativ neues Buch zu reden, auf das sie sich erstaunlich schnell festlegten: *Lolita in Teheran* von Azar Nafisi. Die Rezensionen hatten sie neugierig gemacht. In Gedanken hatten sie diesen Leseclub aus iranischen Frauen adoptiert und die fernen Leserinnen zu ihren intellektuellen Zwillingsschwestern erklärt.

»Ich finde, dann sollten wir gleich noch Nabokovs *Lolita* lesen«, schlug Trish vor.

»Ja, und anschließend schreiben wir unsere eigene Fortsetzung – *Lolita in Manhattan*«, bemerkte Elizabeth trocken, und alle lachten.

Alles schien wieder normal. Sie holten ihre Mäntel, warfen sich Mützen und Schals zu und kicherten vergnügt, als Elizabeth' roter Wollschal auf einer leeren Staffelei landete. Die Angst war verflogen, und sie beschlossen, Cynthia und Rina jetzt lieber nicht mehr anzurufen, sondern bis morgen zu warten.

»Kopfschmerzen. Wenn's weiter nichts ist«, murmelte Elizabeth. »Das wird schon wieder.«

»Natürlich. Ganz bestimmt.«

Es hatte aufgehört zu schneien, als sie aus dem Haus traten, aber ein kalter Wind fegte durch die stille Straße.

5

Jeremys Kopfschmerzen wurden nicht besser. Rinas Telefonanruf weckte Donna am nächsten Morgen.

»Ich bin zu Hause«, sagte sie müde. »Gestern sind wir mit dem Taxi zu mir gefahren und dachten, die Kopfschmerzen vergehen sicher bald, aber Jeremy hat kaum geschlafen, und heute morgen ist es eher noch schlimmer als gestern. Er hat Fieber – nicht besonders hoch bisher, aber trotzdem. Ich habe meinen Kinderarzt angerufen, und er sagt, ich soll mit Jeremy in die Notaufnahme gehen, aber ich will bei dem Wetter gar nicht mit ihm raus.«

Donna trat mit dem Telefon an ihr teilweise vereistes Fenster und schaute hinaus. Die städtischen Schneepflüge waren bereits unterwegs gewesen, am Straßenrand türmten sich die Schneewälle und verfärbten sich schon langsam grau. An dem schmalen Balkon hingen Eiszapfen, und Fahrzeuge, die aussahen wie Panzer, fuhren im Schrittempo die Straße hinunter und bestreuten die gefrorene Oberfläche mit einer dicken Sandschicht. Eine einsame Frau, in eine dicke rote Daunenjacke gehüllt, kämpfte mühsam gegen den Wind an, um zur nächsten Straßenecke zu gelangen.

»Das verstehe ich, sagte Donna. »Draußen sieht es aus wie in der Eiszeit. Dein Arzt macht keine Hausbesuche?«

Rina lachte resigniert.

»In welchem Jahrhundert lebst du? Das Zeitalter der Hausbesuche und der Kirschlutscher ist vorüber! Ich habe ihn gar nicht gefragt, und von sich aus hat er es sowieso nicht angeboten. Ach, Donna – ich hab solche Angst!«

Ihre Stimme überschlug sich. Die Müdigkeit machte die Sorge noch schlimmer.

»Kann ich irgend etwas für dich tun?« fragte Donna. »Möchtest du, daß ich zu dir komme?«

»Ach, nein. Aber ich dachte, du könntest vielleicht mit Raymond reden, falls er zufällig da ist – vielleicht wäre er ja bereit, sich Jeremy mal anzusehen?«

»Ray ist leider nicht hier. Aber ich kann ihn anrufen. Er macht das sicher. Nein, ich *weiß*, daß er es macht.« Sie sprach mit der Überzeugung einer Frau, die daran gewöhnt ist, daß ihr Liebhaber ihr jede Bitte erfüllt. Jedenfalls innerhalb eines vernünftigen Rahmens. Und diese Bitte sprengte diesen Rahmen doch nicht, oder? »Ich rufe dich zurück, sobald ich mit ihm gesprochen habe.«

Sie warf sich kaltes Wasser ins Gesicht, und während sie Ray zu Hause anrief, bürstete sie sich die langen blonden Haare. Keine Antwort. Vermutlich war er schon auf dem Weg ins Krankenhaus. Sie wählte seine Handynummer und atmete erleichtert auf, als er sich meldete.

»Doktor Goldman.«

Der professionell unterkühlte Tonfall schlug augenblicklich in helle Sorge um, als er ihre Stimme hörte. Sie trafen sich jetzt seit drei Jahren, und Donna hatte ihn noch kein einziges Mal am Vormittag angerufen.

»Ist etwas passiert?« rief Ray erschrocken. Donna stellte sich vor, daß sich seine grauen Augen verdunkelten und er sich mit der Hand durch die dichten silbergrauen Haare fuhr, eine vertraute Geste, die sie schon oft bei ihm beobachtet hatte, wenn er wegen irgendwelcher Patientenprobleme angerufen wurde oder sich wegen einer Diagnose Gedanken machte.

Ray war ein freundlicher, sanfter Mann, immer hilfsbereit und entgegenkommend. Seine Wärme hatte Donna gleich angezogen, in seiner Gegenwart hatte sie sich von Anfang an geborgen gefühlt. Sie genoß es, im Konzert oder im Theater neben ihm zu sitzen, im Restaurant einen Tisch mit ihm zu teilen. Sie mochte seine Zuverlässigkeit, seine natürliche

Autorität, sein Einfühlungsvermögen. Saß sie auch bequem, konnte sie alles sehen, war ihre Erkältung fort? Er war fürsorglich und umsichtig, er war immer für sie da und stellte keine Ansprüche. Einmal hatte sie zu ihm gesagt, er wäre bestimmt ein guter Vater, und er hatte erfreut genickt und geantwortet, ja, eines Tages werde er sicher Kinder bekommen. Noch nicht, aber Kinder waren ihm sehr wichtig. Seine Ehe hatte ihn enttäuscht, die Untreue seiner Frau konnte er nicht begreifen, aber er war nicht zynisch deswegen.

Er und Donna fühlten sich sehr wohl miteinander – verbunden und doch unabhängig. Ray ahnte, daß er nicht der einzige Mann in ihrem Leben war, und sie hatte ihn nie wegen anderer Frauen gefragt. Zum gegenwärtigen Zeitpunkt genügte es ihnen, daß sie gern zusammen waren und ihre gemeinsamen Stunden als wunderbare Inseln der Ruhe empfanden.

»Keine Sorge, mir geht es gut«, beruhigte sie ihn. »Ich rufe wegen Rinas Sohn an. Jeremy. Er hat starke Kopfschmerzen und Fieber. Rina will bei dem schrecklichen Wetter nicht mit ihm raus, und natürlich kommt kein Arzt zu ihr. Deshalb hat sie mich gefragt, ob du vielleicht kurz vorbeischauen könntest.«

»Aber ich bin Neurologe und kein Kinderarzt.«

»Ja, klar, ich glaube auch nicht, daß Jeremy etwas Schlimmes fehlt – aber es wäre trotzdem lieb, wenn du ihn kurz untersuchen könntest, damit sie sich wieder entspannen kann. Du weißt doch, wie sie ist.«

»Nicht so richtig, aber ich habe eine vage Vorstellung.«

Er hatte Rina ein paarmal gesehen, und ihre Intensität, die Kompromißlosigkeit ihrer Ansichten und ihre geistreichen, witzigen Bemerkungen hatten ihn beeindruckt. Daß Rina und Donna so eng befreundet waren, wunderte ihn, weil Donna normalerweise eher gesetzt und durchorganisiert war, aber er wußte, daß auch sie viele Seiten hatte, von denen er nichts ahnte, und es gab Fragen, die er ihr nie stellen würde.

Er hörte manchmal zu, wenn Donna mit Rina telefonierte, fand die Nähe und Vertrautheit zwischen den beiden sehr charmant. Aber es ärgerte ihn auch, wenn Donna es widerspruchslos hinnahm, daß Rina unbedingt mit ihr sprechen wollte, während sie beim Essen saßen oder gerade irgendwohin aufbrachen. Bei diesen Telefonaten wollte Rina oft nur Dampf ablassen, oder sie brauchte Trost, den Donna gern spendete.

»Ich finde, du hast das genau richtig gemacht, Rina.«

»Keine Bange, das klappt schon.«

Wenn Donna mit Rina telefonierte, klang sie immer betont ruhig und besänftigend. Es war genau diese Gelassenheit, die Ray so an ihr mochte, und er würde nie das Risiko eingehen, sie zu gefährden.

Daß er Rina mit ihrer olivbraunen Haut, den Mandelaugen und dem markanten Gesicht sehr schön fand, hatte er Donna gegenüber allerdings noch nie erwähnt. Er hatte nur gesagt, daß Rinas Frisur – dieser dunkle Zopf, der ihr fast bis zur Taille reichte – ihn an seine Großmutter erinnerte, bei der er aufgewachsen war. Als kleiner Junge hatte er abends immer in der Tür zu ihrem Schlafzimmer gestanden und zugeschaut, wie sie ihre langen silbernen Haare flocht. Die fließenden Bewegungen ihrer Hände, mit denen sie dieses abendliche Ritual ausführte, waren ihm vorgekommen wie ein Zauber.

»Wenn es um Jeremy geht, dreht sie immer fast durch«, fuhr Donna fort, beinahe so, als müßte sie sich dafür entschuldigen. »Es ist sowieso nie leicht für eine alleinerziehende Mutter, aber bei Rina ist alles noch viel schwieriger. Sie hat überhaupt keine Angehörigen, niemanden, der sie unterstützt. Es gibt nur sie und Jeremy. Und natürlich mich und noch ein paar Freundinnen im Hintergrund. Deshalb gerät sie total in Panik, wenn er krank ist. Meinst du, du könntest kurz bei ihr vorbeifahren? Das wäre wunderbar. Aber, wie gesagt, ich nehme an, es ist nicht weiter dramatisch.«

»Ich habe später Sprechstunde in der Klinik, also sollte ich am besten gleich zu ihr fahren«, sagte er. »Gib mir doch ihre Adresse durch, und sag ihr, ich bin etwa in einer Stunde da.«

»Toll.«

Er hörte die Erleichterung in Donnas Stimme. Sie nannte ihm Rinas Adresse und Telefonnummer und lud ihn dann zum Abendessen ein.

»Ich bin mir nicht sicher, ob ich es heute abend schaffe, weil ich so viele Termine habe. Aber ich sage dir auf jeden Fall rechtzeitig Bescheid«, sagte er. »Du bist wirklich eine gute Freundin, Donna. Und großherzig.«

Er lächelte. Ja, er war dankbar dafür, daß Donna ein großzügiger Mensch war. Seine Frau war da ganz anders gewesen – ein nörgeliges, launisches, verwöhntes Mädchen. Er hatte sie während seines letzten Studienjahrs geheiratet und sich mit einer gewissen Erleichterung wieder von ihr getrennt, als sie ihm fast unbeteiligt eröffnete, sie habe eine Affäre – und es sei nicht ihre erste.

Auf dem Weg zur Arbeit schaute Donna bei Barnes & Noble vorbei, um je zwei Exemplare von *Lolita in Teheran* und von Nabokovs *Lolita* zu kaufen. Als sie später von der Klinik aus Rina anrief, um ihr Rays Besuch anzukündigen, versprach sie ihr gleichzeitig, ihr die Bücher später vorbeizubringen.

»Ach, Donna – ich kann nichts essen, und an Lesen ist gar nicht zu denken«, hatte Rina verzweifelt erwidert.

Aber Rina brauchte etwas zu lesen, das wußte Donna. Die Bücher würden sie vor der Angst beschützen, sie waren ein Fluchtweg aus der Dunkelheit, die sie einhüllte, während sie in dem überheizten Zimmer neben dem kranken Jeremy saß. Sie würden ihr Trost schenken und gleichzeitig eine lebenswichtige Ablenkung bieten. Wenn sie die Seiten der Bücher umblätterte, die der Leseclub für das nächste Treffen ausgewählt hatte, war sie nicht mehr allein. Genau wie sie lasen ihre Freundinnen, über die ganze Stadt verteilt, jetzt ebenfalls Nabokovs Roman und hörten den Erinnerungen und Gedanken der tapferen Azar Nafisi zu, die in Teheran *Lolita* gelesen hatte. Gemeinsam mit ihnen gehörte sie zur Gemeinschaft der Lesenden, verbunden durch Worte, hypnotisiert von einer Geschichte, die jede von ihnen auf andere Art berührte. Donna hatte die ersten Seiten schon gleich an ihrem Schreibtisch gelesen, noch bevor sie Rina anrief, und war sofort gefesselt gewesen von der Geschichte der sieben iranischen Frauen, die sich heimlich bei ihrer Literaturdozentin trafen, bei Azar Nafisi. Dort tranken sie Tee, aßen Kuchen und diskutierten über Literatur, eine gefährliche Aktivität im repressiven Staat der Ajatollahs.

»Wenn ich komme, geht es dir garantiert schon besser«, hatte sie zu Rina gesagt. »Und Jeremy auch. Wahrscheinlich verschreibt Ray ihm ein Antibiotikum. Er hat gesagt, zur Zeit gehen unglaublich viele Infekte herum. Mach dir keine Sorgen. Bitte, bitte.«

Ray hatte zwar nichts in der Richtung gesagt, aber Donna suchte immer nach Worten, mit denen sie ihre Freundin beruhigen konnte. Das war schon auf dem College so gewesen. *Natürlich hast du bestanden, Rina. Natürlich ruft er dich wieder an. Mach dir keine Sorgen. Bitte, bitte, mach dir keine Sorgen!*

Rinas Bedürftigkeit, die nie klar ausgesprochen wurde und die sich auch nie wirklich bestätigte, begleitete sie wie ein Schatten.

In der Mittagspause traf sich Donna mit Trish in der Krankenhaus-Cafeteria und erzählte ihr bei Sandwiches und Kaffee von Rinas Anruf.

»Es ist bestimmt nichts Schlimmes. Im Winter werden Kinder doch dauernd krank. Aber Rina ist dann gleich überbesorgt.«

»Ich bin mir da nicht so sicher«, entgegnete Trish. »Kinder bekommen normalerweise keine starken Kopfschmerzen. Hat Rina irgendwie erwähnt, ob ihm der Nacken weh tut?«

»Nein. Aber ich habe sie auch nicht gefragt. Du denkst an Meningitis?«

»Na ja – irgendwie schon«, gab Trish zu. »Aber es ist sehr unwahrscheinlich. Vergiß es.«

»Schon vergessen«, sagte Donna.

Sie trank einen Schluck Kaffee, und Trish rief schnell zu Hause an, um mit ihrer Babysitterin zu reden, das Telefon krampfhaft ans Ohr gepreßt.

»Amanda hat gegessen?« fragte sie. »Ist alles okay? Na ja, ich fand, sie wirkte ein bißchen lethargisch, als ich sie in die Schule gebracht habe, und da dachte ich schon, sie brütet vielleicht irgend etwas aus.« Sie schwieg und klickte mit dem Löffel gegen den Teller, während sie zuhörte. »Nein, es gefällt mir nicht, wenn du heute mit ihr rausgehst. Es ist viel zu kalt. Ihr könnt ja im Spielzimmer ein Video gucken oder so. Okay. Vielen Dank.«

Sie beendete das Gespräch und lächelte Donna verlegen an.

»Tja – ich bin die typische berufstätige Mutter, die permanent ein schlechtes Gewissen hat. Und vielleicht sollten Ärztinnen keine Kinder kriegen. Wir wissen zuviel.«

»Aber dann dürfen Ärzte auch keine Kinder kriegen. Sie wissen auch zuviel«, erwiderte Donna.

»Dein Ray hat keine Kinder mit seiner Exfrau?« wollte Trish wissen.

»Erstens ist er nicht *mein* Ray, und zweitens hatten sie keine Kinder, was eigentlich schade ist, denn er wäre ein toller Vater. Aber seine Frau hatte Angst um ihre Figur, sagt er, sie war zu egozentrisch und konnte nicht geben. Aber – wer weiß? Das ist seine Version, und weil *Ray* es sagt, glaube ich ihm. Aber seine Exfrau würde garantiert eine andere Geschichte erzählen.«

Sie lächelten sich verschwörerisch zu. Ja, sie waren kluge Frauen und durchschauten die Männer in ihrem Leben – eine Fähigkeit, die sie erworben hatten, weil sie immer versuchten, die Männer zu verstehen, die in ihren Büchern auftauchten. Sie hatten über Wronskijs Unzuverlässigkeit nachgedacht, über Charles Bovarys Schwäche, und deshalb wußten sie auch, warum Rays Darstellung seiner Ehe ihre Grenzen hatte und wieso sich Jason gelegentlich in Widersprüche verwikkelte. Die aufmerksame Lektüre bestätigte ihre Skepsis und bewahrte sie vor Enttäuschungen.

Trish schaute auf die Uhr. Sie durfte auf keinen Fall zu spät zu ihrem Beratungsgespräch kommen. Also brachten sie brav ihre Tabletts weg und eilten zurück in ihre Büros.

»Ruf mich an, wenn du irgend etwas von Rina oder Ray hörst!« rief Trish noch, bevor sie in ihren Flur abbog.

»Mach ich!« antwortete Donna und schaute kurz im Kopierbüro vorbei, um die Speisepläne abzuholen, die sie bestellt hatte. Sie experimentierte zur Zeit mit einer kohlehydratarmen Ernährung, auch *Low-Carb*-Diät genannt, mit der sie, obwohl es dafür eigentlich noch zu früh war, bei den Endokrinologen auf begeisterte Zustimmung stieß. Ray hatte ihr vorgeschlagen, sie solle doch ein Stipendium bei den *National Institutes of Health* beantragen, um den Ansatz weiterentwickeln zu können, und sie fand die Idee gar nicht so übel. Aber das würde bedeuten, daß sie nach Washington umziehen mußte, und sie hatte nicht die geringste Lust, von New York wegzugehen. Sie mochte ihre Wohnung, ihren Job, die ruhigen Abende mit Ray, die etwas aufregenderen Nächte mit Tim. Und den Leseclub.

Sie hörte ihre Telefonnachrichten ab. Tim teilte ihr mit, daß er heute abend im Village spiele. Ob sie vorher mit ihm essen gehen wolle? Sie notierte sich die Nummer, die er angegeben hatte. Dann kam Rays ernste Stimme. Sie kannte diesen Tonfall.

»Ich mache mir Gedanken wegen Jeremy«, sagte er. »Wenn die Symptome in den nächsten vierundzwanzig Stunden nicht nachlassen, muß er ins Krankenhaus, zu weiteren Untersuchungen. Ich habe ihm etwas gegen das Fieber gegeben und auch etwas gegen die Kopfschmerzen. Rina wollte ich ein Beruhigungsmittel verschreiben, aber das hat sie kategorisch abgelehnt. Sie ist schon eine sehr eigenwillige Frau, deine Freundin. Also dann – wir reden später. Du kannst mich auf dem Handy anrufen.«

Sie hörte den bewundernden Unterton, als er über Rina sprach, und spürte einen Stich. War sie eifersüchtig? Er hatte recht – Rina war eine eigenwillige Frau, ein bißchen verrückt vielleicht, aber auf jeden Fall eigenwillig. Es war blöd und egoistisch von ihr, wenn sie ihrer Freundin Rays beiläufige und vermutlich neutrale Bewunderung mißgönnte. Schuldbewußt rief sie Rina an.

»Ich komme nach der Arbeit kurz bei dir vorbei«, verkündete sie. »Brauchst du irgendwas zu essen? Ich kann die Krankenhausküche plündern und dir ein Carepaket zusammenstellen – oder ich kann auch schnell bei Whole Foods etwas holen.«

»Ich weiß nicht, ob du kommen kannst.« Rina klang sehr erschöpft. »Jeremy ist möglicherweise ansteckend. Ray hat gesagt, er kommt später noch mal vorbei. Vielleicht solltest du ihn fragen.«

»Mach ich. Aber ich kann ja einen Mundschutz tragen. Schließlich arbeite ich im Krankenhaus, stimmt's? Also – was soll ich mitbringen?«

»Vor allem Saft.« Daß Rina nicht weiter protestierte, bedeutete, daß sie in Wahrheit froh über das Angebot war. »Jeremy soll viel Flüssigkeit zu sich nehmen, obwohl er weder essen noch trinken will. Er will überhaupt nichts. Er liegt einfach nur da. Ach, Donna – ich habe solche Angst!«

»Hör zu, Rina – es geht ihm bald wieder besser, glaub mir. Kinder werden nun mal manchmal krank. Ray ist ein wunderbarer Arzt. Es wird alles wieder gut.« Ihre Stimme klang ruhig und suggestiv, während sie diese Platitüden vorbrachte. Aber ihre Hände zitterten. Nein, nicht immer wurde alles wieder gut. Das wußte sie, das wußte auch Rina. Ihre eigene Lebenserfahrung und die Bücher, die sie liebten, widersprachen diesem Satz. Ein Happy-End war nicht die Norm.

»Erzähl das doch mal Anna Karenina! Oder Edith Wharton«, gab Rina sarkastisch zurück. Sie mußten beide lachen, und einen Moment lang verjagte ihr spöttischer Humor die Angst.

Anschließend versuchte Donna, Ray zu erreichen, und hinterließ eine Nachricht bei seiner Sekretärin. Eine Stunde später meldete er sich.

»Ich glaube, ich würde die Einladung zum Abendessen lieber verschieben«, sagte er. »Hier ist wahnsinnig viel los, und ich wollte später noch mal bei Rina vorbeifahren, um nach Jeremy zu schauen. Ich bin ernsthaft beunruhigt.«

»Nachher fahre ich auch hin, weil ich Rina etwas zu essen bringen will. Und Saft. Und die Bücher für unser nächstes Treffen.«

»Ich weiß nicht, ob das so klug ist. Wir haben noch keine Diagnose, und es könnte etwas Ansteckendes sein«, warnte er.

»Ich trage einen Mundschutz«, versicherte Donna ihm. »Trish denkt, es könnte Meningitis sein. Du auch?«

»Es ist noch zu früh für solche Vermutungen. Erst mal müssen wir abwarten, wie er auf die Mittel reagiert. Ich glaube nicht, daß es eine Meningitis ist, aber ausschließen kann ich es nicht. Ich möchte nur keine großen Tests anordnen, wenn sie nicht unbedingt nötig sind.« Er war, wie immer, zurückhaltend, mitfühlend, ein geduldiger Arzt, ein geduldiger Freund, ein geduldiger Liebhaber.

»Weißt du, daß Jeremy gestern abend bei Cynthia war? Das heißt, bei ihren Kindern, den Zwillingen.«

»Dann müssen Cynthia und ihr Mann auf jeden Fall informiert werden, falls die Zwillinge ähnliche Symptome zeigen.«

»Aber dir ist doch klar, daß sich Cynthia und Eric getrennt haben, oder? Er wohnt nicht mehr dort.«

»Das spielt keine Rolle. Er ist trotzdem der Vater. Er muß ebenfalls benachrichtigt werden.« Ray sprach mit professioneller Entschiedenheit. Wie wird Cynthia reagieren? fragte sich Donna. Aber auch das spielte keine Rolle. Jetzt ging es ausschließlich um die Gesundheit der Kinder.

»Hör zu, Donna – vielleicht kannst du doch zu Rina fahren, sonst ist sie den ganzen Tag allein. Es ist wichtig, daß sie einigermaßen ruhig bleibt. Nimm einen Mundschutz mit und Handschuhe. Vielleicht sehen wir uns ja dort.«

»Okay.«

Wieder war sie eifersüchtig. Er hatte seine Sorge um Rina über seine Sorge um sie gestellt. Und wieder wies sie sich zurecht – ihre Reaktion war völlig überzogen! Er hatte sie gewarnt, und es war doch nur normal und freundlich, daß er sich um Rina kümmerte. Halb verärgert, halb beschämt, rief sie bei Cynthia an und mogelte sich an zwei Sekretärinnen vorbei, die sie abwimmeln wollten. Sie berichtete ihrer Freundin von Jeremys Befinden, sagte ihr, daß sich die Zwillinge möglicherweise angesteckt haben könnten (auch wenn es sehr unwahrscheinlich war) und daß sie gewisse Vorsichtsmaßnahmen treffen müsse. Und daß sie Eric Bescheid geben solle.

»Wieso Eric?« fragte Cynthia irritiert.

»Weil er der Vater der Kinder ist. Die Vorschriften lauten offenbar, daß beide Eltern über die möglichen Gefahren und die geplanten Maßnahmen Bescheid wissen müssen. Sagt jedenfalls Ray«, erklärte Donna.

Cynthia seufzte.

»Ich nehme an, das wird nicht die letzte Situation dieser Art sein, wenn ...« Sie verstummte.

Im Hintergrund waren Stimmen zu hören. Ein Telefon klingelte. Donna stellte sich Cynthias riesigen, vollgepackten Schreibtisch vor, die Blumen, die sie morgens gekauft hatte (auf Cynthias Schreibtisch standen immer frische Schnittblumen), Sekretärinnen und Assistentinnen, die über den flauschigen Teppich huschten, während Cynthia grimmig und unentschlossen schwieg.

»Wenn was?« hakte Donna nach.

»Wenn wir unsere momentanen Probleme nicht lösen können. Wenn, wenn, wenn. Aber ich kann jetzt nicht reden.« Sie klang genervt. »Okay, Donna, ich kümmere mich um alles. Vielen Dank. Hoffentlich geht es Jeremy bald besser«, fügte sie noch schnell hinzu, dann klingelte wieder ein Telefon, und sie rief einer Assistentin zu, sie solle gefälligst drangehen, aber sofort!

Kurze Zeit später begab sich Donna in die Krankenhausküche, füllte zwei Plastikschüsseln für Rina und trat dann hinaus in den eisigen Abend, warm eingehüllt in ihren schweren grünen Wollmantel. Sie winkte ein Taxi herbei und verkroch sich auf den Rücksitz. Was hatte Cynthia gemeint mit ihrem *Wenn, wenn, wenn*? Hieß das, die Situation war doch nicht so klar? Offenbar hatte sich etwas geändert. In letzter Zeit wirkte Cynthia viel weniger entschieden. Und wie alle engagierten Leserinnen hoffte selbst Donna auf ein Happy-End – obwohl es selten genug eintrat.

Sie blieb nicht lange bei Rina. Jeremy schlief, und während Rina das Krankenhausessen und die Säfte vom Laden um die Ecke in ihrem Kühlschrank verstaute, spähte Donna kurz in sein Zimmer. Der kleine Junge lag völlig reglos in dem hohen Bett, seine verschwitzten dunklen Haare auf dem gelben Kissen, auf dem ein freundlicher Elefant Babar in seinem Dschungelreich zu sehen war. *Babar* war sein Lieblingsbuch, das fiel Donna jetzt wieder ein. Jeremy war totenblaß, nur auf den Wangen brannten fiebrigrote Flecken.

»Ich bin froh, daß er endlich schläft«, flüsterte Rina. »Und nicht mehr die ganze Zeit weint.«

Sie war aschfahl vor Müdigkeit, ihre dunklen Augen waren rot gerändert, aber die Haare hatte sie zu einem ordentlichen Zopf geflochten, und merkwürdigerweise trug sie ein langes rotes Samtkleid, das sie vor ein paar Monaten aus der Abfalltonne eines Geschäfts für flippige Secondhandkleidung gerettet hatte.

»Jeremys Lieblingskleid«, sagte sie und faßte an den hohen Kragen.

Sie hatte es angezogen, um ihrem Sohn eine Freude zu machen, obwohl er im Moment gar nicht die Kraft hatte, die Farbe zu bestaunen oder mit seinen kleinen Fingern über den weichen Stoff zu streichen.

Donna bewunderte Rina, weil sie sich auf diese Weise selbst Mut zu machen schien. Überhaupt bewunderte sie ihre Freundin schon immer für ihre Unerschrockenheit, ihre Intensität, ihre Fähigkeit, impulsiv zu handeln. Sie selbst hielt sich stets an bestimmte Spielregeln – die hochmotivierte Studentin, die strukturierte Karrierefrau mit den sorgfältig ausgewählten Liebhabern, nichts ging bei ihr Hals über Kopf. Den Rat ihrer Mutter hatte sie nie vergessen.

Sie legte Rina den Arm um die Schulter.

»Ich möchte auch ein rotes Samtkleid«, sagte sie. »Wenn du wieder eins siehst – kaufst du es für mich?«

»Versprochen. Aber du ziehst es ja doch nicht an«, erwiderte Rina, und sie lachten beide.

Im Wohnzimmer fiel Donna auf, daß es ungewöhnlich aufgeräumt wirkte – sonst lagen immer Zeitschriften, Bücher und Spielsachen herum. Jetzt waren die Papiere auf Rinas Schreibtisch ordentlich gestapelt, die Stifte lagen fein säuberlich nebeneinander. Auf dem abgewetzten Sofa lauter bunte Kissen. Am Computertisch brannte eine Lampe, doch der blaßgraue Bildschirm war leer.

»Ich konnte mich nicht auf die Arbeit konzentrieren, deshalb habe ich aufgeräumt«, erklärte Rina.

»Gute Idee.«

»Ich glaube, dein Ray war schockiert, als er das Chaos gesehen hat.«

»Er ist nicht *mein* Ray«, sagte Donna schon zum zweitenmal an diesem Tag.

Das Telefon klingelte, und Rina nahm ab.

»Ich habe etwa vor einer Stunde seine Temperatur gemessen. Das Fieber ist ein kleines bißchen gesunken. Nur noch knapp vierzig. Aber er sagt, sein Kopf tut immer noch weh.«

Ray. Er wollte sich offenbar auf den neuesten Stand bringen lassen, um zu entscheiden, ob er noch einmal vorbeikommen mußte.

»Ja, Donna ist hier«, fuhr Rina fort. »Gut. Ich richte es ihr aus.«

Sie legte auf.

»Was sollst du mir ausrichten?«

»Er hat einen Notfall im Krankenhaus und mußte jetzt gleich weg, deswegen konnte er nicht mehr mit dir reden und kommt auch erst später hierher. Viel später. Er hat gesagt, er meldet sich morgen bei dir.«

»Okay. Kein Problem. Möchtest du, daß ich bleibe, Rina? Brauchst du noch irgendwas?«

»Nein. Ich glaube, ich versuche auch ein bißchen zu schlafen. Und dann esse ich vielleicht etwas und fange mit den Büchern an. Ausgerechnet jetzt muß ich *Lolita* lesen! Total absurd, findest du nicht?«

»Wahrscheinlich ist für diesen Roman jeder Zeitpunkt absurd.« Donna lächelte, küßte Rina auf die Wange und ging. Leise zog sie die Tür hinter sich zu.

Während sie auf den Aufzug wartete, kramte sie in der Tasche nach ihrem Handy. Da erst fiel ihr auf, daß sie weder Schutzmaske noch Handschuhe getragen hatte! Na, egal. Draußen vor Rinas Haus rief sie, zitternd vor Kälte, Tim an, um ihm zu sagen, ja, sie werde mit ihm essen gehen, und anschließend würde sie gern ein bißchen Gitarrenmusik hören. Sie wollte im Kerzenlicht des Jazzkellers sitzen und sich von den wehmütigen Klängen davontragen lassen.

Die Nachricht von Jeremys Erkrankung versetzte alle Mitglieder des Leseclubs in Unruhe. Sie riefen sich gegenseitig an, um die neuesten Informationen auszutauschen, um Vermutungen zu äußern, aber vor allem, um die Angst loszuwerden, die nach ihren Herzen griff und ihre Hände zittern ließ. Donnas Handy klingelte immer wieder, während sie mit Tim in einem Bistro in Greenwich Village saß und in ihrem Salat herumstocherte. Trish meldete sich, um zu fragen, ob sie etwas von Ray gehört habe. Elizabeth, die sich sonst nie besonders hilfsbereit zeigte, wollte wissen, ob Rina vielleicht etwas brauche. Sie wußte, was es hieß, für ein krankes Kind zu sorgen. Schließlich rief Jen an, um über ihr Gespräch mit Cynthia zu berichten.

»Cynthia hat gesagt, du hättest ihr gesagt, daß Jeremy möglicherweise schwer krank ist und die Zwillinge betroffen sein könnten«, begann sie. Das Wort »ansteckend« verwendete sie nicht, und sie sprach auch nicht von einer Gefahr.

»Ja, die Möglichkeit besteht.« Donna lächelte Tim zu, um sich bei ihm für die Störungen zu entschuldigen. Er nickte nur gedankenabwesend, kippte Ketchup über seinen Hamburger und saß, wie immer, völlig schief auf seinem Stuhl.

Tim war sehr groß und schien seine Körpergröße als eher störend zu empfinden. Wie vor jedem Auftritt trug er auch heute abend eine Mütze, die ziemlich schräg auf seinen wilden kastanienbraunen Locken saß. Donna rückte sie gerade, während sie Jen zuhörte. Tim runzelte die Stirn.

Im Gegensatz zu Ray hatte Tim nicht viel für ihre Leseclub-Freundinnen übrig. Er war ein Mann, der nur für seine Musik lebte. Alle seine Freunde waren Musiker wie er, sie verbrachten die Nachmittage und Abende damit, gemeinsam zu jammen oder sich gegenseitig zuzuhören. Klagende Klarinettenklänge und komplexe Streicherarrangements versetzten sie in Ekstase, sie klopften mit den Füßen den Takt und nickten rhythmisch, während sie Bier tranken oder hingebungsvoll ihre Joints rauchten.

»Du und deine Freundinnen – ihr redet zuviel«, hatte er einmal gesagt. »Zwischen euch gehen zu viele Wörter hin und her.«

»Und ihr spielt zu viele Noten«, hatte Donna lachend erwidert, aber Tim hatte nicht mit ihr gelacht, obwohl er sonst immer gern mit einstimmte.

Von Beginn an – seit ihrer ersten Begegnung auf einer Party, als sie stumm lächelnd miteinander tanzten – hatte Donna gewußt, daß es gerade seine Weigerung, viel zu reden, war, die sie entspannte. Bei Tim konnte sie sich ausruhen von den intensiven Gesprächen mit ihren Freundinnen, von ihren eigenen Gedanken. Mit dem eigenartigen Luxus seines Schweigens bot er ihr ein Gegengewicht. Sie mochte es sogar, wenn er die neueste Hörbuch-CD aus ihrem CD-Spieler nahm und statt dessen eine beschwingte Bluegrass-Aufnahme einlegte. Dann lächelte er ihr verschmitzt zu, umschloß mit seinen großen Händen ihre Taille und wirbelte sie übermütig durch die kleine Küche, bis sie vor Glück außer Atem war.

Aber während sie jetzt mit Jen telefonierte, erwiderte er ihr Lächeln nicht.

»Ray findet, daß Cynthia mit Eric reden muß«, sagte sie leise ins Telefon.

»Ja, und Cynthia möchte gern, daß ich dabei bin, wenn sie sich mit Eric trifft«, sagte Jen. »Ich will eigentlich nicht ja sagen, aber ich kann auch schlecht nein sagen.«

Donna seufzte.

»Das ist echt schwierig. Aber vielleicht ist Jeremy ja morgen schon wieder auf dem Damm, dann brauchst du dich gar nicht zu entscheiden. Ich ruf dich an, sobald ich irgend etwas höre.«

Sie beendete das Gespräch und unterdrückte den Klingelton.

»Cynthia will, daß Jen dabei ist, wenn sie Eric mitteilt, daß die Zwillinge eventuell dem Erreger ausgesetzt waren, der bei Jeremy das Fieber auslöst, und daß sie vielleicht auch untersucht werden müssen«, erklärte sie. »Für Jen ist das eine unangenehme Situation.«

»Wieso? Du und deine Freundinnen, ihr redet doch seit Monaten über nichts anderes als über Cynthia und Eric.

Manchmal kommt es mir vor wie der Refrain bei irgendeinem alten Folksong.« Mit hoher Fistelstimme begann er zu singen: »Was hat er getan, was hat sie gesagt, was hat er gesagt, was ist los?«

»Das ist unfair!« protestierte Donna, mußte aber trotzdem grinsen.

»Nicht fair, aber zutreffend. Jetzt setzt sich also Jen mit den beiden zusammen, und anschließend erzählt sie alles dir, dann habt ihr wieder massenhaft neues Material. Was hat er gesagt, was hat sie gesagt, wie haben sie sich angeschaut – das reicht schon wieder für drei neue Lieder, begleitet von der Baßgitarre.«

Donna funkelte ihn mit gespieltem Ärger an, er feixte zufrieden und wechselte das Thema.

»Hör mal zu«, sagte er und nahm ihre Hand. »Über Weihnachten findet auf einem der Florida Keys ein Bluegrass-Festival statt, und ich gebe dort einen Workshop. Das ist eine tolle Sache. Florida mitten im Winter, ich spiele und unterrichte, ich darf jemanden mitbringen – und am Schluß bekomme ich einen fetten Scheck. Wie klingt das, Donna? Möchtest du der Jemand sein, den ich mitbringe? Kannst du Urlaub nehmen?«

Er selbst war durch keinen Terminplan gebunden. Seine Aufträge wählte er nach Belieben, manche nahm er an, andere lehnte er ab, in den Clubs in Uptown Manhattan verdiente er reichlich, dafür spielte er dann wieder ohne Gage in einer verrauchten Bar in Greenwich Village, weil er unbedingt mit einer bestimmten Gruppe musizieren wollte. Er nahm CDs auf, von denen manche sich sehr gut verkauften, andere überhaupt nicht. Sein unbekümmerter und wenig ehrgeiziger Umgang mit der Welt war für Donna, deren Leben so exakt eingeteilt war, ein Rätsel, aber ein angenehmes Rätsel.

»Das kann ich leider nicht so schnell sagen. Ich muß darüber nachdenken. Meine Urlaubsplanung steht noch nicht ganz. Aber das Angebot klingt verlockend.«

Es klang sogar noch besser als verlockend. Es klang himmlisch. Sie sah sich am Strand sitzen, die Sonne schien hell auf die Seiten ihres aufgeschlagenen Buches … Ob Ray irgendwelche Ferienpläne hatte? Letztes Jahr war sie mit ihm auf der großen Party gewesen, die Cynthia und Eric immer an Heiligabend gaben. Der Leseclub war jedes Jahr dazu eingeladen. Sie hatten *Eggnog* getrunken und in Schokolade getunkte Erdbeeren gegessen und waren mit den anderen Gruppen fröhlich durch die hellerleuchteten Räume gewandert. Das Haus war für die Feiertage wunderschön dekoriert gewesen, überall Tannenreisig mit roten Bändern und Mistelzweige, und in den Fenstern brannten große Kerzen. Sie hatten den gigantischen Weihnachtsbaum bestaunt, behängt mit erlesenen Stücken, die Cynthia aus kleinen toskanischen Dörfern und irischen Seebädern mitgebracht hatte, und hatten zugeschaut, wie Liza und Julie – mit vor Aufregung geröteten Wangen und mit Lamettafäden in den blonden Haaren – von einem strahlenden Eric angeleitet wurden, noch einen letzten Stern, einen letzten Engel anzubringen. Aber dieses Jahr würde Eric nicht dabeisein. Ob Cynthia auch ohne ihn eine große Party gab? Nicht, daß Ray großen Wert darauf gelegt hätte. Weihnachten sei ohnehin nicht sein Fest, hatte er erklärt.

»Ich bin Jude – nicht im streng religiösen Sinn, aber doch genug, um ohne Weihnachten auszukommen«, hatte er gesagt und damit, ohne es zu wissen, fast wörtlich wiederholt, was Rina immer kundtat.

Trotzdem hatte er ihr eine edle Brosche geschenkt – während Tim ihr selbstverständlich noch nie ein Geschenk gemacht hatte.

»Okay. Überleg's dir. Und jetzt würde ich gern gehen. Stell bitte dein verdammtes Telefon ab. Ich will nicht, daß eine deiner Freundinnen während eines Klarinettensolos anruft.«

»Wird gemacht.«

Sie hielt sich an ihr Versprechen. Deshalb hörte sie Rays Nachricht erst ab, als sie wieder in ihrer Wohnung war, nachdem sie sich bei Tims letzter Nummer davongeschlichen hatte. Sie lauschte seiner bedrückten Stimme, während sie ihr wärmstes Nachthemd anzog und unter die Bettdecke kroch.

»Jeremys Fieber ist immer noch nicht gesunken, und die Kopfschmerzen sind sogar schlimmer geworden. Ich glaube, wir können nicht länger warten. Wenn bis morgen früh keine signifikante Besserung eingetreten ist, muß ich eine Rükkenmarkpunktierung anordnen. Ruf Rina bitte nicht an, ich habe ihr ein Mittel gegeben, damit sie schlafen kann.« Seine Stimme klang ganz brüchig vor Erschöpfung. »Paß gut auf dich auf, Donna«, fügte er noch hinzu, als wäre es ihm gerade erst eingefallen. Diese Formulierung verwendete er sonst nie. Normalerweise beendete er seine Telefonbotschaften immer mit dem Satz: »Ich denke an dich.«

Beunruhigt schlug Donna *Lolita in Teheran* auf. Sie hatte ja schon am Morgen damit angefangen. Wieder betrat sie das Haus in der iranischen Hauptstadt: Eine Frau, die zwischen Büchern und Blumen lebt, hört zu, wie eine jüngere Freundin lachend ein Gedicht für sie interpretiert. Die Kinder der Autorin spielen auf dem Flur, und während sie mit ihrer Freundin redet, weht der Geruch von frischem Kaffee durch die Räume. Doch die idyllische Szene, von der Autorin mit viel Charme beschrieben, wird durch ein unheimliches Klingeln an der Tür durchbrochen.

Donna hörte auf zu lesen. Nein, sie wollte nicht wissen, wer an der Tür war. Die Frauen sollten weiterreden, die Kinder weiterspielen. Aber leider würde es anders kommen, das wußte sie natürlich. Sie klappte das Buch zu und schaute auf ihren Wecker. Es war schon spät, zu spät, um Ray noch anzurufen, zu spät, um irgend jemanden anzurufen. Seufzend knipste sie ihre Leselampe aus.

Als Rina am nächsten Morgen aufwachte, blieb sie reglos auf ihrem Schlafsofa liegen und horchte verwirrt auf Rays regelmäßige Atemzüge. Er lag auf einem improvisierten Bett aus Decken auf ihrem Wohnzimmerfußboden. Sie hatte ganz vergessen, daß er beschlossen hatte, über Nacht zu bleiben – eine Entscheidung, die ihr einerseits angst gemacht, die sie aber andererseits als Erleichterung empfunden hatte. Er schlief jetzt sehr fest. Während der Nacht war sie allerdings ein paarmal aufgewacht und hatte mitbekommen, daß er zu Jeremy ins Schlafzimmer schlich. Weil er da war, hatte sie es geschafft, einfach wieder einzuschlafen. Überhaupt war sie nur ein paar Minuten nachdem Ray ihr die große pinkfarbene Tablette gegeben hatte, weg gewesen. Wenn er sich jetzt den Luxus des Schlafs gönnte, dann war das Fieber bestimmt runtergegangen und es ging Jeremy besser. Dieser Hoffnungsschimmer weckte sie vollends auf, und sie tappte auf Zehenspitzen an Ray vorbei ins Schlafzimmer.

Lichttupfer tanzten über Jeremys schmales Gesicht. Rina ließ schnell die Jalousie herunter, um die helle Wintersonne auszusperren. Sie beugte sich über das Bett, strich Jeremy eine dunkle Locke aus dem Gesicht und berührte mit den Lippen seine hohe, bleiche Stirn. Sie fühlte sich zwar immer noch fiebrig an, aber längst nicht mehr so heiß wie gestern abend. Er atmete auch viel leichter. Seine Hände, die krampfartig gezuckt hatten, lagen jetzt ruhig auf der Decke. Es ging ihm besser. Ganz eindeutig. Sie hätte nicht so pessimistisch sein dürfen, sondern mutig wie die jungen Frauen in Teheran, die Willkür und Gewalt ausgesetzt waren, dem Verlust von Freiheit und Familie. Rina hatte angefangen, über die Teheraner Frauengruppe zu lesen, als Jeremy eingeschlafen war, und da war es natürlich nicht ausgeblieben, daß sie sich und ihren Leseclub mit dieser kleinen Gruppe verglich, die über *Lolita* debattierte, während draußen auf den Straßen die Sirenen heulten. Ich hätte gern ihren Mut, sagte sie zu sich selbst. Vielleicht konnte sie das Buch im nächsten Semester ihrem Kurs vorschlagen. Aber jetzt mußte sie sich erst einmal anziehen und dem Tag ins Auge sehen.

Leise ging sie im Zimmer auf und ab, holte frische Unterwäsche, eine Jeans und ein Sweatshirt aus dem Schrank. Sie duschte lange, zog sich dann rasch an und ließ die Badezimmertür angelehnt, um hören zu können, ob Jeremy nach ihr rief. Während sie ihre langen schwarzen Haare zu einem Zopf flocht, blickte sie kurz auf und sah, daß Ray sie von der Tür aus beobachtete. Sie wurde rot, als hätte er sie bei einer intimen Verrichtung ertappt, und seltsamerweise veränderte sich auch seine Gesichtsfarbe.

»Entschuldigung«, murmelte er mit gesenktem Blick. »Ich wollte Sie nicht erschrecken.«

»Kein Problem. Ich bin ja so froh, daß Sie heute nacht hiergeblieben sind! Und danke auch für die Tablette. Ich fühle mich wie neugeboren. Aber das liegt sicher vor allem daran, daß es Jeremy bessergeht.«

Sie lächelte, doch sein Gesichtsausdruck blieb ernst.

»Ja, es sieht so aus, als wäre eine Besserung eingetreten, aber er hat immer noch Fieber, und das beunruhigt mich.«

»Aber es ist doch viel niedriger! Das habe ich sofort gefühlt.«

»Stimmt, aber er hat eine so hohe Dosis Antibiotika bekommen, daß es eigentlich ganz weg sein müßte, wenn es eine normale bakterielle Infektion wäre. Das Fieber ist extrem hartnäckig. Ich will kein Risiko eingehen.«

»Was für ein Risiko?« Rina flocht ihre Haare weiter, schaute dabei aber nicht mehr in den Spiegel.

»Ich will mir ganz sicher sein, daß es keine Meningitis ist.« Das Wort kam ihm nur schwer über die Lippen.

»Meningitis«, wiederholte Rina. Was wußte sie über diese Krankheit? Sie hatte irgend etwas mit dem Gehirn zu tun. Eine Infektion. Eine Entzündung der Hirnhaut. Und sehr gefährlich. Manchmal wurde in den Nachrichten mit getragener Stimme darüber berichtet.

»Das ist etwas Ernstes, stimmt's?« fragte sie schließlich.

»Sehr ernst.«

»Lebensbedrohlich?«

Sie zitterte. Jeremy durfte nicht sterben, niemand durfte ihr Jeremy wegnehmen! Er war ihr Baby, ihr kleiner Junge, ihr Kind, nur ihres. Sie schlang die Arme um sich und schaukelte hin und her, so wie sie ihn gewiegt hatte, jeden Tag, in den wenigen Jahren seines bisherigen Lebens. Er war alles, was sie hatte, alles, was sie je haben würde. Sie weinte nicht. Ihre Tränen wurden von einem Vakuum der Angst aufgesaugt.

»Möglicherweise – aber nicht, wenn sie rechtzeitig erkannt wird. Und es ist ja bis jetzt nur eine Vermutung. Jeremy zeigt keins der klassischen Symptome. Es sieht nicht so aus, als hätte er Schmerzen, wenn er den Kopf neigt. Er ist nicht extrem lichtempfindlich. Er übergibt sich nicht. Er hat keine Krämpfe. Aber da ist das Fieber mit den Kopfschmerzen. Ich bin lieber ein bißchen übervorsichtig. Deshalb würde ich eine Rückenmarkpunktierung vorschlagen, dann haben wir Gewißheit.« Er sprach leise und geduldig.

»Ist das gefährlich?«

»Nein, gefährlich ist es nicht. Aber es tut weh. Deshalb habe ich so lange gezögert. Wir wollen nicht, daß Kinder leiden.«

»Und wenn er tatsächlich Meningitis hat – was passiert dann?«

»Wenn sie bakteriell bedingt ist, haben wir sehr wirkungsvolle Antibiotika. Wenn es Viren sind, geht sie von allein wieder weg.«

»Und was ist, wenn sie nicht schnell genug behandelt wird?« fragte Rina.

Er begriff, daß sie indirekt um Aufschub bat – vielleicht verschwand das Fieber ja vollends, vielleicht hörten die Kopfschmerzen auf, und Jeremy war wieder der freche, verspielte kleine Junge. Aber abzuwarten war ein Luxus, den Ray ihr nicht gewähren konnte.

»Es kann zu geistigen Behinderungen und zu Gehirnschäden führen. Und ich muß leider auch erwähnen, daß manche Patienten sterben, wenn die Behandlung zu lange hinausgeschoben wird.«

»Gut – wenn Sie diese Untersuchung empfehlen, dann muß sie wohl gemacht werden«, murmelte Rina, matt an den Türrahmen gelehnt. Ihr Mund war ganz trocken. Wenn es nicht anders ging, dann würde sie sich seiner Autorität beugen.

»Noch eine Frage –« Er zögerte.

»Ja?«

»Jeremys Vater. Sollte er informiert werden?«

»Jeremys Vater weiß nicht einmal, daß Jeremy existiert«, antwortete sie. Und obwohl es eigentlich keinen Grund dafür gab, erzählte sie ihm von der Nacht mit dem asketischen Dozenten, dessen leuchtendblaue Augen Jeremy geerbt hatte.

»Ich habe das noch keinem Menschen erzählt«, sagte sie. »Nicht einmal Donna. Ich möchte nicht verurteilt werden.«

»Ich würde Sie höchstens als mutig bezeichnen«, sagte er ernst und legte ihr kurz die Hand auf den Arm. Es war das erste Mal, daß er sie berührte. Die Wärme dieser Berührung ließ die eiskalte Angst, die ihr Herz umklammerte, wegschmelzen.

Ray rief im Krankenhaus an. Rina hörte, wie er Termine vereinbarte, einen speziellen Assistenten, eine spezielle Krankenschwester anforderte. Er wolle den Eingriff selbst vornehmen, erklärte er. Wieder empfand sie tiefe Dankbarkeit. Das war keine routinemäßige Hilfe mehr, sondern echte Anteilnahme.

Er legte auf und lächelte ihr zu.

»Keine Angst – wir schaffen das schon«, sagte er. »Ich habe die beste Krankenschwester und den besten Assistenten bekommen. Meine Leute stehen bereit.«

Nun ging es also los, und sie zogen gemeinsam in den Kampf, Arzt und Mutter, Donnas Geliebter und Donnas

Freundin. Sie standen nebeneinander in der Tür zum Schlafzimmer und betrachteten das Kind, den kleinen Jeremy, der immer noch schlief und nicht ahnte, in welcher Gefahr er womöglich schwebte. Ray legte den Arm um Rina und führte sie zum Sofa. Im morgendlichen Licht legte sie den Kopf an seine Schulter. Ihr Buch, das sich in den Laken verfangen hatte, fiel zu Boden, und sie blickte hinunter auf das Foto von zwei iranischen Frauen, schwarz gekleidet, ein Tuch um die Haare gebunden, die sicher ebenso dunkel waren wie ihre eigenen. Der Schmerz in ihren hübschen Gesichtern machte Rina angst, sie wollte sich nicht von ihrer Verzweiflung anstecken lassen, die so weit weg und so anders war als ihre eigene. Sie wollte stark bleiben, sie *mußte* stark bleiben – für Jeremy und für sich selbst.

Jens Loft wurde als Treffpunkt für Cynthia und Eric vereinbart, was Ian sehr ärgerte. Wütend rieb er seine Leinwand sauber, wischte die Arbeit des Vormittags einfach weg. Mit verkniffenem Mund kratzte er systematisch die Farbreste weg, vor allem das hartnäckige Kobaltgrün, das er nur ungern verschwendete, weil es teuer und nicht leicht zu finden war.

»Warum ausgerechnet hier?« schimpfte er. »Warum nicht in ihrer Supervilla in der East Side, wo die fette Haushälterin ihnen Tee servieren und die Papiertaschentücher entsorgen kann, falls Mr. oder Mrs. Scheidungskrieg einen Weinkrampf bekommt?«

»Genau deswegen – sie wollen nicht, daß Mae alles mitbekommt. Sie möchten um jeden Preis vermeiden, daß sie und das Au-pair-Mädchen in Panik geraten, wenn sie etwas von einer ansteckenden Krankheit hören«, erklärte Jen geduldig. Sie mußte mit allen Mitteln verhindern, daß Ian einen Streit vom Zaun brach, weil sie sich nicht aufregen wollte. Zum Glück wußte sie nur zu gut, wie man Wutausbrüche unterwanderte.

»Warum gehen sie dann nicht in Cynthias Büro – na ja,

gut, ich kann mir denken, wieso das nicht besonders praktisch wäre. Aber wie wär's mit einem Café oder einem Restaurant?«

»Dort braucht sie nur irgendein Klatschreporter zu sehen, und schon werden in den Abendnachrichten Gerüchte verbreitet. Du kannst es dir doch vorstellen – der preisgekrönte Filmproduzent Eric Anders und seine schöne Ehefrau, die Marketing-Chefin von Nightingale's, die in den letzten Wochen kaum gemeinsam aufgetreten sind, wurden im Orsini's gesichtet, offensichtlich in ein intimes Gespräch vertieft ... Das würde ihnen gerade noch fehlen, daß ihre Namen überall auftauchen. Sie wollen nicht in der *Today Show* durchgemangelt werden.« Jen sprach ganz ruhig. »Sie bleiben ja nicht mal eine Stunde, und außerdem –«

»Du kannst tun, was du willst. Es ist dein Loft.«

Er vollendete ihren Satz anders, als sie es geplant hatte, aber nachdem die Worte einmal ausgesprochen waren, griff Jen sie auf.

»Ja, stimmt. Es ist mein Loft.« Es fiel ihr immer schwerer, ihre Frustration zu unterdrücken.

Erst gestern hatte sie die monatlichen Rechnungen bezahlt, und obwohl Ian versprochen hatte, einen Teil der Miete zu übernehmen, und obwohl er sogar einen zusätzlichen Kurs gehalten hatte, war kein Geld auf ihr Konto eingegangen. Er habe sich neue Farben gekauft, eine speziell behandelte Leinwand und mehrere Pinsel aus Zobelhaar, hatte er geantwortet, als sie ihn deswegen fragte. Sie hatte nichts dazu gesagt, sondern sich nur stumm geärgert. Aber jetzt reichte es ihr. Sie spürte auf einmal ganz deutlich, daß sich nie etwas ändern würde, wenn sie keine Forderungen stellte. Ja, Elizabeth hatte recht – Ian mußte sich ändern, wenn sie weiterkommen wollten, was immer das hieß. Sie seufzte. Ach, sie wußte natürlich, was das hieß. Weiterkommen bedeutete: sich binden, vielleicht heiraten, Kinder haben. Es hieß, daß Ian genauso viel Verantwortung übernahm wie sie.

Er zog seinen Lodenmantel über. Ein Knebelknopf war locker. Jen hatte eigentlich vorgehabt, ihn festzunähen. Gut – heute abend. Als Akt der Buße. Aber sie brauchte nicht Elizabeth, um zu wissen, daß sie keinerlei Anlaß hatte, Buße zu tun. Sie wollte nichts von dem, was sie gesagt hatte, zurücknehmen.

Als Ian ging, knallte er wieder die Tür hinter sich zu. Jen hob den terpentingetränkten Lappen auf, den er auf den Boden geschleudert hatte. Tja – jetzt war da ein Fleck. Das nervte sie. Verdrossen wischte sie alles weg. Nein, ich werde den Knopf nicht annähen, beschloß sie und grinste. Hatte diese neue Entschlossenheit vielleicht etwas mit Cynthia zu tun? Cynthia hatte Eric befohlen, das Haus zu verlassen. Was würde sie in so einem Fall zu Ian sagen? *Ich dulde dich keinen Moment länger in diesem Loft, weil du deinen Mietanteil nicht bezahlst, weil du mit den Türen knallst und den Boden fleckig machst und weil du über einen Raum verfügen willst, der mir gehört.* Klar, sie würde ihn nie so unter Druck setzen. Sie verzieh ihm vieles, weil er so begabt war und weil sie seine Zärtlichkeit brauchte, seine verführerisch schmeichelnde Stimme. Und meistens lief ja auch alles gut zwischen ihnen, sagte sie sich. Ian bemühte sich doch, oder?

Wenig später kam Cynthia. Offenbar hatte sie eine Reise geplant: Sie trug eine schwere Reisetasche über der Schulter und zog einen Schalenkoffer auf Rädern hinter sich her. Die rotbraunen Haare hatte sie zu einem Knoten zurückgesteckt, den Pelzkragen ihres langen schwarzen Mantels, der bis zu den weichen schwarzen Lederstiefeln reichte, gegen die Kälte hochgeklappt. Auf dem Flughafen würde sie sich sofort in die Lounge der ersten Klasse begeben, das wußte Jen. Die Männer würden ihr zulächeln und dann schnell den Blick abwenden. Sämtliche Flugbegleiterinnen würden sie mit unverhohlenem Neid mustern.

Aber trotz Make-up sah man die Anspannung in ihrem Gesicht. Ihre grünen Augen waren klein vom Schlafmangel.

Sie zog ihren Mantel gar nicht aus, sondern streifte nur die Handschuhe ab, so daß ihre rotglänzend lackierten Fingernägel sichtbar wurden. Jen mußte an Sanaz denken, eine Frau aus dem Teheraner Leseclub, die sich trotz der strikten religiösen Vorschriften die Nägel lackiert hatte. Sanaz trug zwar immer schwarze Handschuhe, um ihren Ungehorsam zu kaschieren, aber trotzdem war es ein Akt des Widerstands. Und Cynthia, diese vielbeschäftigte, gutorganisierte und gelegentlich etwas überforderte Geschäftsfrau, lackierte sich die Nägel, um sich gegen die Trauer und die innere Unsicherheit, die ihr den Schlaf raubte, aufzubäumen. Auch ein kleiner Akt des Widerstands. Jen lächelte ihr zu, voller Zuneigung und Bewunderung.

»Du fährst weg?« fragte sie.

»Ja, ich fliege nach L. A. Aber nur zwei Tage. Nightingale's eröffnet im Rodeo Drive eine neue Filiale, und ich treffe mich mit den zuständigen Managern, um das Marketing zu koordinieren. Du hast doch die Werbebroschüre entworfen, oder?«

Jen nickte.

»Ja, vor einer halben Ewigkeit. Vor der Sommerpause.«

Vor dem mysteriösen Ende von Cynthias Ehe, *vor* dem Erdbeben, dessen Nachbeben immer noch das Leben ihrer Freundinnen erschütterten. *Vor* dem Winter, mit seinen Strapazen und den drohenden Krankheiten.

»Aber was tust du, wenn bei den Zwillingen diese Untersuchung gemacht werden muß? Donna hat gesagt, wenn sich bei Jeremy der Verdacht auf Meningitis erhärtet, brauchen die beiden eventuell auch eine Rückenmarkpunktierung, weil sie ja kurz vorher noch mit ihm zusammen waren. Fliegst du dann trotzdem nach Kalifornien?«

Sie hoffte, Cynthia würde nein sagen und feierlich erklären, die Zwillinge besäßen oberste Priorität, sie würde nie aus New York weggehen, wenn ihre Kinder so eine schmerzhafte Untersuchung über sich ergehen lassen mußten. Aber Cynthia setzte sich wortlos auf den Futon und starrte auf ihre Hände. Sie hatte den Ehering durch einen goldenen Schlangenring ersetzt, der sich um ihren Finger wand.

»Ich weiß es nicht«, antwortete sie. »Das ist eine der Fragen, die Eric und ich besprechen müssen. Im Notfall mußt du Schiedsrichter spielen, Jen.«

»Ihr braucht doch keinen Schiedsrichter«, sagte Jen. Noch nie hatte sie einen der beiden mit erhobener Stimme reden hören. Gute Umgangsformen und Höflichkeit sind das Markenzeichen ihrer Ehe, dachte sie, korrigierte sich dann aber: waren das Markenzeichen.

»Wir müssen schnell zu einer Einigung kommen«, fuhr Cynthia fort. »In einer knappen Stunde kommt ein Wagen, der mich zum Flughafen bringt.« Sie warf einen Blick auf die Uhr. »Eric ist zu spät dran«, murmelte sie, aber noch während sie das sagte, klingelte es an der Tür.

»Er kommt genau pünktlich!« rief Jen erleichtert und eilte zur Tür.

Eric küßte sie auf die Wange und ging dann sofort zu Cynthia.

Sie erhob sich und nahm ihre Mütze ab, so daß ihre Haare das schmale Gesicht wie ein dunkles Feuer umrahmten. Eine dramatische Geste, die sie für den Moment seiner Ankunft aufgespart hat, dachte Jen mit leisem Spott. Eric berührte leicht ihren Kopf und umschloß dann mit der Hand vorsichtig ihr Kinn.

»Cynthia.«

»Eric.«

Leise flüsterten sie ihre Namen und schauten sich dabei fragend an. Immerhin hatten sie sich seit Ende des Sommers nicht mehr gesehen. Damals waren sie noch gebräunt gewesen von der Mittelmeersonne, und bestimmt war diese letzte Auseinandersetzung nicht ohne Vorwürfe verlaufen. Jetzt war Winter, sie standen vor vereisten Fenstern, ihre Gesichter waren bleich, ihre Augen matt.

Jen machte Tee, suchte in ihren Vorräten nach Keksen, die sie dann auf einem Keramikteller hübsch arrangierte. Sie hörte die Stimmen der beiden, das Auf und Ab der Worte. Es schien ihnen nicht schwerzufallen, miteinander zu reden, dabei hatte Jen irgendwie erwartet, daß es eher ein gequältes Gestammel sein würde nach der langen Funkstille. Gut, sie hatten sich zwar nie getroffen, aber telefoniert hatten sie natürlich, das wußte Jen. Sie mußten ja immer absprechen, wann Eric die Zwillinge haben konnte, sie mußten finanzielle Dinge regeln, und vielleicht hatten sie auch schon Termine mit den Anwälten vereinbart – aber dieses Thema hatten sie beide noch nie angesprochen.

Dieser Gedanke irritierte Jen. Nachdenklich brachte sie den beiden das Tablett mit Tee und Keksen. Cynthia war so daran gewöhnt, bedient zu werden, daß sie gleich einen Schluck aus ihrem Becher trank – anscheinend nahm sie ganz selbstverständlich an, Jen würde wissen, wie sie ihren Tee haben wollte. Mit einer Handbewegung forderte sie dann ihre Freundin auf, sich doch zu ihnen zu setzen, aber Jen schüttelte den Kopf und ging an ihren Arbeitstisch, um Schrifttypen für ein neues Layout auszuwählen, während die beiden weiterredeten.

»Ich habe mich erkundigt«, sagte Eric. »Man geht allgemein davon aus, daß Meningitis hochgefährlich ist und man extrem vorsichtig sein muß, wenn man in irgendeiner Form damit in Kontakt gekommen ist. Ich habe mit mehreren Spezialisten gesprochen – zum Beispiel mit diesem Arzt aus England, mit dem ich bei dem Dokumentarfilm über ansteckende Krankheiten in der dritten Welt zusammengearbeitet habe, und mit einem Experten von der Cleveland Clinic – und die beiden waren sich einig: Falls bei Jeremy Meningitis diagnostiziert werden sollte, sind die Zwillinge gefährdet, weil sie an dem Abend, an dem er krank wurde, mit ihm gespielt haben. Das heißt, sie müßten dann eine Rückenmarkpunktierung bekommen. Ich fürchte, wir haben keine andere Wahl.« Eric konnte ausgezeichnet recherchieren und war ein liebevoller, fürsorglicher Vater. Er hatte seine Hausaufgaben gemacht – und eine Entscheidung getroffen.

»Du hast völlig recht.« Cynthia klang bedrückt. Es gab keinen Grund zu widersprechen. Sie waren sich einig.

»Am Telefon hast du gesagt, du mußt nach Kalifornien fliegen.«

»Na ja, ich *muß* nicht. Wenn ich bei dem Meeting fehle, geht die Welt nicht unter.«

»Aber es gibt keinen Grund, weshalb du nicht fliegen solltest. Ich bin ja da und habe Zeit. Mein nächster Film geht erst in einer Woche in Produktion.«

»Aber ich möchte doch auch bei ihnen sein.«

»Cynthia, du hast so oft die Stellung gehalten, wenn ich wegmußte. Jetzt kann ich auch mal diese Aufgabe übernehmen.«

Cynthia schwieg. Eigentlich hätte Jen erwartet, daß sie protestieren würde. Würde sie ihm erlauben, in ihrer Abwesenheit im Haus zu wohnen? Vertraute sie ihm so weit? Jen versuchte, sich Cynthias exakte Worte ins Gedächtnis zu rufen – *Ich habe etwas entdeckt, und jetzt kann ich nicht mehr mit ihm unter einem Dach leben.* So hatte sie sich ausgedrückt. Oder jedenfalls so ähnlich. Hatte sich die schreckliche Entdeckung irgendwie abgeschwächt? War alles aufgeklärt? Hatte Cynthia keine Bedenken mehr, Eric mit den Kindern allein zu lassen?

Jen legte ihren Stift weg. Cynthias Schweigen lastete auf allem. Bald kam der Wagen, dann mußte sie sich entscheiden. Warteten die beiden etwa darauf, daß sie, Jen, etwas sagte? Aber was konnte sie schon beitragen? Elizabeth hätte intuitiv eine Antwort gewußt, aber Elizabeth war ja auch Mutter.

Das Telefon klingelte schrill. Jen nahm ab, Eric und Cynthia sprangen auf. Es war Donna, die sich immer wieder verhaspelte, weil sie viel zu schnell redete, atemlos vor Erleichterung.

»Es ist alles in Ordnung! Wirklich! Jeremy hat ganz lange

geschlafen, die Kopfschmerzen sind weg, seine Temperatur fast normal. Ray sagt, es besteht keine Gefahr, daß er Meningitis hat. Es muß irgendeine andere Art von Infektion sein. Also hat er die Punktierung abgesagt. Ach, Jen – Rina hat geweint vor Glück, und ich – ich bin so froh! Endlich kriege ich wieder Luft.«

»Ich weiß, wie du dich fühlst«, sagte Jen. »Cynthia und Eric sind hier. Ich sage ihnen gleich Bescheid, und wir reden später weiter.«

Sie tanzte auf die beiden zu.

»Alles ist okay! Jeremy wird wieder ganz gesund! Keine Gefahr. Also besteht auch kein Risiko für die Zwillinge.«

Mit strahlenden Gesichtern nahmen die beiden ihre Hände.

»Oh, Jen – wie wunderbar! Gott sei Dank!«

»Oh, Eric! Sie sind nicht in Gefahr.«

»Unsere Julie.«

»Unsere Liza.«

Wie liebevoll ihre Stimmen klangen! In dem Moment hörte man unten ein Auto hupen. Cynthias Wagen. Sie ergriff ihre Mütze, ihre Tasche. Eric übernahm den Rollkoffer. Beide umarmten Jen noch einmal voller Dankbarkeit, und dann waren sie verschwunden.

Jen beobachtete vom Fenster aus, wie Eric Cynthias Koffer dem Fahrer übergab, während er ihr die Tür aufhielt. Er beugte sich zu ihr, und eine Sekunde lang dachte Jen, sie würden einander in die Arme fallen und sich küssen, aber Cynthia reichte ihm distanziert die behandschuhte Hand, stieg ein und ließ sich auf den Rücksitz sinken, unsichtbar hinter den dunklen Fenstern. Eric blieb wie angewurzelt stehen, bis der Wagen fort war, dann klappte er den Kragen seines Kamelhaarmantels hoch, schlang den weichen gelben Wollschal fester um den Hals und ging mit raschen Schritten die Straße hinunter, gegen den pfeifenden Wind.

Am Abend versammelten sich alle bei Rina – ein außerplanmäßiges Treffen des Leseclubs. Sie kamen nicht zusammen, um über Bücher zu reden, obwohl sie *Lolita in Teheran* und Nabokovs Roman immer mit sich herumtrugen und überall lasen, sobald sie eine freie Minute hatten: im Bus und in der U-Bahn oder wenn sie im Supermarkt in der Schlange warteten. Aber jetzt wollten sie nach Jeremy schauen und Rina unterstützen.

Ja, Jeremy ging es wieder viel besser. Er saß aufrecht im Bett, grinste frech, seine dichten dunklen Haare noch feucht vom Duschen. Er trug einen frischen Schlafanzug aus weichem Flanell, dessen Farbe gut zum durchdringenden Blau seiner Augen paßte.

»Der kam heute nachmittag von Nightingale's, per Boten«, sagte Rina und zupfte den Kragen zurecht, zog die Hand aber schnell wieder weg, um Jeremys gespieltem Protestschlag auszuweichen. »Cynthia ist wirklich schnell.«

»Wahrscheinlich hat sie noch auf dem Weg zum Flughafen den Auftrag durchgegeben«, sagte Jen.

Sie stellte sich vor, wie ihre Freundin auf dem lederbezogenen Rücksitz ihres Wagens saß, das Telefon ans Ohr gedrückt, und ihrer Assistentin Anweisungen gab: Größe, Farbe, Name und Adresse. Die kompetente Marketing-Chefin, gegenwärtig auch in ihrer Abwesenheit. Alle bewunderten das Geschenk. Gleich würden sie wieder über Cynthia reden, das wußte jede von ihnen, über sie und Eric. Sie würden Jen bedrängen, sie nach Einzelheiten ausfragen, wie das Gespräch abgelaufen sei, und dann versuchen, die Informationsstückchen in das Puzzle einzufügen, das immer noch nicht fertig war.

Alle hatten sie Geschenke mitgebracht. Elizabeth überreichte Jeremy ein Modellflugzeug-Baukasten und schaute zu, wie er die Einzelteile auf einem Tablett ausbreitete. Geschickt fügte er die Flügel zusammen, kam aber beim Endstück ein wenig ins Grübeln. Mit einem wehmütigen Lächeln half ihm Elizabeth, das weiche Balsaholz richtig zu verbinden. Adam würde nie ein Modellflugzeug basteln. Das neue Therapieprogramm versprach nur eine »gewisse Normalität«, und auch das unter Vorbehalt. Ein Modellflugzeug überstieg vermutlich alle realistischen Erwartungen an eine »gewisse Normalität«.

Donna hatte einen Hackfleischauflauf mitgebracht, den sie von Papptellern aßen. Rina goß den Rotwein, den Jen spendiert hatte, in Plastikbecher, und sie prosteten sich zu.

»Wir sollten auch auf Ray anstoßen«, sagte Rina. »Er war ganz toll.«

»Auf Ray!« riefen die anderen im Chor. Jeremy meldete sich unüberhörbar aus dem Nebenzimmer: »Wer ist Ray? Ich kenne keinen Ray. Krieg ich auch ein bißchen Wein?«

Alle lachten.

»Ray ist Donnas Freund, der nette Arzt, der sich um dich gekümmert hat!« rief Rina vom Wohnzimmer. »Und du weißt doch ganz genau, daß du keinen Wein bekommst! Trink lieber deinen Saft.«

Sie goß sich selbst noch einen Schluck ein und wandte sich wieder ihren Freundinnen zu. »Ich glaube, er ist schon fast wieder gesund. Und der Wein ist echt gut, Jen.«

»Er stammt von Ian. Ein Friedensangebot. Wir haben uns gestritten, weil ich Cynthia und Eric gesagt habe, sie könnten sich bei uns im Loft treffen, und da hatte er hinterher ein schlechtes Gewissen, weil er es mir so schwergemacht hat.«

Jen schwenkte ihren Wein im Becher, dachte an das zerknirschte Lächeln, mit dem Ian ihr beim Heimkommen die buntverpackte Flasche überreichte.

»Ich habe einen Fehler gemacht«, hatte er gesagt und sie an sich gedrückt, und sie hatte die Hand an sein Gesicht gelegt, ihre Geste des Verzeihens.

»Es soll nicht wieder vorkommen«, hatte er noch hinzugefügt, aber sie hatte geschwiegen.

Sie war in einer Familie aufgewachsen, in der solche Versprechungen zum Alltag gehörten – sowohl ihr Vater als auch ihre Mutter hatten ständig diese Formulierung benutzt und sich nie daran gehalten. Aber bei Ian klang es anders, seine Augen waren weich vor Bedauern. Er hatte begriffen, was auf dem Spiel stand. Und schließlich hatte Jen ihn umarmt, gerührt, erleichtert, dankbar.

»Armer Ian«, brummte Elizabeth spöttisch.

Jen warf ihrer Schwester einen verärgerten Blick zu, sagte aber nichts.

»Was für einen Eindruck hattest du von Eric und Cynthia?« fragte Trish und verteilte die süßen Teilchen, die sie gekauft hatte.

»Es ging ihnen ganz gut«, antwortete Jen. »Jedenfalls kam es mir so vor. Aber es war schon irgendwie komisch. Sie haben sich fast so benommen, als wäre nie etwas zwischen ihnen vorgefallen. Sehr zivilisiert. Ich glaube, sie haben sich wahnsinnige Sorgen um die Zwillinge gemacht. Und umeinander.«

»Der König und die Königin des guten Stils«, knurrte Elizabeth, entschuldigte sich aber gleich. »Tut mir leid. Ich habe nur gerade daran gedacht, wie Bert und ich uns bei so einer Auseinandersetzung verhalten würden. Aber es hat ja keinen Sinn, darüber nachzudenken.«

Alle schwiegen. Sie wußten schließlich, daß Elizabeth' Ehe schwierig war, sie hatten Mitleid mit ihr, weil sie Berts Frau und Adams Mutter war. Sie konnten verstehen, warum sie sich mit den spitzen Pfeilen des Sarkasmus bewaffnete, und sie wußten auch, daß ihre spöttischen Bemerkungen nur ein Schutzschild gegen das Mitleid der anderen und gegen die eigene Melancholie war. Jen schaute ihre Schwester an und wünschte sich plötzlich, daß Elizabeth und nicht Cynthia das Ende ihrer Ehe bekanntgegeben hätte. Dann hätten sie jedenfalls nicht so endlos über die Gründe spekulieren müssen.

»Meinst du, es hat sich alles wieder eingerenkt und sie kommen wieder zusammen?« fragte Donna.

»Keine Ahnung«, antwortete Jen ungeduldig. »Wenn wir nicht wissen, weshalb sie sich getrennt haben, wie sollen wir dann mutmaßen, ob sie sich wieder versöhnen? Ich weiß nur soviel: Ich denke unheimlich oft darüber nach. Wie wir alle.«

»Ja, daß wir dermaßen besessen sind, finde ich auch seltsam«, sagte Trish. »Ich glaube, wenn ich es klinisch bewerten müßte, würde ich sagen, wir befinden uns alle in einem Prozeß der Übertragung.«

»Übertragung?« fragte Elizabeth.

»Ja. Wahrscheinlich übertragen wir einen großen Teil unserer eigenen Angst auf Cynthias Situation. Wir projizieren unsere Probleme auf sie, sehen uns selbst in ihrer Rolle. Als würden wir den Platz mit ihr tauschen. Bei mir ist das jedenfalls so.«

»Du willst sagen, aus ›Cynthia und Eric‹ ist ›Trish und Jason‹ geworden?« Jen klang skeptisch, aber sie wußte, daß es irgendwie stimmte. In gewisser Weise hatten ja auch sie und Ian mit den beiden die Plätze getauscht. Oft genug hatte sie in den letzten Monaten an Ians Verhalten Cynthias Maßstab angelegt und ihn deshalb ihre Ressentiments, ihre Wut und Frustration endlich spüren lassen. Aber was bedeutete dieser Maßstab, wenn sie nicht einmal ahnte, was Eric verbrochen hatte? Sie nahm einen leeren Pappteller, hob einen von Jeremys Stiften vom Fußboden auf und zeichnete gedankenverloren ein paar Strichmännchen: einen Kreis von Männern und Frauen, die sich an der Hand hielten, die weiblichen Figuren schauten in eine Richtung, die männlichen in die andere. Sie dachte an ihren Comic für »Die Lotterie«. Warum hatte sie diese Zeichnungen Ian nie gezeigt? Vermutlich, weil sie Angst vor seiner Kritik hatte. Sie nahm sich vor, die Bilder noch einmal genau anzusehen, wenn sie nach Hause kam. Vielleicht sollte sie noch ein bißchen an ihnen feilen. Und dann hatte sie ja vielleicht auch Lust, sie ihm zu zeigen.

»Ich glaube, du irrst dich, Trish«, sagte Donna leise. »Meiner Meinung nach liegt der Grund für unsere Faszination ganz woanders. Daß Cynthia in unserem Leseclub ist, das ist doch so ähnlich, wie wenn das beliebteste Mädchen aus der High-School, die Prom Queen, im Studentenwohnheim auf deinem Flur wohnt und dann auf dem College zur Homecoming Queen wird. Jeder will mit ihr befreundet sein, weil sie alles hat. Sie ist schön, soviel ist klar, aber irgendwie ist sie auch noch eine erstklassige Studentin, die sämtliche Prüfungen mit Auszeichnung macht – so war das jedenfalls bei uns. Erinnerst du dich noch, Rina?«

Rina nickte.

»Ja, und unsere Queen war außerdem noch superreich. Sie hatte schlanke, aristokratisch aussehende Eltern, die in nagelneuen Autos herumkutschierten. Die Queen trug echte Perlen und hatte eine ganze Schublade voll Kaschmir-Twinsets.« Sie lächelte und ging zur Tür, um nach Jeremy zu sehen. Er war eingeschlafen. Behutsam nahm sie die Bauteile des Modellflugzeugs von der Bettdecke, legte sie auf den Nachttisch, knipste das Licht aus und schloß die Tür.

»Alle pastellfarben?« wollte Trish wissen.

»Ja, klar! Und selbstverständlich war die Queen erfolgreich liiert. Ihr Freund war der Präsident der *Student Union*, sah gut aus und war supergenial. Kein Wunder, daß alle hinter ihr her waren – sie wollten in der Cafeteria neben ihr sitzen oder mit ihr von der Bibliothek zum Wohnheim gehen oder in ihrer Arbeitsgruppe sein. In der Hoffnung, daß ihr Zauber auf einen selbst abfärben könnte«, fuhr Donna fort.

»Und Cynthia ist die Prom Queen unseres Leseclubs«, sagte Elizabeth leise. »Sie hat das Leben, das wir uns alle wünschen.«

»Sie *hatte* das Leben, das wir uns alle wünschen«, verbesserte Donna sie. »Aber genauso ist es. Sie ist die Prom Queen für Erwachsene. Schön, wahnsinnig klug, tolle Ehe, toller Job, tolle Kinder, tolles Haus. Zusätzliche Informationen finden Sie in den *Lifestyle*-Seiten der Zeitungen.«

»Toll viel Geld«, sagte Rina noch, und wieder lachten alle.

»Ja. Toll viel Geld. Und außerdem ist sie noch eine tolle Freundin. Für jede von uns.«

»Und sie hat einen tollen Geschmack bei Kinderschlafanzügen«, ergänzte Rina, was alle sehr lustig fanden.

»Sie hat uns in ihr glamouröses Leben hineingelassen. Jedenfalls ein Stück. Wir sind zu Erics Premieren eingeladen worden, zu den Events bei Nightingale's. Cynthia hat uns Geschenke aus der Karibik und vom Mittelmeer mitgebracht. Und dann die Einladungen an Heiligabend! Wir haben uns sogar gefreut, wenn wir am Sonntag morgen ihr Bild in der Zeitung sahen. ›Hey, das ist unsere Freundin!‹ Wir haben durch sie den Jet-set sozusagen aus zweiter Hand erlebt. So war es jedenfalls bei mir. Ich will genauso ehrlich sein wie Trish. In meiner Phantasie habe ich mein Leben manchmal gegen ihres getauscht. *Ich* bin an die Riviera gereist. *Ich* habe in dem tollen Haus gewohnt und gelbe Rosen in Kupferschalen arrangiert, ehe ich in mein wunderschönes Büro gegangen bin. Ich hatte alles, was sie hatte. Vielleicht ist es ja das, was du mit Übertragung meinst, Trish.« Donna schaute ihre Freundin fragend an.

»Nein, nicht so ganz«, entgegnete Trish.

»Aber red ruhig weiter, Donna. Mir gefällt deine Theorie besser als die von Trish«, rief Rina unbekümmert.

»Und plötzlich eröffnet uns diese Cynthia, daß sie Eric weggeschickt hat, und schon fällt das ganze Kartenhaus in sich zusammen. Wir sind enttäuscht. Vielleicht fühlen wir uns sogar betrogen. Es ist, als ob wir herausgefunden hätten, daß sich die Prom Queen den BH ausgestopft hat und bei den Prüfungen schummelt. Wir haben ein persönliches Interesse daran zu erfahren, was eigentlich los ist. Und wir haben Angst. Wenn es Cynthia passiert, kann es uns allen passieren. Jede Beziehung kann kaputtgehen. Tim hat von dieser Geschichte so die Nase voll, daß er im Witz eine Ballade draus gemacht hat.« Sie lachte und ahmte Tims warme

Stimme nach: »›Was hat er gesagt, daß sie gesagt hat, was sie gesagt hat?‹ Es stimmt schon, wir sind alle davon besessen. Aber ich glaube nicht, daß wir uns deswegen schämen müssen. Wir tun es ja nicht aus Gemeinheit, sondern weil es uns betrifft.«

Ihre Worte verblüfften sie selbst. Normalerweise redete sie nie so lange und so leidenschaftlich. Seit ihrer Kindheit hatte sie stets auf ein inneres Gleichgewicht geachtet, hatte von sich Gelassenheit verlangt, damit sie zu ihrem kranken Vater nett sein und mit ihrer Mutter in solidarischem Schweigen zusammenarbeiten konnte. Gemeinsam hatten sie in der makellos sauberen Küche mit der verriegelten Tür gerührt, gehackt und zerkleinert und dabei den melodischen Stimmen gelauscht, die ihnen die Romane vorlasen, aus denen sie Kraft zogen. Was sie dabei empfanden, war selten ausgesprochen worden. Vielleicht deswegen, weil sie Angst hatten, ihre Gefühle zu formulieren.

Aber mit ihren Freundinnen war das anders. Da schöpfte Donna Mut aus der intellektuellen Nähe, die sie miteinander verband, aus der Offenheit, die sich im Laufe der Jahre zwischen ihnen entwickelt hatte. Plötzlich dachte sie an den Leseclub in Teheran. Bei der Lektüre von Nafisis Buch war ihr etwas aufgefallen: Sie hatte es gar nicht so übermäßig aufregend gefunden, daß diese Frauen ständig in Gefahr schwebten, sondern war stärker von der emotionalen Unterstützung ergriffen gewesen, die sie einander schenkten. Diese Frauen waren zwar ganz anders als ihre Freundinnen, ihr Leben unterschied sich in unzähligen Aspekten, aber sie hatten doch etwas gemeinsam: Auch die Leserinnen in Teheran spekulierten über die Geheimnisse der anderen und rätselten über die persönlichen Enthüllungen, die bei den Diskussionen über Henry James oder Jane Austen durchschimmerten. Auch sie hatten Verständnis für die Fehler und Schwächen der anderen und freuten sich über die wechselseitige Ehrlichkeit, die nie verletzen wollte.

»Ich glaube, du hast recht, Donna«, sagte Jen. »Aber etwas hast du ausgelassen. Ich glaube, alle sind *neidisch* auf die Prom Queen. Darüber, daß wir Cynthia beneiden, hast du gar nichts gesagt.«

»Aber das war ja auch nicht nötig. Wir wissen doch, daß es so ist«, warf Elizabeth ein. »Wie hätten wir sie *nicht* beneiden sollen? Sie hatte alles. Und sie hat immer noch mehr als die meisten von uns.« Cynthia hatte gesunde Kinder, und wenn ihre Kinder krank waren, konnte sie jede Behandlung bezahlen. Natürlich hatte sie Cynthia beneidet!

»Aber keine hier im Raum, wirklich *keine*, freut sich über das, was jetzt zwischen ihr und Eric abläuft.« Trish schaute von einer zur anderen, und sie nickten alle. »Wir empfinden keine Schadenfreude. Dazu können wir uns gratulieren, denke ich.«

»Selbst wenn wir unsere Neugier nicht unterdrücken können«, sagte Jen, drehte den Pappteller um und legte den Stift wieder weg. »Ich glaube, ich denke genauso wie Donna und Trish. Wir – oder jedenfalls ich – stecken in einer Kombination aus Übertragung und Prom-Queen-Syndrom. Obwohl es an meiner Kunstakademie so etwas gar nicht gab.«

»Man muß eine Prom Queen nicht kennen, um sie zu beneiden«, sagte Rina.

Schließlich schlug Trish vor, vielleicht doch lieber das Thema zu wechseln und über etwas anderes zu reden als über Cynthia und Eric.

Also unterhielten sie sich über die Winterferien. Elizabeth und Bert waren von Freunden nach Vermont eingeladen worden, aber Elizabeth hatte Bedenken wegen Adam.

»Vermont liegt nicht am Südpol«, sagte Jen. »Mach das doch, Elizabeth! Solche Unternehmungen sind ein gutes Gegengewicht zum Neid.«

Die anderen musterten sie erstaunt. Jen sagte selten etwas so Direktes zu ihrer Schwester. Und überraschenderweise reagierte Elizabeth nicht etwa mit einer abwehrenden Bemerkung, sondern saß reglos da, aufrecht wie immer.

»Wir warten auf einen Anruf von Adams Therapeuten«, sagte sie dann. »Er ist doch in diesem neuen Programm, und die Ärzte glauben, es könnte ihm eventuell guttun, wenn Bert und ich für eine Weile nicht kommen. Es kann also durchaus sein, daß wir nach Vermont fahren. Aber andererseits würde es bedeuten, daß meine Mutter an Weihnachten allein wäre.«

»*Unsere* Mutter«, korrigierte Jen sie. »Und wenn ihr wegfahrt, du und Bert, dann kann ich es ja so einrichten, daß ich an Heiligabend auf jeden Fall ins Seniorenheim gehe. Wobei man leider sagen muß, daß unsere liebe Mama in Sachen Weihnachtsglück nicht viel zu bieten hat.«

Jen selbst hatte vor, ein paar Tage nach Mexiko zu fahren, wenn sie es schaffte. »Ich würde die Skizzen für die ›Lotterie‹ mitnehmen und daran arbeiten, und dann muß ich auch noch für eine Stiftung eine Broschüre entwerfen. Das könnte ich alles dort machen. Ich würde einfach gern ein paar Tage in der Sonne arbeiten.«

Ian erwähnte sie gar nicht, und keine der anderen fragte nach ihm. Langsam und bedächtig zerriß sie den Pappteller, den sie bemalt hatte, in zwei Teile.

Trish und Jason hatten eine kinderfreundliche Karibik-Kreuzfahrt ausfindig gemacht.

»Wir haben uns vorgenommen, immer mal wieder aus dem Alltag auszusteigen und gemeinsam etwas Schönes zu unternehmen. Ein bißchen gute Laune speichern. Und das funktioniert. So langsam krabbeln wir aus dem Loch heraus, in dem wir sitzen«, sagte sie.

Die anderen mußten nicht fragen, wann sie und Jason gemerkt hatten, daß sie in einem Loch saßen, und was sie dazu gebracht hatte, diesen Zustand ändern zu wollen. Schließlich hatten sie alle denselben Weckruf gehört wie sie.

Donna erzählte, sie überlege sich, mit Tim zu einem Bluegrass-Festival nach Florida zu fahren.

»Es findet in irgendeinem Badekurort auf den Keys statt.

Auf den Keys war ich noch nie. Und ich war auch noch nie in einem Kurort.«

»Hättest du etwas dagegen, wenn ich Ray zu Chanukka einlade?« fragte Rina. »Ich habe gedacht, ich mache ein kleines Fest, mit ein paar Schulfreunden von Jeremy und ihren Eltern. Auf diese Weise könnte ich mich bei ihm bedanken. Er war so unglaublich lieb zu Jeremy.«

»Ich habe nichts dagegen – ich finde es sogar gut«, sagte Donna leise. Ja, es war okay. Weder Ray noch Rina feierte Weihnachten, und Chanukka war ihnen wichtig, obwohl sie beide immer sagten, sie seien nicht im eigentlichen Sinn religiös. »Das wird sicher schön. Ich habe sogar ein paar Latke-Rezepte, die ich dir geben kann.«

Trish fand Donnas Gelassenheit irgendwie befremdlich. Weil sie mit ihr im Krankenhaus zusammenarbeitete, fielen ihr inzwischen auch fast unmerkliche Veränderungen in ihrem Tonfall auf, zum Beispiel eine dezente Schärfe, die bei ihr Irritation ausdrückte. Aber diese Irritation schlug nie in Ärger oder Wut um. Selbst in noch so hektischen Situationen verlor Donna nicht die Geduld. Ihre Ruhe war sogar Thema bei den Krankenschwestern, die sie liebevoll »Madonna« nannten.

Jetzt stand Donna auf, trug ihre Auflaufform zur Spüle und konzentrierte sich auf den Abwasch. Vorsichtshalber wechselte Trish wieder das Thema.

»Hört zu, wo immer ihr seid – ob in Mexiko, Vermont oder in der Karibik –, vergeßt nicht, daß wir bis zum nächsten Treffen zwei Bücher lesen wollen«, sagte sie. »Obwohl *Lolita* nicht unbedingt die ideale Festtagslektüre ist.«

»Seit wann sind wir in solchen Dingen politisch korrekt?« warf Rina ein und gähnte. Alle schauten auf die Uhr. Schon so spät!

Sie zogen ihre Mäntel an, kramten in ihren Taschen nach ihren Metrokarten. Trishs Handy klingelte, und sie versicherte Jason, sie sei gleich zu Hause. Donna wollte ihre Auflaufform in einer Plastiktüte verstauen, die aber nicht groß genug war. Rina reichte ihr einen Stoffbeutel von Saks Fifth Avenue. Als sie ihn ausschüttelte, fiel ein Stück Papier heraus. Donna hob es auf. Es war die Quittung für eine schwarze Ledertasche. Verwirrt schüttelte sie den Kopf. Sie kannten sich schon so lang, daß Rina sie weder überraschen noch enttäuschen konnte – aber sie war und blieb ihr ein Rätsel. Vielleicht sollte sie Ray darauf hinweisen, daß sich bei Rina die Phantasiewelt manchmal mit der Wirklichkeit vermischte? Nein, diese Idee schob sie schnell wieder beiseite. Die beiden waren erwachsen. Sie, Donna, war nicht für sie verantwortlich. Und weshalb sollte es Ray überhaupt interessieren? Wieso kam sie auf den Gedanken, daß es ihn etwas angehen könnte? Sie knüllte die Quittung zusammen, erleichtert. Aber gleichzeitig spürte sie auch eine neue, nicht ganz greifbare Trauer, die ihre Bewegungen verlangsamte, während sie jetzt in ihren schweren Wintermantel schlüpfte und die langen blonden Haare unter der Baskenmütze verstaute.

Elizabeth rief Bert an, und obwohl sie sehr leise sprach, hörten die anderen, daß sie Adams Namen erwähnte. Einmal, zweimal.

»Hat der Therapeut sonst noch irgend etwas über Adam gesagt? Wie reagiert Adam?« Der Sohn, der ihnen nicht in die Augen sehen konnte, beherrschte wie immer ihr Tun und Denken.

Sie legte auf. Jen reichte ihr den Mantel und den roten Schal, den sie sich viel zu fest um den Hals schlang.

»Gute Nacht, Rina.«

Es war ein Chor der Zuneigung, der zum Abschied erklang, und Rina antwortete fröhlich:

»Danke, daß ihr gekommen seid. Und danke für all die Geschenke.«

»Paß gut auf dich auf.«

»Und Jeremy alles Gute! Sag ihm: Schluß mit den Kopfschmerzen.«

Sie stand in der Wohnungstür und winkte, während die

anderen sich lachend in den Aufzug drängten, der sie schon erwartete. Als das Telefon klingelte, schloß sie die Tür, ehe sie den Hörer abnahm.

»Ach, es geht ihm viel besser. Eigentlich schon fast wieder gut. Danke für den Anruf, Ray.«

Sie lächelte, als sie auflegte, und ging ins Schlafzimmer, um nach Jeremy zu schauen. Er atmete gleichmäßig, seine Stirn war kühl. Sanft berührte sie seinen Scheitel und wickelte eine dunkle Locke um ihren Finger. Zum erstenmal seit Jahren spürte sie einen Hauch von Glück.

6

Trish haßte den Januar. Es war der Monat, in dem die ausgedienten Weihnachtsbäume mit ihren kahlen, trockenen Zweigen auf den grau werdenden Schneewällen am Straßenrand vermoderten. Die Mülltonnen quollen über mit aufgeweichten Kartons, in denen sich riesiges Plastikspielzeug befunden hatte. Plattgequetschte Geschenkschachteln, mit Kaffeesatz und Ketchup verziert, bildeten seltsame Pyramiden am Gehweg. Die kurze Ekstase der Feiertage war verpufft, die Passanten stapften lustlos durch braune Pfützen, mit gesenktem Kopf wegen des Windes. Im Januar kam die Dunkelheit zu früh, und der Arbeitstag ging zu spät zu Ende. In den Bürofenstern der hohen Gebäude verbreiteten die Lampen künstlich helles Licht, das Wärme und Gemütlichkeit zu versprechen schien, aber die Menschen, die wie gelähmt auf ihre Bildschirme starrten und ans Telefon gingen, ließen sich davon nicht täuschen.

Blasse Frauen zogen die Vorhänge zu, als könnten sie so ihre Wohnungen vor der drohenden Kälte und der Dunkelheit bewahren. Kinder saßen viel zu dicht vor den Fernsehern und stritten sich. Sie waren müde. Sie langweilten sich. Die Tage dehnten sich, die Wochen dehnten sich noch mehr. Es war ein Monat, in dem es keine Unterbrechung gab, auf die man sich freuen konnte. Keine Feiertage. Nichts, was die monotone Winterkälte aufhob. Der Monat Januar war gnadenlos, er ließ die Erinnerungen erfrieren, betäubte die Sehnsucht.

Trishs Terminkalender war vollgepackt. Um diese Jahreszeit kochten die Enttäuschungen hoch, und in den überheizten Räumen nahm das Unglück Gestalt an. Depressive Patienten riefen an und wollten dringend einen Termin. Nach den Therapiesitzungen lagen immer die zerrupften Papiertaschentücher auf ihrem Schreibtisch. Weinend klagten die Frauen, keiner verstehe sie. Niemand würde sie *je* verstehen! Die Männer schlugen mit der Faust auf die Armlehne ihres Ledersessels und knallten die Tür hinter sich zu, wenn sie Trishs Sprechzimmer verließen, wütend, weil ihr Elend und ihr Zorn immer noch nicht verschwunden waren. Trish konnte ihnen keine Patentrezepte liefern, aber sie verschrieb ihnen Paxil und Zoloft und Prozac in der säuberlichen Handschrift, die sie in der kleinen Schule gelernt hatte, in der von den Schülern noch erwartet wurde, daß sie ihre Bewerbungsbriefe von Hand verfaßten.

Sie redete mit ruhiger Stimme auf die pubertären Mädchen ein, die nicht auf ihrem Stuhl sitzen bleiben konnten, sondern nervös im Zimmer auf und ab gingen, Bücher und Zeitschriften in die Hand nahmen, wieder weglegten, aus dem Fenster starrten und sich dann plötzlich wieder ihr gegenübersetzten, bleich, rastlos. Sie fragte sie nicht, welche Gedanken sie umtrieben, während sie auf die windige Straße hinunterblickten. Vermutlich überlegten sie, ob sie federleicht wie der Schnee durch die graue Luft schweben würden, in den lockenden Abgrund des Nichts, den sie ihr zu beschreiben versuchten. Etliche von ihnen waren viel zu mager, fast wie Skelette. Zerbrechliche Handgelenke schimmerten durch die helle Haut und waren oft mit den Schwellungen langsam heilender Narben verziert.

Bitterkeit färbte ihre Stimmen, die kaum über ein Flüstern hinausgingen. Die Feiertage waren scheußlich gewesen. Ihr ganzes Leben war scheußlich. Sie würden sich zu Tode hungern. Trish suchte verzweifelt nach Worten, um sie ins Leben zurückzuholen, aber am Ende gab sie auf und bot ihnen Tabletten an, die sie aber in den meisten Fällen gar nicht schluckten.

»Ich hasse den Januar!« schrie ein Mädchen, das vom

Barnard College beurlaubt war. Ihre Stimme war schrill vor Wut und Unzufriedenheit, und Trish dachte an Nabokovs Beschreibung von Lolitas Stimme: das kindliche Gejammer eines Nymphchens.

»Ich hasse den Januar auch«, erwiderte Trish. Das war eine Überschreitung der therapeutischen Grenzen, die aber in diesem Fall zu einem Durchbruch führte. Das Mädchen weinte, die Wörter sprudelten jetzt aus ihm heraus. Trish mußte die Stunde überziehen und kam zu spät zu ihrem Mittagessen mit Donna.

»Ich hasse den Januar«, wiederholte sie, als sie endlich mit ihrer Freundin in der Krankenhaus-Cafeteria Platz nahm. »Die Selbstmordrate verdoppelt sich. Die Einweisungen schnellen astronomisch in die Höhe. Mein Telefon klingelt pausenlos.«

»Jahreszeitlich bedingte affektive Störungen«, sagte Donna ruhig. »Hat eigentlich schon mal jemand eine Untersuchung gemacht und den Prozentsatz von Depressionen in warmen und kalten Gegenden verglichen?«

»Garantiert. Und wenn nicht, dann liegt bestimmt schon ein Finanzierungsantrag auf dem Schreibtisch irgendeines Stiftungsmanagers.« Trish biß in ihr Hühnchensalat-Sandwich. »Aber egal – ich bin froh, daß das Leseclub-Treffen diesen Monat bei uns stattfindet. Das lenkt mich von meinen Patienten ab. Obwohl es ja schon eine Erfahrung der besonderen Art war, *Lolita* zu lesen.«

»Es wird bestimmt ein aufregender Abend«, prophezeite Donna. »In Manhattan über *Lolita* zu reden ist aber ganz anders als in Teheran.«

»Hast du beide Bücher schon ausgelesen?« fragte Trish.

Donna nickte. Sie hatte sie am perlweißen Strand von Sunset Key verschlungen und mit der Hand die Seiten gegen die helle Sonnenstrahlen geschützt. Was für ein Luxus, einfach zu lesen, nachzudenken, weiterzulesen und zwischendurch kurz einzunicken! Sie hatte Tim erlaubt, sie zwischendurch in den

Ozean zu locken, war mit ihm durch die Wellen getanzt, aber dann hatte sie sich gleich wieder ihren Büchern gewidmet, ohne sich richtig abzutrocknen, und hatte sich nicht um die Spuren ihrer nassen Finger auf den Seiten gekümmert. Beide Werke hatten sie in Atem gehalten und sie tief in ihr Innerstes geführt. *Lolita in Teheran* hatte ihr besonders gut gefallen, diese Geschichte von einem geheimen Leseclub – lauter junge Frauen, die bei der Autorin an der Universität Literatur studiert hatten und sich dann bei ihr im Wohnzimmer versammelten. Ein Salon des intellektuellen Widerstands.

Während der Ferien hatte sie einmal versucht, Ray anzurufen, aber er war nicht zu Hause gewesen. Sie hatte keine Nachricht hinterlassen. Am nächsten Tag hatte sie Rinas Nummer gewählt, doch noch bevor es dort klingelte, hatte sie wieder aufgelegt.

»Ich nehme an, daß alle die Sachen gelesen haben«, sagte sie jetzt. »Jen war schon vor Silvester fertig und hat sofort noch mal von vorn angefangen. Sie hat mir erzählt, daß Elizabeth von Nabokov nicht so besonders angetan war. Was mit Cynthia ist, weiß ich nicht, aber sie hat sicher blitzschnell gelesen und zwischendurch noch das Haus geschmückt, die Geschenke verpackt, ein erlesenes Dinner gekocht und mit Eric darüber verhandelt, bei wem die Kinder an welchem Feiertag sind. Und selbstverständlich war sie die ganze Zeit noch in Kontakt mit ihrem Büro. Du kennst doch Cynthia. Sie schafft alles.«

»So ist das eben bei den Prom Queens. Vielleicht, weil sie einen Hofstaat aus lauter Zofen haben«, sagte Trish lachend. »Obwohl ja weder die dicke Mae noch das Au-pair-Mädchen mit dem gepiercten Nabel als Zofe durchgehen würden.«

Auch Donna mußte lachen.

»Diese Analogie mit der Prom Queen werde ich wohl nie mehr los.«

»Weil sie genau ins Schwarze trifft. Die zutreffenden Vergleiche überdauern. Das lernt man schon in der ersten Stunde des analytischen Trainings. Na ja – vielleicht nicht in der ersten, sondern in der zweiten oder dritten. Hast du schon mit Rina gesprochen?«

»Ja, aber nur kurz. Jeremy geht es gut, er ist wieder ganz gesund. Es war einfach ein heftiger Infekt, denkt Ray.« Donna sprach wie immer, aber Trish glaubte eine gewisse Zurückhaltung zu spüren.

»Und wie geht es Ray?« fragte sie vorsichtig.

»Gut. Wie sonst?« Fast ein wenig defensiv klang das. Donna zögerte einen Moment lang, als wollte sie noch etwas hinzufügen, aber dann lud sie statt dessen das Geschirr auf das Tablett. »Ich muß los. Sitzung mit den Dialyse-Krankenschwestern. Neue Ernährungsrichtlinien. Ich schreibe übrigens auch einen Antrag auf Finanzierung eines Forschungsprojekts. Wärst du bereit, dir das irgendwann mal anzusehen?«

»Natürlich, gern.«

Trish schaute Donna nach, als sie die Cafeteria durchquerte, entspannt, ohne jede Eile, mit lässigem Hüftschwung. Ihr weißer Laborkittel war makellos, und die dichten blonden Haare hatte sie, wie immer im Krankenhaus, zu einem Knoten frisiert. War sie vielleicht doch ein bißchen schweigsamer gewesen als sonst? Sie hatte wenig von Tim erzählt und fast gar nichts von Ray. Aber sie, Trish, hatte ja auch nicht über Jason und Amanda gesprochen. Im Januar fiel das Sprechen gar nicht so leicht. Was für ein schrecklicher Monat! Alle Menschen zogen sich in ihr Inneres zurück wie in ein Schneckenhaus.

Trish holte einen Block heraus und überlegte sich, was sie für das Leseclub-Treffen kochen könnte. Etwas Ungewöhnliches, etwas Kompliziertes, Buntes, das sich von der dunklen Jahreszeit abhob. Genau – eine Bouillabaisse! Schon das Wort faszinierte sie und lenkte ihre Gedanken von den weinenden Mädchen und den verschneiten Straßen ab.

Das Treffen fand am Montag abend statt. Trish, Jason und Mandy verbrachten den Samstag gut gelaunt mit Einkäufen. Es war eine dieser Unternehmungen, wie sie Trish in den letzten Monaten immer ganz gezielt angeregt hatte.

»Wir müssen einfach wieder lernen, Spaß miteinander zu haben, interessante Sachen zu unternehmen«, hatte sie zu Jason gesagt.

»Kann man Spaß programmieren und offiziell auf die Agenda schreiben?« hatte er wenig begeistert erwidert. »Du solltest vielleicht ein Handbuch für Therapeuten schreiben – *Spaß und Spiel zur Rettung der Familie*. Und ich könnte das Buch dann vermarkten. Aber laß mal lieber, Trish. Ich finde, wir müssen solche Sachen nicht künstlich planen.«

»Aber wir könnten doch einfach mal was anderes versuchen«, hatte sie beharrt. Und schließlich hatte er nachgegeben. Sie redeten nicht darüber, daß sich Eric und Cynthia getrennt hatten, aber diese Trennung stand immer im Raum, eine Warnung vor lauernden Gefahren. Wie Hausbesitzer, die eine Alarmanlage einbauen, wenn beim Nachbarn eingebrochen wurde, so installierten sie neue Sicherheitsprogramme, weil sie ihre eigene Verwundbarkeit plötzlich überdeutlich spürten.

Sie konzentrierten sich. Sie arbeiteten beide weniger und machten Pläne, die Amanda einschlossen. Die Suche nach einer neuen Wohnung, nach einem Sommerhaus verwandelte sich in ein abwechslungsreiches Abenteuer. Sie kochten manchmal wieder gemeinsam, wie am Anfang ihrer Ehe, ließen Mandy mitmachen, ermunterten sie, die Klöße zu formen oder süße, klebrige Saucen anzurühren. Trish fand eine Haushaltshilfe, Irene, eine patente Finnin, die ab dem späten Nachmittag auf Amanda aufpaßte, leichte Hausarbeit erledigte und kochte. Jason reduzierte seine Dienstreisen. Und zu aller Überraschung hatte die Methode Erfolg. Langsam, aber sicher fühlten sie sich wieder wohler miteinander, und auch Amanda wirkte viel glücklicher. Sonst war sie oft nachts von Alpträumen aufgewacht, ihre Stimme piepsig vor Angst, ihr kleiner Körper völlig verkrampft. Aber das passierte jetzt kaum mehr. Die erholsame Karibik-Kreuzfahrt an Weihnachten hatte allen gefallen, und die Erinnerung an die sonnigen Tage auf See, an die langen Stunden, die sie lesend auf Deck verbracht hatte, pufferte Trish gegen die Winterkälte ab und half ihr, gegen die Depression anzugehen, die in dem dunklen, tristen ersten Monat des Jahres von ihr Besitz ergreifen wollte.

Sie konnte ihre eigenen Symptome gut diagnostizieren. Wie gut sie sich an das Gefühl der Entfremdung aus ihrer Kindheit erinnerte, an die Melancholie und Unsicherheit während ihres Studiums! Deshalb gab sie sich große Mühe, ihre Depressionen schon im Anfangsstadium zu besiegen. Sie strukturierte auch das jetzige Wochenende bewußt so, daß sie gegen die schleichende Traurigkeit ankam. Und sie lenkte ihre ganze Aufmerksamkeit auf den Leseclub. Sie konnte es tatsächlich kaum erwarten, ihre Freundinnen endlich wiederzusehen, Anekdoten aus den Winterferien auszutauschen und mit einem Lächeln die Freuden und Ärgernisse der vergangenen Wochen zu beschreiben.

Während sie über ihre trübe Stimmung nachgrübelte – und über den Wunsch, mit ihren Freundinnen im Lampenschein in ihrem Wohnzimmer zu sitzen –, dachte sie, daß diese Leseclubs eine gewisse Ähnlichkeit mit den Selbsterfahrungsgruppen vom Anfang der Frauenbewegung hatten. Es waren Stunden, in denen Ideen und Gedanken ausgetauscht wurden und die eine Art Zuflucht, eine Schutzzone boten, in der alles und jedes besprochen werden konnte. Mit ihren Büchern und Notizheften bewaffnet und gestärkt durch ein gutes Essen, konnten sie sagen, was ihnen gerade in den Sinn kam, ohne Angst vor Zurückweisung oder Spott. Das Leben der Schriftsteller und ihrer Romanfiguren erweiterte ihren Horizont und verlieh ihrer Selbstwahrnehmung eine neue Dimension.

Trish freute sich wie ein Kind auf dieses Treffen, genoß die Vorbereitungen, stellte Einkaufslisten auf, überprüfte spätabends noch ihr Gewürzregal, ob auch alle Zutaten vorhanden waren, die sie brauchte.

»Am Samstag gehen wir einkaufen«, sagte sie zu Amanda und Jason, »und am Sonntag wird gekocht.«

»Ich helfe mit!« rief Amanda fröhlich. »Ich kaufe ein, und ich koche.«

»Wir gehen alle einkaufen. Und wir kochen alle«, stimmte Jason mit ein.

Trishs Enthusiasmus wirkte ansteckend.

Am Samstag fuhren sie zur Fulton Street, schlenderten über den Fischmarkt, lachten, weil sich Amanda zuerst wegen des Geruchs die Nase zuhielt, und freuten sich, als sie die schimmernden Makrelen mit den silberglänzenden Kiemen bestaunte, die sich auf einem Berg aus Eisstückchen stapelten.

»Schau mal, Mommy, ihre Haut sieht aus wie Julewen!« rief Mandy entzückt.

Was für ein niedlicher Versprecher, dachte Trish, nahm ihre Tochter zärtlich in den Arm und erlaubte ihr, die glatten, hellen Seezungenfilets auf Zeitungspapier zu legen, während sie selbst gallertartige Heilbuttsteaks und ein langes Stück Winterflunder auswählte. Jason entschied sich für einen kleinen Schellfisch, und der Fischhändler gab noch zwei große Seezungen dazu. Amanda schnupperte an ihren Fingern und verzog das Gesicht, und sie strahlten alle drei, als Trish und Jason jeweils eine kleine Hand mit einem frischen Papiertaschentuch abwischten.

Mit einer gewissen Belustigung hatte Trish am Morgen festgestellt, daß sie sich alle gleich anzogen, ohne sich abzusprechen: alte Jeans, dicke Pullover und gefütterte Jacken. Sie hatte eine rote Wollmütze über ihre dichten, immer grauer werdenden Haare gezogen, denen ein Friseur auf den Madison Avenue (Cynthias Stylist) einen perfekten Stufenschnitt verpaßt hatte. Daß modische Fragen für sie ansonsten ziemlich unwichtig waren, fand sie gut.

»Hummer?« fragte Jason. »Ich erinnere mich, daß Cynthia Hummer dabeihatte.«

»Kein Hummer«, beschloß Trish. »Ich bin nicht Cynthia.«

Cynthia hatte selbstverständlich das edle Krustentier dazugegeben, weil es dem sonst relativ einfachen Gericht Farbe und Stil verlieh. Aber Cynthia hatte ja nur das Rezept ausgewählt. Gekocht hatte Mae, als es bei einer Dinnerparty im Hause Anders Bouillabaisse gab. Und Cynthia ging selbstverständlich niemals selbst einkaufen, sondern gab bei Citarella eine Bestellung auf.

Trish versuchte sich vorzustellen, wie Cynthia und Eric, die Zwillinge im Schlepptau, über den Fischmarkt hier in der Fulton Street gingen, auf dem man ständig gestoßen und geschubst wurde. Cynthia, lässig elegant in einem weiten Mantel und mit einem langen Wollschal, immer einen halben Schritt vor Eric. Er trug sicher seine weiche Lederjacke und die italienischen Stiefel, während die Zwillinge in wasserfesten Regenjacken und knallroten Gummistiefeln daherstapften. Trish schüttelte den Kopf. Das Bild paßte nicht. Die Familie Anders war zu vornehm, um durch das Sägemehl mit dem Blut und den Eingeweiden der ausgenommenen Fische zu trotten. Die Zwillinge, diese verwöhnten kleinen Mädchen, die in blumengeschmückten Räumen auf ihren Suzuki-Geigen spielten, würden sich sofort beschweren. Und Cynthia würde sich den Schal um den Kopf schlingen, um ihre Haare gegen die durch die Luft flirrenden Fischschuppen zu schützen.

Eric hingegen würde die Szene mit dem unbestechlichen Blick des Filmemachers beobachten, interessiert, aber unbeteiligt und ohne zu lächeln.

Aber wieso verglich sie ihre eigene Freude gleich wieder mit Cynthias ehemaliger Lebensweise? fragte sie sich. Sie wollte eigentlich gar nicht daran denken! Als könnte sie die

Gedanken dadurch vertreiben, nahm sie ihre Mütze ab und stopfte sie in Jasons Jackentasche. Dankbar für diese zutrauliche Geste nahm er ihre Hand.

Am Abend gingen sie aus. Ein Kunde von Jason hatte in eine Off-Broadway-Show investiert und ihm Eintrittskarten geschenkt, die, das wußte Jason genau, keine Einladung waren, sondern ein Befehl.

»Ich kann auch allein gehen, wenn du müde bist«, bot er an.

»Nein, nein, es wird doch vielleicht ganz unterhaltsam«, antwortete Trish.

Wortlos beglückwünschten sie sich zu ihrer neuen Bereitschaft, einander entgegenzukommen.

Sie nahmen ein Taxi zum East Village. Das Stück war ungeheuer wortlastig und prätentiös, genau wie Trish und Jason befürchtet hatten. Jasons Kunde und seine Frau verdrückten sich, ehe der erste Akt zu Ende war.

»Kein Abschied. Kein ›Danke, daß ihr gekommen seid‹«, flüsterte Trish.

»Wenn man so reich ist, muß man nicht höflich sein«, sagte Jason.

»Ach, das muß ich mir merken.«

Sie lachten beide. Er fuhr mit den Fingern durch ihre stufig geschnittenen Haare und ließ seine Hand auf ihrem Nacken ruhen, eine liebevolle Geste, die beide an die Anfangszeit ihrer Beziehung erinnerte.

In der Pause beschlossen sie, ebenfalls zu gehen. Es gab gleich um die Ecke ein kleines Bistro, und sie wählten eine Nische ganz hinten in dem verrauchten Raum, tranken Milchkaffee und beobachteten die anderen Gäste. Ein junges Paar saß blaß und stumm an einem Tisch. Beide hatten vor sich eine unberührte Mahlzeit stehen, aber plötzlich legte der Mann einen Geldschein auf den Tisch und verschwand, ohne etwas zu sagen. Die Frau schaute ihm nach, mit Tränen in den Augen. Sie öffnete den Mund, als wollte sie seinen Namen rufen, brachte aber keinen Ton heraus. Statt dessen widmete sie sich jetzt ihrem Omelette, aß tapfer, und als sie fertig war, nahm sie den Teller des Mannes und aß auch diesen leer. Anschließend wischte sie sich den Mund ab, tupfte sich mit derselben Serviette die Augenwinkel, zog ihren Mantel an und verließ das Lokal.

»Januar«, murmelte Trish.

»Männer und Frauen haben auch im Frühjahr und im Sommer Krach«, widersprach Jason.

»Und im Herbst«, ergänzte Trish und dachte an die bernsteinfarbenen Zinnien, die sie an jenem Herbstabend für Cynthia gekauft hatte, als sich der Leseclub nach der Sommerpause das erste Mal wieder traf und Cynthia die Bombe platzen ließ. »Ich lasse mich von Eric scheiden«, hatte sie gesagt. Aber von Streitereien oder Unstimmigkeiten hatte sie nicht gesprochen, und das Wort »Krach« würde sowieso nicht zu Eric und Cynthia passen. So ein altmodischer Ausdruck! Aber Trish fand es lustig, ja, richtig süß, daß Jason ihn verwendete. Sie lächelte ihm zu, getragen von einer Woge der Zuneigung, dankbar, daß sie sich wiedergefunden hatten. Und dieses Wiederfinden hatten sie in gewisser Weise Cynthia und Eric zu verdanken, oder?

Zwei Männer am Nebentisch standen auf und gingen ein bißchen schüchtern zu einem Tisch, an dem zwei junge Frauen saßen. Trish beobachtete, wie sie verlegen herumstanden, bis die Frauen sie aufforderten, doch bei ihnen Platz zu nehmen. Der kleinere der beiden lief feuerrot an. Ob aus den vier Fremden wohl bald zwei Paare wurden? fragte sie sich und merkte gar nicht, daß an dem Tisch, an dem vorhin die junge Frau so unverdrossen gegessen hatte, jetzt zwei Männer Platz nahmen, mit dem Rücken zu ihnen.

Jason nahm ihre Hand.

»Das drüben ist Eric«, flüsterte er. »Eric und ein Mann. Ein sehr junger Mann.«

Ja, es war tatsächlich Eric, der da die überdimensionale

Speisekarte studierte. Seine Haare waren etwas länger, und wie immer fiel ihm eine widerspenstige Locke in die Stirn. Sein Gesicht schien noch schmaler als sonst, aber er war gepflegt gekleidet: hellbraune Kordsamthose, ein grüner Kaschmirpullover mit V-Ausschnitt über einem gelben Hemd mit weichem Kragen. Sein Begleiter trug die typische Uniform der Collegestudenten: verwaschene Jeans, einen grauen Pulli, abgetragene Schuhe. Seine Haare waren hellblond, wie die von Eric, und genau wie Eric hatte er schmale graue Augen mit dichten Wimpern. Die Ähnlichkeit verblüffte Trish. Sie mußte an einen Patienten denken, den sie vor ein paar Jahren behandelt hatte, einen jungen Anwalt, der ihr neben anderen, weniger interessanten Details eröffnet hatte, daß er nur mit Frauen schlafen könne, die ihm extrem ähnlich sehen.

»Die höchste Stufe des Narzißmus«, hatte Trishs Lehranalytiker gesagt, als sie ihn um Rat fragte. »Ein Mann, der eigentlich mit sich selbst schlafen möchte.«

Aber bei Eric hatte sie eigentlich nie narzißtische Tendenzen beobachtet, und es war doch ein bißchen albern, gleich zu denken, daß es sich bei dem jungen Mann um Erics Lover handelte. Wenn zwei Männer miteinander essen gingen, hieß das schließlich nicht sofort, daß sie eine homosexuelle Beziehung hatten. Das wäre doch reine Homophobie. Aber noch während ihr solche Gedanken durch den Kopf gingen, klappte Eric die Speisekarte zu und legte seinem Begleiter die Hand auf die Schulter.

»Was sollen wir tun?« fragte Jason leise.

Für Jason war Eric ein Freund. Er und Trish hatten sich manchmal mit Eric und Cynthia zum Essen verabredet und hatten während einer Spielzeit sogar zusammen ein Konzertabonnement gehabt. Die beiden Männer, durch die Freundschaft der beiden Frauen unfreiwillig zusammengebracht, hatten sich gut verstanden, und gelegentlich hatte Jason Eric bei seinen Investitionen beraten. Aber seit sich Eric und Cynthia getrennt hatten, waren sie sich nicht mehr begegnet, obwohl Jason schon ein paarmal daran gedacht hatte, Eric anzurufen. Daß er es nicht getan hatte, bedauerte er. Es wäre gemein, ihn jetzt zu ignorieren.

»Keine Ahnung. Am besten einfach hallo sagen«, schlug Trish vor. In dem Moment brachte der Kellner die Rechnung, und während Jason bezahlte, stand Eric auf und verschwand in Richtung Herrentoilette.

Ohne etwas zu sagen, verließen Trish und Jason das Bistro. An der Tür drehte sich Trish noch einmal zu dem jungen Mann um, der jetzt allein am Tisch saß und die Papierserviette faltete.

»Denkst du ...?« fragte sie Jason auf dem Weg zur U-Bahn-Station. Sie traute sich nicht, den Satz zu Ende zu führen. Und sie wußte ja auch, daß Jason wußte, was sie sagen wollte.

»Ich habe keine Ahnung, was ich denken soll«, antwortete Jason schroff.

»Es würde alles erklären«, murmelte sie.

»Oder gar nichts.« Er klang ungeduldig, fast verärgert. »Meine Güte, warum könnt ihr nicht mal aufhören herumzuspekulieren, du und deine Freundinnen? Was auch immer vorgefallen ist – letzten Endes betrifft es nur Cynthia und Eric. Euch geht es nichts an.«

Doch, es geht uns sogar sehr viel an. Das sagte Trish nicht laut. Sie legte Jason die Hand auf den Arm, und auf dem Rest des Weges schwiegen sie.

Sie schliefen miteinander, rasch und zärtlich. Und schmiegten sich beim Einschlafen schützend aneinander.

Am Sonntag kochte Trish. Amanda saß auf einem Hocker neben ihr, während sie Knoblauch hackte und Lauch schnitt. Als Mandy langweilig wurde, wollte sie mit Jason in den Park gehen. Jason war sofort einverstanden und gut gelaunt, weil eine Übernahme, an der er seit Wochen gearbeitet hatte, endlich durchgekommen war. Er schwenkte das bestätigende Fax wie eine Siegesfahne. Über Eric sprachen sie nicht.

Trish überlegte, ob sie Jen anrufen sollte, die sanfte, stille Jen, der sowohl Cynthia als auch Eric vertrauten. Sie nahm den Hörer ab, legte aber gleich wieder auf. Was würde es bringen? Was konnte Jen schon sagen? War es Rina, die irgendwann gesagt hatte, vielleicht sei Eric ja schwul – oder war das nur eine der diffusen Spekulationen im allgemeinen Topf der Vermutungen gewesen? Trish konnte sich nicht mehr erinnern.

Sie brachte die Brühe zum Kochen, legte den Fisch hinein, gab Gewürze und Kräuter dazu. Als der aromatische Duft die Küche erfüllte, erschien ein Lächeln auf ihrem Gesicht. Sie war richtig zufrieden mit sich. Die Suppe konnte jetzt vor sich hin köcheln. Und wieder einmal staunte sie, wie sie und Jason es so vergleichsweise mühelos geschafft hatten, diese neue Form das Glücks zu finden. Nein, ganz so mühelos war es nicht gewesen, verbesserte sie sich mit professioneller Objektivität. Sie hatten sich beide erschrocken, und dieser Schreck hatte sie gezwungen, ihr Leben neu zu strukturieren. Aber die Angst war noch nicht ganz überwunden. Sie würden noch eine Weile vorsichtig miteinander umgehen müssen.

Am Abend, als Amanda erschöpft eingeschlafen war, las Trish noch einmal ihre Notizen zu *Lolita* durch. Im Zentrum der Handlung stand Humbert, ein Mann in mittleren Jahren, der sexuell besessen war von der kleinen Lolita. Der zweite Teil war ihre gemeinsame Odyssee durch Amerika. Trish empfand eine seltsame Sympathie für Charlotte Haze, Lolitas Mutter. Die arme, unterdrückte, ehrgeizige Charlotte. Die Leserinnen in Teheran, selbst unterdrückt und ehrgeizig, hätten sie verstehen müssen, aber Charlotte schien für sie überhaupt nicht präsent zu sein. Ob Charlotte, die Nabokov aus dramaturgischen Gründen sterben ließ, wohl die Phantasie ihrer eigenen Gruppe beschäftigte? Trish machte sich eine Liste mit ihren Prognosen: Donna, Jen, Elizabeth, Rina, Cynthia.

Cynthias Namen unterstrich sie erst einmal, dann noch

einmal. War es sehr unsensibel von ihnen gewesen, *Lolita* auszuwählen – angesichts ihrer Vermutungen über Eric? Wollten sie ihre Freundin unbewußt provozieren? Trish dachte an Eric und wie er dem jungen Mann die Hand auf die Schulter gelegt hatte und schüttelte wieder den Kopf. Wie konnte sie so etwas denken! Es war doch idiotisch, Eric mit Humbert gleichzusetzen. Ein völlig abwegiger Vergleich.

»Na ja, wenigstens haben wir nicht *Maurice* genommen«, sagte sie laut. Sie konnte sich noch gut daran erinnern, wie schockiert sie gewesen war, als sie am Anfang ihres Studiums das erste Mal Forsters Roman mit seinen expliziten Beschreibungen männlicher Homosexualität gelesen hatte. Beim Gedanken an das naive Mädchen, das sie damals war, mußte sie grinsen. Dann klappte sie die Bücher zu und legte sie mit ihren Notizen auf den Couchtisch.

»Was hast du gesagt?« rief Jason vom Badezimmer.

»Ach, nichts.«

Sie zuckte die Achseln, knipste das Licht aus und ging ins Schlafzimmer, wo Jason, sein Gesicht gerötet, die Haare noch feucht von der Dusche, sie erwartete.

Als Trish am nächsten Tag nach Hause kam, begrüßte sie schon der würzige Geruch der Bouillabaisse. Das herrliche Aroma vertrieb sofort die Frustrationen des Nachmittags – sie hatte in aller Eile Patientengutachten schreiben müssen, außerdem ein zu kurzes und vielleicht auch zu oberflächliches Gespräch mit der Mutter der Barnard-Studentin geführt und sich über eine Assistenzärztin geärgert, die eine Anweisung falsch verstanden hatte. Zum Glück hatte sie sich schon morgens fest vorgenommen, etwas früher zu gehen als sonst, und das war ihr auch gelungen. Morgen würde sie alles wieder ausbügeln, nahm sie sich vor, aber erst einmal wollte sie den Abend uneingeschränkt genießen: die leckere Mahlzeit, den neuesten Tratsch und die literarischen Ausflüge in unbekannte Welten, geschaffen von Nabokov und Nafisi.

Sie würde die Vorhänge gegen die Winterkälte zuziehen, und in dem hell erleuchteten Wohnzimmer würden sie und ihre Freundinnen ihren Mitleserinnen auf einem fernen Kontinent durch die Straßen Teherans folgen. Wie die iranischen Frauen würden sie sich auf die dunklen Phantasien und die noch dunkleren Taten des Humbert einlassen. Trish freute sich auf den intellektuellen Schlagabtausch und war froh – wenn auch mit einem etwas schlechten Gewissen –, daß Amanda bei einer Freundin übernachtete und Jason noch spät zu einem Meeting mußte. Der Abend gehörte ihr.

»Vielen Dank, daß Sie die Suppe schon auf den Herd gestellt haben!« rief sie der freundlichen, rotwangigen Haushälterin zu, die gerade im Wohnzimmer staubsaugte. Zu Irene konnte sie sich nur gratulieren. Sie hätte sich schon viel eher an Cynthias Beispiel halten und jemanden einstellen sollen.

Trish stellte ihre Einkäufe auf die Küchentheke und atmete tief durch. Eine herrliche Mischung – langstielige gelbe Rosen und frisches Baguette. Während Irene den Tisch deckte, bereitete Trish einen großen grünen Salat zu, schnitt das Brot auf und verteilte die Blumen in zwei Vasen, die sie im Wohnzimmer aufstellte. Es hatte sie sehr beeindruckt, daß Azar Nafisi, trotz der Instabilität und der Strapazen in einer von islamistischen Fundamentalisten kontrollierten Stadt, ihren Leseclub immer in einer Wohnung empfing, in der es nach frischen Blumen duftete. Es war auch irgendwie rührend, daß ihre Studentinnen, egal wie verängstigt sie waren, jedesmal frisches Gebäck zu den Treffen mitbrachten.

Bei *ihrem* Treffen heute Abend würde Cynthia diejenige sein, die frisches Gebäck mitbrachte. Sie hatte Trish am Vormittag angerufen und es versprochen.

»Ich will sein wie eine der jungen Frauen in Teheran und immer mit einer Schachtel Eclairs kommen«, hatte sie gesagt, und sie hatten beide gelacht.

»Die armen Mädchen«, sagte Cynthia.

»Ja, die armen Mädchen«, stimmte Trish ihr zu.

Verglich Cynthia die schwierigen Aspekte in ihrem eigenen Leben mit der Angst dieser jungen Frauen, die gezwungenermaßen ihre Haare unter dunklen Tüchern und ihre Figur in den Falten ihrer schweren Gewänder versteckten? fragte sich Trish. Aber nein, Unglück relativierte sich nie gegenseitig. Jemand, der litt, konnte durch den Schmerz, den ein anderer ertragen mußte, nicht getröstet werden.

»Möchten Sie, daß ich bleibe und Ihnen beim Servieren und beim Abwasch helfe?« fragte Irene.

»Nein, danke. Aber es ist sehr nett, daß Sie fragen«, antwortete Trish. »Wir sehen uns dann Ende der Woche wieder.«

Es wäre praktisch gewesen, wenn Irene ihr helfen würde, aber andererseits fand sie es besser, mit ihren Freundinnen allein zu sein. Heute wollte sie in ihrer Wohnung von niemandem gestört werden.

»Das gefällt mir so an meinem Leben«, hatte Donna beim Mittagessen gesagt. »Wenn ich die Wohnungstür hinter mir zumache, bin ich allein und frei.« Einen Moment lang war Trish richtig neidisch gewesen. Eine Frau mit Ehemann und Kind war nie ganz allein. Sie hatte ihre Wohnung kaum je für sich.

»Ich wünsche Ihnen einen schönen Abend«, sagte Irene fast traurig und schloß die Wohnungstür leise hinter sich.

Trish wußte, daß Irenes Mann Nachtschicht arbeitete und ihre Kinder längst aus dem Haus waren – wodurch sich die Abende für sie oft endlos in die Länge zogen. Und sie hätte natürlich auch das zusätzliche Geld gut gebrauchen können. Trish hatte Mitleid mit ihr, so wie mit Tahereh Khanoom, der Dienerin, die in Slippern an den Füßen durch Nafisis Wohnung in Teheran schlappte, und mit Louise, dem Dienstmädchen, das bei Charlotte Haze dreimal in der Woche putzte, hinter Lolita herräumte und die Teller abkratzte, die allzu lange nicht gespült worden waren. Was aus Tahereh Khanoom wurde, nachdem Nafisi nach Amerika gegangen war, kam in dem Buch nicht vor. Und Louise verschwand mit Charlottes Tod aus Nabokovs Geschichte.

Trish dachte an die effiziente, immer etwas mürrische Mae, die in Turnschuhen durch Cynthias vornehmes Haus wanderte, kochte, die Betten machte. Mae kannte Cynthias Geheimnisse, sie führte das Regiment, aber auch sie war nicht unersetzlich. Im Leben wie in der Literatur bewegten sich die Bediensteten lautlos, trugen Slipper oder Turnschuhe und verwandelten sich in Hausgeister. Sie verschwanden ohne Protest, nahmen die schrecklichen Geheimnisse eines aus der Balance geratenen Haushalts mit, behielten ihre Beobachtungen und ihre Ressentiments für sich.

Es klingelte. Eilig öffnete Trish die Tür, und ihre Freundinnen strömten herein, lachend und plaudernd, glücklich, daß sie sich nach der langen Pause endlich wiedersahen. Sie legten ihre schweren, dunklen Wintermäntel ab, drückten Trish ihre Geschenke in die Hand oder stellten sie auf den niedrigen Tisch, auf dem schon Käse, Cracker und kleine getönte Weingläser warteten. Das Gebäck, das Cynthia mitgebracht hatte, befand sich in einem großen weißen Karton, den Trish gleich in die Küche trug. Narzissen von Jen und Elizabeth, eine Taschenbuchausgabe von Nabokovs *Pnin* von Rina, die stolz verkündete, sie habe den Roman im Strand Bookstore am Rand von Greenwich Village, der größten Secondhand-Buchhandlung der Welt, gefunden. Eine perlmuttglänzende Muschel von Donna, mitgebracht von den Keys.

»Wenn du sie ans Ohr hältst, singt sie für dich – sie seufzt nicht«, sagte Donna scherzhaft. Trish hatte sich schon oft bei ihr über das Seufzen und Schweigen ihrer Patienten beklagt.

Sie ließen sich im Wohnzimmer nieder. Ihre Pullover und die schimmernden Seidenschals bildeten vor dem Hintergrund von Trishs beigefarbenen Möbeln einen farbenfrohen Regenbogen. Ihre Wangen glühten rosig, während sie ihren Wein tranken, lachten und redeten. Donna löste ihre Haare. Jen zog die Schuhe aus. Das Gespräch wurde immer lebhafter, ihre Stimmen waren melodisch und hell. Vom Januargrau ließen sie sich heute nicht unterkriegen.

Sie erzählten sich Geschichten aus dem Urlaub, von der Arbeit, von den Festtagen, und Jen berichtete sehr respektlos über die Weihnachtsfeier im Seniorenheim.

»Zwei alte Damen mit Gehhilfen, zwei alte Männer in Rollstühlen und unsere Mutter, die Weltmeisterin in Sachen Weihnachtselend – sie haben sich alle um einen mickrigen Baum versammelt. Er war von kleinen Pfadfinderinnen geschmückt worden, die es bedauerlicherweise nicht schafften, die elektrischen Kerzen zum Brennen zu bringen. Leider konnten sie auch kein einziges Weihnachtslied singen. Und selbstverständlich war es unsere liebe, einfühlsame Mutter, die schließlich zu ihnen sagte: ›Geht nach Hause, Kinder. Wir sind sowieso schwerhörig. Und nehmt eure Plätzchen gleich wieder mit. Wir sind alle Diabetiker.‹«

Die anderen lachten, sogar Elizabeth, die dann aber den Kopf schüttelte.

»Komm schon, Jen, rede ein bißchen freundlicher darüber«, sagte sie, typisch große Schwester, die für Ordnung sorgte.

»Ich will aber nicht freundlicher reden. Ich war dort. Das gibt mir das Recht, gehässig zu sein«, erwiderte Jen, grinste vergnügt und goß sich noch etwas Wein ein. »Außerdem hat es mir diese gute Tat ermöglicht, daß ich guten Gewissens nach Mexiko fahren konnte.«

»Und Ian hat es überlebt«, bemerkte Elizabeth trocken.

»Daran habe ich nie gezweifelt. Er hat sogar ziemlich viel gearbeitet. Vielleicht kommt die Ausstellung ja tatsächlich zustande. Hey – und wie war Chanukka, Rina? Wir wollen doch auch die anderen Religionen zu Wort kommen lassen.«

»Es war richtig schön. Jeremy fand es super. Und für mich war es ja auch eine Premiere. Ich habe mir sogar eine Menora geborgt«, erzählte Rina. »Irgendwie war es ein gutes Gefühl für mich, wieder mit meiner Vergangenheit in Berührung zu kommen, mit dieser Kultur, die ja zu meinem Leben gehört.«

Sie fingerte an ihrem langen Zopf herum, drehte an den Holzknöpfen ihrer gelben Strickjacke.

Donna musterte sie aufmerksam. Sie hatte noch nie erlebt, daß Rina ihre Neigung, sich selbst immer wieder neu zu erfinden, thematisierte. »Ray hat auch gesagt, es sei schön gewesen«, sagte sie leichthin und ordnete dabei die Cracker.

In Wirklichkeit hatte Ray noch viel mehr gesagt. Er hatte Donna in das exquisite kleine französische Restaurant eingeladen, in dem sie schon öfter gegessen hatten. Dort erzählte er ihr, daß er sich während der Ferien ein paarmal mit Rina getroffen habe, daß es ihm Spaß gemacht habe, daß er sie interessant finde.

»Und Jeremy ist ein toller Junge«, fügte er noch hinzu.

Donna wußte schon lange, daß Ray gern Vater wäre und seine Exfrau ihm aus Sorge um ihre Figur und aus Angst vor Schmerzen diese Freude vorenthalten hatte.

»Ja, Rina ist eine interessante Frau«, sagte sie zu Ray.

»Und eine großartige Mutter.«

»Stimmt, auch eine großartige Mutter.«

Sie schauten sich traurig an und wußten beide, daß vieles unausgesprochen blieb.

Als Ray sie nach Hause brachte, kam er nicht mit nach oben, und er küßte sie auch nicht zum Abschied, sondern legte ihr nur zärtlich die Hand auf die Wange, eine Geste der Zuneigung und – das spürte Donna – des Abschieds. Sie war betrübt, aber nicht sonderlich überrascht. Wie konnte sie den Verlust einer Beziehung, die sie nie richtig gewollt hatte, ernsthaft bedauern? Sie und Ray hatten von Anfang an gewußt, daß sie einander Gesellschaft leisten und sich gegenseitig trösten konnten, mehr nicht. Und doch, und doch … Sie konnte ihr Gefühl nicht richtig ausdrücken.

»Ja, ich glaube, Ray hat es auch gefallen«, sagte Rina jetzt. Sie wurde rot und wandte den Blick ab. Ich muß mit Donna reden, dachte sie. Bald, sehr bald.

Die anderen schwenkten ihren Wein in den Gläsern. Der

wortlose Dialog zwischen Rina und Donna machte ihnen angst. In letzter Zeit hatten sie sich sehr intensiv mit der Zerbrechlichkeit von Freundschaft und der Unbeständigkeit der Liebe auseinandergesetzt. Weil sie gesehen hatten, wie verletzlich Cynthia und Eric waren, fühlten sie sich selbst verletzlicher als sonst. Jetzt suchten sie nach unverfänglichen Gesprächsthemen. *Hört der Winter denn nie auf? Die bevorstehenden Wahlen sind ein Wahnsinn.* Sie beklagten sich über den Streß bei der Arbeit, erzählten sich Geschichten von Vorgesetzten und Untergebenen. Aber die Spontaneität des Anfangs war verflogen.

Trish eilte in die Küche, schmeckte die Bouillabaisse ein letztes Mal ab und rief alle zu Tisch. Und schon löste sich die Spannung wieder in Luft auf, während sie ihr die Teller reichten, ihre Baguettestücke mit Butter bestrichen und die leckere Fischsuppe kosteten.

»Sehr fein!«

»Supergut.«

»Tolle Idee, Trish.«

Die Begeisterung war echt. Sie alle liebten gutes Essen, sie studierten Kochbücher und kannten sich auch an berühmten fiktionalen Tischen aus – Sideboard-Frühstück bei Henry James in seinem englischen Landhaus, die spärlichen Junggesellinnen-Mahlzeiten, die Barbara Pyms Heldinnen zubereiteten, Philip Roth' opulente jüdische Dinner, Tom Jones' Freßorgien.

Mit vor Glück und Stolz geröteten Wangen servierte Trish den grünen Salat, erzählte ihnen, wie gut es Amanda auf dem Fischmarkt in der Fulton Street gefallen habe, und erkundigte sich besorgt, ob sie vielleicht zuviel Knoblauch genommen habe.

»Genau richtig«, erklärte Cynthia und tunkte den Rest Suppe mit einem Stück Brot auf. »Eric hat immer davon gesprochen, mit den Zwillingen mal über den Markt zu gehen, aber irgendwie haben wir es nie geschafft.«

»Vielleicht kommt ihr ja noch dazu«, sagte Jen. Sie dachte an die zärtlichen Blicke, die die beiden in ihrem Loft getauscht hatten, an Erics Großzügigkeit, an Cynthias Dankbarkeit.

Die anderen hofften auf eine Reaktion, doch Cynthia nickte nur und schwieg.

Enttäuscht begaben sie sich ins Wohnzimmer, wie immer mit Kaffeebechern bewaffnet. Trish legte das Gebäck auf eine große Platte, die sie auf den Tisch stellte. Käse und Wein hatte sie schon abgeräumt.

»Ich finde es interessant, daß die Frauen in Teheran nie gemeinsam essen. Es gibt immer nur Kuchen und Kekse«, sagte Donna

»Vielleicht brauchten sie was Süßes, weil ihr Leben so bitter war«, sagte Elizabeth, biß herzhaft in ein Eclair und versuchte dabei, die Creme, die seitlich heraustropfte, mit der Zunge zu erwischen.

Trish faßte kurz die Vita der beiden Autoren zusammen und unterstrich vor allem den ähnlichen Hintergrund.

»Sie waren beide Flüchtlinge. Vielleicht nicht im konventionellen Sinn – sie haben nicht zu den unterdrückten Massen gehört, die sich nach Freiheit sehnen, wie es auf der Freiheitsstatue steht«, sagte sie.

»Und sie waren mit Sicherheit auch nicht das Strandgut, das an die Küsten gespült wird«, fügte Rina hinzu. »Ich habe mal versucht, das Gedicht in einem meiner Kurse zu besprechen, und meine Studenten haben es sofort auf sich bezogen. Die meisten sind Einwanderer oder die Kinder von Einwanderern, aber sie betrachten sich weder als unterdrückte Masse noch als Strandgut.«

»Ja – politisch korrekt ist der Text heute nicht mehr. Was ich meine, ist, daß sie beide Flüchtlinge im buchstäblichen Sinn waren, obwohl sie eher aus gehobenen Kreisen stammten«, fuhr Trish fort. »Nabokov gehörte zum russischen Adel. Nafisis Vater war Bürgermeister von Teheran gewesen, ihre

Mutter Abgeordnete. Sie haben beide hier in Amerika Zuflucht gesucht vor der politischen Repression in ihrem Herkunftsland. Nabokov ist vor den Bolschewiken geflohen, Nafisi vor den Ajatollahs. Sie waren beide Akademiker und absolut fasziniert von den Vereinigten Staaten und der amerikanischen Kultur. *Lolita* ist in gewisser Weise ein Reisebild, eine Odyssee quer durchs Land, von Pennsylvania bis an die Westküste, ein literarisches Fenster, durch das wir auf die amerikanische High-School-Welt blicken, auf die Provinzialität des Lebens in der Kleinstadt, auf merkwürdige Motels und noch merkwürdigere Familien, alles hundertprozentig amerikanisch. Nafisi wählt *Lolita* für ihren Leseclub, weil der Roman einen zu Ehrlichkeit zwingt, zu der Erkenntnis, daß sie, weil sie es wagen, sich heimlich zu treffen, irgendwie ähnlich sind wie Lolita, die auf typische amerikanische Art gegen alle Regeln verstößt.«

»Und was ist mit den anderen Büchern, die sie lesen?« fragte Elizabeth. »*Der große Gatsby*, *Daisy Miller* und die Romane von Jane Austen, der einzigen nichtamerikanischen Schriftstellerin, die sie auswählen. Ich verstehe dich doch richtig – deiner Meinung nach ist Nabokov ein amerikanischer Autor?«

»Ja, ich glaube, *Lolita* ist ein absolut amerikanischer Roman«, sagte Trish, und die anderen pflichteten ihr bei.

»Aber in gewisser Weise ist es ja gar kein Roman, sondern eher ein Märchen«, sagte Jen. »Nabokov sagt selbst, jeder große Roman ist ein Märchen, in dem das Gute gegen das Böse kämpft, die Unschuld beschützt werden muß und böse Hexen oder gute Feen zu Besuch kommen. Nafisi zitiert ihn da sogar.«

»Dann ist eigentlich jedes Leben ein Märchen«, warf Cynthia ein. »Wir stehen alle zwischen Gut und Böse. Wir wollen die Unschuld beschützen. Aber manchmal ist das gar nicht so einfach. Hätte Lolita beschützt werden können? Hätte das Mädchen in Teheran, das mit seinen Freundinnen in Urlaub fährt und festgenommen wird und sexuellen Übergriffen ausgeliefert war – hätte dieses Mädchen beschützt werden können? Schaffen wir es, unsere eigenen Kinder zu beschützen? Wir können es nur versuchen, und manchmal gehen unsere Bemühungen völlig daneben.«

Sie klang nervös und ängstlich.

»Ich fürchte, es war eine blöde Idee von uns, ausgerechnet diese Bücher zu nehmen, Cynthia«, sagte Jen entschuldigend. »Wenn man bedenkt ...«

»Wenn man was bedenkt?« fragte Cynthia verständnislos.

Keine antwortete. Daß Cynthia nicht gleich begriff, machte die anderen verlegen, aber sie schien wirklich nichts von ihren obsessiven Spekulationen zu ahnen.

Elizabeth durchbrach die Stille.

»Cynthia hat recht«, sagte sie. »Wir müssen wenigstens den Versuch unternehmen, den Unschuldigen beizustehen. Tragisch ist es nur, wenn man es gar nicht versucht. Humbert bemüht sich nicht, seine Triebe zu zähmen. Er kommt gar nicht auf die Idee, Lolita zu beschützen. Er will nur über sie verfügen. Das heißt, er ist so böse wie ein Monster im Märchen. Und das gilt auch für Charlotte, ihre Mutter, die sie wegschickt und damit aus ihrem Märchenschloß verbannt.«

»Aber was ist, wenn man eine Entscheidung trifft – und es ist die falsche?« fragte Rina zögernd.

Cynthia, die in ihrem Buch geblättert hatte, schaute kurz hoch, senkte aber gleich wieder den Blick.

»Entscheidungen können rückgängig gemacht werden«, sagte Donna kurz angebunden. »Trennung – und Versöhnung. Zusätze zu bereits bestehenden Verträgen. Gebrochene Versprechen. Strafanzeigen, die zurückgezogen werden. Feindschaften, die überwunden werden. Schriftsteller wissen das. Sie beginnen ein neues Kapitel, verändern den Schluß. Wenn sie so viel Glück haben wie Nabokov und Nafisi, ziehen sie in eine andere Stadt und schreiben noch ein Buch.«

»Nicht alle Schlüsse kann man ändern«, erwiderte Rina. »Im wirklichen Leben ist nicht immer alles unter unserer Kontrolle.« Jeremys Krankheit ging ihr immer noch nach, seine Verwundbarkeit – und durch ihn ihre eigene. Auch jetzt noch, Wochen nach seiner Genesung, wachte sie nachts auf, um seine Stirn zu fühlen, um auf seinen Atem zu horchen, um sich über ihn zu beugen und den süßen Duft seiner Haut, seiner Haare einzuatmen.

»Das verstehst du vielleicht nicht ganz, Donna. Du hast keine Kinder, du bist nicht verheiratet«, sagte Elizabeth.

Jen kannte den herablassenden Tonfall ihrer Schwester seit ihrer Kindheit. So redete Elizabeth auch mit den Pflegerinnen im Heim – und garantiert auch mit den Eltern schwieriger Schulkinder. Wahrscheinlich war das der Grund, weshalb das Personal im Heim sie nicht mochte und lieber mit Jen verhandelte. Sie erwartete, daß Donna sich wehren würde.

Aber Donna lächelte.

»Du hast völlig recht, Elizabeth«, sagte sie freundlich. »Natürlich gibt es Dinge, die endgültig sind. Aber ich rede über Situationen, die man ändern kann. Nehmen wir zum Beispiel die Mädchen aus Nafisis Lesegruppe. Ein paar von ihnen, etwa Nafisi selbst, treffen Entscheidungen, die ihr Leben verändern. Nassrin, die Jüngste, flieht nach England, Mitra nach Kanada. Yassi – ich finde diesen Namen so toll! – ist in Texas und die glamouröse Azin in Kalifornien. Und Azin hat eine Tochter, die sie in Teheran zurückläßt, damit sie ihr eigenes Leben leben kann. Ich glaube, was ihnen den Mut zu diesen Veränderungen gab, das waren die Bücher, die sie gelesen habe – ihre Fähigkeit, sich Welten vorzustellen, die anders waren als ihre eigene, und die fiktionalen Charaktere als Vorbild dafür zu nehmen, wie ihr eigenes Leben aussehen könnte.«

»Und was ist mit den nichtfiktionalen Charakteren, mit den realen jungen Frauen in dem Teheraner Leseclub? Können die auch als Vorbild dienen? Azin läßt ihre Tochter im

Stich und zieht mit ihrem neuen Ehemann nach Kalifornien. Sollen wir es einfach hinnehmen, daß eine Mutter ihr Kind verläßt? Ist das *Mut*?« fragte Elizabeth streng.

Sie dachte natürlich an Adam, dessen Krankheit sie an ihre Ehe und an ihren Job fesselte. Könnte sie ihn je zurücklassen und sich ein eigenes, unabhängiges Leben aufbauen?

»Es gibt etwas, was man als ›verantwortungsbewußtes Verlassen‹ bezeichnet. Sie läßt ihre Tochter bei ihrem Exmann. Das Kind ist dort in guten Händen, aber wenn Azin geblieben wäre, hätte ihr Mann ihr niemals erlaubt, daß sie dem Kind ihre Wertvorstellungen vermittelt. Also hat sie ihr eigenes Leben gerettet. In gewisser Weise hatte sie keine andere Wahl. Selbst Charlotte, Lolitas grauenhafte Mutter, hat dafür gesorgt, daß ihre Tochter ins Internat kommt. Kein ideales Arrangement, aber auch durchaus verantwortungsvoll«, sagte Trish. »Ich wüßte überhaupt gern, wie ihr Charlotte einschätzt.«

»Ich konnte sie nicht ausstehen«, verkündete Cynthia. »So ein ordinäres, aufgeblasenes Weibsbild!«

»Ich hatte Mitleid mit ihr«, gab Donna zu. »Eine Witwe mit romantischen Liebesphantasien, gefangen in einer Provinzstadt.«

»Sie ist jedenfalls keine Romanfigur, die sich die jungen Frauen in Teheran als Vorbild nehmen konnten«, sagte Rina. »Bei Lolita geht das schon eher.«

»Ja, das stimmt, Lolita kann als Vorbild dienen. Aber sie ist das Opfer, sie ist Humberts Opfer, so wie die Frauen in Teheran die Opfer der Handlanger des Ajatollah sind«, sagte Jen.

»Aber sie ist kein passives Opfer«, sagte Trish. »Sie wehrt sich. Sie widerspricht. Sie ist launisch und frech und wehrt sich, wenn es nötig ist. Ich hätte sie gern als Patientin. Sie ist jedenfalls nicht die typische passiv-aggressive Magersüchtige, unsere Lolita. Irgendwo spricht Nafisi genau darüber und beschreibt ihre eigenen kleinen Rebellionen – daß sie ihre Haare zeigen, daß sie zur Maniküre gehen. Kleinigkeiten, aber doch eine Art, sich durchzusetzen.«

»Und was ist mit den Figuren in den anderen Romanen, die sie lesen – *Der große Gatsby* von Fitzgerald, *Daisy Miller* von Henry James? Oder mit den jungen Mädchen bei Jane Austen, die alle einen passenden Ehemann suchen? Würdet ihr die als mutig bezeichnen?« fragte Cynthia leise.

Diese Frage stieß auf lebhaftes Echo. Die Antworten kamen wie eine Lawine, ein Wort ergab das andere. Sie unterbrachen sich gegenseitig, entschuldigten sich, unterbrachen sich wieder. Sie entwickelten wilde Ideen, ihre Augen blitzten, ihre Wangen röteten sich. Wie immer genossen sie diese hitzigen Debatten, freuten sich über Zustimmung und genauso über Widerspruch. Sie blätterten fieberhaft, zitierten Sätze und Abschnitte, um eine Hypothese zu stützen.

»Ja, Gatsby war mutig. Ein Mann, der sich selbst völlig neu erfunden hat.« Donna schaute Rina an. Rina lächelte vielsagend und wandte den Blick ab.

Zu Gatsby hatten alle etwas zu sagen.

»Sehr hartnäckig in seiner Liebe zu Daisy«, sagte Jen, und Trish nickte.

»Er ist bereit, Risiken einzugehen, und hat keine Angst davor, sich mit Kriminellen einzulassen oder sogar selbst kriminell zu werden.« Eine merkwürdige Beobachtung für Elizabeth.

»Und Daisy Miller, die arme Daisy – sie ist wirklich tollkühn. Eine junge Amerikanerin, die sich gegen den Snobismus der europäischen Aristokratie stellt und es wagt, an einem extrem kalten Abend allein über das Forum Romanum zu gehen. Vielleicht hat sie sogar mit dem Tod gespielt – und dafür braucht man auch ein gewisses Maß an Mut.« Rina seufzte melancholisch. Sie liebte Henry James' eigenwillige Heldinnen – schon immer.

»Meinst du wirklich, daß man Mut braucht, um mit dem Tod zu spielen?« fragte Donna leise. Rina zuckte zusammen.

Wie hatte sie nur so taktlos sein können! Sie wollte Donnas Hand nehmen, aber ihre Freundin trat abrupt ans Fenster und malte mit dem Finger auf die feucht glänzende Scheibe.

»Und dann gibt es natürlich noch die Schwestern Bennet in *Stolz und Vorurteil.* Austen hat sie so wunderbar porträtiert«, sagte Cynthia. »Ich würde eine Jane Austen immer einem Vladimir Nabokov vorziehen – obwohl ich zugeben muß, daß er ein großartiger Beobachter ist.«

Alle lachten, zufrieden mit sich und den anderen. Sie unterhielten sich über ihre Lieblingsszenen aus diesen Büchern, über die kleinen literarischen Juwelen, die sie im Schmuckkästchen ihrer Erinnerung aufbewahrten. Cynthia las aus Nabokovs Nachwort vor, das in ihrer Ausgabe des Romans abgedruckt war und in dem er seine eigenen Lieblingsbilder beschrieb, die Stilleben seiner Phantasie, die Klänge, die in seinem Gedächtnis widerhallten, seine gelungene Darstellung fremder Landschaften.

Trish machte noch eine Kanne Kaffee und goß allen nach.

Die Stimmung war jetzt sehr entspannt. Sie redeten ausführlich über die Nebenfiguren und überlegten sich andere Möglichkeiten, wie das Buch enden könnte. Was wäre aus Lolita geworden, wenn Humbert nicht in ihr Leben gestolpert wäre? Rina vermutete, sie hätte im Supermarkt an der Kasse gesessen. Donna schickte sie netterweise aufs College, wo sie einen Pharmaziestudenten traf und ihn heiratete.

»Wie wär's mit Schwesternhelferin in einem Pflegeheim?« sagte Jen.

»Die einen alten Mann mit amputiertem Bein verführt«, ergänzte Elizabeth und brachte alle zum Lachen.

»Ich möchte dieses Spiel nicht mitmachen«, erklärte Cynthia. »Ihr wißt ja, ich begebe mich nicht gern in das Reich des ›Was wäre wenn‹.«

Sie hatte sich in einen niedrigen Sessel gekuschelt, aber jetzt richtete sie sich auf, zupfte den Kapuzenkragen ihres knallroten Pullis zurecht und schaute aus dem Fenster. Die anderen staunten oft, daß sie es wagte, trotz ihrer rötlichen Haare solche starken Farben zu tragen, aber sie griff nie daneben, sah immer elegant aus. Die Marketing-Chefin von Nightingale's konnte es sich selbstverständlich nicht leisten, in Modefragen falschzuliegen.

»Mein Wagen wartet schon unten. Ich habe morgen in aller Frühe eine Konferenz. Soll ich eine von euch mitnehmen?«

Alle schüttelten den Kopf. Cynthia zog ihren Mantel an und nahm ihre Tasche.

»Das Gebäck war super, Cynthia«, bedankte sich Trish.

»Ja, mir hat es auch geschmeckt.« Sie lächelte, ganz die charmante, großzügige Cynthia. »Wo treffen wir uns nächstes Mal?«

»Bei mir«, verkündete Elizabeth. »Ich bin mir ziemlich sicher, daß ich an der Reihe bin.«

»Gut. Bei Elizabeth«, wiederholte Trish. »Und jetzt brauchen wir noch einen Termin. Irgendwann im März?«

Sie brachte Cynthia zur Tür, küßte sie zum Abschied auf die Wange und ging zurück ins Wohnzimmer, wo es auf einmal ganz still war. Alle warteten, bis sich die Aufzugtür geschlossen hatte. Jen trat ans Fenster, sah, wie Cynthia in den schwarzen Wagen stieg, und drehte sich dann wieder um. Ihr Kaffee war kalt geworden, aber sie trank ihn trotzdem und genoß irgendwie den bitteren Geschmack. Trish ergriff als erste das Wort.

»Wir haben Eric gestern gesehen«, sagte sie leise. »Jason und ich.«

»Wo?« fragte Jen.

Wie so oft hatte sie das Gefühl, Eric beschützen zu müssen. Sie hatte vorgehabt, ihn anzurufen, als sie aus Mexiko zurück war, hatte es aber bisher noch nicht geschafft. Sie hatte noch einen Auftrag von der Werbeagentur angenommen und arbeitete außerdem viel an ihren Zeichnungen für »Die Lotterie«. Und außerdem schien ihre Abwesenheit in Ian neue Energien geweckt zu haben: Er hatte noch ein großes Gemälde abgeschlossen und endlich begonnen, nach den Skizzen von Rhode Island eine Serie von Aquarellen zu malen. Er plante jetzt ganz konkret seine Ausstellung, und Jen nahm die Anrufe des Galeriebesitzers entgegen, entwarf das Programm und war immer zur Stelle, wenn er einen Kommentar zu einem im Entstehen befindlichen Werk brauchte.

»Ich glaube, ich komme langsam dorthin, wo ich sein möchte – das heißt, ich komme auch dorthin, wo ich möchte, daß *wir* sind«, hatte er zu ihr gesagt und sie an sich gedrückt, und in seine Zärtlichkeit hatte sich eine neue Entschlossenheit gemischt.

Das bedeutete, daß Jen nur wenig Zeit für die Besuche bei ihrer Mutter blieb und gar keine, um ein Treffen mit Eric zu vereinbaren, der auf ihrem Anrufbeantworter schon mehrere Nachrichten hinterlassen hatte. Sie würde ihn demnächst anrufen, nahm sie sich vor. Ganz bestimmt.

»In einem Bistro im West Village«, antwortete Trish jetzt auf ihre Frage. »Er war nicht allein, sondern in Begleitung eines Mannes. Eines sehr jungen Mannes.«

Sie schaute auf ihre Hände. Ganz sicher war sie sich nicht gewesen, ob sie diese Begegnung – die Jason sarkastisch als »Eric-Vision« bezeichnete – den anderen aus der Gruppe mitteilen sollte, aber sie hätte es irgendwie als unaufrichtig empfunden, wenn sie es ihnen *nicht* erzählt hätte. Sie vertrauten sich gegenseitig ihre Geheimnisse an, und sie waren Komplizinnen, vor allem, wenn es um Cynthias großes Geheimnis ging – mit schlechtem Gewissen zwar, aber trotzdem fest entschlossen, es zu lüften.

»Männer haben oft Männerfreunde. Das bedeutet noch lange nicht, daß sie schwul sind«, sagte Jen.

»Er und Cynthia sind seit einer Ewigkeit verheiratet. Sie haben Kinder. Das sagt doch etwas über seine Sexualität.« Rina drehte ihr Taschentuch hin und her. Ihr wäre es lieber gewesen, Trish hätte nichts gesagt. Oder Eric gar nicht gesehen. Weil ihr eigenes Leben ihr auf einmal ganz einfach erschien, wollte sie nicht, daß das ihrer Freundinnen immer komplizierter wurde.

»Aber wie oft hören wir von verheirateten Männern, die viele Jahre und sogar glücklich verheiratet sind – und plötzlich bekennen sie, daß sie schwul sind und ein Doppelleben führen?« sagte Elizabeth. »Bert hat einen Kollegen, einen langweiligen Mann mit einer langweiligen Frau und drei langweiligen Kindern. Aber auf einmal hat sich herausgestellt, daß er gar nicht so langweilig ist. Er hat sich geoutet und gesagt, daß er seit fünfundzwanzig Jahren ein Doppelleben führt, und weil er jetzt eine Rente bezieht, ist er mit seinem Partner nach Key West gezogen. Die langweilige Frau und die langweiligen Kinder bekommen die Rente, weil der Partner anscheinend genug Geld hat, und alle leben glücklich und zufrieden. Oder vielleicht auch unglücklich und unzufrieden.«

»Es gibt ja auch verheiratete Frauen, die sich plötzlich outen«, fügte Donna hinzu. »Trish und ich kennen eine Krankenschwester in unserem Krankenhaus, bei der es so war. Aber heutzutage ist das den Leuten doch völlig egal.«

»Na, ihrem Ehemann vermutlich nicht«, sagte Trish. »Und Cynthia wäre es auch nicht egal.«

»Wenn es stimmt«, wandte Jen etwas spröde ein. »Vielleicht war es ja auch sein Neffe oder ein Kollege oder ein Student aus seinem Filmkurs. Es gibt ganz verschiedene Erklärungsmöglichkeiten. Wir kennen ihn doch seit Jahren. Hat eine von euch je gedacht, er könnte schwul sein?«

Alle schüttelten den Kopf. Sie fanden ihn nett. Sie fanden ihn liebevoll und umgänglich. Sie fanden ihn attraktiv. Sie fanden seine Karriere phänomenal und genossen es, daß er andere gern an seinem Erfolg teilhaben ließ. Und sie fanden, daß er ein guter Ehemann und ein guter Vater war, der passende Partner für die Prom Queen.

»Aber wie gut kennt man einen anderen Menschen je?«

fragte Donna. Wieder fiel ihr Blick auf Rina, ihre Zimmerkollegin vom College, die Freundin ihres Herzens. Es war Rina, die bei der Beerdigung ihrer Mutter neben ihr gestanden hatte. Nur Rina wußte, wie ihre Mutter gestorben war. Und Donna konnte sich lebhaft erinnern, wie sie in jener endlosen Nacht, in der Jeremy zur Welt kam, im Warteraum des Krankenhauses saß und um Rina bangte, deren Mut sie bewunderte, deren impulsive Entscheidungen ihr angst machten und für deren Kind sie immer dasein würde.

Jedes Jahr backte sie für Jeremy einen Geburtstagskuchen, sie kaufte ihm Schuhe, ging mit ihm ins Kindermuseum. Sie war Tante Donna, die beste Freundin seiner Mutter. Aber wie gut kannte sie Rina wirklich, ihre Freundin, die so vieles für sich behielt und jetzt mit Ray ins Restaurant und ins Konzert ging? Eigenartig, wie widerstandslos sie die Tatsache akzeptierte, daß ihre beste Freundin und der charmante Mann, der ihr Liebhaber gewesen war, sich ineinander verliebt hatten. Was sie zur nächsten Frage brachte: Wie gut kannte sie sich selbst?

Und die anderen? Kannte sie die anderen – Cynthia und Trish, Elizabeth und Jen? Hatten die Frauen im Teheraner Leseclub sich wirklich gekannt? Dienten die Bücher, die sie lasen, etwa auch als Schutzschilde, die eine tiefere emotionale Nähe verhinderten? Die Frage machte Donna richtig traurig. Sie schaute ihre Freundinnen an, die alle nachdenklich schwiegen.

Eine nach der anderen klappten sie die Bücher zu. Elizabeth, die sich bei jeder Diskussion Notizen machen, steckte den Deckel auf ihren Kuli und packte ihn in ihre Tasche. Trish räumte den Rest das Gebäcks weg.

»Das nächste Buch?« fragte Elizabeth.

»Du darfst es bestimmen, weil wir uns ja bei dir treffen«, sagte Rina.

»Was haltet ihr von *Die Glasglocke* und *Ariel*?« fragte Elizabeth sie. »Ich weiß, Rina, Sylvia Plath ist dein Spezialgebiet, aber ich finde, sie wäre eine hochinteressante Winterlektüre.«

»Ich habe keine Einwände, im Gegenteil«, erwiderte Rina. »Vielleicht bringt ihr mich ja sogar weiter – falls ihr nichts dagegen habt, wenn eure Gedanken plötzlich in meiner Promotion auftauchen.«

»Wir würden uns geschmeichelt fühlen«, sagte Trish.

Die Atmosphäre war jetzt wieder ganz gelockert, sie lächelten sich zu, verbannten Cynthia und Eric aus ihren Gedanken.

»Es war ein wunderbares Essen«, sagte Donna, als sie Trish zum Abschied an der Tür umarmte.

»Ja, wirklich – ein wunderbares Essen!« wiederholten die anderen im Chor.

»Und eine spannende Diskussion«, fügte Jen hinzu, und alle murmelten zustimmend.

Jasons Schlüssel drehte sich im Schloß, als die Frauen gerade gehen wollten. Sie begrüßten Jason freundlich, und er legte Trish den Arm um die Schulter, und so standen die beiden in der Tür und winkten den Freundinnen nach, die munter plaudernd in den Aufzug stiegen.

7

Hallo, Jen, dürfen wir dir bei der Arbeit zuschauen?«

Jen, die an einem Zeichentisch im Studio von Nightingale's Art Department saß, blickte auf und sah zu ihrer Überraschung Cynthias Zwillinge in der Tür stehen.

»Hallo, Liza, hallo, Julie, was macht ihr denn hier? Keine Schule? Oder schwänzt ihr etwa?«

Kichernd schüttelten die Mädchen die Köpfe, so daß ihre blonden Pferdeschwänze munter hin und her wippten. Lizas Haare wurden von einem blauen Band gebändigt, das auf ihr hellblaues T-Shirt abgestimmt war, während Julies Frisur mit einer rosaroten Schleife zusammengehalten wurde, passend zu ihrem pinkfarbenen Shirt. Jen mußte gar nicht nach unten sehen, um zu wissen, daß Lizas Socken blau waren und die von Julie pink. Cynthia achtete gewissenhaft auf solche Details. Sie war zwar nicht unbedingt anwesend, um ihren Töchtern morgens beim Anziehen zu helfen, aber ihre Schulkleidung war immer sorgfältig ausgewählt. Typisch Cynthia.

»In unserer Schule ist die Heizung kaputtgegangen. Mae war einkaufen, und Ingrid war auch nicht zu Hause. Wenn wir in der Schule sind, ist sie immer weg. Also hat die Lehrerin unsere Mom bei der Arbeit angerufen, und die hat gleich einen Wagen geschickt und gesagt, wir können hier warten, bis sie uns nach Hause bringt. Und sie hat uns verraten, wo du bist!« Liza strahlte vor Stolz, weil sie alles so gut zusammengefaßt hatte. »Sie hat gesagt, du kannst uns zeigen, was du so machst. Ich will nämlich Malerin werden.«

»Ich will nicht Malerin werden, aber ich würde trotzdem gern zuschauen.« Julie trat näher an den Tisch und begutachtete Jens Entwurf.

»Wie schön«, sagte Jen, bemüht, ihren Ärger zu überspielen. Was war nur in Cynthia gefahren? Sie hatte angerufen, in letzter Minute (in der allerletzten Minute sogar!), und gefragt, ob Jen ein Layout korrigieren könne, das eine Designerin im Betrieb vermasselt hatte, und jetzt erwartete sie auch noch von ihr, daß sie auf ihre Kinder aufpaßte? Das hatte es noch nie gegeben. Eigentlich sah es Cynthia auch gar nicht ähnlich, daß sie andere Leute so ausnutzte – oder vielleicht doch? Wenn sie ein Projekt durchziehen wollte, dann mußte das sofort geschehen, und die Termine aller anderen Beteiligten interessierten sie nicht im geringsten. Vielleicht hatte sie auch ihren Mann einmal zu oft ausgenutzt, woraufhin sich Eric irgendwie gerächt und etwas getan hatte, was – jedenfalls in Cynthias Augen – unverzeihlich war. Noch während Jen das dachte, fand sie sich plötzlich selbst ziemlich illoyal. Cynthia war ihre Freundin, eine ihrer besten Freundinnen! Um ihr Vergehen wiedergutzumachen, zog Jen die Mädchen an sich und küßte sie auf die Wangen.

»Also – dann werde ich euch mal zeigen, was ich mache«, sagte sie. »Ich habe hier Fotos von verschiedenen Dingen, die eure Mutter zum Verkauf anbieten möchte – einen Briefbeschwerer, Buchstützen, einen Kerzenständer. Und ich muß sie so arrangieren und dann zeichnen, daß die Leute beim Zeitunglesen sofort auf diese Zeichnung schauen und sagen: ›Das sieht aber super aus, diesen Briefbeschwerer will ich unbedingt haben‹ – und schon rennen sie los zu Nightingale's und kaufen ihn.« Während sie redete, schob sie die Fotos hin und her und zeichnete mit schnellen Strichen, stellte noch drei Bücher zwischen die Buchstützen, versah den Kerzenständer mit einer brennenden Wachskerze und legte den Briefbeschwerer auf ein offenes Buch.

»Warum nimmt die Zeitung nicht einfach die Fotos?« wollte Liza wissen.

»Und warum machst du das nicht mit dem Computer?« Julie beugte sich noch weiter vor. Sie war die Ernstere der beiden. »Warum malst du keinen Schatten? Kerzen leuchten am besten im Dunkeln.« Sie war die Tochter ihres Vaters und hatte offenbar Erics Blick für Raumaufteilung und Nuancen.

Jen schaute zum Telefon. Eric hatte heute schon zwei Nachrichten hinterlassen. Sie mußte ihn unbedingt anrufen – vor dem Wochenende, nahm sie sich vor. Liebevoll lächelte sie seinen Töchtern zu, und zum erstenmal fiel ihr auf, daß sie seine langen, geschwungenen Wimpern geerbt hatten.

»Sehr gute Fragen«, sagte sie und malte einen Schatten. »Eure Mom möchte lieber eine Zeichnung haben als ein Foto, weil sie denkt, die Leute achten eher auf eine Zeichnung. Ich kann solche Sachen besser von Hand machen als am Computer. Fragt ihr eigentlich immer so oft ›Warum?‹«

»Wir wollen eben soviel wissen«, antwortete Julie. »Du hast uns jetzt was erklärt, aber die meisten Leute tun das gar nicht. Wir fragen dauernd »warum«, bei allen möglichen Sachen und auch bei ganz wichtigen Sachen, aber keiner sagt uns was.«

»Was fragt ihr denn zum Beispiel?« Jen besprühte ihre Zeichnung mit Fixierer, dann klebte sie den Text darauf, der oben auf der Anzeige stehen sollte: *Verleihen Sie Ihrem Schreibtisch einen romantischen Touch.* Ihr eigener Schreibtisch war alles andere als »romantisch«, dachte sie resigniert. Die Stapel mit unfertigen Skizzen und unbezahlten Rechnungen sahen eher nach »überfordert« aus.

»Zum Beispiel, warum unser Dad nicht mehr bei uns wohnt. Warum ist er weggegangen?«

Die Zwillinge sahen Jen fragend an, ihre Augen schimmerten verdächtig, und ihre Wangen glühten.

»Seid mir nicht böse – aber da müßt ihr eure Mutter fragen«, sagte Jen und wandte den Blick ab.

Wenn die Zwillinge jetzt zu weinen anfingen, würde auch sie ihre Tränen nicht zurückhalten können. Sie dachte an das »Warum?« ihrer eigenen Kindheit, das so ganz anders gelautet hatte: Warum bleiben sie zusammen? Warum trennen sie sich nicht endlich? hatte sie sich immer gefragt, wenn die Auseinandersetzungen zwischen ihren Eltern lauter und lauter wurden. Wie sehr hatte sie sich gewünscht, die beiden würde auseinandergehen! Sie hatte sich nach knallenden Türen gesehnt, nach einem unwiderruflichen Abschied.

»Was müßt ihr mich fragen?« Cynthia stand in der Tür, lässig elegant in ihrem schwarzen Hosenanzug, ein Klemmbrett an sich gedrückt. Mit einer schnellen Bewegung unterdrückte sie das Klingeln des Handys, das an ihrem Gürtel hing, und trat an den Zeichentisch, um Jens Zeichnung zu studieren.

»Genau so habe ich es mir vorgestellt. Ausgezeichnet«, sagte sie mit einem zufriedenen Lächeln. »Ich hoffe, meine beiden Zwerge haben dich nicht zu sehr genervt.«

»Nein, überhaupt nicht«, erwiderte Jen.

»Dann ist es ja gut. Hört mal zu, ihr zwei – ich habe Mae erreicht. Sie kommt gleich vorbei und holt euch ab. Und was sollt ihr mich fragen?«

»Wir wollten wissen, ob wir ein Eis haben können«, sagte Julie und warf Jen einen beschwörenden Blick zu.

»Ja, natürlich. Ich sage Mae Bescheid. Aber jede nur eine Kugel. Bedankt euch bei Jen.«

»Vielen Dank, Jen«, zirpten die Zwillinge und rannten los.

»Ich danke dir auch«, sagte Cynthia. »Bist du für heute fertig?«

»Nein, ich muß noch zu einer Besprechung, und dann will ich in die Buchhandlung und sehen, ob ich *Die Glasglocke* kriege. Ich hab noch gar nicht damit angefangen.«

»Viel Glück. Meine Sekretärin hat das Buch nicht gefunden, also hat sie es schließlich bei Amazon bestellt. Aber ich weiß auch nicht, warum ich es so eilig hatte mit dem Lesen – der Roman deprimiert mich zu Tode.« Sie wandte sich zum Gehen, drehte sich jedoch noch einmal um.

»Du denkst doch auch, daß es den Zwillingen gutgeht,

oder?« fragte sie. »Meinst du, daß sie mit der Situation fertig werden?«

Jen zögerte.

»Ja, ich glaube, sie kommen zurecht«, sagte sie dann. »Aber ich habe schon den Eindruck, daß es nicht leicht für sie ist.« Sie wollte nicht lügen. Aber sie kannte ja auch nicht die ganze Wahrheit.

Cynthia zog die Augenbrauen hoch. Das war nicht die Antwort, die sie sich gewünscht hatte.

»Verstehe«, sagte sie kühl. »Also dann, Jen – mach's gut und arbeite nicht zuviel.«

»Ich werd's versuchen.«

Aber sie arbeitete viel zuviel. Von Nightingale's eilte sie zu einer Besprechung mit dem Art-Director einer Anzeigenagentur, der ganz schnell eine grundlegende Umgestaltung eines Entwurfs brauchte. Es war schon spät, als sie endlich durch die kobaltblaue Spätwinternacht zum Strand Bookstore in der Tenth Street ging. Zwischen den vielen Bücherregalen fühlte sie sich wohl. Lächelnd wanderte sie durch das gutbesuchte Geschäft, schaute sich noch einmal Bücher an, die sie schon gelesen hatte und die sie mochte, blätterte in verschiedenen Bänden, bis sie schließlich eine schon etwas ramponierte Ausgabe von Sylvia Plath' *Glasglocke* fand. Ein Exemplar ihrer Tagebücher, mit noch unaufgeschnittenen Seiten, stand daneben – mit einem etwas eigenartigen Foto auf dem Cover, auf dem die Dichterin viel zu strahlend lächelte, während ihr die Hand eines unsichtbaren Bewunderers eine weiße Rose überreichte. Jen überlegte für einen Moment, kaufte dann aber doch beide Bücher. Zehn Dollar waren zur Zeit viel Geld für sie, weil sie wieder einmal knapp bei Kasse waren. Ihre Reise nach Mexiko hatte sie zwar ziemlich sparsam kalkuliert, aber ein Luxus war die Sache trotzdem gewesen, und die Rechnungen für die Pflege ihrer Mutter wurden immer höher. Aber sie wollte das Tagebuch unbedingt haben. Ians Ausstellung fand aller Wahrscheinlichkeit nach im späten Frühling statt, und Jen zweifelte keinen Moment daran, daß sich die großen Bilder sehr schnell verkaufen würden. Und außerdem konnte er, wenn die Arbeit für die Ausstellung abgeschlossen war, endlich wieder an der *League* unterrichten, wodurch dann regelmäßig Geld ins Haus kam. Das hatte er ihr versprochen, und zur Zeit hielt er seine Versprechen.

»Verdammt noch mal, ich kann mir doch zwei Bücher für zehn Dollar erlauben!« murmelte sie vor sich hin, als sie sich in die Schlange einreihte. Neben ihr stand ein junges Mädchen mit Pferdeschwanz und mit vom Wind geröteten Wangen und drückte ein Exemplar von *Die Kunst der französischen Küche* an sich. Sie warf einen Blick auf Jens Bücher, schaute aber schnell wieder weg.

»Unser Leseclub hat Sylvia Plath ausgewählt«, sagte Jen. Wieso hatte sie das Gefühl, ihre Bücherauswahl erklären zu müssen? Wenn man Sylvia Plath las, hieß das noch lange nicht, daß man depressiv war. Aber so ging es ihr immer: Sie wollte anderen alles erklären, schon im voraus Mißverständnisse aus dem Weg räumen – selbst wenn es nur eine ganz zufällige Begegnung war.

»Ah! Toll!« sagte das Mädchen und deutete auf ihr eigenes Buch. »Ich kaufe das, weil ich kochen lernen will. Mein Freund hat ein Jahr in Paris studiert, und jetzt liebt er die französische Küche.«

»Ja, und das Buch eignet sich sicher hervorragend als Einstieg«, sagte Jen und überlegte, wann sie eigentlich das letzte Mal etwas gekocht hatte, um Ian eine Freude zu machen. Überhaupt – wann hatten sie das letzte Mal gemeinsam gegessen? Das war schon einige Wochen her. Dadurch, daß sie noch mehr arbeitete als sonst, kam sie meistens erst spät nach Hause und war dann viel zu erschöpft, um noch zu kochen. Und oft war Ian gar nicht da, sondern hatte nur einen Zettel mit einer krakeligen Erklärung auf ihren Schreibtisch gelegt: Er müsse sich mit dem Galeriebesitzer treffen oder er wolle sich irgendeinen Kunstfilm ansehen. Manchmal besuchte er auch Ausstellungen von anderen Malern.

Häufig knüllte sie diese Mitteilungen verärgert zusammen, strich sie dann wieder glatt und schob sie unter die Storyboards ihrer »Lotterie«-Zeichnungen, sozusagen als Wiedergutmachung für ihre Frustration. Sie konnte Ian doch nicht vorwerfen, daß er gern noch ausgehen wollte, nachdem er den ganzen Tag gemalt hatte! Und außerdem fand sie es auch gar nicht so übel, daß sie auf diese Weise noch ein paar Stunden für sich hatte. Dadurch konnte sie ungestört an ihren eigenen Sachen arbeiten oder lesen und nebenher ihr mitgebrachtes Essen verdrücken.

Während sie zuschaute, wie die Verkäuferin ihre Bücher in eine Papiertüte steckte, wurde ihr auf einmal bewußt, daß sie fast hoffte, Ian würde weg sein, wenn sie heimkam. Sie wollte die Seiten des Tagebuchs aufschneiden und den Geruch des Papiers, das noch niemand vor ihr berührt hatte, genüßlich einatmen. Ein Buch, das so neu war, daß es noch richtig glänzte, erfüllte sie immer mit erwartungsvoller Vorfreude. Sie stellte sich vor, wie das warme Licht ihrer Nachttischlampe auf den gedruckten Text fiel, wie sie langsam die Seiten umblätterte und in das Leben der jungen Dichterin eintauchte, das so tragisch endete. Wie alt war Sylvia Plath gewesen, als sie sich in jenen kalten Morgenstunden in London umbrachte? Etwa so alt wie die jüngeren Mitglieder des Leseclubs.

Sie fröstelte. Ja, sie wollte heute Abend noch mit den Tagebüchern anfangen. Vielleicht wurde sie ja ganz schnell fertig und konnte das Buch noch vor dem Treffen Elizabeth geben. Damit wären auch die Kosten gerechtfertigt.

»Viel Spaß beim Kochen!« rief sie dem Mädchen zu, als sie gemeinsam das Geschäft verließen.

Ian war tatsächlich weg, als sie den Loft betrat. Diesmal hatte er seine Mitteilung mit einem Magnet am Kühlschrank angebracht. *Ich bin bei einem Vortrag über den Impressionismus in der Cooper Union. Ich habe auf Dich gewartet, weil ich dachte, Du möchtest vielleicht mitkommen. I.* Nur der Anfangsbuchstabe. Kein zärtliches Bedauern. Kein *Ich liebe Dich* oder *Mit Dir hätte es mir viel mehr Spaß gemacht*.

Jen spürte, wie selbstgerechte Empörung in ihr hochstieg, eine Emotion, die sie kaum kannte, bei der sie sich aber stark fühlte. Sie kam so spät nach Hause, weil sie einen Auftrag ausführen mußte, um nächsten Monat die Miete bezahlen zu können. Und sie hatte Ian am Vormittag von diesem Termin erzählt. Er hatte kein Recht, ihr ein schlechtes Gewissen zu machen! Die Heftigkeit ihrer Gefühle erschreckte sie. Sie las den Zettel noch einmal durch und redete sich gut zu. Klar, sie hatte überreagiert. Ian machte ihr ja gar keine Vorhaltungen. Das Telefon klingelte. Sie nahm mit zitternden Fingern ab, sauer auf sich selbst und voller Hoffnung, es könnte Ian sein.

»Jen«, sagte Elizabeth, wie immer kurz und knapp. Schon die Höflichkeitsfrage »Hallo, wie geht's dir?« betrachtete sie als Zeitverschwendung.

»Hallo, Elizabeth.« Sie mußte ruhig bleiben. Ihre Schwester merkte immer schon an ihrer Stimme, ob sie nervös oder erschöpft war, und nutzte selbst das geringste Zeichen von Schwäche für ihre Zwecke aus. Geschwister! Trish hatte einmal gesagt, Geschwister hätten ein Gespür dafür, wo die Pulsschlagader war, sie kannten die Wunden und Schmerzen der Kindheit, die man unvermeidlich ins Erwachsenenalter mitnahm, viel zu genau. Jen wollte Elizabeth nichts von Ians Zettel sagen. Dadurch würde sie nur Öl ins Feuer gießen und sie in ihrer Abneigung gegen Ian bestätigen.

»Ich habe gerade an dich gedacht«, sagte sie ein bißchen zu schnell. »Ich habe mir nämlich die Tagebücher von Sylvia Plath gekauft und wollte dich fragen, ob du sie lesen möchtest, wenn ich fertig bin. Vielleicht kannst du sie für die Einleitung verwenden.«

»Ach, die habe ich mir aus der Bibliothek geholt und schon halb gelesen, aber ich könnte nicht behaupten, daß dadurch meine Sympathie für unserer Dichterin gewachsen wäre. Aber das ist nicht der Grund, weshalb ich anrufe.«

Nein, natürlich nicht. Elizabeth rief nie aus banalen Gründen an. Jen schwieg und zerriß langsam und unhörbar Ians Zettel in lauter winzige Schnipsel.

»Hat dich das Seniorenheim schon angerufen?« fragte Elizabeth.

»Nein, wieso? Ist etwas passiert?«

»Das wissen sie noch nicht genau. Die Ärzte denken, es waren mehrere kleine Schlaganfälle. Sie wirkt etwas verwirrt und desorientiert, und Fanya, die russische Pflegerin ...«

»Ich weiß, wer Fanya ist«, unterbrach Jen sie. »Ich stelle schließlich die Schecks für sie aus.«

Elizabeth schwieg für einen Augenblick, weil sie genauso verdutzt von Jens Ausbruch war wie Jen selbst.

»Also, was ist mit Fanya?« fragte Jen etwas freundlicher.

»Fanya sagt, sie beobachtet eine gewisse Schwäche auf der rechten Seite. Sie hat Schwierigkeiten, das Besteck zu halten – solche Sachen.«

Wieder fiel Jen auf, daß sie nie aussprachen, von *wem* sie eigentlich redeten. Darin schienen sie sich einig zu sein. Immerhin! Sie verhielten sich beide sehr pflichtbewußt gegenüber der Frau, die sie geboren hatte, aber sie taten nicht so, als würden sie sie lieben. Sie hatte ja auch nie so getan. In ihrer Kindheit hatten sie immer nur versucht, sich gegen ihre irrationalen Wutausbrüche zu schützen. Elizabeth hatte ihre Zimmertür zugeknallt und sich so gegen die schlechte Laune am Morgen und die Streitereien am Abend gewehrt, während Jen sich in bedrücktes Schweigen geflüchtet hatte. Und sie hatten sich beide hinter ihren Büchern versteckt und durch das Lesen die Wirklichkeit hinter sich gelassen. Alles, um eine Szene zu verhindern, alles, um keinen Ärger zu bekommen.

Ihre Mutter hatte sie in Erstaunen versetzt, weil sie sehr heftig, fast hysterisch reagierte, als ihr Vater, dieser schwache, lebensuntüchtige Mann, den die Töchter bemitleidet, aber nie respektiert hatten, plötzlich an einem Herzinfarkt starb. Erst später begriffen sie, daß diese Trauer ihr selbst gegolten hatte, weil sie die Zielscheibe ihrer Wut verloren hatte. Nun blieb ihr nur noch die Verbitterung. Sie entwikkelte alle möglichen Krankheiten, die im Laufe der Jahre immer schlimmer wurden – Bluthochdruck, chronische Erschöpfung, Anämie –, die unvermeidlichen, endlosen Klagen der Alten und Einsamen. Ihr Gesicht erstarrte zu einer eingesunkenen Maske, sie wurde immer dürrer und bestand eigentlich nur noch aus Beschimpfungen und Vorwürfen. Sie machte Elizabeth und Jen für ihre Krankheiten verantwortlich, so wie sie ihrem Mann für ihr Unglück die Schuld gegeben hatte. Das herzlose Desinteresse ihrer Töchter ließ ihren Blutdruck nach oben schnellen, ihren Blutzucker steigen. Ihr Gezeter hallte durch die Flure des Seniorenheims, die Pfleger und Schwestern schauten sich kurz nach ihnen um und wandten dann verlegen den Blick ab.

Weil sich Elizabeth und Jen diese Vorwürfe seit Jahren anhören mußten, waren sie abgestumpft und überlegten gar nicht mehr, was eigentlich dahinterstecken könnte. Es hatte im Leben ihrer Mutter einmal einen anderen Mann gegeben, das wußten sie. Vor ihrem Vater. Er hatte sie verlassen, und es gab außerdem irgendeine dunkle Episode in der Familiengeschichte, die beinhaltet, daß sie von ihrem Vater, dem Großvater von Jen und Elizabeth, verraten worden sei. Das Leben ihrer Mutter war eine einzige Kette von Enttäuschungen gewesen. Aber nichts von alldem rechtfertigte den Schmerz, den sie ihren Töchtern zugefügt hatte. Das hatten sie beide unabhängig voneinander erkannt.

Pflichtbewußt hatten sie dafür gesorgt, daß ihre Mutter gut untergebracht war. Sie kümmerten sich um ihre Angelegenheiten, verhandelten mit den Behörden, besuchten sie regelmäßig. Ihre Mutter bedankte sich nie. Und die Töchter waren ihrerseits froh über diesen Mangel an Dankbarkeit, denn das befreite sie von der Verpflichtung, ihre Mutter zu lieben.

»Was sollen wir tun?« wollte Jen wissen.

»Ich nehme an, eine von uns muß hinfahren und nach ihr sehen. Aber ich kann unmöglich fort. Bei der Arbeit geht alles drunter und drüber, und außerdem hat uns Adams Therapeut angerufen – er möchte sich mit uns treffen. Das ist ein zentraler Teil des neuen Programms. Das heißt, du müßtest es übernehmen.«

»Ich kann auch nicht«, entgegnete Jen bestimmt. »Ich bearbeite im Moment drei Aufträge zusätzlich zu meinen üblichen Kunden, und Cynthia hat mir einen Abgabetermin für die Graphik des Sommerkatalogs aufs Auge gedrückt. Hör zu, Elizabeth – wir können sowieso nicht viel tun. Sie wird dort gut versorgt. Was würde es schon ändern, wenn wir hinfahren?«

»Wahrscheinlich hast du recht.« Elizabeth klang erleichtert, aber auch unsicher.

»Ich rufe im Heim an und erkläre die Situation«, sagte Jen. »Aber jetzt erzähl doch noch ein bißchen von deiner Reaktion auf Sylvia Plath.« Sie wollte das Thema wechseln, um dem Schatten ihrer gemeinsamen Vergangenheit zu entkommen. Wie immer waren die Bücher ihr Zufluchtsort, Diskussionen über Autoren und ihr Werk das neutrale Territorium.

»Meine Reaktion? Gemischt«, antwortete Elizabeth vorsichtig. »Viele von ihren Sachen finde ich richtig unangenehm. Nicht nur *Die Glasglocke*, sondern auch die Gedichte in *Ariel* und die Art, wie sie in ihren Tagebüchern über ihre Mutter herzieht.«

»Mütter kommen immer zu schlecht weg«, sagte Jen komplizenhaft. »Außer unserer Mutter. Sie hat es verdient.«

»Bert meint ja, Mütter sind die Wurzel allen Übels.« Elizabeth klang jetzt sehr müde. »Oder jedenfalls hat er das bisher gedacht. Jetzt wissen wir ein bißchen mehr über Autismus, und irgendwie scheint er nicht mehr ganz so überzeugt zu sein. Überhaupt muß ich sagen, daß er sich auch sonst irgendwie verändert.«

Jen seufzte. Sie wußte, daß Bert ihre Schwester immer für Adams Autismus verantwortlich gemacht hatte. Er hatte ihr Bettelheims Abhandlungen über mangelnde mütterliche Zuwendung zu lesen gegeben und aus dem Internet Artikel heruntergeladen, die darauf abhoben, daß es katastrophale Auswirkungen auf Kinder habe, wenn die Mütter emotional gehemmt und lieblos sind. Ian hatte ihr erzählt, daß Bert ihn sogar davor gewarnt habe, Kinder mit Jen zu bekommen.

»Diese Mutter hat die beiden kaputtgemacht. Elizabeth hat Adam kaputtgemacht. Du möchtest doch sicher nicht das gleiche erleben.«

Ian hatte ihn wörtlich zitiert.

»Und was hast du geantwortet?« hatte Jen ihn gefragt.

»Ich habe gesagt, das geht ihn nichts an.«

Jen war sehr stolz auf ihn gewesen. Sie selbst wich solchen Auseinandersetzungen aus, aber Ian war furchtlos und direkt. Seine Kraft kompensierte ihre Schwäche. So entstand für sie beide ein Gleichgewicht. Dankbar hatte sie sich auf die Zehenspitzen gestellt und ihn aufs Kinn geküßt.

»Heißt das, ich gehe dich etwas an?« hatte sie gefragt.

»Ja, und wie!« hatte er ihr versichert und mit seinen farbverkleckten Fingern ihre dunklen Haare zerwuschelt.

»Ach, Bert!« sagte Jen jetzt. »Bert kann so ein Vollidiot sein.« Sie knüllte die Schnipsel von Ians Zettel zusammen und warf sie weg.

»Das stimmt. Aber er hat sich wirklich zu seinem Vorteil verändert.«

»Tatsächlich?« Jen war skeptisch. Eigentlich redete Elizabeth nie mit ihr über Bert, und wenn, dann nahm sie ihn meistens in Schutz und entschuldigte sein Verhalten, so wie sie ihr eigenes entschuldigte.

»Ich habe mir überlegt, ob ich bei unserem nächsten Treffen ein Käsefondue machen soll.« Diesmal wechselte Elizabeth das Thema. Kochen war noch unverfänglicher als Literatur. »Was meinst du?«

»Nimm englischen Cheddar dafür. Der paßt gut zu einer Diskussion über Sylvia Plath. Sie war ja total besessen von England. Und außerdem war doch Ted Hughes, ihr Mann, später der britische Poeta laureatus, also wäre das unglaublich stilvoll.« Jen überlegte für einen Moment. »Vielleicht sollten wir das bei der nächsten Runde mal gemeinsam besprechen – daß wir das Essen immer auf das Buch abstimmen. Zu *Anna Karenina* hätte es Blinis oder Bœuf Stroganoff geben können.« Die Vorstellung amüsierte sie.

»Nimmt man für ein Fondue immer englischen Cheddar?« fragte Elizabeth.

»Keine Ahnung. In unserer Kindheit kam so was nicht vor.« Sie lachten beide und waren sich auf einmal ganz nah.

»Ich werd's nachlesen«, sagte Elizabeth. »Also dann – gute Nacht!«

»Ja, schlaf gut. Und mach dir keine Sorgen.«

»Du auch nicht.«

Jen legte auf und stellte sich vor, wie ihre Mutter hilflos im Bett lag und versuchte, den rechten Arm zu heben, die Finger der rechten Hand zu beugen. Hatte sie Mitleid mit ihr? Sie versuchte es (»Sie ist alt, sie ist krank, sie ist deine Mutter«, ermahnte sie sich streng), aber sie fühlte nur eine tiefe, diffuse Trauer. Seufzend holte sie eine Schüssel Spaghetti aus dem Kühlschrank und aß sie kalt. Die Seiten des Tagebuchs schnitt sie an diesem Abend nicht mehr auf, aber als sie nach einer heißen Dusche im Bett lag, schlug sie *Die Glasglocke* auf.

Sylvia Plath, stand im Vorwort, *schrieb diesen Roman unter dem Pseudonym Victoria Lucas, um ihre Mutter zu schützen.*

Jen las den Satz noch einmal. *Um ihre Mutter wovor zu schützen*? kritzelte sie mit Bleistift an den Rand. Diese Frage wollte sie beim nächsten Treffen stellen. Sie schloß die Augen und dachte an die Zwillinge, sah das verdächtige Glitzern in ihren grünen Augen, hörte ihre süßen Stimmen, die ein bißchen höher wurden, als sie Cynthia anlogen und sagten, daß sie gern ein Eis essen wollten – eine Lüge, um die Mutter zu schützen vor dem verzweifelten Wunsch ihrer Kinder, endlich zu erfahren, was zu Hause vor sich ging.

Warum wohnt Daddy nicht mehr bei uns? Warum? Cynthias Kinder suchten genauso wie Cynthias Freundinnen nach der Wahrheit, die ihnen vorenthalten wurde. Warum, immer wieder warum? Sie hörte diese Frage wie den Refrain eines Duetts, traurig, ach so traurig vorgetragen von den Zwillingen, deren helle Haare jetzt offen über die Schultern fielen. Während dieses Bild vor ihrem inneren Auge erschien, döste sie ein und wachte erst wieder auf, als sie Ians Lippen auf den Augenlidern spürte und er seine Hand sanft auf ihren Kopf legte.

»Nimm's mir nicht übel, daß ich ohne dich gegangen bin«, sagte er. »Du bist mir doch nicht böse, oder?«

»Nein, ich bin dir nicht böse.« Sie zog ihn zu sich, ließ das Buch auf den Boden fallen.

»Das Seniorenheim hat angerufen«, sagte er. »Ich hab vergessen, dir eine Nachricht zu schreiben. Irgendein Problem mit deiner Mutter.«

»Ich weiß.«

»Alles wird gut.«

»Ich weiß.« Die Lüge kam ihr mühelos über die Lippen.

Er machte das Licht aus, und sie lagen nebeneinander, geborgen in der tröstlichen Dunkelheit, seine Hand immer noch auf ihrem Kopf.

Elizabeth ging am Tag des Treffens gar nicht zur Arbeit. Sie rief in der Schule an und teilte der Sekretärin mit, sie solle ihre Abwesenheit gegen ihre Überstunden verrechnen. Dann lehnte sie sich wieder in die Kissen zurück und schaute zu, wie Bert seine Sachen für die Reise nach Washington packte, wo er über Nacht bleiben mußte. Beim Packen ging er, wie bei allen Dingen, gewissenhaft und methodisch vor. Zwei Paar Socken, zwei Unterhosen, zwei Hemden – obwohl er nur einmal übernachtete. Aber er rechnete immer mit kleinen Katastrophen, mit verspäteten Flügen, verschütteten Drinks, Flecken beim Essen, mit einem plötzlichen Schwitzanfall, der peinliche Flecken in den Achselhöhlen hinterließ. Sein Pessimismus (den Trish als phobisch bezeichnete – sie mochte Bert nicht, keine der Bücherfreundinnen mochte ihn) wurde durch solche Vorsichtmaßnahmen im Zaum gehalten. Elizabeth beobachtete, wie er zwei Taschentücher nahm. Und dann nochmal zwei. Heute ist er besonders verkrampft, dachte sie, sagte aber nichts. Im Laufe der Jahre hatte sie gelernt, wann es sich empfahl, den Mund zu halten.

»Wieso machst du heute frei?« erkundigte er sich. »Sparst du dir deine freien Tage nicht normalerweise auf? Wir brauchen sie vielleicht noch.«

»Ich leiste mir einen freien Tag«, antwortete sie. »Ich habe mehr Überstunden angesammelt, als ich je abbauen kann. Und ich brauche den Tag, um einzukaufen und zu kochen. Du weißt doch – heute abend trifft sich hier der Leseclub.«

»Ach ja, der Leseclub. Der heilige Leseclub.« Er klickte seinen Koffer zu. »Immerhin entkomme ich diesem Ereignis – da lohnt sich die Reise nach Washington ja schon fast. Ich hasse diese Reisen! Ich hasse dieses Getue wegen der Berichte und daß ich dann ganz allein im Hotel essen muß.«

»Vielleicht kann ich nächstes Mal ja mitkommen«, sagte Elizabeth leise.

»Würdest du das machen?« Seine Reaktion klang genauso schüchtern wie ihr Vorschlag.

Es war ihm peinlich, daß er so überrascht war von ihrem Angebot, deshalb konzentrierte er sich schnell darauf, seine Krawatte zu binden, ein teures Stück auf dunkelgrünem Wollstoff. Elizabeth hatte sie ihm gekauft, weil sie so gut zu seinen Augen paßte. Was auch stimmte, wie sie jetzt mit einem seltsamen Gefühl der Befriedigung feststellte. Seine tiefliegenden Augen hatten ihre Farbe behalten, während seine hellen Haare schon sehr schütter und seine Gesichtszüge durch all die Enttäuschungen sehr scharf und kantig geworden waren.

Sie konnte sich gut erinnern, wie er sie bei ihrer ersten Begegnung für sich eingenommen hatte. Es war ein Blind-date gewesen, arrangiert von einer Kommilitonin am Hunter College. Seine tiefe Stimme, seine großen Hände, die so entspannt und kompetent auf dem Lenkrad lagen! Er hatte sich sehr klar und entschieden mit dem Kellner auseinandergesetzt, der einen Posten auf ihrer Restaurantrechnung zu hoch berechnet hatte, und sie, die Tochter eines schwachen, winselnden Vaters, hatte seine Beharrlichkeit bewundert. Er habe große Pläne, hatte er ihr noch am selben Abend erzählt. Er konnte gut mit Zahlen umgehen, er kannte sich mit Computern aus. Er hatte vor, eine eigene Firma zu gründen, die sich auf die Auswertung von Unternehmensstatistiken spezialisierte. Sein Ehrgeiz faszinierte sie. Sein Durchsetzungsvermögen verzauberte sie. Sie fand ihn attraktiv, sie genoß es, wenn er sie berührte, sie liebte seine großen Hände auf ihrer Haut. Nach drei Monaten hatten sie sich verlobt. Nach einem halben Jahr heirateten sie. So entkam sie einer Situation, die sie haßte, und ihren Eltern, die sie verachtete. Alles, was sie mitnahm, waren ihre Kleider und ein Karton mit Büchern. Ihre Nachttischlampe überließ sie Jen. Die Ehe gab ihr die Freiheit zu lesen, wann und wo sie wollte.

Es dauerte nicht einmal ein Jahr, bis sie wußte, daß sie sich getäuscht hatte. Berts Stärke war mit einer explosiven Ungeduld gepaart, und seine Beharrlichkeit, die sie so bewundert hatte, ging oft ins Aggressive, Zwanghafte. Er wollte sie kontrollieren, er überwachte alles, was sie tat, er beanspruchte ihr Gehalt und pumpte das ganze Geld in eine Firma, die einfach nicht funktionieren wollte. Die Streitereien in ihrer Ehe schienen nichts anderes zu sein als eine Wiederholung der häßlichen Szenen aus Elizabeth' Kindheit.

Sie floh, obwohl sie schwanger war. Nein, sie wollte nicht so leben wie ihre Eltern. Das sagte sie zu Jen, als sie Bert verließ, schroff und entschieden wie immer. Aber sie hatte nicht damit gerechnet, daß das Kind behindert sein könnte, daß Adams extremer Autismus die Fürsorge von beiden Elternteilen brauchte und daß zwei Einkommen nötig waren, um die Ärzte und Helfer zu bezahlen. Das Pflichtgefühl – und sowohl Elizabeth als auch Bernd waren ausgesprochen verantwortungsbewußt, darin glichen sie sich – schloß alle anderen Optionen aus.

Bert gab seine Firma auf, obwohl sie kurz vor dem Durchbruch stand, und bewarb sich um eine Stelle im öffentlichen Dienst. Elizabeth vergaß ihren Traum vom unabhängigen Leben und kehrte in ihre Ehe zurück. Adam, mit seinen wunderschönen Augen, die so dunkel und blicklos waren, mit seinen schmalen, graziösen Fingern, die ziellos tasteten, beherrschte ihre Tage, ruinierte ihre Nächte, vergiftete ihre Träume und ihre Realität. Sie begannen, sich gegenseitig Vorwürfe zu machen, und nur wenn irgendwo ein Hoffnungsschimmer auftauchte – ein neues Therapieprogramm, ein neues Medikament, eine neue Behandlungsmethode –, fanden sie manchmal für kurze Zeit wieder zueinander. So wie jetzt. Die Liebe zu ihrem Sohn, die Hoffnung auf Besserung, der Silberstreif am Horizont schweißte sie zusammen.

»Rufst du Dr. Theobald an und vereinbarst einen neuen Termin?« fragte Bert, während er seine Brieftasche inspizierte. »Oder bist du zu beschäftigt mit den Vorbereitungen für deinen Leseclub?«

Sie überhörte bewußt den Sarkasmus in seiner Stimme. Er mochte die Frauen nicht, hatte etwas gegen die Welten, die sie Elizabeth eröffneten. »Pseudointellektuelle« nannte er sie geringschätzig und beteiligte sich auch nicht an den Spekulationen über die Frage, weshalb sich Cynthia von Eric getrennt hatte. Seiner Meinung nach gab es nur eine Antwort:

»Sie ist ein egoistisches, manipulatives Biest«, verkündete

er, als er die Geschichte das erste Mal hörte. »Das sieht doch jeder – nur ihr seht es nicht, du und deine superanalytischen, selbstmitleidigen Freundinnen.«

Elizabeth widersprach ihm nicht. Was hätte es auch gebracht?

Woraufhin er sich schnell, vielleicht ein bißchen zu schnell, korrigierte.

»Dich stecke ich nicht in diese Kategorie«, hatte er gesagt und dann kurz geschwiegen, als wollte er noch etwas hinzufügen, doch Elizabeth hatte sich abgewandt.

»Ja, ich rufe Dr. Theobald an«, sagte sie jetzt. »Obwohl es wahrscheinlich noch zu kurz nach unserer letzten Besprechung ist.«

Übers Wochenende waren sie in New Jersey gewesen, um Adam zu besuchen und um mit Dr. Theobald, dem Leiter des neuen Programms, zu reden. Sie fanden zwar beide, daß sich Adam irgendwie verändert hatte, aber der Arzt war nicht sonderlich optimistisch.

»Ich habe das Gefühl – und das Team sieht es genauso wie ich –, daß unsere sogenannte *Patterning Intervention* für seine Entwicklung zu spät kommt«, hatte er gesagt, mit gesenktem Blick und so leise, daß sie sich anstrengen mußten, um ihn zu verstehen.

Der Arzt war eher untersetzt, und sein schwerer Tweed-Anzug wirkte viel zu groß, als wäre sein Körper geschrumpft, weil er die Schmerzen der anderen tragen mußte. Silberfäden durchzogen seinen dunklen, buschigen Bart und die dichten, wilden Haare, obwohl er noch jung war, gerade mal vierzig, wie Bert in seinem Internet-Profil nachgelesen hatte. Elizabeth nahm an, daß er so früh ergraut war, weil er nicht nur ein autistisches Kind hatte, sondern zwei, einen Sohn und eine Tochter. Diese Information stammte aus einem Artikel über ihn, der auf einem Interview basierte. Es ärgerte sie, daß solche intimen Details auf dem Computerbildschirm zu lesen waren. Trotzdem hatte es sie irgendwie beruhigt, daß es die

Erfahrung mit seinen eigenen Kindern war, die Dr. Theobald dazu veranlaßt hatte, das *Patterning*-Programm zu entwickeln. Er war persönlich betroffen. Hatte es seinen Kindern geholfen? Oder waren sie vielleicht auch schon zu alt?

»Aber wir finden, daß sich Adam verändert hat«, hatte Elizabeth bei der Besprechung eingewandt. »Er konnte die Hände stillhalten, und ich hatte den Eindruck, er schaut uns an.«

»Ja, Sie sehnen die Veränderung herbei«, erwiderte Dr. Theobald geduldig. Seine Hände hielten nicht still. Er beugte die Finger, streckte sie, faltete die Hände. Er sah weder Elizabeth noch Bert direkt in die Augen.

»Wir wissen, was wir gesehen haben«, sagte Bert mit derselben klaren, entschiedenen Stimme wie damals, als er bei ihrer ersten Begegnung mit dem Kellner verhandelte. Und wieder bewunderte Elizabeth ihn heimlich. Er war also doch noch ein bißchen so wie der Mann, den sie geheiratet hatte.

»Mir ist bewußt, Sie bringen ein großes finanzielles Opfer, damit Adam an diesem Programm teilnehmen kann«, sagte der Arzt. »Ich möchte nicht, daß es vergeblich ist.«

»Das ist unsere Sache, nicht Ihre.« Bert klang jetzt sehr hart.

»Sie wissen, daß die Methode mit Risiken verbunden ist. Wir nehmen die Kinder aus dem geschützten Umfeld der Institution heraus, weil wir ihren Horizont erweitern wollen. Wir gehen mit ihnen in den Park, vielleicht sogar in ein Einkaufszentrum. Selbstverständlich geschieht dies stufenweise und immer in Begleitung ihres Schattens.«

Elizabeth zuckte zusammen. Es war ihr nicht neu, daß die Helfer, die mit den Kindern arbeiteten und ihnen den ganzen Tag über folgten, als »Schatten« bezeichnet wurden, aber sie konnte das Wort nicht ausstehen. Es kam ihr vor, als wären Adam und die anderen Kinder wie diese Gestalt aus der deutschen Märchenerzählung von Adelbert von Chamisso, wie Peter Schlemihl, der keinen Schatten hatte. Als würde diesen armen Wesen, die schon so viel entbehren mußten, auch noch der Schatten fehlen!

Unwillkürlich fiel ihr eine Zeile aus einem Gedicht von Sylvia Plath ein, das sie am Abend vorher gelesen hatte: »Und ich sehe mich, flach, zum Lachen, ein papierener Scherenschnittschatten …« Das Gedicht hieß »Tulpen«. Warum dachte sie jetzt plötzlich an so etwas Unwichtiges? Vielleicht hatte Plath ja auch befürchtet, sie könnte ihren Schatten verlieren. Sie hatte vor so vielen Dingen Angst gehabt. Und diese Angst hatte schließlich die Oberhand gewonnen und sie in den Selbstmord getrieben. Elizabeth lief es kalt über den Rücken, obwohl es im Sprechzimmer des Arztes gut geheizt war.

»Was sind die Risiken?« wollte Bert wissen.

»Adam ist unberechenbar und reagiert oft nicht auf die simpelsten Anweisungen.«

»Aber manchmal reagiert er?« Elizabeth meldete sich wieder zu Wort und sah, daß Bert zustimmend nickte.

»Manchmal.«

»Sie können nicht mit absoluter Sicherheit sagen, daß er *keine* Fortschritte macht?« Jetzt ging Bert in die Offensive.

»Auf unserem Gebiet gibt es nie eine absolute Sicherheit, weder im positiven noch im negativen Sinn.«

»Wir möchten, daß Adam diese Therapie weitermacht, trotz Ihrer Bedenken. Machen Sie sich keine Sorgen. Sie haben uns gewarnt. Dadurch haben Sie Ihren Arsch schon im Vorfeld gerettet.« Bert erhob sich.

»Bert!« protestierte Elizabeth. Sein harscher Tonfall und die grobe Wortwahl waren ihr peinlich, aber sie bewunderte ihn trotzdem, weil er sich so unerschrocken für Adam einsetzte. Für ihren gemeinsamen Sohn.

Der Arzt legte beruhigend seine Hand auf ihre.

»Ich verstehe die Frustration Ihres Mannes, Mrs. Crawford. Mir geht es ähnlich. Also gut – wir werden weitermachen. Rufen Sie mich nächste Woche an. Es ist wichtig, daß wir in Kontakt bleiben.«

Ja, sie würde den Arzt anrufen, wenn sie vom Einkaufen zurückkam, nahm sich Elizabeth vor. Während des Kochens konnte sie gut mit ihm reden. Die leckeren Gerüche und das Wissen, daß sie einen schönen Abend vor sich hatte, würden ihr die Ruhe geben, die sie für dieses Gespräch brauchte. Sie beobachtete, wie Bert sein Flugticket überprüfte.

»Okay – dann bis morgen abend.«

»Bert ...«

»Ja?«

»Gute Reise. Und viel Spaß bei der Sitzung.«

Er sah sie an, und sein Blick war auf einmal ganz weich.

»Danke. Und dir viel Spaß mit deinem Leseclub.«

Und dann, zu ihrer beider Überraschung, beugte er sich zu ihr und berührte ihre Wange. Wie warm sich seine Finger auf ihrer Haut anfühlten! Er ging, den Koffer in der einen Hand, die Aktentasche in der anderen, und die Tür schloß sich leise hinter ihm. Elizabeth war allein.

Sie stand auf und blieb für einen Moment in dem Sonnenstrahl stehen, der durchs Fenster ins Schlafzimmer fiel. Er schien direkt auf die Bücher, die sie gestern abend auf dem Fußboden gestapelt hatte – *Die Glasglocke*, Plath' Tagebücher und die *Ariel*-Gedichte. Das Notizbuch, in dem sie die Punkte festgehalten hatte, die sie bei der Diskussion ansprechen wollte, lag aufgeschlagen auf ihrem Nachttisch. Sie klappte es zu. Sie würde sich ihre Notizen noch einmal ansehen, wenn sie mit Einkaufen, Kochen und Putzen fertig war. Na ja, putzen mußte sie nicht viel, die kleine Wohnung war eigentlich schon sauber. In einem Leben, das nur auf Sparflamme gelebt wurde, gab es keine Unordnung. Aber trotzdem ging sie noch einmal mit einem Staubtuch durch die Räume, nachdem sie ihr Frühstücksgeschirr samt dem Kaffeebecher, den Bert in die Spüle gestellt hatte, abgewaschen hatte. Erst dann holte sie ihre makellose Ausgabe von *The Joy of Cooking* hervor – ein Kochbuch, das sie selten benutzte, weil es ihr keine besondere Freude gemacht hatte, für Bert zu kochen. Sie schlug die Seite mit dem Käsefondue-Rezept auf, das sie noch nie ausprobiert hatte. Aber von Plath' lebhaften Diskussionen über das Essen hatte sie sich inspirieren lassen, ihr Vergnügen, die Zutaten zu kaufen, ihre Freude beim Schnippeln und Hacken hatten sie angesteckt. »Ich koche für mein Leben gern«, schrieb Sylvia Plath aus dem Häuschen in Spanien, in dem sie und Ted Hughes ihre kurzen, idyllischen Flitterwochen verbrachten, ehe die Realität ihre Ehe vergiftete.

Elizabeth hatte es vor sich gesehen, wie Plath als junge Braut den blubbernden Käse mit Wein umrührte, und da war ihr das Fonduegeschirr wieder eingefallen, das ihr die Lehrer von ihrer Schule zur Hochzeit geschenkt hatten und das unbenutzt in ihrem Küchenschrank stand. Sie und Bert waren kein Paar, das sich mit Freunden zum Essen verabredete und lange Gabeln in eine verführerisch duftende, goldene Sauce tunkte. Sie hatte den Karton nie geöffnet, ihn aber auch nicht weiterverschenkt.

Nun freute sie sich richtig darauf und war gespannt, wie ihr Leseclub auf dieses Wagnis reagieren würde. Und selbstverständlich würde das Fondue wunderbar gelingen, und alle würden es loben. Da war sie sich ganz sicher. Alles, was Elizabeth anpackte, gelang. Der Bericht ihres Vorgesetzten fiel Jahr für Jahr sehr positiv aus, und Bert mußte selbst in seinen widerspenstigsten Momenten ihre Leistungen anerkennen. Aber sie korrigierte sich, nicht ohne Bitterkeit: Alles, was ich *kontrollieren* kann, gelingt mir. Ein normales Kind auf die Welt zu bringen war jenseits ihrer Kontrolle gewesen.

Plötzlich überkam sie der Impuls, Dr. Theobald anzurufen. Zu ihrer Erleichterung teilte man ihr mit, er sei im Moment leider nicht zu sprechen, da er gerade mit einer Gruppe fort sei. Also machte sie sich auf den Weg und genoß ihre Freiheit und das Abenteuer, für ein neues, ihr unbekanntes Gericht die Zutaten zu besorgen.

Sie ließ den großen Supermarkt, in dem sie normalerweise einkaufte, links liegen und ging zu den kleineren, exotischeren Geschäften, die es in ihrer Wohngegend gab. Sie wohnten ziemlich weit im Norden, weil dort das Leben billiger war. Und es gab auch sonst noch viele positive Aspekte, was sie Bert gegenüber nie zugeben würde – aber sie liebte den Geruch des Flusses, die dichten Bäume auf den Hügeln über dem Hudson und die ethnisch buntgemischten Bewohner des Stadtteils mit ihren verschiedenen Restaurants und Läden.

Auf den Straßen war viel Betrieb. Frauen mit vollgepackten Einkaufstaschen begrüßten sich gegenseitig auf spanisch, russisch, portugiesisch und in Sprachen, die sie nicht erkannte. Eine hübsche junge Inderin in einem leuchtend rosafarbenen Sari, der um ihre schmalen Fußgelenke wehte, trug einen riesigen Pizzakarton über die Straße.

Bei Frauen, die einen Kinderwagen schoben oder ein kleines Kind an der Hand führten, wandte Elizabeth den Blick ab, und sie wechselte die Straßenseite, um nicht am Spielplatz vorbeigehen zu müssen, auf dem fröhlich kreischende Kinder die Rutsche hinuntersausten. Ihr Gelächter und Geschrei verschmolz zu einer Symphonie der Lebensfreude. Adam hatte sich geweigert, den Spielplatz auch nur zu betreten, und sich so krampfhaft an den Zaun geklammert, daß sie Mühe gehabt hatte, seine Finger wieder zu lösen.

Im Käsegeschäft kaufte sie Gruyère (mit Bedauern hatte sie festgestellt, daß man Fondue in der Regel nicht mit Cheddar zubereitete), probierte ein paar Käsesorten, die auf der Marmortheke angeboten wurden, und ließ sich noch Oliven und Kapern einpacken. In der italienischen Bäckerei kaufte sie knuspriges Weißbrot, frisch aus dem Backofen, und in dem kleinen Geschäft an der Ecke, in dem es nur Wein gab, erstand sie einen trockenen Chablis. In einer Anwandlung von Trotz entschied sie sich für die teurere Kategorie. Obst und Gemüse holte sie bei einer alten Italienerin, die sie fachmännisch beriet und ärgerlich Blätter und beschädigte Früchte wegwarf. Elizabeth kaufte Kopfsalat und Ruccola für den Salat und erstand außerdem noch eine Honigmelone, obwohl jetzt nicht die Jahreszeit dafür war, aber sie dachte an Plath' Beschreibung ihres Geburtstagsnachtischs: »… frische, süße grüne Melonen … wildes, kaltes, nach Honig schmeckendes Melonenfleisch.« Sie hatte sich die anschauliche Beschreibung eingeprägt und nahm sich vor, ihre Lesegruppe zu überraschen, indem sie die Passage vortrug, wenn sie die Melone servierte.

Auch das Essen würde sie überraschen, das wußte Elizabeth. Aber seit jenem Abend im Frühherbst, als Cynthia ihre Bombe platzen ließ, hatten sie sich schließlich immer wieder gegenseitig in Erstaunen versetzt. Cynthias Mitteilung, so mysteriös, so erschreckend und unerwartet, hatte sich auf alle ausgewirkt, hatte latente Ängste aufgedeckt, neue Vorsätze angeregt. Wenn die Ehe von Cynthia und Eric in die Brüche ging, dann konnten alle Beziehungen brüchig sein, und jede von ihnen konnte plötzlich an einer unerwarteten Wegkreuzung stehen. Elizabeth dachte daran, wie sie und Bert sich heute morgen verabschiedet hatten, dachte an die neue, unerklärliche Zärtlichkeit zwischen ihnen. War sie ein erster Schritt zur Versöhnung? Aber vielleicht war sie ja auch der erste Schritt auf dem Weg zur Trennung. Wohin möchte ich gehen? fragte sie sich. Welchen Weg muß ich einschlagen? Sie stellte sich Bert in seinem Flugzeug nach Washington vor, wie er pedantisch seine Präsentation noch einmal durchging, Schweißperlen auf der hohen Stirn. Eine Welle der Zuneigung überschwemmte sie.

Sie schüttelte den Kopf, um das Bild zu vertreiben, und packte noch einen Zopf Knoblauch zu ihren Einkäufen. Den wollte sie in der Küche an einen Haken hängen, so wie Plath in der Anfangszeit ihrer Ehe. Bevor sie wußte, daß ihre Liebe vom Verfall bedroht war. Diese Form von Unschuld hatte Elizabeth nie besessen. Dafür waren ihre Eltern viel zu gute Lehrer gewesen.

Sie eilte nach Hause, die Einkäufe fest an sich gedrückt, ihr Gesicht gerötet von der Kälte, ihre kurzen dunklen Haare vom Wind zerzaust. Auf dem Anrufbeantworter waren zwei Nachrichten. Ihr Herz klopfte, als sie die Abspieltaste drückte. Jeder Telefonanruf jagte ihr Angst ein. Adam. *Mach, daß Adam nichts passiert ist.* Dieses Mantra, schon so oft wiederholt, kam ihr automatisch in den Sinn. Erleichtert hörte sie, wie Jen sagte, sie habe mit der zuständigen Krankenschwester im Seniorenheim gesprochen und ihrer Mutter gehe es gut. Mit noch größerer Erleichterung hörte sie Dr. Theobalds sanfte Stimme: Der Arzt berichtete, daß Adam vielleicht doch auf die Spezialbehandlung anspreche. Eventuell habe er einfach mehr Zeit gebraucht als andere. Es klang fast so, als wollte er sich entschuldigen. Es tue ihm leid, daß er bei der Besprechung so negativ reagiert habe. Adam halte sich jetzt an Anweisungen. Er sei in einer Gruppe, die am Nachmittag einen Ausflug unternehmen werde. Geplant sei der Besuch des Spielplatzes ein paar Straßen weiter. Er mache sich keine Sorgen mehr wegen des Risikos. Elizabeth atmete auf und spielte die Nachricht noch einmal ab. Die Stimme des Arztes beruhigte sie.

Das Fondue war nicht besonders schwer zuzubereiten, genau wie das Kochbuch versprochen hatte. Sie arbeitete langsam, rührte den Wein unter, das Kirschwasser, gab etwas mehr Knoblauch dazu, als das Rezept verlangte. »Wenn ich still beim Kochen bin«, hatte Plath in ihrem Gedicht mit dem Titel »Ein Geburtstagsgeschenk« geschrieben.

»Ich bin still beim Kochen«, wiederholte Elizabeth laut, während sie das Brot aufschnitt, den Salat anmachte und den Tisch deckte.

Als sie mit allem fertig war, rief sie Jen an und bedankte sich auf dem Anrufbeantworter für ihren Anruf. Dann hinterließ sie für Bert eine Botschaft im Hotel, informierte ihn über Dr. Theobalds neue Einschätzung. Beide Mitteilungen würden die Empfänger verblüffen, das wußte sie. Ihre Schwester rechnete garantiert nicht mit Dankbarkeit von ihrer Seite. Und ihr Mann rechnete nie mit guten Nachrichten.

Anschließend legte sie sich aufs Bett und blätterte in ihrem Notizbuch zu den Seiten mit ihren Themenvorschlägen und Fragen. Zwischendurch griff sie immer wieder zu Plath' Tagebuch, blätterte in den *Ariel*-Gedichten. *Die Glasglocke* nahm sie allerdings nie in die Hand. Das Buch, das auf dem Nachttisch lag, gehörte ihr, ein völlig zerlesenes Exemplar. Das erste Mal hatte sie es gelesen, als sie noch zu Hause wohnte und ihre Mutter schrie und ihr Vater weinte. Und dann im Laufe der Jahre immer wieder, wenn sie sich besonders elend fühlte. Es war die fiktionalisierte Darstellung einer Reise in den Wahnsinn, die in einem Selbstmordversuch endete. Diese Reise hatte die Autorin als junges Mädchen selbst unternommen.

Für Elizabeth war es eine literarische Ermahnung, eine Warnung, daß Gefahr im Verzug war, und ein Hinweis darauf, was passieren konnte, wenn sie die Kontrolle verlor und die Verzweiflung, die sie zu überwältigen drohte, nicht in den Griff bekam.

Sie studierte ihre Notizen, fügte einen neuen Gedanken hinzu, strich eine andere Idee. Sie mußte gut aufpassen. Rina beschäftigte sich seit Jahren mit Plath und wußte sicher viel mehr über sie als Elizabeth. Aber Rina war in letzter Zeit ziemlich unkonzentriert. Rina und Ray, dachte Elizabeth. Fand sie als einzige in der Gruppe diese neue Beziehung befremdlich? Ray war Donnas Liebhaber gewesen, und Rina war Donnas beste Freundin. Hatte Donna in Ray nur den praktischen, unkomplizierten Geliebten gesehen, der zu ihrer leidenschaftslosen Gelassenheit paßte? Vermißte sie ihn überhaupt? Würde es ihr, Elizabeth, etwas ausmachen, wenn sie Bert verlieren würde? Bis vor kurzem noch hätte sie diese Frage beantworten können, ohne lange überlegen zu müssen, aber jetzt, heute, nicht mehr. Und was war mit Cynthia? Bedauerte sie ihre Entscheidung? Mit welchen Gefühlen dachte sie an Eric?

Das Telefon klingelte – Jen, die ihr mitteilte, daß sie mit

Cynthia im Taxi von Uptown kommen werde. Cynthia habe als Nachspeise Cannoli gekauft. Ob Elizabeth sonst noch etwas brauche?

»Nein, ich habe alles«, antwortete sie. »Ich nehme an, Donna und Trish kommen gemeinsam aus dem Krankenhaus.«

»Das glaube ich auch. Aber was ist mit Rina?«

»Vielleicht bringt Ray sie mit dem Auto.«

»Könnte sein.«

Jen fiel es ebenfalls schwer, Rina und Ray als Paar zu akzeptieren. Daß Donna die Beziehung einfach hinnahm, wunderte sie – aber an Donna wunderte sie vieles.

»Bis nachher«, sagte Jen. »Meine Nachricht wegen des Seniorenheims hast du bekommen?«

»Ja, ich hab dich zu Hause angerufen, um mich zu bedanken.«

»Ehrlich?« Jen versuchte gar nicht, ihre Verblüffung zu verbergen.

»Ich bin froh, daß es ihr gutgeht.«

»Ja, offenbar hat sie sich noch einmal gefangen.«

Elizabeth ging unter die Dusche und zog sich dann schnell an. Schwarze Hosen, schwarzer Rollkragenpullover. Sylvia Plath' Lieblingskleidung. Und auch ihre eigene. Sie stellte die Dips bereit, die Oliven, die Weingläser, und während sie gerade die Servietten faltete, klingelte es an der Tür. Rina kam als erste. Eine kurze Begrüßung, dann lief sie ans Fenster und winkte zur Straße hinunter. Elizabeth folgte ihr und sah, daß Ray in seinem flotten gelben Sportflitzer, in dem er so oft Donna zu ihren Treffen gebracht hatte, vor dem Haus stand. Er winkte zurück und fuhr weg. Rina wurde rot und lächelte. Ihre Augen blitzten. Sie trug ihre dunklen Haare nicht zu einem Zopf geflochten, sondern sie fielen ihr offen über die Schultern.

»Er macht sich Sorgen«, erklärte sie. »Ich muß ihm sagen, wo ich hingehe und wann ich nach Hause komme, und er wollte sehen, daß ich wohlbehalten in deiner Wohnung angekommen bin.« Sie lachte. Seine Besorgnis gefiel ihr, sie sah darin einen Beweis seiner Liebe.

»Meinst du, er hat sich auch um Donna solche Sorgen gemacht?« fragte Elizabeth kalt.

»Nein. Die Beziehung zwischen ihm und Donna war anders.«

»Und das weißt du, weil ...«

»Weil er es mir gesagt hat.« Rina hängte ihren Mantel auf einen Bügel.

»Und Donna? Sagt Donna das auch?«

»Donna und ich werden das alles ausführlich besprechen. Aber weißt du, Elizabeth – eigentlich geht dich das gar nichts an.« Rina bemühte sich, nicht zu scharf zu klingen, aber Elizabeth' Fragerei machte sie ziemlich wütend.

»Du hast recht«, gab Elizabeth zu. »Tut mir leid.«

Ihre Entschuldigung verblüffte Rina, und sie lächelte traurig.

»Ich glaube, wir haben uns in den letzten Monaten ein bißchen zu viel in das Leben der anderen eingemischt«, sagte Rina. »Wir alle. Wir sind richtig ineinander verflochten. Ich nehme an, es ist wegen Cynthia und Eric.«

»Stimmt. Ich habe vorhin auch darüber nachgedacht, wie stark uns das beeinflußt hat.« Elizabeth schaute auf die Uhr. Bert hatte seinen Vortrag schon gehalten. Jetzt saß er mutterseelenallein im Hotel. Ihr wurde ganz weich ums Herz, als sie sich vorstellte, wie er lustlos die Speisekarte studierte, den Mund vor Einsamkeit säuerlich verzogen. Fast erleichtert öffnete sie die Tür, als es wieder klingelte.

Donna und Trish kamen gemeinsam und lachten immer noch über eine Bemerkung ihres Taxifahrers.

»Er hat uns als ›süße Mädels‹ bezeichnet«, schwärmte Trish. »Uns! Als süße Mädchen! So was Nettes habe ich den ganzen Tag noch nicht gehört. Ein Patient hat zu mir gesagt, ich bin eine Hexe im weißen Kittel. Ein anderer hat mich als verbitterte alte Frau beschimpft. Und meine eigene Tochter sagt, ich bin eine blöde Mama, weil ich nicht zum Abendessen komme. Aber dieser Mann hat mein wahres Ich erkannt. Das süße Mädel.«

»Ich glaube, er wollte nur ein gutes Trinkgeld«, sagte Donna lachend. »Elizabeth – rieche ich etwa Fondue? Rina, du siehst toll aus. Ich hab dich schon lange nicht mehr mit offenen Haaren gesehen.«

Rina machte einen Knicks, warf ihre Haare zuerst über die rechte Schulter, dann über die linke. Lächelnd küßte sie Donna auf die Wange. Donna lächelte auch, faßte ihrer Freundin in die Haare und ließ sie durch ihre Finger rinnen.

Cynthia und Jen kamen herein. Auch sie lachten vergnügt: Sie hatten Schwierigkeiten gehabt, den Fahrer zu überzeugen, daß sie wirklich in diesen Stadtteil wollten.

»Er hat immer wieder gesagt: ›Nein, da möchten Sie *bestimmt* nicht hin!‹« Jen ahmte seinen Akzent nach und zog eine Grimasse.

Cynthia reichte Elizabeth die Schachtel vom Bäcker. An dem weißen Karton klebten Zuckerkrümel wie glitzernde weiße Diamanten.

»Zum Nachtisch – für die Diskussion. Wir brauchen etwas Süßes, Sahniges als Gegengewicht zu Sylvias Schmerz. Warum, ach, warum nur hast du sie vorgeschlagen, Elizabeth?« lamentierte Cynthia.

»Aber bitte! Du redest über die Schriftstellerin, von der meine gesamte akademische Karriere abhängt«, warf Rina ein. »Allerdings gönne ich mir gerade eine Auszeit – eine lange Pause.«

Sie tranken ihren Wein und kosteten die Oliven, während Elizabeth den Salat, das Brot und schließlich das blubbernde Fondue servierte.

»Phantastisch!«

»Köstlich!«

»Eine geniale Idee«, sagte Rina. »Sehr Plath-mäßig, wie die Frauen in meinem Seminar sagen würden. Sie ist ja für die neue Generation von Feministinnen eine große Heldin, die ausgebeutete Frau, das Opfer, die erschöpfte Künstlerin und Mutter. Ted Hughes, ihr Mann, hat wie ein Wahnsinniger Gedichte veröffentlicht, während sie Windeln wechselte.«

»Ich finde, wir sollten uns darauf einigen, sie erst nach dem Essen zu bemitleiden«, sagte Donna. »Ich komme fast um vor Hunger.«

»Ich habe kein Mitleid mit ihr«, verkündete Elizabeth unüberhörbar, als alle am Tisch Platz nahmen.

Sie spießten die Brotstücke auf ihre langen Gabeln, tunkten sie in die Käsemischung, tranken zwischendurch einen Schluck kühlen Wein und kauten genüßlich. Ihre Gesichter strahlten vor Vergnügen.

»Das gehört zu den wenigen erfreulichen Dingen an Sylvia Plath«, sagte Donna. »Sie hat gern gegessen und gern gekocht – obwohl bei ihr natürlich immer alles total perfekt sein mußte.«

»Ja, das verbindet euch – ich meine nicht den Zwang zur Perfektion, sondern die Liebe zum Essen und Kochen«, erklärte Trish.

»Uns verbindet noch viel mehr, Sylvia und mich«, murmelte Donna. Sie schaute Rina an und zog ihre Hand nicht weg, als Rina ihre Hand schützend auf sie legte. Die anderen bemerkten diese Geste, sagten aber nichts.

»Aber sie war sogar beim Kochen auf Konkurrenz fixiert. Konkurrenzfixiert und voller Haß auf ihre Mutter. Wenn sie Kartoffeln schälte, hat sie daran gedacht, wie ihre Mutter sie immer zurechtgewiesen und gesagt hat, sie müsse das Messer anders halten und dürfe die Schalen nicht so dick machen. Ich glaube, es ist wirklich schwer, den Eltern ihre Fehler zu verzeihen«, sagte Cynthia. »Ich verstehe das gut.« Sie leckte ihre Gabel ab und widmete sich dann dem Salat.

Was hatte diese Bemerkung zu bedeuten? Cynthia sprach selten über ihre Eltern. Alle waren immer davon ausgegangen, daß ihre Kindheit genauso zauberhaft und privilegiert verlaufen war wie das Leben, das danach für sie begann, eine Prom-Prinzessin, die ohne Übergang zur Prom Queen wurde. *Bis* – ach, sie wollten jetzt nicht daran denken.

»Es ist nicht schwer zu verstehen, wenn man eine abweisende, wütende Mutter gehabt hat«, sagte Elizabeth und räumte die leeren Teller weg, ersetzte sie durch Dessertschälchen und servierte dann die Melonenscheiben.

»Ich habe sie gekauft, weil Plath so wunderbar eine Melone beschreibt, die sie in Spanien auf dem Markt ersteht«, erklärte sie, schlug das Tagebuch auf und las den Satz vor, der ihr im Laden eingefallen war.

»Ein bißchen überkandidelt, wie viele ihrer Sachen«, sagte Cynthia. »Ich weiß, es ist ein Sakrileg, so etwas zu sagen, aber mich erinnert das ein bißchen an einen Werbetext – ich könnte so einen Satz jederzeit in einer Anzeige für eine neue Linie von Gesichtscremes aufnehmen.«

»Und sie hätte ihn dir vielleicht sogar verkauft. Sie war total besessen vom Geld und nur darauf aus, daß alles, was sie schreibt, gedruckt erscheint, egal wo, egal wie«, sagte Rina.

»Aber Rina! Sie ist das Thema deiner Doktorarbeit«, warf Donna ein.

»Das heißt doch nicht, daß ich sie mögen muß«, gab Rina zurück und fuhr sich mit den Fingern durch die Haare. Sie genoß das Gefühl, daß sie ihr offen über den Rücken fielen, und sie fand es auch wunderschön, wie Ray lächelte, wenn sie sich einen Zopf flocht, mit flinken, geschickten Bewegungen und in der Vorahnung süßer Leidenschaft.

»Okay, dann wollen wir mal loslegen.« Trish schaute auf die Uhr, während sie mit ihrem Kaffeebecher ins Wohnzimmer ging. Es würde eine lange Diskussion werden, das ahnte sie schon, aber sie wollte nicht zu spät nach Hause kommen. Jason wartete auf sie, weil er mit ihr über das neue Apartment reden wollte, das sie zu kaufen beabsichtigten. Da brauchte er ihren Rat, ihre Einschätzung. Und sie wollte ihm unbedingt noch von einer besonders interessanten Patientin erzählen, die am Nachmittag in die Klinik eingeliefert worden war. Sie und Jason hatten es tatsächlich geschafft, die emotionale Kluft, die sich schon vor langer Zeit zwischen ihnen aufgetan hatte, zu überbrücken. Sicher, es war eine bewußte Anstrengung gewesen, aber die Mühe hatte sich gelohnt. Sonst war sie immer froh gewesen, ihn endlich los zu sein, aber jetzt sehnte sie sich nach seiner Nähe.

Wie immer nahmen sie in einem Kreis Platz. Cynthia und Trish schoben ihre Sessel näher zueinander, Jen hockte auf einem Polsterschemel, und Rina und Donna saßen Seite an Seite auf dem harten beigefarbenen Sofa. Die Bücher in greifbarer Nähe, auf dem Schoß, auf dem Fußboden neben sich. Alle, außer Elizabeth, trugen Hosen aus leichtem Wollstoff und Pullover in weichen Pastelltönen, passend zu den ersten Frühlingsknospen, als wollten sie versuchen, die Ankunft der wärmeren Jahreszeit zu beschleunigen.

»Wir sind mal wieder in Farbenlaune«, verkündete Cynthia zufrieden, legte ihre enzianblaue Strickjacke über die Armlehne und zupfte den Rollkragen des dazu passenden Pullis zurecht.

Die bunte Kleidung machte die farblose Kargheit des Raums einigermaßen wett. Aber die Lampen waren zu trübe und die Fenster so schmal, daß selbst tagsüber wenig Licht hereinkam. Jen hatte schon oft gedacht, daß es zu Elizabeth und Bert paßte, in so einer dunklen Wohnung zu hausen – als wollten sie die unergründbare Dunkelheit in der Psyche ihres Sohnes nachahmen.

Elizabeth saß auf einem Stuhl, ihr Notizbuch aufgeschlagen auf den Knien, ihre Plath-Bücher auf dem Couchtisch, auf den Cynthia auch das Gebäck mit der süßen Ricotta-Füllung gestellt hatte, dazu Papierteller und Plastikgabeln aus Nightingale's Abteilung für Partyzubehör.

»Cynthia denkt wirklich an alles«, sagte Rina und nahm sich einen Teller. Der arme Eric. Es war bestimmt nicht leicht, mit einer Frau verheiratet zu sein, die immer an alles dachte! Ein Lächeln huschte über ihr Gesicht, weil ihr durch den Kopf ging, wie sich Ray auf seine nette Art darüber aufregte, daß sie so vergeßlich war. *Ray.* Sie schaute Donna an, wandte aber den Blick schnell wieder ab.

Elizabeth überflog ihre Notizen noch einmal und begann dann mit Sylvia Plath' Leben.

»Bevor sie aufs Smith College gekommen ist, hat sie schon Gedichte in Zeitschriften wie *Seventeen* und *The Christian Science Monitor* veröffentlicht.«

»Ja, sie hatte es irgendwie immer eilig«, sagte Trish. »Wahrscheinlich hat sie damals schon gewußt, daß sie nicht lange leben wollte. Ich denke das bei vielen von meinen selbstmordgefährdeten Patientinnen. Ich mache mir größere Sorgen um diejenigen, die ständig in Aktion sind, als um die passiven.«

»Und auf dem College hat sie an allem mit Feuereifer teilgenommen – Kurse, Clubs, die Collegezeitung *Smith Review*, die Wochenenden in Yale oder wo die Smith-Mädchen sonst noch hingefahren sind«, fuhr Elizabeth fort. »Eine ihrer Freundinnen sagte, daß Sylvia nicht darauf warten konnte, bis das Leben zu ihr kam … sie rannte los, um alles anzukurbeln.« Elizabeth las das Zitat vor. Sie verstand Plath' Eile, die Dringlichkeit ihrer Gefühle. Ihre Ehe mit Bert basierte letztlich auch darauf, daß sie die Dinge ankurbeln wollte. Sie war genauso unfähig gewesen, zu warten, bis das Leben zu ihr kam.

»Sie stürzt sich ja auch in die Beziehung mit Ted Hughes. Für sie muß das Leben schnell weitergehen«, sagte sie.

»Und dabei hat sie die ganze Zeit mit dem Tod geliebäugelt«, fügte Trish leise hinzu. »Ihre Heldin in der *Glasglocke*, Esther Greenwood, und die echte Sylvia – sie spielen beide eine *Rolle*. Ist euch aufgefallen, daß Sylvia in ihrem Tagebuch schreibt, daß eine der Schriftstellerinnen, die sie unbedingt kennenlernen wollte, als sie nach New York ging, um bei *Mademoiselle* zu arbeiten, Shirley Jackson war? Das sagt doch einiges. Das Mädchen, das sich selbst als das ewige Opfer betrachtet, will die Autorin der ›Lotterie‹ treffen, der klassischen Erzählung einer Opferung.«

Trish kam immer mehr in Fahrt. Alle hörten ihr gespannt zu.

»Sie hat für *Mademoiselle* einen Gastkommentar geschrieben«, sagte Trish. »In diesem Text hat sie Wörter wie ›Sterngucker‹ und ›abendblau‹ verwendet. Cynthia hat den Nagel auf den Kopf getroffen – Plath besaß eine enorme Begabung für Werbetexte. Also, jedenfalls – innerhalb von wenigen Wochen hat sie völlig vergessen, daß sie ein Sterngucker ist, was immer das heißen soll. Sie steckt in einer massiven Depression und fordert ihre Mutter auf, mit ihr zu sterben. Wenn ich eine Ferndiagnose machen müßte, würde ich sagen, sie konnte die Last ihres Doppellebens nicht mehr ertragen. Selbstmord war ihr einziger Ausweg – ein absolut egoistischer Ausweg.« Sie lehnte sich zurück und spießte eins der Cannoli auf, aß es langsam, genüßlich, leckte sich die cremige Ricotta-Füllung von den Lippen.

»Würdest du Selbstmord immer als egoistisch betrachten?« fragte Donna zögernd.

»Vielleicht nicht immer. Aber meistens«, antwortete Trish. »Zumindest aus meiner Erfahrung als Ärztin. Selbstmord ist eine narzißtische Handlung. Die meisten Menschen, die sich umbringen, denken nur daran, daß sie ihren eigenen Schmerz beenden wollen. An den Schmerz der Überlebenden denken sie nicht.«

»Meiner Erfahrung entspricht das nicht.« Donna flüsterte fast. »Bis jetzt weiß das nur Rina – aber meine Mutter hat Selbstmord begangen. Sie hat Tabletten geschluckt, während eine Kassette mit Gedichten von Emily Dickinson lief. Ich glaube, sie hat es getan, weil sie so erschöpft war. Und ich glaube auch, daß es bei ihr ein selbstloser Akt war. Sie hat es für mich getan. Sie wollte, daß ich frei bin. Daß ich unbelastet leben kann, ohne emotionale Sklaverei. Sie wollte nicht, daß ich so lebe wie sie, daß ich mir die Gedichte und Geschichten anderer Menschen auf Band anhöre, während ich für Fremde Mahlzeiten zubereite. Sie hatte Angst, daß ihre Einsamkeit, ihre Trauer mich behindern könnten. In ihrem Abschiedsbrief hat sie geschrieben, ich soll das Leben leben, das sie wegen der Krankheit meines Vaters nicht haben konnte. Sie wollte, daß ich leben kann, ohne von Pflichten erdrückt zu werden. Es ist doch möglich, daß sich Sylvia Plath umgebracht hat, um ihre Kinder vor der Last ihrer fürchterlichen Traurigkeit zu schützen. Sie wußte, daß sie krank ist und daß psychiatrische Hilfe ihr nichts mehr bringt. Das würde aus ihrem Selbstmord einen selbstlosen Akt machen, genau wie bei meiner Mutter.« Donnas blaue Augen glänzten, Tränen liefen ihr über die Wangen, aber sie wischte sie nicht weg.

Betroffen schwiegen alle. Sie hatten Donna immer für die Stärkste in ihrer Gruppe gehalten, weil sie so unabhängig und gelassen, so kompetent und zufrieden war. Sie ließ sich von den Männern nicht aus dem Konzept bringen, sie fühlte sich wohl mit Ray, sie fühlte sich wohl mit Tim, sie war sogar mit der neuen Beziehung zwischen Rina und Ray einverstanden. Sie machte, was sie wollte, nahm das Leben, wie es war. Die anderen wären nie auf die Idee gekommen, daß der Tod ihrer Mutter einen dunklen Schatten auf ihr Leben warf und daß das, was sie für heitere Gelassenheit hielten, auch eine andere Seite hatte, eine Abgestumpftheit, die auf dem eigenartigen Gehorsam gegenüber dem Auftrag beruhte, den ihr die Mutter auf dem Totenbett gegeben hatte. Sie wollte sich nicht einfangen lassen. Davor hatte sie ihre Mutter, die selbst gefangen gewesen war, immer gewarnt.

»Oh, Donna!« Rina beugte sich zu ihr und trocknete ihr sacht die Tränen, voller Zärtlichkeit für ihre Freundin, auf deren Zuneigung und Unterstützung sie so viele Jahre angewiesen gewesen war.

Die anderen scharten sich um sie, knieten vor ihr nieder, bildeten einen Kreis des Mitgefühls. Trish legte ihr die Hand auf die Schulter.

»Ach, es tut mir so leid. Ich hätte das merken sollen! Ich hätte es wissen müssen!«

Aber Donna schüttelte den Kopf.

»Es ist nicht so schlimm. Mir geht es gut. Ich finde, wir sollten weitermachen.« Sie lächelte Rina zu, griff nach ihrem Buch.

Elizabeth schaute in ihre Notizen und sprach jetzt über *Die Glasglocke*.

»Plath hat diesen Roman eindeutig nach Ereignissen in ihrem eigenen Leben geschrieben, aber der Heldin, Esther Greenwood, fehlt ein Schlüsselelement, was meiner Meinung nach für Plath' Gefühlsleben von zentraler Bedeutung war.«

»Und was mag das wohl gewesen sein?« fragte Rina sarkastisch. »Ich beschäftige mich jetzt schon seit Jahren mit Sylvia Plath und ihrem Werk, aber ich habe keine Ahnung, was das Schlüsselelement ist.«

Jen warf ihr einen wütenden Blick zu. Sie hatte das Gefühl, ihre Schwester beschützen zu müssen. Aber Elizabeth ließ sich nicht einschüchtern.

»Es ist der Neid«, sagte sie. »Der Neid hat Sylvia Plath angetrieben. Aber davon redet sie bei Esther Greenwood nicht.«

»Es ist der Neid.« Sie sagten es alle im Chor, als hätten sie plötzlich gleichzeitig die Wahrheit begriffen.

»Sie schreibt es in ihrem Tagebuch«, fuhr Elizabeth fort. »Sie gibt zu, daß sie neidisch ist – auf alle, die tiefer denken, besser schreiben, fröhlicher leben können als sie. Sie ist neidisch auf alle, die hübscher sind als sie. Sie ist neidisch auf Ted Hughes, ihren Mann. Das schreibt sie ziemlich unverhüllt.«

»Die Stelle habe ich mir auch angestrichen.« Cynthia zeigte ihnen die Seite in ihrem Buch. Sie hatte die Passage mit lilafarbenem Stift markiert. »Aber dann habe ich weitergelesen – ich lese zur Zeit oft nachts –, und fast neun Jahre später spricht sie davon, daß sie den Neid überwindet, indem sie mehr Freude an sich selbst hat. Das heißt, sie hat die Gefahr erkannt, die der Neid mit sich bringt, und sie hat ihn bekämpft.«

»Aber diesen Kampf hat sie nicht gewonnen. Wenn sie gewonnen hätte, würde sie heute noch leben, und die Feministinnen hätten eine literarische Ikone weniger«, sagte Rina. »Elizabeth hat recht. Neid ist die Qualität, die ihr Leben und ihr Schreiben bestimmt. Ich sehe das jetzt auch. Dieser Neid hat sie vergiftet, sie gelähmt. Ich bin sehr froh, daß du das erkannt hast, Elizabeth.«

Elizabeth lächelte zaghaft. Rinas Lob kam unerwartet – Rays Einfluß, vermutlich.

»Ich glaube nicht, daß sie wirklich eine Ikone der Feministinnen ist.« Donna hatte die Fassung wiedergewonnen und sprach in dem selbstbewußten Ton, den alle so an ihr mochten. »Aber ich bin auch davon überzeugt, daß Neid eine Eigenschaft ist, die man nur schwer überwinden kann. Er vergiftet zwar nicht immer das ganze Leben, aber bei Plath war es eindeutig so. Ich kann mir nicht vorstellen, daß es einen Menschen gibt, der völlig frei ist von Neid. Wir könnten die Runde machen, und wenn wir ehrlich sind, würden wir alle ein Stück Neid in uns entdecken, das nicht so leicht auszuschalten ist.«

»Wir können es ja gleich mal ausprobieren«, sagte Cynthia. »Und weil der Vorschlag von dir kommt, mußt du anfangen, Donna. Worauf oder auf wen bist du neidisch?«

»Sind wir nicht ein bißchen zu alt für solche Spielchen?« fragte Elizabeth ungehalten und schaute auf ihre Notizen. So viele Punkte, die sie vorbereitet hatte, waren noch gar nicht zur Sprache gekommen! Aber ihre Freundinnen waren Feuer und Flamme und schauten Donna erwartungsvoll an.

»Stimmt, Cynthia. Das ist ein superspannendes Thema«, sagte Rina.

Donna zögerte, rührte in ihrem Kaffee.

»Okay«, sagte sie schließlich. »Aber es funktioniert nur, wenn wir alle absolut ehrlich sind.«

Sie wandte sich zu Rina, die sofort totenbleich wurde und den Blick senkte.

»Hab keine Angst, Rina«, sagte Donna sanft. »Ich beneide dich nicht um Ray. Ich beneide dich um deine Gefühle für ihn. Um deine Fähigkeit, dich emotional auf ihn einzulassen. Ich kann das nur bis zu einem bestimmten Grad – bei ihm, bei Tim, bei den anderen Männern, mit denen ich zusammen war. Ich bin immer zu bedächtig, zu ängstlich, und ich habe mir nie erlaubt, tiefe Gefühle zu entwickeln. Ich hatte Angst davor, in einem Leben gefangen zu sein, das ich eigentlich gar nicht haben will. Ich habe das Leben meiner Mutter als Botschaft verstanden, ich habe ihre Anweisungen befolgt – ›Lebe, sei frei, behalte deine Unabhängigkeit.‹ Weil sie nie gelebt hat, nie frei war, keine Unabhängigkeit kannte. Ich bin zu vorsichtig, viel zu vorsichtig. Ich habe mich immer zurückgehalten, mich gebremst. Ich habe dich beneidet, als du es gewagt hast, Jeremy zu bekommen, allein, ohne Angst um deine Unabhängigkeit, und jetzt beneide ich dich, weil du frei genug bist, um Rays Liebe anzunehmen und zu erwidern. Du hast mich etwas gelehrt. Die letzten Monate, alles, was passiert ist, unsere Gespräche, unsere Bücher – ich habe begriffen, daß ich mein Leben selbst in die Hand nehmen muß und nicht warten darf, bis mich irgend etwas zu einer Entscheidung zwingt.«

Nun wanderte ihr Blick zu Cynthia, die zu einer radikalen Entscheidung gezwungen worden war.

Langsam zerrupfte Donna ihre Papierserviette und heftete die langen, schmalen weißen Streifen an die weiche Wolle ihres gelben Pullovers. Wie sie ihr Leben ändern wollte, erzählte sie den anderen nicht. Die anderen fragten sie nicht danach. Sie saßen da, mit ernsten Gesichtern, weil sie wußten, daß sie genauso offen sein mußten wie Donna.

»Elizabeth.« Cynthia klatschte in die Hände, ganz die dynamische Managerin, die mit viel Geschick die Aufgaben verteilte und ein Spiel dirigierte, das längst kein Spiel mehr war.

Elizabeth sprach langsam und gequält. »Ich beneide jede Mutter, die ein normales Kind hat. Ich beneide die Mütter, die zu mir kommen, um zu besprechen, auf welches College ihre Kinder gehen sollen und ob sie Mathenachhilfe brauchen oder was man machen kann, damit sie nicht immer zu spät kommen, damit ihr Selbstbewußtsein wächst, damit sie aufhören zu kiffen. Ich beneide die Mütter auf dem Spielplatz, sogar die, die ihre Kinder anschreien. Warum schreien sie nur so, verdammt noch mal? Wissen sie denn nicht, daß sie froh sein sollten, daß ihr Kind nicht so ist wie mein Adam?« Sie war kalkweiß.

Und Jen sah zum erstenmal die Zerbrechlichkeit ihrer Schwester. Sie schaute sich unwillkürlich im Zimmer um. Nirgends ein Familienfoto, nicht einmal ein Hochzeitsbild oder eine Aufnahme von Adam. Die Möbel und die Vorhänge waren in gedämpften Braun- und Beigetönen gehalten; gerahmte Schwarzweißfotos von herbstlichen Wäldern und leeren, windgepeitschten Stränden hingen an den hellen Wänden. Jen sah Elizabeth' Leben und Elizabeth selbst plötzlich aus einer neuen Perspektive. Ihre Schwester hatte ihre Wohnung bewußt neutralisiert, so wie sie schon seit der Pubertät ihre Gefühle unter einem Schutzpanzer der Farblosigkeit verbarg. Jen hatte die wortkarge, zynische Art ihrer Schwester immer als Zurückweisung empfunden. Aber während sich Jen in umgängliche Freundlichkeit flüchtete, hatte Elizabeth sich einfach entzogen – zuerst, um den Streitereien ihrer Eltern zu entkommen, dann, um mit einer unglücklichen Ehe und mit der Tragödie ihres Sohnes fertig zu werden. Emotionale Distanz bewahrte sie vor emotionalem Schmerz. Aber heute abend – und vielleicht auch schon während der letzten Monate – hatte Jen Hinweise auf einen Veränderungsprozeß erhalten. Elizabeth hatte ein paarmal gelacht, sie wirkte weicher als sonst. Und nun diese große Offenheit.

»Du Arme«, sagte Trish. »Du hast es wirklich schwer.«

Die anderen nickten. Elizabeth' Schmerz gehörte dadurch, daß er ausgesprochen worden war, ihnen allen. Sie hatten sie in der Gruppe immer nur toleriert, anfangs, weil sie Jens Schwester war, und dann, weil sie viel wußte und kluge Sachen sagte und ihre Diskussionen bereicherte. Aber heute abend war etwas Neues dazugekommen – Mitgefühl, Zuneigung. Es war Cynthia, die vorsichtig Elizabeth' Haare berührte.

»Ich bin aber auch auf andere Dinge neidisch«, ergänzte Elizabeth jetzt fast leichthin. »Ich beneide Leute, die nicht so ungeschickt sind wie ich. Ich stolpere dauernd und stoße mich, ich verbrenne mich, schneide mir in die Finger. Manchmal gehe ich ins Bett und entdecke einen blauen Fleck, aber ich habe keine Ahnung, wo ich ihn mir geholt habe. Man könnte also sagen, ich bin neidisch auf Leute mit guter körperlicher Koordination.«

Jen erinnerte sich, daß sich ihre Mutter immer über Elizabeth' Ungeschicklichkeit lustig gemacht hatte, über ihre tapsigen Versuche, tanzen zu lernen. Und mit jeder abfälligen Bemerkung hatte sie Elizabeth' Unsicherheit verstärkt, bis sie den Versuch schließlich ganz aufgab.

Donna und Trish schauten sich an und dachten daran, wie oft sie bei Elizabeth blaue Flecken bemerkt und Bert die Schuld daran gegeben hatten. Schon häufig hatten sie sich in der Krankenhaus-Cafeteria beim Mittagessen darüber unterhalten und überlegt, ob sie Elizabeth darauf ansprechen oder zumindest Jen fragen sollten. Jetzt seufzten sie – erleichtert, weil sie sich geirrt und weil sie nichts gesagt hatten.

Rina wollte sich eins der Cannoli nehmen, ließ es aber bleiben, da Cynthia jetzt ihren Namen aufrief. Sie war an der Reihe. Die kleine gefüllte Teigrolle legte sie sich für nachher hin, als Belohnung für ihre Enthüllungen.

»Ich muß euch sagen, daß ich glaube, ich identifiziere mich mit Plath' unzähligen Wünschen und Eifersüchteleien. Mir wird jetzt erst klar, daß ich sie vielleicht deswegen als Thema für meine Promotion ausgesucht habe. Irgendwo schreibt sie: ›Ich wollte viele Leben leben.‹«

»Das sagt sie sogar öfter«, bemerkte Trish.

»Bei mir ist es genauso. Ich wollte wissen, wie es sich anfühlt, wenn man arm ist, also habe ich gespielt, ich hätte kein Geld. Ich war Einzelkind, also habe ich mir eine Phantasiefamilie ausgedacht, mit vielen Brüdern und Schwestern. Ich habe mich immer wieder neu erfunden, habe irgendwelche mysteriösen Anspielungen gemacht, obwohl ich gar nicht so mysteriös bin, ich habe Geschichten erfunden, auch hier in unserer Runde – von einer Frau, die klaut, von einem verschwundenen Liebhaber. Einen Monat war ich überzeugte Jüdin. Im nächsten hat mich alles, was irgendwie nach Religion roch, nicht im geringsten interessiert. Ich habe mir Eltern zurechtgelegt, die interessanter waren als mein Vater und meine Mutter. Und dann sind sie bei diesem Autounfall ums Leben gekommen. Ich habe alle Leute beneidet, die noch Eltern hatten, egal, ob sie interessant oder langweilig waren. Ich konnte den Gedanken nicht ertragen, daß ich ganz allein auf der Welt bin, das einzige Kind von Eltern, die beide Einzelkinder waren, keine Verwandten irgendwo. Ich habe jeden beneidet, der eine Familie hat, und deshalb wurde Jeremy meine Familie, aber dann hat der Neid erst richtig angefangen. Der Neid auf Frauen, die Männer hatten, die Geld hatten, die nicht um Liebe und um Essen betteln mußten, Neid auf alle Akademiker, die ihre Doktorarbeiten fertigstellen konnten, weil jemand anderes für sie und ihre Kinder sorgte. Und einfach ganz allgemeiner Neid. Ich bin nicht stolz darauf, aber so war ich.«

»So *warst* du?« fragte Trish mit ihrer Therapeutinnenstimme.

»Ja, so *war* ich«, erwiderte Rina bestimmt. »Und so bin ich nicht mehr. Weil ich mich bei Ray geborgen fühle. Ich fühle mich geborgen, geliebt, verbunden. Und was fast noch wichtiger ist: Ich liebe, ich gebe Geborgenheit, ich schaffe eine

Verbindung. Ich habe Ray, ich habe Jeremy, ich habe Donna – und euch alle. Ich habe so viel Glück! Wahrscheinlich verdiene ich das gar nicht.«

»Doch, du hast es verdient.« Donna schaute ihre Freundin lächelnd an. »Du wagst sehr viel, Rina. Als ich gesagt habe, daß ich dich um deine Gefühle für Ray beneide, hätte ich noch hinzufügen sollen, daß ich an die Nacht im Krankenhaus denken mußte, als Jeremy geboren wurde. Damals habe ich gedacht, wie mutig es von dir ist, daß du dieses Kind bekommst und bereit bist, es allein großzuziehen. Und jetzt bin ich froh, daß du es nicht mehr allein tun mußt, weil Ray bei dir ist. Das meine ich ganz ehrlich. Ich freue mich für euch beide, und ich freue mich auch für mich selbst – für uns alle. Es ist so wunderbar, daß wir so ehrlich zueinander sein können.«

»Jetzt bist du dran, Jen. Wen beneidest du? Worauf bist du neidisch?« fragte Cynthia sanft. Mit Jen gingen alle immer behutsam um, mit ihrer kleinen, koboldhaften Freundin, die sich jetzt mit den Fingern durch die kurzen Locken fuhr und am Kragen ihres hellgrünen Pullovers herumzupfte.

»Bei mir ist es ganz einfach. Ich beneide Ian um sein Talent«, sagte sie ruhig.

»Aber du hast doch selbst unheimlich viel Talent!« protestierte Cynthia. »Du bist die begabteste Zeichnerin, mit der ich bei Nightingale's zusammenarbeite.«

»Ja, klar, ich habe eine künstlerische Begabung. Ich mache das, was mir aufgetragen wird, kompetent und gut. Aber Ian ist ein Künstler. Er hat das gewisse Etwas. Ich wollte, ich könnte mit dem Pinsel so umgehen wie er, aber das kann ich nicht, und ich weiß es. Ich könnte nie mit ihm mithalten. Nicht so wie Sylvia Plath mit Ted Hughes. Sie dachte, sie ist als Dichterin mindestens so gut wie er, und vielleicht war sie das ja auch, oder sie hätte es sein können. Ich bin realistisch. Ich sehe Ians Bilder, ich sehe meine eigenen, und ich weiß, daß wir in kreativer Hinsicht in zwei verschiedenen Welten leben. Meistens bin ich froh, daß ich ihm auf seinem Weg helfen darf und ihm bei den Vorbereitungen für eine Ausstellung beistehen kann und solche Sachen. Aber natürlich nicht immer. Ich bin ja keine Heilige. Manchmal bin ich wahnsinnig sauer, weil ich ihn so rückhaltlos unterstütze – und er hebt nicht mal seine dreckige Unterwäsche auf und nimmt so viel Platz im Loft ein. Ich habe angefangen, mich zu wehren, mich zu beklagen und Forderungen zu stellen. Ich sage ihm, was in mir vorgeht, und er hört mir sogar zu. Er verändert sich. Unsere Beziehung wird immer besser. Ich bin nicht Sylvia Plath. Sie hat sich als Heilige stilisiert, als die selbstlose Ehefrau, die aufopferungsvolle Mutter. Hughes verläßt sie und lebt mit seiner Geliebten zusammen, und sie bleibt mit zwei kleinen Kindern in einer eiskalten Wohnung zurück. Sie beschwert sich bei allen – nur nicht bei ihm. Was sie ihm nicht verzeihen konnte, war seine Unehrlichkeit. Genauso hat sie es gesagt. Es hat ihr anscheinend nicht soviel ausgemacht, daß er mit einer anderen Frau ins Bett geht, für sie war das Entscheidende, daß er sie belogen hat.«

»Aber Unehrlichkeit in der Ehe ist wirklich sehr schwer zu verzeihen – wenn nicht unmöglich«, sagte Cynthia ruhig und blätterte in dem Tagebuch. »Sylvia selbst sagt, es gibt keine Liebe ohne Vertrauen. Ich verstehe genau, was sie meint. Wenn das Vertrauen in der Ehe stirbt, lebt auch die Ehe nicht mehr lange. Es wäre ein extrem mühsamer Prozeß, sie wiederzubeleben.« Ihr letzter Satz war kaum noch hörbar. Sie klappte das Buch zu, schlug es mit fahrigen Händen wieder auf und starrte auf den schmucklosen Kamin.

Die anderen schauten sich an. Ach, wenn Cynthia doch weiterreden würde – vielleicht könnte sie endlich über Erics Unehrlichkeit sprechen, über das große Geheimnis, das er so lange vor ihr verborgen hatte! Was hatte er getan, um ihr Vertrauen zu enttäuschen, um ihre und seine Liebe in eine Lüge zu verwandeln? Aber Cynthia schloß die Augen und schwieg.

Jen wartete für einen Moment, seufzte und lenkte das Gespräch zurück auf Sylvia Plath.

»Plath hatte ja auch ziemlich viel Ähnlichkeit mit Shirley Jackson, wenn man es sich richtig überlegt«, sagte sie. »Jackson hat geschrieben, damit Geld ins Haus kam, sie kochte, backte, versorgte die Kinder, während ihr Mann die Studentinnen am Bennington College um den Finger wickelte. Plath war auch eine Art ›Lotterie‹-Opfer. Dabei fällt mir ein – ich muß euch etwas erzählen.« Sie lächelte schüchtern. »Ich habe meine Zeichnungen von der ›Lotterie‹ verkauft. Hier ist der Brief. So wie's aussieht, ist die sogenannte graphische Literatur im Moment der große Renner.« Sie strahlte, ihr kleines Elfengesicht leuchtete vor Freude.

»Jen, das ist ja toll!«

»Super!«

»Weiter so, Mädchen.«

»Warum erzählst du uns das jetzt erst?« fragte Elizabeth.

»Ich wollte erst mein Neidgeständnis loswerden«, antwortete Jen. »Oder vielleicht wollte ich auch, daß ihr alle vorher etwas sagt, damit keine von euch behaupten kann, sie ist neidisch auf *mich*.«

Sie lachten alle.

»Wer fehlt noch?« fragte Rina. »Jede muß ran.«

»Cynthia und ich waren noch nicht an der Reihe.« Trish schaute von ihrem Block auf. Als geübte Therapeutin hatte sie die Namen abgehakt. »Ich fange an.«

Sie wurde rot und redete sehr langsam, den Blick auf Cynthia geheftet.

»Es geht um einen schon etwas veralteten Neid. Ich habe dich beneidet, Cynthia. Um dein Leben – daß du dir so viel Hilfe leisten kannst, wie du nur willst. Daß du nie in deiner Umgebung mit Schönheit geizen mußt. Daß dein Job so spannend ist. Ich habe dich immer weiter beneidet, obwohl ich wußte, daß ich mir das alles auch leisten könnte – oder jedenfalls fast alles. Und meine eigene Arbeit ist ja auch sehr wichtig, und ich mache meine Sache nicht schlecht.« Jetzt schaute sie Cynthia nicht mehr an.

»Und meine Ehe? Hast du mich auch um meine Ehe beneidet?« fragte Cynthia betont sachlich.

»Ich glaube, wir haben dich alle beneidet.« Es war Jen, die ihre Frage beantwortete, wenn auch zögernd. »Du hattest einfach alles. Das ideale Leben.«

»Das habe ich auch gedacht. Im Rückblick beneide ich mich selbst.« Cynthia lachte bitter. »Mein Leben war perfekt. Ich habe schon beim Aufwachen gelächelt. Ich konnte es kaum erwarten, den Tag in Angriff zu nehmen. Jetzt kann ich es kaum erwarten, bis der Tag endlich vorbei ist. Und das ist auch meine Antwort auf die Frage, wen oder was ich beneide. Ich bin neidisch auf das Leben, das ich einmal hatte.«

»Aber warum ...?« Die Frage gefror Jen auf den Lippen. Sie würde sowieso nicht beantwortet werden. Cynthia hatte sich wieder verschlossen, ihr Gesicht eine Maske, traurig und wütend zugleich.

»Ich bin fertig«, sagte sie. »Ich habe die Wahrheit gesagt.«

Jen erkannte die Endgültigkeit ihres Tonfalls: So beendete Cynthia ihre Meetings, wenn eine Präsentation die Grenzen ihrer Geduld strapaziert hatte, wenn sie ein Projekt abschließen wollte.

»Gut – Cynthia ist fertig. Wir sind alle fertig.«

Rina, die glückliche Rina, die endlich ihre Eifersüchteleien überwunden hatte, wollte auch, daß das Spiel jetzt vorbei war. Es hatte seinen Höhepunkt erreicht. Trish hatte den Neid angesprochen, den sie alle kannten, den Neid auf Cynthia, der jetzt nicht mehr galt. Cynthias Leben war nicht mehr beneidenswert. Sie war allein, und der Neid der anderen hatte sich in Mitleid verwandelt. Sie verstanden nicht, was mit ihr und Eric los war. Die Frage beschäftigte sie immer noch, aber nach den monatelangen Spekulationen hatte sich etwas verändert: Es ging jetzt viel mehr um ihre eigenen verborgenen Sehnsüchte, um die Pläne und Muster ihres eigenen Lebens.

Elizabeth stand auf und trat ans Fenster, schaute hinunter auf die Straße. Eine Frau ging allein durch die Dunkelheit, blickte hinauf zu den Lichtern in den Fenstern. Im Haus gegenüber sah sie eine Mutter bei ihrem Sohn sitzen, im Lichtkreis der Tischlampe. Sie hatte die beiden schon früher beobachtet. Der Junge hatte rote Haare und war etwa so alt wie Adam, vielleicht ein Jahr jünger oder älter. *Adam.* Der Gedanke an ihren Sohn war ein Stachel in ihrem Herzen. Bestimmt war er wohlbehalten von seinem Ausflug zum Spielplatz zurückgekehrt. Wie viele Straßen hatte er überquert? War sein teurer Helfer, der Schatten, die ganze Zeit direkt bei ihm gewesen, um ihn sicher von Gehweg zu Gehweg zu geleiten? Sie schloß die Augen und horchte auf Trish, die jetzt lachend andere Formen des Neids aufzählte.

»Ich beneide Miranda Richardson, weil sie mit Liam Neeson schlafen kann. Und ich beneide Frauen mit einer schmalen Taille, mit leicht frisierbaren Haaren und Frauen, die geduldigere Mütter sind als ich. Ich beneide Leute mit vielen Verwandten und alle, die einen Geburtstagskuchen backen können.«

»Du kannst ja uns als Verwandte nehmen«, schlug Donna vor. »Lad uns doch zu Thanksgiving, zum Muttertag und zu Weihnachten ein.«

»Abgemacht!« rief Trish vergnügt. »Eine offene Einladung.«

Alle waren froh, daß das Spiel vorüber war, daß sie ihre Gefühle den anderen offenbart und so ihren Schmerz gelindert hatten. Was für eine Erleichterung! Sie waren stolz auf ihre Ehrlichkeit, aber irgendwie auch verwirrt. Etwas hatte sich verändert, sie hatten eine emotionale Mauer überwunden, aber sie waren noch nicht bereit, das neue Terrain zu erforschen.

»Was lesen wir als nächstes?« fragte Trish.

»Du meinst, wen lesen wir als nächstes?« entgegnete Rina. »Ich glaube, wir interessieren uns mehr für die Schriftsteller als für ihre Bücher. Aber das ist gar nicht so übel.«

»Wer ist an der Reihe?«

»Cynthia. Das erste Treffen nach dem Sommer war bei Cynthia, das letzte Treffen vor dem Sommer findet wieder bei ihr statt.« Trish führte Buch, Trish paßte auf.

»Dann darf Cynthia entscheiden.«

»Keine Selbstmordautorinnen mehr. Keine Opfer! Wir brauchen ein Happy-End. Unser Dinner mit Anna Karenina ist vorbei, jetzt kehren wir zur Unschuld zurück.« Sie überlegte. »Was würdet ihr davon halten, wenn wir in unsere Lesevergangenheit zurückgehen? Zu *Betty und ihre Schwestern*?«

Begeistert klatschten alle in die Hände.

»Louisa May Alcott. Unsere wunderbare Louisa May.«

»Perfekt.«

»Genau das richtige!«

»Ich kann's kaum erwarten.«

Sie sprudelten über vor Enthusiasmus, die Vorstellung, dieses Buch aus ihrer Kindheit noch einmal zu lesen, entzückte sie. Sie dachten jede an die Zeit, als sie sich ins Leben der Schwestern March, der Heldinnen von Alcotts Geschichte, hineingelesen hatten. Voller Freude nannten sie die Namen der Schwestern. »Jo!« »Meg!« »Die arme Betty!« »Amy!«

»Ja, Amy. Ich wollte immer Amy sein«, sagte Cynthia verträumt.

Wieder lachten alle, aber sie wunderten sich nicht. Amy liebte schöne Kleider und kleine Luxusgüter. Blumen und Möbel. Und wie Cynthia heiratete Amy in ein wohlhabendes, aufregendes Leben. Aber anders als bei Cynthia hatte Amys Eheglück gehalten.

Die Terminkalender wurden hervorgeholt. Ein Termin wurde bestimmt. Elizabeth bot sich an, etwas über *Exzerpte aus dem Fruitlands-Tagebuch* zu sagen, in denen Louisa May beschrieb, wie ihr Vater, Bronson Alcott, versuchte, eine utopisch transzendentale Gemeinschaft zu gründen. Elizabeth, mit ihren merkwürdig eklektischen Lesegewohnheiten, hatte nämlich auf einem Bücherflohmarkt ein Exemplar von Alcotts Tagebuch gefunden.

»Davon können wir viel lernen«, sagte sie betont ernst. Aber die allgemeine Fröhlichkeit war nicht zu dämpfen.

Lachend gossen sie sich Kaffee nach, bedienten sich bei den Cannoli. Sie kosteten das Gebäck, indem sie schnell die Zunge ausstreckten und sich dann mit kleinen Bissen vorarbeiteten, so daß die Füllung herausquoll.

»Besser als die, die ich in Little Italy kaufe«, sagte Trish.

»Zuviel Zimt«, fand Rina.

»Nicht genug Zimt!« widersprach ihr Donna.

Jen wollte sich das letzte Stück nehmen, und plötzlich streckten alle die Hände danach aus, um sich zu bedienen, und leckten sich kichernd die süße Füllung von den Fingern, wie kleine Mädchen, die sich bei einer Geburtstagsparty danebenbenehmen.

Das Telefon klingelte, als Elizabeth gerade Papierservietten verteilte. Sie zögerte.

»Wahrscheinlich ist es Bert, der hören will, was mit Adam ist«, sagte sie. »Er weiß, daß ich heute mit dem Therapeuten gesprochen habe.«

»Was ist mit Adam?« fragte Jen. Sie empfand eine spezielle Nähe zu ihrem Neffen. Wie oft hatte sie ihn an sich gedrückt, als er noch ein Baby war! Und schon damals hatte sie die Rigidität seines kleinen Körpers gespürt, seinen Widerstand gegen jede Art von Berührung und Zärtlichkeit. Ach, sie hatte solches Mitleid mit ihm gehabt – und sie bemitleidete ihn auch heute noch. Sie rückte näher zu ihrer Schwester, die den Hörer so fest umklammerte, daß ihre Knöchel ganz weiß wurden. Dazu bewegte sie stumm die Lippen.

»Ist was mit Adam?« fragte Jen erschrocken. »Ist etwas passiert?«

Aber Elizabeth antwortete ihr nicht. Sie schwankte, als

würde sie unter einer Last zusammenbrechen. Jens Herz schlug schneller. Es war etwas passiert, etwas Schlimmes.

»Wann?« fragte Elizabeth tonlos in den Hörer. »Sind Sie wirklich sicher? War der Arzt schon da?«

»Elizabeth – was ist los? Was ist passiert?«

Jen kniete neben ihr, nahm ihre Hand, und Elizabeth umklammerte ihre Finger ganz fest, während sie mit ihrer mechanischen Roboterstimme weiterredete.

»Mein Mann ist nicht in New York. Ich werde versuchen, ihn zu erreichen. Aber meine Schwester ist gerade hier bei mir. Wir werden alles besprechen und die Vorbereitungen treffen. Ich rufe Sie zurück. Ja. Vielen Dank.«

Leise, ganz leise legte sie auf und blieb reglos sitzen.

»Elizabeth – sag doch endlich, was los ist!« Jens Gesicht war ganz verzerrt, sie hatte Tränen in den Augen. »Ist was mit Adam?«

Ihre Schwester schüttelte den Kopf. »Nein, Gott sei Dank ist nichts mit Adam. Das war die Leiterin des Seniorenheims. Sie hat ihretwegen angerufen – wegen unserer Mutter. Sie ist gestorben. Die Pflegerin hat gesagt, es ging ganz schnell. Sie – Mutter – wollte vom Stuhl aufstehen und sich auf die Pflegerin stützen, und dann ist sie in sich zusammengesackt. Sie war sofort tot. Es tut ihnen leid. Das hat die Frau am Telefon gesagt: ›Es tut uns leid.‹ Ach, Jen …«

Sie schüttelte verstört den Kopf, dann breitete sie die Arme aus, und Jen schmiegte sich an sie. Die beiden Schwestern weinten – aus Trauer um die Mutter, die sie nicht geliebt hatten. Sie weinten um all das, was ihnen gefehlt hatte, von den Tagen ihrer angsterfüllten Kindheit bis zu diesem kalten Märzabend, an dem ihre Mutter aus dem Leben geschieden war.

Die anderen umringten sie, drückten ihr Beileid aus, versprachen Hilfe. Trish rief Ian an. Cynthia entdeckte eine Flasche Brandy und goß jeder von ihnen einen Schluck von der goldenen Flüssigkeit ein, die in der Kehle brannte und den Schmerz linderte. Als das Telefon wieder klingelte, nahm Trish ab und redete mit Bert, erzählte ihm, was passiert war, und gab dann das, was er gesagt hatte, an Elizabeth weiter. Er werde gleich morgen früh den ersten Flug nehmen. Er werde das Seniorenheim anrufen und alle notwendigen Vorbereitungen treffen. Seine Reaktion wunderte alle, aber später fiel ihnen auf, daß sie sich an diesem Abend eigentlich dauernd nur gewundert hatten.

Sie hatten gewußt, daß die Welt der Sylvia Plath gefährlich war, aber mit derart intimen Geständnissen hatten sie nicht gerechnet. Zuerst Donnas Eröffnung, dann das seltsame Beichtspiel. Und schließlich der Tod der alten Frau, der lieblosen, ungeliebten Mutter von Jen und Elizabeth, die sich jetzt – trotz allem – ganz verlassen fühlten. Sie war zwar keine gute Mutter gewesen, aber sie war *ihre* Mutter. Ihr Tod machte jede Versöhnung unmöglich und ließ die beiden mit ihrer Trauer allein zurück.

Es hatte die anderen zudem verblüfft, daß Bert, den sie noch nie besonders gemocht und vor dem sie manchmal sogar Angst gehabt hatten, plötzlich eine ganz neue Rolle annahm. In einem Hotelzimmer, allein in einer fernen Stadt, übernahm er Verantwortung, nahm Elizabeth und Jen die schreckliche Pflicht ab, all die Aufgaben zu erledigen, die der Tod mit sich brachte. Aber vielleicht war die Rolle ja gar nicht so neu? Er hatte seinen Sohn nicht im Stich gelassen, auch nicht seine Frau, obwohl sie ihn verlassen hatte. Er kannte seine Pflichten. Und Elizabeth, die traurige, negative Elizabeth, hatte das immer gewußt. Die Frauen des Leseclubs würden ihn von nun an mit anderen Augen sehen.

Schweigend räumten sie den Tisch ab, spülten das Geschirr, leise, auf Strümpfen. Sie nahmen ihre Bücher, gaben noch einmal murmelnd ihrem Beileid Ausdruck, umarmten Jen, drückten Elizabeth' Hand und gingen. Nur Trish blieb noch.

»Jen, möchtest du heute nacht lieber bei Elizabeth bleiben?« fragte sie liebevoll. »Sonst kann ich dich nach Hause bringen. Jason schickt einen Wagen.«

Jen schaute ihre Schwester fragend an.

»Ich schaff das schon, Jen«, sagte Elizabeth. »Und du willst jetzt bei Ian sein. Er wird sich um dich kümmern.«

Jen nickte. Wie schön, daß Elizabeth es so sah. Mit ihrem unbestechlichen schwesterlichen Blick erfaßte sie, was in ihr vorging. Sie umarmten sich, dann nahm Jen ihre Bücher und folgte Trish hinaus in die Nacht.

8

Jen wurde am nächsten Morgen unsanft aus dem Schlaf gerissen.

»Jen, mein herzliches Beileid. Kann ich irgend etwas für dich tun?«

Benebelt, wie sie war, erkannte sie trotzdem Erics Stimme. Sie erinnerte sich daran, daß das Telefon hartnäckig geklingelt hatte, aber sie wußte nicht mehr, daß sie abgenommen hatte. Das lag wahrscheinlich an der kleinen rosaroten Pille, die Trish Ian gegeben und die er ihr auf die Zunge gelegt hatte. Dann hatte er ihr noch ein Glas kaltes Wasser an die Lippen gehalten, damit sie die Tablette hinunterspülte. Trish war Ärztin. Sie hatte immer ein Mittel gegen Kummer dabei.

»Vielen Dank. Aber ich glaube, du kannst im Moment gar nichts tun.« Sie schaute auf die Uhr. Ihre Hand zitterte. Sie hatte gefürchtet, überhaupt nicht schlafen zu können, und jetzt war es schon später Vormittag.

»Ich weiß, es gibt viel zu erledigen – die ganzen Vorbereitungen …« Eric war hartnäckig.

Cynthia hatte in den goldenen Zeiten ihrer Ehe immer voller Bewunderung von Erics Beharrlichkeit gesprochen. »Auf diese Weise bekommt er das Geld für seine Dokumentarfilme zusammen und überzeugt seine Leute mitzuarbeiten. Zu Eric sagt niemand gern nein«, hatte sie voll Stolz erzählt.

»Ich möchte so gern helfen, Jen.« Er gab nicht auf.

Will er vielleicht noch etwas anderes? dachte Jen verstimmt. Nähe zu ihr bedeutete Nähe zu Cynthia. Aber es tat ihr gleich leid, daß sie so etwas Unfreundliches dachte. Eric war immer sehr hilfsbereit und wollte anderen beistehen. Sie wußte, daß er sie ganz besonders mochte, so wie sie selbst umgekehrt für ihn sehr viel übrig hatte. Zwischen ihnen bestand eine spontane, intuitive Freundschaft, unabhängig von Cynthia, unabhängig von Ian. Sie lachten über dieselben Sachen und hatten sich oft bei großen Partys auch über sehr ernsthafte Dinge unterhalten – Inseln der Intimität im allgemeinen Höflichkeitsgeplauder. Deshalb hatte er sich ja auch an sie gewandt, als er über Cynthia reden wollte. Nein, er hatte bestimmt keine anderen Motive.

»Das ist sehr lieb von dir, Eric«, sagte sie. »Aber Bert und Ian kümmern sich um alles. Denke ich jedenfalls.«

Sie erinnerte sich vage daran, daß Ian gesagt hatte, er werde sich mit Bert wegen der Beerdigung treffen und mit ihm besprechen, was alles getan werden mußte. Sie hatte noch halb geschlafen, als er im milchigen Licht der Frühe im Loft auf und ab gegangen war. Jetzt fiel ihr auch wieder ein, daß Elizabeth angerufen und Ian mit ihr gesprochen hatte. Sogar im Halbschlaf hatte sie das überrascht – Ian und Elizabeth redeten eigentlich nie miteinander. Aber nun war alles anders. Der Tod war in ihr Leben getreten, die Perspektive hatte sich verändert. Sie hatten eine gemeinsame Aufgabe, Elizabeth und Bert, Jen und Ian.

Jetzt, am hellen Tag, schien es nur logisch, daß sich Ian beteiligte, daß sich Elizabeth an ihn wandte und er sich mit Bert verabredete. Ein Begräbnis mußte organisiert, Papiere mußten unterschrieben werden, es galt, verschiedene Leute anzurufen. Es war eine Familienangelegenheit, und Ian war ihre Familie, genau wie Bert und Elizabeth. Erst der Tod ihrer Mutter hatte ihrer Schwester diesen Sachverhalt begreiflich gemacht.

Was konnte Eric ihr helfen, der doch gerade seine Familie *verloren* hatte?

Sie starrte auf den Hörer und überlegte verzweifelt, was sie sagen sollte, als sie auf dem Nachttisch einen Zettel mit Ians Schrift entdeckte.

»Warte bitte mal kurz, Eric.«

Sie überflog die Nachricht: Ian traf sich mit Bert im Seniorenheim. Die Leiterin wollte mit Familienangehörigen sprechen, vermutlich, um ihnen zu versichern, daß das Heim seine Pflichten nicht vernachlässigt hatte. Er werde sie anrufen, sobald er mehr wisse. *Ruh Dich noch ein bißchen aus, Babe. Ich liebe Dich.*

Statt einer Unterschrift hatte er eine langstielige Sonnenblume mit runden Blütenblättern gemalt, ihr geheimes Liebessymbol.

Sie las den Zettel noch einmal und steckte ihn dann in die Tasche ihres Nachthemds.

»Bert und Ian sind im Seniorenheim, Eric. Ich warte hier, bis er anruft. Dann weiß ich, wie's weitergeht.«

»Gut – ich melde mich später noch mal. Ist sonst bei dir alles in Ordnung?«

»Ja, alles in Ordnung. Aber – woher weißt du das mit meiner Mutter überhaupt?«

»Cynthia hat mich angerufen.«

»Cynthia?« Man hörte Jen an, wie erstaunt sie war.

»Ja. Sie weiß, wie wichtig du mir bist und daß wir Freunde sind, du und ich, gute Freunde. Sie wollte, daß ich Bescheid weiß. Sie hat gedacht, ich könnte vielleicht irgendwie behilflich sein und etwas für dich tun. Jonglieren. Einen Kopfstand machen. Dich zum Lachen bringen. Dich zu einem teuren Brunch einladen.«

»Das ist aber lieb von ihr.«

»Cynthia ist ein sehr lieber Mensch«, sagte er. »Das weiß ich. Schon immer. Ich hätte ihr vertrauen sollen.«

Er klang jetzt so traurig, daß Jen Angst bekam, er würde anfangen zu weinen. Dann hätte auch sie die Tränen nicht mehr zurückhalten können.

»Ihr solltet endlich miteinander reden, du und Cynthia«, sagte sie leise. »Könnt ihr denn nicht eine Lösung finden?«

Eigentlich stand es ihr ja nicht zu, so etwas zu sagen, das

wußte sie. Deshalb fand sie es auch ganz normal, daß er nicht darauf einging.

»Ich rufe dich bald wieder an, Jen«, sagte er nur. »Du solltest etwas essen. Ich habe eine Idee: Wir treffen uns zum Brunch.«

»Vielleicht. Ich muß erst noch sehen.« Aber sie wußte schon, als sie auflegte, daß sie sich mit ihm treffen würde. Es war nur recht und billig, daß sie sein freundliches Angebot annahm.

Sie wählte Elizabeth' Nummer. Keine Antwort. Bestimmt war ihre Schwester zur Arbeit gegangen. Das würde ihr ähnlich sehen. Es fiel ihr leichter, in einem öffentlichen Rahmen mit ihrem Leid fertig zu werden, geschützt durch einen Schreibtisch und einen Stapel Papier. Die Stille des Kummers wurde übertönt von ständig klingelnden Telefonen, dazu kamen Memos, Sitzungen und die Anerkennung durch die Kollegen *Wirklich toll, daß sie trotz allem zur Arbeit kommt. Das ist echtes Engagement.*

Jen würde nicht zur Arbeit gehen. Der Sommerkatalog von Nightingale's konnte noch einen Tag warten – oder auch zwei Tage, eine Woche, bis in alle Ewigkeit.

Sie duschte, zog ihren Bademantel über, machte sich einen Kaffee. Es war kein Brot im Haus. Die Butter roch ranzig. Ian hatte zwar versprochen, einkaufen zu gehen, hatte es aber offensichtlich vergessen. Jen trat, wie so oft, an seine Staffelei und studierte das Bild, das er vermutlich in der Nacht noch fertig gemalt hatte. Eine spätwinterliche Stadtlandschaft. Graue Wolken ballten sich zusammen, wurden durchbohrt von Türmen und lasteten schwer auf den zylindrischen Zisternen der Wolkenkratzerdächer. Es war phantastisch. Sie verzieh ihm, daß er nicht eingekauft hatte. Nein, er hatte es nicht vergessen. Er hatte sich in seiner Arbeit verloren. Mittendrin aufzuhören, um Brot und Butter zu kaufen, wäre unmöglich gewesen. Vorsichtig berührte sie die Leinwand. Die Farbe war trocken.

Das Telefon klingelte wieder. Ian. Er klang sehr besorgt.

»Ist alles in Ordnung? Du warst völlig daneben, als ich vorhin gegangen bin.«

»Ich glaube, das lag an Trishs rosaroter Pille. Es geht mir gut. Was gibt's Neues?«

»Sie möchten eine Autopsie machen. Das sei angebracht, meinen sie. Bist du einverstanden?«

»Ja. Was sagt Elizabeth dazu?«

»Bert denkt, sie würde auch zustimmen. Sie ist bei der Arbeit. Er ruft sie in der Schule an. Ganz schön gefühlskalt, deine Schwester, daß sie an so einem Tag arbeiten geht.«

»Nein, sie ist in Wahrheit nicht gefühlskalt. Sie macht es nur anders als andere Leute.« Jen wollte ihm gern erzählen, wie sie inzwischen über Elizabeth dachte, aber nicht heute, nicht am Telefon.

»Na gut, wenn du meinst. Ich bin in zwei, drei Stunden wieder zu Hause. Wir müssen die Sachen deiner Mutter zusammenpacken und dann rüber ins Krankenhaus, um die Dokumente zu unterschreiben.«

»Vielen Dank, Ian. Übrigens – ich finde dein Bild ganz, ganz toll.«

»Ach ja, mein Bild. Ja, es ist okay. Das heißt – ich finde es eigentlich auch ziemlich toll.«

Sie hörte die Freude in seiner Stimme und ahnte, daß er lächelte und sich mit den Fingern durch die hellen Haare fuhr. Ein schwieriges Werk vollendet, die nächste Hürde genommen. Ja, die Ausstellung würde zustande kommen. Er war kurz vor dem Ziel.

»Ach, noch was – ich treffe mich mit Eric zum Brunch.«

»Mit Eric?«

»Es ist nichts zu essen im Haus. Er hat angerufen, weil er irgendwie helfen möchte. Und ich habe Hunger.«

»Na dann – laß es dir schmecken.« Er klang belustigt, nicht verärgert.

»Und ich liebe deine Sonnenblume.«

»Und ich liebe dich.«

Er legte auf, und als Eric wieder anrief, bedankte sich Jen bei ihm für seine Einladung und fragte, wann und wo sie sich treffen sollten.

»Im Bryant Park Grill«, schlug Eric vor. »Halb eins. Ich muß mich kurz vor zwölf dort mit jemandem treffen, aber es dauert höchstens eine halbe Stunde. Paßt dir das?«

»Ja, ausgezeichnet.«

Als sie gerade aufbrechen wollte, rief Cynthia an. Sie werde per Boten einen schwarzen Hosenanzug schicken lassen, der für eine Katalogaufnahme verwendet worden war. In Jens Größe.

»Du brauchst jetzt so was«, fügte sie hinzu.

»Ja, stimmt, für das Begräbnis.«

Das Wort machte ihr keine Angst. Ihre Mutter war gestorben und würde begraben werden. Die Trauerfeier wurde von Bert organisiert, mit Ians Hilfe.

Cynthias Geste befremdete sie auch nicht. Es paßte zu ihr, daß sie sich über die angemessene Kleidung Gedanken machte und jedes Detail im Auge behielt. Sie würde Jen für das Begräbnis ausstatten, so wie sie ihre Töchter jeden Morgen mit passenden Socken und T-Shirts ausstattete, so wie sie viele Jahre lang Erics Schubladen mit pastellfarbenen Hemden und Paisley-Krawatten gefüllt hatte. Sie kleidete sie alle ein in die Uniformen ihrer Liebe. Das konnte sie am besten, und sie tat es für ihr Leben gern. Jen wußte es – und war ihr dankbar dafür.

»Vielen Dank, daß du dich darum kümmerst, Cynthia«, sagte sie. Ihre Stimme war jetzt ganz belegt.

»Soll ich auch für Elizabeth etwas aussuchen?« fragte Cynthia. »Ich dachte an ein schlichtes dunkelblaues Leinenkleid.«

»Nein, ich glaube nicht.«

Elizabeth würde sich wahrscheinlich nicht über ein Geschenk von Cynthia freuen. Sie betrachtete so etwas als Einmischung, als eine Form der Kontrolle.

»Du kennst doch Elizabeth«, fügte Jen entschuldigend hinzu. »Aber es ist sehr lieb von dir, daß du an sie denkst. Daß du an uns *beide* denkst.«

Erst als sie ins blasse Licht des Spätwintertags hinaustrat, fiel ihr auf, daß sie ihre Verabredung mit Eric gar nicht erwähnt hatte. Es war keine Absicht gewesen, aber trotzdem beschäftigte es sie, während sie durch die geschäftigen Straßen zum Bryant Park ging.

Obwohl es noch kalt war, herrschte im Park viel Betrieb. Schachspieler beugten sich über die Bretter auf den kleinen Tischen und machten mit behandschuhten Fingern ihre Züge. Unermüdliche Leser, ihre Stoffbeutel vollgepackt mit Büchern, saßen auf den Bänken und blätterten. Junge Mütter, die bunten Schals locker um den Hals, schoben Buggies und riefen ihren Kindern nach, die in dick wattierten Jacken vor ihnen herstolperten. Sie hielten ihre Gesichter dem hellen Kreis der Sonne entgegen, die vergeblich versuchte, durch den feinen Wolkenschleier zu dringen.

Jen entdeckte einen Maler, bei dem sie einmal einen Aktzeichenkurs gemacht hatte – er saß auf einem Hocker, ein offenes Skizzenbuch auf seinem Schoß. Sie hätte gern geschaut, was er zeichnete, aber sie eilte weiter, ehe er sie erkennen konnte. Sie wollte nicht, daß er sie fragte, wie es ihr gehe. Was hätte sie sagen sollen? *Ich bin traurig, weil meine Mutter gestern abend gestorben ist, aber ich weiß nicht, wie ich um sie trauern soll.* Er wäre sicher ganz verwirrt und würde hilflos lachen.

Mit raschen Schritten ging sie zum Grill, wo trotz des kalten Wetters auf der Terrasse Tische aufgestellt waren – für die ganz unerschrockenen Gäste. Drei Frauen, in dicke Pelzmäntel gehüllt, studierten ein Buch mit Stoffmustern, während sie ihren Kaffee tranken. Die Handschuhe an den Fingern erschwerten den Prozeß des Umblätterns. Jens Blick fiel auf ein älteres Paar. Die beiden saßen friedlich nebeneinander, ihre weißen Haare leuchteten in der blassen Sonne, und sie lächelten sich zu, während sie in ihrer heißen Schokolade rührten. *Haben sich meine Mutter und mein Vater ein einziges Mal so angelächelt, haben sie je an einem Wintervormittag die Sonne genossen?* Der Gedanke machte Jen noch trauriger. Am nördlichen Ende der Terrasse saßen zwei Männer an einem Tisch in der Sonne, beide mit dem Rücken zu ihr.

»Bitte bezahlen!«

Einer der Männer war Eric. Sie erkannte seine Stimme, schon bevor er sich umdrehte und sie sein Profil sah. Er hatte sie noch nicht bemerkt. Sein Begleiter stand auf. Ein sehr junger Mann, eigentlich noch ein Junge, mit hellen Haaren und feinen Gesichtszügen, genau wie Eric. Er sah aus wie ein typischer Student – verwaschene Jeans, grauer Pulli, Lederflicken an den Ellbogen, abgetragen, aber teuer. Der Kellner brachte die Rechnung, während der Junge seinen Rucksack aufsetzte, sich vorbeugte und Eric auf die Wange küßte. Eric kramte nach seiner Kreditkarte und holte außerdem noch mehrere Geldscheine heraus, die er dem Jungen gegen dessen Widerstand in die Hand drückte. Dann umarmten sie sich, eine ungelenke männliche Umarmung, mit verlegenem Schulterklopfen.

Jen betrat das Lokal. Ihr Herz pochte heftig, ihre Wangen glühten. Sie versuchte sich zu erinnern, wie Trish den jungen Mann beschrieben hatte, mit dem sie und Jason Eric im East Village gesehen hatten. Helle Haare, hatte sie gesagt, schlank, und irgendwie habe er Eric ähnlich gesehen. Die Beschreibung paßte.

»Kann ich Ihnen behilflich sein, Madam?«

Die junge Dame am Empfangstisch schaute sie fragend an, doch in dem Moment stand auch schon Eric neben ihr.

»Wir haben reserviert. Eric Anders.«

Er nahm Jens Hand, drückte sie freundschaftlich, teilnahmsvoll.

»Ja. Selbstverständlich, Mr. Anders.«

Sie folgten ihr zu einem Tisch, von dem man auf den Terrassenplatz blickte, den Eric gerade verlassen hatte. Jen starrte hinaus auf seine Kaffeetasse, die noch dort stand, auf die Serviette, die im Wind flatterte. Ein gelber Bleistift lag daneben – sicher hatte der junge Mann ihn vergessen, der Mann, der Eric zum Abschied geküßt hatte.

Sie schlug die Speisekarte auf. Erst jetzt merkte sie, wie hungrig sie war. Etwas überhastet bestellte sie ein Rührei und Croissants.

»Für mich das gleiche«, sagte Eric.

Die Kaffeekanne stand wie üblich schon auf dem Tisch, also goß sie sich ein und wollte auch Eric bedienen.

»Noch nicht«, wehrte er ab. »Ich habe gerade einen Kaffee getrunken.«

»Ja, ich habe dich sitzen sehen mit deinem – Freund. Er hat sich verabschiedet, als ich gekommen bin. War das ein Arbeitskollege? Recherchierst du für einen neuen Film?« Sie schämte sich, daß sie ihn hintenrum aushorchte. Eric hatte Besseres verdient.

Er musterte sie mit zusammengekniffenen Augen.

»Nein, es war nicht geschäftlich«, antwortete er knapp, und sie war froh, daß er nicht log.

Dann nahm er ihre Hand.

»Das ist bestimmt nicht leicht für dich.« Er sprach nun wieder sehr liebevoll, der kurze Moment der Irritation war vergessen. Er hatte ja versprochen, sie zu trösten, an ihrem ersten Tag der Trauer.

»Ja, es ist vor allem schwer, weil es so plötzlich gekommen ist. Meine Mutter war alt, und es ging ihr nicht gut, aber wir haben nicht gedacht, daß es so schlecht um sie steht. Deshalb ist es ein ziemlicher Schock. Sie war ein schwieriger Mensch, meine Mutter, und wir haben uns nie besonders gut verstanden, aber ich bin trotzdem traurig, maßlos traurig. Weil sie immer so aggressiv und unzufrieden war. Weil sie nicht wußte, wie man liebt. Ich glaube, es ist gar nicht ihr Tod, der mich traurig macht, sondern ihr Leben.«

Tränen traten Jen in die Augen. Eric drückte ihre Hand. Er wollte sie trösten, so wie sie ihn getröstet hatte. Seine Anteilnahme tat ihr gut, machte es ihr leicht zu sprechen. Ja, zwischen ihr und Eric bestand wirklich eine ganz besondere Beziehung.

»Soll ich dir etwas sagen?« begann sie. »Ich habe sie nie lachen hören. Weder sie noch meinen Vater. Ist das nicht entsetzlich? Ich bin in einem Haus aufgewachsen, in dem weder die Mutter noch der Vater je gelacht haben!«

»Ja, das ist entsetzlich. Und traurig«, stimmt er ihr zu, sprach aber nicht weiter, weil der Kellner das Essen brachte, es kunstvoll servierte und sich dann mit einer Verbeugung entfernte.

»Entsetzlich und traurig für die Eltern. Und für die Kinder«, fügte er noch hinzu, bevor der Kellner den Brotkorb brachte.

»Es heißt immer, Kinder leiden so furchtbar, wenn die Eltern sich scheiden lassen«, sagte Jen. »Aber ich glaube, es ist für sie viel schlimmer, wenn sie in einer Familie groß werden, in der sich die Eltern mit so viel Wut und Haß begegnen, daß die Kinder in ständiger Angst leben. Elizabeth und ich haben immer die Zimmertür zugemacht, damit wir ihre Streitereien nicht hören müssen. Und dann haben wir uns hinter unseren Büchern versteckt. Wir wollten, daß die gedruckten Wörter die Beschimpfungen und die Vorwürfe auslöschen. Ich habe immer gebetet, sie sollen sich endlich trennen und nie wieder unter einem Dach zusammenleben. Du kannst dir nicht vorstellen, wie sehnlich ich mir gewünscht habe, ganz weit weg von ihnen zu wohnen! Scheidung, Trennung – das kann alles nicht so schlimm sein wie eine Kindheit in einer Kampfzone.«

Eric legte die Gabel weg. Sein Gesicht war aschfahl.

»Das stimmt vermutlich.«

Sie schaute ihn an. »Ach, Eric – bitte, verzeih mir.« Jens Stimme zitterte vor Bedauern. »Es war dumm von mir, so etwas zu sagen. Ich habe gar nicht daran gedacht, was ihr gerade durchmacht, Cynthia und du.« Ihre Worte überschlugen sich. Sie hatte ihn wirklich nicht verletzen wollen!

»Ist schon gut, Jen. Was du gesagt hast, trifft ja auf Cynthia und mich gar nicht zu«, erwiderte er ruhig. »Zwischen uns hat es keine wütenden Auseinandersetzungen gegeben. Kein Geschrei. Wenn man sich ansieht, was real passiert ist, klingt es absurd – aber es stimmt, wenn ich sage, wir waren eine sehr glückliche Familie. Das ist ja gerade die Ironie des Schicksals. Und deshalb ist unsere Trennung so ein Schock für alle, die uns kennen. Du weißt ja, ich kann es selbst noch nicht glauben. Ich wache jeden Morgen in meinem mickrigen Apartment auf und muß mir erst wieder bewußtmachen, daß ich allein bin, daß sich mein ganzes Leben verändert hat. Meine beiden kleinen Töchter bürsten sich in einem anderen Stadtteil gerade die Haare, und meine Frau, meine wunderschöne Ehefrau, zieht sich anderswo an. Ich fand es immer so schön, wenn die Mädchen sich die Haare bürsten. Ich habe mit Begeisterung zugeschaut, wie Cynthia ihre Kleidung auswählt.«

Und wieder, wie bei ihrem letzten Treffen, zerrupfte er ein Brötchen und steckte die Krümel nacheinander in den Mund, bedächtig, als würde er mit jedem Stück eine Erinnerung zurückholen, die er sich bewahren wollte.

»Wir haben alle gedacht, ihr seid glücklich. Die ideale Ehe. Das ideale Leben. Bei unserem Leseclub-Treffen gestern abend haben wir über das Thema Neid gesprochen, und wir waren uns darin einig, daß wir alle Cynthia beneidet haben. Um ihre glückliche Familie, ihr schönes Leben. Ich könnte die Situation meiner Eltern nie mit dem vergleichen, was zwischen dir und Cynthia vorgefallen ist. So habe ich das nicht gemeint. Aber ich hätte sensibler sein müssen. Ich weiß ja, daß es dir weh tut, über Kinder und Scheidung zu reden. Bitte, sei mir nicht böse.«

Ihre Wangen wurden immer röter. Sie hatte zuviel gesagt – und doch nicht genug.

Eric antwortete langsam und mit gesenktem Blick, als hätte er Angst, ihr in die Augen zu sehen.

»Was du gesagt hast, hat mich deswegen getroffen, weil die Ehe deiner Eltern offenbar genauso gewesen ist wie eine Beziehung, die ich ganz früher mal hatte. Bevor ich Cynthia kennengelernt habe. Das war keine gute Zeit in meinem Leben. Ich war dumm und unvorsichtig und habe großen Schaden angerichtet. Das heißt, wir haben *beide* Schaden angerichtet, die Frau, mit der ich zusammen war, und ich. Das schlimmste daran ist allerdings, daß ich Cynthia nie davon erzählt habe. Und Cynthia kann es nicht ertragen, wenn man sie belügt. Ich weiß nicht, ob sie dir je erzählt hat, daß ihr Vater ihre Mutter betrogen hat. Er hat so getan, als wären sie eine ganz normale, glückliche amerikanische Durchschnittsfamilie, aber insgeheim hatte er noch ein anderes Leben, eine zweite Familie in Philadelphia. Damit mußte sie in ihrer Kindheit fertig werden. Ihr Leben war auf einer Lüge aufgebaut, und sie hat sich damals geschworen, daß ihre eigene Ehe anders sein würde, daß Ehrlichkeit für sie das oberste Gebot war. Sie wollte nicht, daß Liza und Julie den gleichen Schmerz würden aushalten müssen wie sie. Sie wollte nicht, daß sie einen Vater haben, der lügt und vertuscht. Und ich habe ihr zugestimmt. Ich habe sie darin bestärkt. Dabei habe ich die ganze Zeit ein Geheimnis mit mir herumgetragen. Ein Geheimnis, das ich ihr einfach nicht offenbaren konnte.«

»Sie hat dein Geheimnis entdeckt?« fragte Jen.

Sie mußte an Cynthias Reaktion denken, als sie über Sylvia Plath' Tagebuch redeten und über ihre Verzweiflung, als sie herausfand, daß Ted Hughes, ihr Mann, sie belogen hatte. »Wenn ich etwas nicht verzeihen kann, dann ist es Unehrlichkeit«, hatte die Dichterin geschrieben. Cynthia hatte diese Stelle zitiert und sich uneingeschränkt damit identifiziert. Unehrlichkeit war eine Todsünde.

»Nein. Sie hat es nicht entdeckt. Ich mußte es ihr einfach sagen – die Zeit war gekommen. Aber es wäre nicht fair ihr gegenüber, wenn ich noch mehr erzählen würde. Cynthia und ich haben uns darauf geeinigt, die Sache durchzustehen, ohne andere Menschen hineinzuziehen. Kannst du das verstehen?«

»Ja, natürlich.« Und nach einer kurzen Pause fügte Jen hinzu: »Eric, mit wem warst du heute vormittag verabredet? Wer war der junge Mann, mit dem ich dich gesehen habe?«

»Paul«, sagte er, und ein Lächeln spielte um seine Lippen. »Er heißt Paul. Aber es ist nicht so, wie du denkst, Jen.«

»Das ist nicht wichtig. Was ich denke, ist nicht wichtig.« Sie straffte die Schultern. »Du bist mein Freund. Mein lieber, guter Freund. Und Cynthia ist meine Freundin. Ich bin froh, daß ich euch beide habe. Vor allem heute.«

Jetzt flossen endlich die Tränen. Eric hielt ihre Hand und wartete geduldig, bis das Schluchzen nachließ, dann bot er ihr ein Seidentaschentuch an, das garantiert ein Geschenk von Cynthia war.

»Kommst du zum Begräbnis?« fragte sie ihn, als sie das Restaurant verließen.

»Ja, auf jeden Fall«, versprach er, beugte sich zu ihr hinunter und küßte sie auf die Wange, seine Lippen weich und warm auf ihrer Haut.

Das Begräbnis fand auf einem kleinen Friedhof in New Jersey statt, nicht weit vom Hudson, der in dieser Woche besonders viel Wasser führte, weil es im Nordosten heftig regnete – die typischen Vorboten des Frühlings. Jen stand neben Ian. Ihr kleines Gesicht war blaß, die schwarzen Locken hatte sie unter der Baskenmütze versteckt, die Cynthia mit dem eleganten, aber schlichten schwarzen Hosenanzug samt Mantel geschickt hatte. Ian trug einen neuen Blazer und Khakihosen, seine karottenroten Haare bedeckte eine Tweedmütze. Mit seiner Kleidung gab er eine Art Statement ab, fand Jen: Er schien ausdrücken zu wollen, daß für ihn eine neue Lebensphase begonnen hatte, eine Phase der Verantwortung. Er und

Bert hatten gemeinsam die Vorbereitungen für das Begräbnis getroffen. Er hatte Angehörige von Jen angerufen, die er nicht kannte, hatte in gedämpftem Ton mit Fremden verhandelt, sogar während Guy Maestrato, der Galeriebesitzer, der sich ja schon seit längerem für seine Arbeit interessierte, im Loft auf dem Fußboden kauerte, voller Respekt die neuen Bilder studierte und von einem Vertrag, von potentiellen Sammlern und von Gewinnbeteiligung sprach.

Ian würde eine Einzelausstellung haben. Er würde Kritiker und Sammler treffen, Geld auf ein Konto einzahlen und Schecks ausstellen. Langsam, aber sicher hatte er sich zu diesem Neuanfang vorgearbeitet. Jen hatte ihn immer wieder angestoßen, aber letztlich war es doch seine eigene Entscheidung. Das erfüllte ihn mit neuem Stolz, mit neuem Selbstbewußtsein.

»Laß mich für dich sorgen«, hatte er zu Jen gesagt, nachdem Maestrato gegangen war. »Erlaubst du mir, daß ich für dich sorge?«

Wortlos hatte sie genickt. Natürlich würde sie ihm das erlauben. Und sie würde ihrerseits auch für ihn sorgen, so wie sie es tat, seit sie zusammen waren. Aber in Zukunft würde diese Fürsorge wechselseitig sein. Ihre Leben waren ineinander verflochten, sie waren aufeinander angewiesen, ohne Geheimnisse, ohne Angst vor Verrat. Sie würden die Fehler anderer nicht wiederholen. Sie würden nicht auseinandergehen, während alle anderen wisperten und sich endlose Fragen stellten.

Ein kalter Windstoß wehte über den Friedhof. Jen fröstelte, und Ian nahm ihre Hand, erst die rechte, dann die linke, und wärmte ihre Finger.

Elizabeth und Bert standen ihnen gegenüber. Bert hatte seiner Frau die Hand auf die Schulter gelegt. Sie trugen beide Schwarz, aber darunter ein weißes Hemd beziehungsweise eine weiße Bluse. Elizabeth hielt Adams Hand. Der hübsche dunkelhaarige Junge mit dem ausdruckslosen Gesicht und den weitaufgerissenen Augen trat unablässig von einem Fuß auf den anderen, als könnte er durch dieses kontrollierte Bewegungsmuster sein inneres Chaos beherrschen.

Die Frage, ob er mitkommen konnte zur Beerdigung oder nicht, hatten sie lange besprochen. Immerhin war seine Großmutter gestorben. Er hatte sie zwar nur selten gesehen, und sie hatte kaum je nach ihm gefragt. Aber als sie den Nachttisch der alten Frau ausräumten, fanden sie in der Schublade ein gerahmtes Foto von Adam, das Glas voller Fingerabdrükke: Offenbar hatte sie das Bild ihres Enkels immer wieder angeschaut.

Vor allem Bert fand, daß Adam dabeisein sollte, und als er Dr. Theobald um Rat fragte, hatte dieser sofort zugestimmt.

»Vielleicht dringt ja etwas zu ihm durch«, sagte er. »Es ist durchaus möglich, daß ihm die Trauerfeier irgend etwas bedeutet. Und wie Sie schon sagten – es ist seine Großmutter.«

Zu ihm durchdringen. Ein neuer Code, hatte Elizabeth resigniert gedacht, aber als sie Adams Hand drückte, während er jetzt neben ihr stand, erwiderte er den Druck, und als Jen sich auf die Zehenspitzen stellte, um ihn zu küssen, neigte er den Kopf.

»Du bist klein«, sagte er zu seiner Tante.

»Sehr klein«, stimmte sie ihm zu.

Er zuckte auch nicht zurück, als Ian ihm die große Hand auf den Kopf legte.

»Ich bin dein Onkel Ian«, sagte er, und Adam wiederholte ein paarmal das Wort Onkel, während er sein Gewicht erst auf den linken, dann auf den rechten Fuß verlagerte.

»Onkel«, murmelte er und starrte mit leerem Blick zu einem weiteren Trauerzug, der auf der anderen Seite des offenen Grabes, an dem sie sich alle versammelt hatten, vorüberzog.

Die übrigen Verwandten bildeten ein bleiches, mürrisches Grüppchen. Sie waren gekommen, um ihre Pflicht zu erfüllen; jetzt schauten sie verstohlen auf die Uhr, und manche redeten leise miteinander. Ein älterer Mann studierte einen Zugfahrplan, eine Frau, deren zerbeulter schwarzer Hut ziemlich schräg auf ihren silbergrauen Haaren saß, schob sich eine Tablette unter die Zunge. Zwei alte Damen starrten, auf Stöcke gestützt, hinunter ins Grab. Sie kamen aus dem Seniorenheim und hatten, wie sie Jen und Elizabeth erzählten, oft mit ihrer Mutter Canasta gespielt. Die Schwestern schauten sich an: Sie hatten gar nicht gewußt, daß ihre Mutter Canasta spielte, wie schade! Ihre Mutter hatte ihnen zuletzt auch noch die kleinen Freuden ihres Alltags verschwiegen.

Ein paar Lehrer aus Elizabeth' Schule waren auch da, als Ausdruck ihrer Solidarität. Ehemalige Nachbarn traten vor, küßten die Schwestern auf die Wangen und zogen sich dann wieder hinter den Erdhügel zurück, der jetzt bald auf den Sarg geschaufelt werden würde. Wie viele von ihnen erinnerten sich an das wütende Geschrei, das aus ihrer Wohnung gedrungen war? fragte sich Jen. Aber andererseits hatte ihre Mutter immer darauf geachtet, daß die Fenster fest verschlossen waren und die Vorhänge zugezogen. Der äußere Schein mußte gewahrt bleiben, das war ihr wichtig gewesen. Die Haßorgien tobten nur in den eigenen vier Wänden.

Natürlich fehlten auch die Mitglieder des Leseclubs nicht. Cynthia und Eric waren in getrennten Autos vorgefahren, doch nun standen sie nebeneinander. Er schien die Szene mit den Augen eines Filmemachers zu betrachten und strich sich immer wieder die widerspenstigen Haare aus der Stirn. Cynthia hatte ihre roten Haare mit einer schwarzen Samtschleife zurückgesteckt, passend zum Besatz ihres schlicht geschnittenen schwarzen Kostüms.

Rina und Ray näherten sich langsam. Jeremy ging zwischen ihnen, zwei weiße Rosen in der Hand. Eine neue Familie. Daß Jeremy mit dabei war, wunderte keine der Frauen. Es paßte zu Rina, daß sie ihren Sohn dieser Erfahrung aussetzte.

Trish schaute Jason an und schüttelte den Kopf. Nein, sie hätten Amanda niemals auf den Friedhof mitgenommen. Aber jede von ihnen lebte schließlich ihr eigenes Leben, traf ihre eigenen Entscheidungen. Sie wollte ihre Freundinnen nicht beurteilen und erst recht nicht verurteilen. In dem Moment meldete sich ihr Handy. Das hartnäckige Klingeln durchbrach das feierliche Schweigen. Aber Trish nahm nicht ab, sie stellte nur den Klingelton aus – sie wollte sich nicht mehr von den Anforderungen ihres Jobs tyrannisieren lassen. Lächelnd nickte sie Donna und Tim zu.

Es wirkte völlig selbstverständlich, wie Donna und Tim auf Rina und Ray zugingen. Donna küßte Jeremy auf die Wange und zupfte seine Krawatte zurecht. Ray gab ihr einen Begrüßungskuß, während Tim seine Klarinette aus dem Kasten holte.

Ein sehr junger Pfarrer hielt die Ansprache. Er faßte sich kurz. Zwar hatte er die Verstorbene nicht gekannt, doch er wußte, daß sie kein besonders glückliches Leben gehabt hatte. Ihre Töchter, Jen und Elizabeth (er stolperte über ihre Namen, die er erst heute vormittag erfahren hatte), waren immer pflichtbewußt und fürsorglich gewesen, und der Tod hatte ihre Mutter gnädig und schmerzlos erlöst. Dafür sollten die Anwesenden, die ihr jetzt die letzte Ehre erwiesen, dankbar sein. Von Liebe sprach er nicht, und er nahm nie die Augen von seinem Manuskript.

Der Sarg wurde ins Grab gesenkt. Zaghafte Sonnenstrahlen fielen auf das helle Holz. Der Pfarrer sprach ein Gebet und trat einen Schritt zurück, während die Trauergemeinde ein leises »Amen« murmelte.

Nun begann Tim Klarinette zu spielen, und die wehmütigen Klänge einer Dvořák-Sonate erfüllten sie Luft. Jen und Elizabeth warfen mit der kleinen Schaufel Erdklumpen auf den Sarg. Dann nahmen sie sich an der Hand und gingen zurück zu Adam, der immer noch ruhelos trippelte, linker Fuß, rechter Fuß, linker Fuß, rechter Fuß. Als nächste waren

Bert und Ian an der Reihe, die anderen folgten ihnen. Ganz zum Schluß kam Rina mit Jeremy, der seine weißen Rosen zuerst krampfhaft festhielt, sich dann aber plötzlich zu Adam wandte und ihm eine der Blumen anbot.

»Hier«, sagte er. »Für deine Großmutter.«

Adam starrte ihn an, zögerte – und dann nahm er die Blume entgegen. Gemeinsam warfen die beiden Jungen die weißen Rosen hinunter auf den Sarg. Die Blütenblätter lösten sich und verteilten sich wie riesige Tränen auf der dünnen Schicht aus dunkler Erde, die den Sarg schon bedeckte. Adam trat zurück. Eine Träne kullerte über seine Wange. Sanft wischte Elizabeth ihm das Gesicht ab, dankbar für das Geschenk seiner Trauer.

Die Klarinette sang klagend gegen den immer stärker werdenden Wind an, während sich die kleine Trauergemeinde nun zum Gehen wandte. Trish sah Cynthia neben Eric gehen, und sie hörte auch, daß Cynthia sprach, aber was sie sagte, war nicht an ihn gerichtet. Sie murmelte nur vier Wörter vor sich hin, leise und melodisch, fast wie die Klänge der Musik, die immer noch melancholisch dahinschwebten.

»Zwei Kinder, zwei Rosen«, sagte sie.

Es war die Schlußzeile eines Gedichtes von Sylvia Plath, fiel Trish ein. »Zwei Kinder, zwei Rosen«, wiederholte Eric. »Wir haben zwei Kinder, Cynthia.« Seine Worte klangen wie ein Flehen.

Trish wandte sich ab. Sie wollte Cynthias geflüsterte Antwort nicht hören, den Schmerz nicht sehen, der mit Sicherheit über Erics schmales Gesicht huschen würde. Aber sie registrierte, daß Eric den Wagen, der ihn hergebracht hatte, wegschickte und neben Cynthia in der Limousine Platz nahm.

Trish hakte sich bei Jason unter und freute sich, als er seine Hand auf ihre legte. Wollte er sie vor der Einsamkeit bewahren, die jede Begegnung mit dem Tod hervorruft? Sie würden nach Hause gehen und sich aneinander festhalten, ihre Körper würden pulsieren vor Wärme, vor Liebe und Leben, und sie würden die Augen schließen, um die Bilder des Totenackers mit seinen dichten Grabsteinreihen zu vergessen.

Der Wind legte sich, und in der noch ungewohnten ersten Frühlingswärme knöpften die Trauernden ihre dunklen Mäntel auf und wandten die Gesichter der Sonne zu. Dann eilten sie schnell zu ihren Autos.

9

Sonnenlicht flutete durch die hohen Fenster in Cynthias Büro, die Strahlen tanzten auf der glänzenden Oberfläche ihres Schreibtischs. Geblendet kniff Cynthia die Augen zusammen und schloß die Jalousie.

»Ich habe ja nichts gegen die Sonne«, sagte sie entschuldigend zu Jen, die ihr gegenübersaß. »Es ist nur so, daß ich dann sofort Sommer haben möchte. Ich denke an den Strand, an Bootsfahrten und überhaupt an Ferien am Meer, während ich doch eigentlich Ideen für den Herbstkatalog entwickeln muß und mit den Einkäufern schon Termine vereinbart habe, um die Vorschläge fürs Weihnachtsgeschäft zu diskutieren.«

»Vergiß den Winter! Ich habe heute die erste Osterglocke gesehen«, entgegnete Jen. »Jetzt ist erst mal Frühling. Warum denkst du da gleich an den Sommer?«

»Weil es dieses Jahr ziemlich schwierig wird, Pläne zu machen. Eric und ich müssen demnächst mal alles sortieren. Ach, wir müssen über so viele Dinge reden …« Sie klang ganz beklommen.

»Und warum tut ihr es nicht?« fragte Jen tollkühn.

»Das ist nicht der richtig Ort und auch nicht der richtige Zeitpunkt, um darüber zu sprechen«, erwiderte Cynthia streng. Sie fuhr mit ihrem Schreibtischstuhl ein Stück nach hinten, als müßte sie Distanz schaffen. »Und ich muß den Novemberkatalog planen. Du kennst doch die Marketing-Strategie von Nightingale's – vorausdenken, planen, oder man bleibt beim großen Wettlauf auf der Strecke.«

Sie zuckte die Achseln und nahm eine gestanzte Einladungskarte von einem kleinen Poststapel.

»Hier ist etwas, was ich noch mit dir besprechen möchte.

Hast du je bei einer der Fashionshows Laufstegskizzen gemacht?«

Jen betrachtete die Einladung. Eine Gruppe junger Designer hatte sich zusammengetan und im New Yorker botanischen Garten eine Modenschau organisiert. Ganz schön mutig – und teuer, dachte Jen. Ein paar kamen ihr bekannt vor, aber es waren lauter Neulinge am Modehimmel, Leute, die gerade erst dabei waren, sich einen Namen zu machen, und den Gipfel noch lange nicht erreicht hatten. Cynthia war in der Modewelt berühmt für ihre Fähigkeit, frische Talente aufzuspüren und diese Neuentdeckungen dann ausschließlich für Nightingale's unter Vertrag zu nehmen.

»Nein, Laufstegskizzen habe ich noch nie gemacht. Ich habe Layouts nach Fotos gemalt, und ich finde ja, ehrlich gesagt, daß bei Mode Fotos am besten funktionieren«, sagte Jen. »Wenn ich du wäre, würde ich lieber fotografieren lassen.«

»Ach, das ist doch inzwischen langweilig, und außerdem wird dabei immer viel mehr auf die Models geachtet als auf die Kleidung. Was ich mir vorstelle, sind wirklich originelle, elegante Skizzen. Mit Tusche und Feder. Vielleicht ein paar rasche Pinselstriche, um sie zu kolorieren. Ich glaube, du könntest das sehr gut, und für Nightingale's wäre es mal etwas Neues.«

Jen zögerte. Einen Auftrag von Cynthia wollte sie nur ungern ablehnen. Cynthia setzte sich immer sehr für sie ein und verschaffte ihr Arbeit, aber eigentlich wollte sie in dem Bereich etwas kürzertreten. Man hatte sie gebeten, zu ihrem »Lotterie«-Comic noch mehr Bilder hinzuzufügen, und Ian wollte, daß sie die Einladung für seine Ausstellung entwarf und auch die graphischen Elemente des Katalogs übernahm. Es war ja auch nicht mehr ganz so dringend, daß sie zusätzlich Geld verdiente. Durch den Tod ihrer Mutter hatte sich ihre finanzielle Situation verändert. Sie mußte nicht mehr für das Heim bezahlen, und außerdem hatten sie und Elizabeth mit Staunen gehört, daß ihre Mutter ihnen ein kleines Vermögen hinterlassen hatte.

»Das ist doch wirklich das Letzte«, hatte Elizabeth gesagt. »Die ganze Zeit hat sie von uns verlangt, daß wir sie unterstützen, obwohl sie die Hilfe gar nicht gebraucht hätte! Und dabei hat sie genau gewußt, daß es uns schwerfällt, das Geld aufzutreiben.«

»Ich glaube, sie wollte irgendwie den Kontakt zu uns aufrechterhalten, und das konnte sie nur so. Sie hat erreicht, daß wir sie immer brav besuchen, weil wir mit der Heimleitung verhandeln mußten«, hatte Jen erwidert. »Das war ein übler Trick, aber sie war ja auch sonst nicht gerade die gute Marmee.«

»Und wir sind nicht Betty und ihre Schwestern«, hatte Elizabeth lachend hinzugefügt, weil sie den literarischen Vergleich witzig fand.

Sie hatten sich alle in das von Alcott geschaffene Familienidyll zurücktragen lassen. Weil sich der Leseclub jetzt mit *Betty und ihre Schwestern* beschäftigte, bildete die Familie March den aktuellen Beziehungsrahmen für die Gruppe. Die Geschichte der vier Schwestern, deren Vater als Feldgeistlicher im amerikanischen Bürgerkrieg diente und deren Mutter die selbstlose, gütige Marmee war, zog sie wieder in ihren Bann. Die fast vergessene Sprache der Lesetage ihrer Kindheit, der leicht altmodische Stil, der sie damals verzaubert hatte, verfehlte auch jetzt seine Wirkung nicht.

»Papperlapapp«, sagte Rina zu Donna während eines ihrer nächtlichen Telefongespräche.

»Ach, meine kleinen Pilger«, sagte Cynthia zu ihren verblüfften Töchtern.

»Grundgütiger Himmel!« murmelte Trish, als Jason ihr von einem mißglückten Geschäft erzählte, woraufhin er natürlich grinsen mußte.

Bei diesen altmodischen Redensarten fingen sie stets alle an zu kichern, und sie freuten sich, weil ihnen auch durch die Sprache die Leseerfahrung von damals wiedergegeben wurde.

»Ich würde es gern versuchen«, sagte Jen jetzt zu Cynthia wegen der Laufstegskizzen. »Aber ich habe im Moment ein bißchen viel am Hals. Und ich weiß auch gar nicht, ob ich das so gut kann.«

»Warum überläßt du das Urteil darüber nicht einfach mir?« erwiderte Cynthia. »Überleg doch mal. Es ist nur ein einziger Nachmittag. Wir gehen miteinander in den botanischen Garten, und anschließend essen wir irgendwo etwas. Es ist schon so lange her, daß du und ich uns die Zeit genommen haben, einfach nur ein bißchen zu quatschen.«

Sie sagte das ungewöhnlich drängend, fast flehentlich. Der Auftrag war eigentlich nur ein Vorwand, begriff Jen. Bestimmt wünschte sich Cynthia auch die Zeichnungen, aber viel größer noch war ihr Wunsch, mit Jen allein zu sein, um ungestört mit ihr reden zu können. Aber wie immer wollte sie die Bedingungen festlegen, die Zeit und den Ort bestimmen. Sie wollte das Thema auswählen und die Grenzen der Diskussion abstecken. Aber worüber würde sie reden – über Eric und ihre Kinder, über eine neue geschäftliche Möglichkeit? Jen hatte keine Ahnung, aber sie spürte, daß ihr keine andere Wahl blieb, als ja zu sagen. Sie seufzte.

»Also gut«, sagte sie. »Ich mach's.«

Gewissenhaft notierte sie sich den Termin in ihrem Kalender.

»Ich sorge für einen Wagen«, sagte Cynthia. »Die Fahrt zum botanischen Garten ist sehr schön, und jetzt grünt und blüht dort alles. Eric war letzten Sonntag mit den Zwillingen dort.«

Ganz beiläufig erwähnte sie seinen Namen, aber Jen vermied es, daran anzuknüpfen.

»Bis dann!«

Sie nahm ihre große Ledertasche. Zum Abendessen war sie mit Donna verabredet, aber sie hatte vorher noch genug

Zeit, um beim Drucker vorbeizuschauen und sich die Vorlagen anzusehen, die für Ians Einladungen in Betracht kamen. Und anschließend wollte sie bei Barnes & Noble die bestellte Biographie von Louisa May Alcott abholen.

Donna wartete schon im Gino's, als Jen etwas atemlos zu ihrem üblichen Ecktisch eilte.

»Entschuldige, daß ich zu spät komme!« rief sie und stellte ihre Tasche auf den Fußboden. »Aber ich hatte noch eine Besprechung mit Cynthia, die leider etwas länger gedauert hat.«

»Ich dachte, du willst nicht mehr so viel für Nightingale's arbeiten«, entgegnete Donna.

»Das stimmt. Aber sie hat einen Auftrag, den ich *unbedingt* für sie machen soll. Und danach möchte sie mit mir essen gehen. Es ist schon ewig lange her, daß sie und ich uns außerhalb von Nightingale's getroffen haben. Sie will reden.«

»Und mit diesem Argument hat sie dich rumgekriegt.« Donna grinste. »Ein Gespräch unter vier Augen. Das Geheimnis wird enthüllt. Alle unsere Fragen beantwortet. Ich glaube, an deiner Stelle hätte ich mich auch darauf eingelassen.«

Jen lachte.

»Ja, sie hat mich mal wieder rumgekriegt. Aber dir ist vielleicht aufgefallen, daß ich zur Zeit das Neinsagen übe. In diesem Fall habe ich allerdings ja gesagt, weil ich den Eindruck hatte, es ist ihr extrem wichtig – und weil ich es halb ja auch machen will. Und außerdem bin ich noch furchtbar neugierig. Sind wir das nicht alle?«

»Nicht nur neugierig. Besessen! Aber das ist völlig in Ordnung. Du bist mir keine Erklärung schuldig.« Donna widmete sich jetzt der Speisekarte, während Jen versuchte, ihre Ledertasche mit den Entwürfen und den Stoffbeutel mit dem Buch besser zu verstauen.

Dann erst schaute sie ihre Freundin richtig an. Irgend etwas war anders als sonst. Sie brauchte einen Moment, um es zu kapieren.

»Donna – deine Haare! Du hast dir die Haare abgeschnitten«, rief sie überrascht.

Alle wußten, daß Donna sich immer passend zu ihrer jeweiligen Rolle frisierte. Im Krankenhaus trug sie einen Knoten, der genauso Teil ihrer Berufskleidung war wie ihr weißer Kittel. Nach der Arbeit löste sie diesen Knoten, so daß ihr die Haare in goldenen Wellen über die Schultern fielen, eine sinnliche Einladung, ein Statement der Freiheit, ein seidenes Geschenk an ihre Liebhaber.

»Und – wie findest du's?« Sie fuhr sich mit den Fingern durch die dichten Stufen.

»Ich bin mir noch nicht sicher«, sagte Jen.

Sie musterte ihre Freundin aufmerksam. Der neue Schnitt betonte Donnas weiche Züge. Zum erstenmal bemerkte sie, was für schön geschwungene Augenbrauen sie hatte, was für dichte Wimpern.

»Die Frisur gefällt mir«, sagte sie schließlich. »Sie steht dir optimal.«

In dem Moment trat der Kellner an ihren Tisch, ein schüchterner junger Italiener, noch keine Zwanzig, der nur stockend Englisch sprach. Er konnte die Augen nicht von Donnas Haaren nehmen. Sie bestellten rasch: Linguini, Salat, eine Karaffe Chianti. Mit einem Lächeln, das eindeutig Donna galt, zog sich der Junge wieder zurück.

»Unser Kellner ist von deinen Haaren begeistert, soviel ist sicher. Und was meint Tim?« fragte Jen und brach sich ein Stück Knoblauchbrot ab. Vor ein paar Monaten hätte sie auch nach Rays Reaktion gefragt. Wie oft hatte sie sich darüber gewundert, daß Donna es fertigbrachte, ihr Leben zwischen Tim und Ray aufzuteilen – aber jetzt waren Rina und Ray ein Paar, und der Wechsel hatte allem Anschein nach keine größeren Verwerfungen mit sich gebracht.

»Ach – Tim.« Donna lachte leise. »Er hat gesagt, es gefällt ihm. Aber es wäre auch nicht weiter schlimm, wenn er's nicht so gut fände. Tim und ich, wir sind füreinander nicht das Zentrum der Welt. Bei dir und Ian ist das anders.«

Jen wußte, daß Donna recht hatte. Ja, sie und Ian waren endlich füreinander der Mittelpunkt ihres Lebens, sie teilten alles, sie waren Partner. Jen fühlte sich nicht mehr ausgenutzt, sie hatte aufgehört, immer das harmoniebedürftige Opfer zu spielen. Es lief wirklich gut zwischen ihnen, und jeden Tag wurde es besser, Schritt für Schritt. Sie lächelte Donna an, froh darüber, daß diese die Veränderung bemerkt hatte.

»Wie ist es denn zwischen dir und Tim?« wollte sie wissen. Es war eine Frage, die sie noch nie gestellt hatte.

»Wie immer«, antwortete Donna ruhig. »Nett. Unkompliziert. Wir passen uns den Lebensgewohnheiten des anderen an. Ohne Verpflichtungen. Ohne Fragen zu stellen. Daß ich auch mit Ray zusammen war, hat ihn nie gestört. Mich interessiert es nicht, ob er andere Frauen hat. Wir sind frei. Im Grunde ist die Beziehung so wie der Rest meines Lebens. Angenehm. Unproblematisch. Alles Teil des großen Szenarios *Donna Saunders und ihr wunderbares Leben*. Eine Sitcom-Serie mit einer einzigen Darstellerin. Alles ist super: die Wohnung, der Job im Krankenhaus, der mir Sicherheit gibt und bei dem ich trotzdem Urlaub bekomme, wenn ich eine Reise nach Europa machen will oder mich zwei Wochen in der Karibik ausruhen. Das heißt – ich bin frei. Ich habe den Auftrag meiner Mutter erfüllt. Ich bin nicht gefangen wie sie. Ich habe das gute Leben, das sie sich immer gewünscht hat. Ich kann zu meinem Vergnügen lesen, ich *muß* es nicht tun, um der Wirklichkeit zu entfliehen. Ich bin meine eigene Herrin – etwas, was sie nie sein konnte – und nur mir selbst Rechenschaft schuldig.«

Ihre Stimme klang etwas heiser, und sie beugte sich verschwörerisch vor.

»Aber jetzt ist mir das irgendwie nicht mehr genug. Ich

brauche *mehr*. Eine Herausforderung, ein Gefühl der Verbundenheit. Beruflich. Privat. Ich will noch mal von vorn anfangen – auch etwas, wozu meine Mutter nie die Möglichkeit hatte. Ich glaube, ich habe mich von Nafisi und den Frauen in der Teheraner Büchergruppe inspirieren lassen – und von Edith Wharton. Wahrscheinlich auch von Cynthia. Wenn diese Frauen ihr Leben verändern konnten, kann ich das auch, habe ich mir gesagt. Also habe ich Pläne gemacht.«

»Was für Pläne?«

»Ich habe bei den National Institutes of Health in Washington ein Stipendium beantragt. Denn ich will einer ganz bestimmten Idee nachgehen – es ist eine neue Kombination von kohlehydratarmer Ernährung und Psychotherapie, speziell ausgerichtet auf Patienten mit Eßstörungen, etwas, was bisher so noch nicht ausprobiert wurde. Es ist ein Experiment, und vielleicht funktioniert es ja auch nicht. Das Stipendium ist für ein Jahr, ohne Verlängerungsgarantie, also gehe ich ein ziemliches Risiko ein, aber ich glaube, für uns alle haben sich in den letzten Monaten Situationen ergeben, in denen wir etwas Neues wagen wollten. Oder zumindest etwas verändern.«

»Oder Veränderungen akzeptieren«, ergänzte Jen.

Die merkwürdige Umdeutung ihrer Lebensentwürfe, all die Gewinne und Verluste der vergangenen Monate, machten sie ganz schwindelig. Cynthia ohne Eric, Rina mit Ray, sie und Ian in einer neuen, glücklicheren Phase, der Tod ihrer Mutter und jetzt Donnas Pläne. Eine Veränderung nach der anderen, eine endlose Spirale. Cynthias Entscheidung hatte sie alle in ein Labyrinth der Entdeckungen geführt und ihnen einen Kompaß in die Hand gedrückt, der sie zu neuen emotionalen Ufern dirigiert hatte.

»Soll das heißen, du ziehst nach Washington?«

»Wenn ich das Geld bekomme, ja. Wovon ich eigentlich ausgehe. Trish hat ein erstklassiges Empfehlungsschreiben verfaßt, und ein paar andere Ärzte unterstützen mich ebenfalls mit Gutachten.«

»Und Trish hat nichts dagegen, daß du weggehst?«

»Ich glaube, es macht ihr schon etwas aus. Wir sind gute Freundinnen, und unsere Zusammenarbeit klappt hervorragend. Aber ihr Leben dreht sich zur Zeit hauptsächlich um Jason und Amanda. Sie hat endlich ein Sommerhaus in den Berkshires gefunden, und das macht sie sehr glücklich. Das ist auch etwas völlig Neues für sie. Eine Zeitlang habe ich nämlich schon gedacht, sie ertrinkt demnächst in der Langeweile, so wie Emma Bovary oder wie Anna Karenina, bevor sie Wronskij kennengelernt hat. Aber das ist jetzt völlig anders. Also, jedenfalls unterstützt sie mich in meiner Entscheidung.«

Der Kellner brachte ihr Essen, goß ihnen Wein ein und stellte die Karaffe auf den Tisch.

Jen hob ihr Glas.

»Auf dich und dein neues Leben«, sagte sie.

Donna stieß mit ihr an.

»Auf dich und Ian. Auf Ians Ausstellung. Auf unsere Freundschaft. Washington ist ja nicht aus der Welt. Es gibt billige Flüge. Eine direkte Zugverbindung. Ich komme bestimmt oft hierher.«

»Wir können ja die Leseclub-Treffen immer so legen, daß sie in deine New-York-Reisen passen«, versprach Jen. »Vielleicht kommen wir auch alle mal nach Washington. Ein Leseclub-Wochenendmarathon. Da besprechen wir dann zwei oder drei Bücher und sehen uns außerdem einen Film an. Wir organisieren noch ein Dinner mit Anna Karenina. Wie Jo an Megs Hochzeit sagt: ›Mögen deine Vorsätze lange leben.‹ Darauf müssen wir trinken.«

»Was immer dieser Spruch heißen soll.« Donna trank einen Schluck Wein. »Ich muß sagen, ich finde unsere Betty samt ihren Schwestern ein bißchen durchgedreht – diese ganze Frömmelei und die ewige Selbstaufopferung.«

»Das darfst du nicht sagen, Donna! Das ist ein Sakrileg.« Jen kicherte und füllte ihre Gläser nach. »Aber es stimmt. Und ich wette mit dir, daß Cynthia die Diskussion mit der Frage beginnt, welche der March-Töchter wir am liebsten sein wollen.«

»Was eine wesentlich weniger provozierende Frage ist als das Neid-Spiel neulich«, sagte Donna. »Du kannst sie ja fragen, wenn ihr essen geht. Aber wahrscheinlich will sie nicht über solche Sachen reden.«

»Ich kann mir nicht vorstellen, daß sie ein bestimmtes Thema im Kopf hat«, erwiderte Jen ausweichend. Sie wollte eigentlich nicht über Cynthia sprechen. Am liebsten hätte sie die Gedanken an Cynthia und Eric für eine Weile gänzlich beiseite geschoben. Nachts, wenn sie neben Ian lag, seine Hand auf ihrem Kopf, dachte sie manchmal an die Trauer in Erics Augen, an die Schärfe in Cynthias Stimme. Das Elend der beiden warf einen Schatten auf ihr neues Glück.

Sie goß sich noch einmal nach und fragte Donna, wie sie die Smith-Illustrationen in der Centennial Edition von *Betty und ihre Schwestern* finde, die sie beide lasen. Ob Cynthia für ihren Katalog solche Zeichnungen wollte? Das wäre durchaus möglich.

»Ach, nicht besonders schön«, antwortete Donna. »Louisa May Alcott ist sowieso ein bißchen zu altmodisch für die Kids von heute. Ich glaube, außer nostalgischen Leserinnen wie uns interessiert sich niemand mehr für ihre Heldinnen, und ich muß ehrlich zugeben – mich nerven sie auch.«

»Bist du schon an der Stelle, als Betty stirbt?« fragte Jen.

»Nein, noch nicht.«

»Da kommen dir garantiert die Tränen. Egal, wie sehr du dich über die Schwestern March ärgerst – du mußt weinen. Bei der Broadway-Show vor einer Weile haben alle Rotz und Wasser geheult.«

»Stimmt wahrscheinlich. Ich werde schon mal ein paar Taschentücher bereitlegen.«

Sie lächelten einander an, und da sie den Wein inzwischen ausgetrunken hatten, bestellten sie einen Anisschnaps, den der hübsche Kellner sofort servierte. Dieser Drink gehe aufs Haus, erklärte er, und Jen bemerkte, daß er wie zufällig mit der Hand Donnas Haare berührte, als er das Tablett abstellte.

Beete mit Osterglocken, deren goldgelbe Blüten im lauen Frühlingswind nickten, umrahmten den grünen Samtteppich des improvisierten Laufstegs mitten im botanischen Garten. Jedes Model, das über den Teppich schritt, bückte sich, um eine Blume zu pflücken. Die schmale Blondine, deren lockeres mintfarbenes Kleid einer Wolke aus Meerschaum ähnelte, hielt sie sich an die Nase und atmete den Duft ein. Die großgewachsene Afroamerikanerin mit den millimeterkurzen grauschwarzen Haaren steckte sich eine Blume in das gefältelte Vorderteil ihres magentafarbenen Seidengewandes, und das asiatische Model in dem gelben Hosenanzug schob sie durch ihre glänzenden schwarzen Haarsträhnen. Jen zeichnete blitzschnell mit ihrem Kohlestift und integrierte die Blüte in jede der Skizzen. Das war ein guter Einfall, fand sie, so verlieh sie den völlig unterschiedlichen Stilrichtungen der Kollektionen einen gewissen Zusammenhang.

Cynthia saß neben ihr und studierte die Zeichnungen, nachdem sie sich etwas in ihre elegante, in Stoff gebundene Kladde notiert hatte. Weil Cynthia eine randlose Sonnenbrille aufgesetzt hatte, konnte Jen ihren Blick nicht entschlüsseln, aber sie nickte jedesmal zustimmend.

Die jungen Designer hielten sich im Hintergrund und verfolgten alles voller nervöser Spannung. Sie beobachteten Cynthia und die anderen Einkäufer und Verkaufschefs, die sie eingeladen hatten. Ihre Pressemappen für die Fashionjournalisten waren ebenfalls mit Osterglocken verziert. Diese Show konnte für sie der Durchbruch sein – oder auch nicht. Weil Jen das wußte, gab sie aus lauter Mitleid dem Rock eines informellen Strandkleides, das ihr eigentlich gar nicht so gefiel, einen besonders flotten Schwung.

Es war spät am Nachmittag, als das letzte Model über den Laufsteg schritt: Eine hübsche junge Frau mit kastanienbraunen Haaren präsentierte ein kupferrotes Schwangerschaftskleid. Vor dem Podium drehte sie sich im Kreis, schürzte den üppigen Faltenwurf ihres Kleides und machte als Abschiedsgeste einen einwandfreien Hofknicks. Alle applaudierten anerkennend – und waren erleichtert. Es war ein für die Jahreszeit ungewöhnlich warmer Tag, und in diesem Teil des botanischen Gartens gab es kein schattiges Fleckchen. Die Programmhefte wurden schon als Fächer verwendet, und die Zuschauer tranken diskret aus ihren Wasserflaschen.

Die Show war ein Erfolg. Bestellungen wurden getätigt, Anfragen eingebracht, aber die Zuschauer waren auch froh, daß sie bald gehen konnten. Korrekt und charmant wie immer, nahm Cynthia ein Glas Champagner entgegen – das sie allerdings nicht trank. Dann ging sie zu den verschiedenen Designern, um ihnen zu gratulieren. Jen wartete auf sie und verstaute in der Zeit den großen Skizzenblock in ihrer riesigen, handgewobenen Umhängetasche.

»Ach, das ist ja Cynthia Anders«, hörte sie eine junge Frau sagen, die gerade dabei war, die liegengebliebenen Pressemappen einzusammeln. Sie sprach mit einer anderen jungen Frau, die irgendwelche Bestellformulare in der Hand hielt. Praktikantinnen, dachte Jen. Praktikantinnen, die hofften, mit solchen Jobs wenigstens auf die erste Sprosse der Leiter zu gelangen, die sie letztlich in ein Büro mit riesigen Fenstern bringen sollte, so wie Cynthia.

»Ich hatte bei ihr ein Vorstellungsgespräch, als ich mit dem College fertig war. Diese Frau hat den absoluten Traumjob«, sagte ihre Kollegin.

»Ja, und das absolute Traumleben.«

Der Stapel mit den Pressemappen rutschte zu Boden. Das

Mädchen fluchte leise, hob sie alle wieder auf und dachte dabei offenbar immer noch an Cynthia.

»Ich beneide sie maßlos.«

Tu's nicht, wollte Jen ihr raten. Cynthia Anders' Leben ist nicht beneidenswert. Sie liegt nachts wach, allein in ihrem großen Bett, und nur ihre Bücher leisten ihr Gesellschaft. Und sie weint beim Lesen.

Aber sie schwieg und beobachtete Cynthia, die gerade mit dem Einkäufer von Bergdorf's plauderte und dann einem dünnen jungen Mann die Hand schüttelte. Er trug verwaschene Jeans, und seine pechschwarzen Haare standen kerzengerade in die Luft. Von ihm stammte das kupferfarbene Kleid, und Jen hatte beobachtet, daß Cynthia es mit einem großen Stern versehen hatte. In den kommenden Wochen würde sie sich mit ihm zum Lunch treffen, sein Portfolio studieren und dann mit ihm einen exklusiven, aber nicht besonders großzügigen Vertrag unterzeichnen. Das war ihre Strategie – und das Geheimnis ihres beruflichen Erfolgs.

Endlich war Cynthia so weit, daß sie gehen konnte, und sie nahmen beide in der Limousine von Nightingale's Platz.

»City Island«, trug sie dem Chauffeur auf und lehnte sich zurück. »Ich komme mir vor, als würde ich Schule schwänzen«, sagte sie zu Jen. »City Island mitten in der Woche, während sich auf meinem Schreibtisch die Post stapelt und Mae zu Hause wartet, weil sie sich über irgendwelchen Haushaltskram beschweren will. Aber was soll's!« Sie grinste übermütig.

»Und die Zwillinge? Macht es dir nichts aus, wenn du nicht mit ihnen zu Abend essen kannst?« fragte Jen. Sie wußte, daß Cynthia normalerweise so viel Zeit wie möglich mit den Mädchen verbringen wollte.

»Eric hat sie heute von der Schule abgeholt. Sie essen bei ihm.«

Ihr Lächeln erstarrte, als sie seinen Namen aussprach, und für den Rest der Fahrt schwieg sie.

Erst als sie im Restaurant an einem Fenstertisch mit Blick auf das ruhige Wasser des Flusses saßen, schien sie sich wieder zu entspannen.

»Das war eine gute Show, finde ich. Und deine Zeichnungen gefallen mir sehr. Ich glaube, mit meiner Intuition, daß Skizzen wirksamer sind als Fotos, liege ich gar nicht so falsch.«

»Deine Intuition trügt dich selten.«

»Außer, wenn ich komplett danebenhaue.« Sie lachte nervös, holte ihr Handy heraus, hörte ihre Nachrichten ab und warf es dann wieder in ihre Tasche.

Als der Kellner kam, bestellte sich Jen ein Glas Chablis, in der Erwartung, daß Cynthia ihren üblichen Rotwein ordern würde.

»Für mich ein Mineralwasser«, sagte sie, und Jen, die gerade Butter auf ein Brötchen strich, zog erstaunt die Augenbrauen hoch.

»Wie – keinen Wein?« fragte sie. »Ach, komm, es macht kein Vergnügen, allein zu trinken.«

»Aber Schwangere sollen keinen Alkohol zu sich nehmen.«

Jens Messer fiel klappernd auf den Tisch, und sie schaute ihre Freundin fassungslos an.

»Was willst du damit sagen? Ich verstehe gar nichts mehr«, stammelte sie.

»Ich verstehe auch nichts mehr – aber es stimmt«, erwiderte Cynthia. »Ich bin schwanger. Das Kaninchen lügt nicht. So wenig wie die drei Schwangerschaftstests, die ich gemacht habe. Ich bin eindeutig in freudiger Erwartung, wie sich unsere Freundin Louisa May ausdrücken würde.«

»Aber wer ist …?« Jens Wangen brannten.

Cynthia schaute sie an.

»Du möchtest wissen, wer der Vater ist? Ich bin immer noch verheiratet. Wer kommt da in Frage außer Eric?« Sie klang ganz gelöst, fast ein bißchen amüsiert.

Betroffen senkte Jen den Blick. Sie staunte, daß Cynthias Hand mit der Speisekarte nicht zitterte und daß sie so aufmerksam zuhörte, als der Kellner, der die Getränke brachte, ihnen die Tagesgerichte vortrug.

Sie bestellten. Cynthia entschied sich für Kabeljau, und Jen fragte sich, ob schwangere Frauen keine Schalentiere essen durften. Fast aus Trotz zog sie für sich Hummer in Erwägung, überlegte es sich aber noch einmal anders und nahm lieber Felsenbarsch. Es spielte sowieso keine Rolle. Sie brachte garantiert keinen Bissen hinunter!

»Eric.« Sie wiederholte den Namen und trank einen kräftigen Schluck von ihrem Wein.

»Überrascht dich das?« fragte Cynthia lachend.

»Ja, allerdings. Ich bin sogar mehr als überrascht.«

Sie dachte daran, wie Eric den jungen Mann umarmte, den er Paul nannte. Es war bestimmt derselbe gewesen wie der, mit dem ihn Trish und Jason neulich in einem Coffee-Shop im Village gesehen hatten. Jen erinnerte sich gut an seinen traurigen Blick, an das versteckte Bedauern. Sie zögerte, weil sie nicht wußte, was sie sagen wollte, aber es gab Dinge, die sie Cynthia unbedingt mitteilen mußte. Wenn sie schwieg, war das eine Art Verrat, und Cynthia konnte schließlich, genau wie Sylvia Plath, Unehrlichkeit nicht ausstehen. Sie trank noch einen Schluck Wein, dann faßte sie impulsiv über den Tisch und nahm Cynthias Hand, ehe sie zu reden begann. Sie wollte ihre Freundin mit dieser Geste trösten und sie vor der Wirkung ihrer Worte, die sie noch gar nicht ausgesprochen hatte, beschützen.

»Eric und ich haben uns an dem Tag, nachdem meine Mutter gestorben war, zum Brunch verabredet. Im Bryant Grill. Er war sehr nett und hat versucht, mich ein bißchen aufzumuntern«, murmelte sie.

»Ich weiß«, sagte Cynthia. »Er hat es mir erzählt. Mich hat das sehr gefreut. Es ist immer schwierig, wenn man einen Elternteil verliert, aber es ist noch schlimmer, wenn man mit der Mutter oder dem Vater nie Frieden geschlossen hat. Ich glaube, ich weiß, wie das für dich war, weil auch ich wütend auf meinen Vater war, als er gestorben ist. Eigentlich bin ich immer noch böse auf ihn. Das macht es ganz schwer, um ihn zu trauern, auch nach vielen, vielen Jahren. Deshalb war ich froh, daß Eric dir den Weg ein bißchen erleichtert hat.«

»Ja, er hat es leichter gemacht. Er war – na ja, wie er immer ist, einfühlsam und lieb.« Jen zögerte kurz. »Aber ich wollte dir vor allem erzählen, daß ich an dem Tag ein bißchen zu früh gekommen bin. Eric saß auf der Terrasse.«

Sie verstummte, drehte ihre Serviette hin und her, lächelte unsicher. Aber dann nahm sie ihren ganzen Mut zusammen und sprach weiter. »Er war nicht allein.«

»Ach?«

»Er war in Begleitung. In Begleitung eines sehr jungen Mannes.«

Cynthia nickte. »Paul«, flüsterte sie. Offenbar war er ihr nicht unbekannt.

»Sie schienen sich sehr nahezustehen, Eric und Paul.«

Jen schloß die Augen. Sie wollte die Erinnerung gern vertreiben, die Erinnerung an ihre Panik, als sie sah, wie sich die beiden umarmten und wie Eric Paul Geld gab. Und daß sie nachher nicht mit Eric darüber sprechen konnte.

»Es war mir nicht recht, daß ich sie zusammen gesehen habe«, sagte sie gequält. »Ich wüßte lieber von nichts, weil ich dann auch nicht darüber nachdenken müßte.«

»Jen – du denkst, die beiden sind ein Paar? Du hältst Eric für schwul?« fragte Cynthia ungläubig. Ihre Wangen waren gerötet, sie stellte ihr Glas ab und lächelte dem Kellner, der gerade ihre Bestellungen brachte und noch kräftig Pfeffer auf den Salat gab, gedankenabwesend zu. »Das ist ja total verrückt! Glaubst du das im Ernst, obwohl du Eric – oder uns beide – schon so viele Jahre kennst?«

»Ja, das habe ich gedacht.«

»Aber Eric ist nicht schwul! Paul ist sein Sohn, ein Kind,

von dem er gar nicht wußte, daß er es gezeugt hat.« Jetzt war der amüsierte Unterton verschwunden, und Cynthia klang wieder so monoton und beherrscht wie jemand, der einen großen Schmerz unterdrücken muß.

»Das verstehe ich nicht.«

»Ich auch nicht. Obwohl es gar nicht so schwierig ist. Als Eric noch sehr jung war, hatte er eine Beziehung mit einer anderen Studentin. Eine Liebesaffäre. Sie hieß Judy und studierte Film, in seinem Semester. Die beiden waren ineinander verliebt, und dann waren sie nicht mehr verliebt. ›Wir waren doch fast noch Kinder‹, hat er zu mir gesagt, als würde das alles erklären.« Sie lachte bitter. »Sie sind also wieder auseinandergegangen, aber ein paar Monate später hat sie ihn angerufen und gesagt, sie sei schwanger und wolle das Kind auch bekommen. Dieses Kind war Paul. Eric hat sie unterstützt, sie und das Kind, obwohl Judy nicht wollte, daß er irgend etwas mit ihrem und Pauls Leben zu tun hat. Daß er seinen Sohn gelegentlich sah, dagegen hatte sie nichts einzuwenden. Es war anscheinend alles sehr freundschaftlich. Judy zog mit Paul an die Westküste, und Eric besuchte die beiden immer, wenn er in Kalifornien war. Und ich hatte davon keine Ahnung. Schließlich hat Judy geheiratet, und ihr Mann hat Paul adoptiert. Er und Judy bekamen keine gemeinsamen Kinder, und Eric hatte nichts gegen die Adoption einzuwenden, aber er blieb immer in Kontakt mit Paul – so eng das unter den gegebenen Umständen eben möglich war. Paul wußte, daß Eric sein biologischer Vater ist, und hatte damit kein Problem. Zumindest behauptet Eric das heute. Ich nehme an, die meisten Kids, die Paul kannte, lebten in noch viel komplizierteren Familienverhältnissen als er. Judys Ehemann wußte auch von Eric, nur ich war völlig ahnungslos. Eine unbedeutende kleine Unterlassungssünde.« Sie trank einen Schluck Mineralwasser und schaute durch das riesige Panoramafenster hinaus auf den Hafen, wo gerade eine Schaluppe mit bunten Segeln am Dock anlegte. Dann fuhr sie fort, und ihre

Stimme wurde immer leiser: »Eric hat es mir nicht erzählt, weil er dachte, ich könnte nicht damit umgehen. Behauptet er. Weil er dachte, daß sich Pauls Existenz nicht auf unser Leben auswirken würde. Innerlich hat er sich alle möglichen Ausreden zurechtgelegt, weshalb er es verschweigen muß. Er wollte nicht, daß ich mir ihn mit einer anderen Frau vorstelle, und er war ehrlich davon überzeugt, daß ich es nie erfahren würde. Und vielleicht hätte er ja recht gehabt. Aber dann, im vergangenen Herbst, kurz vor unserem ersten Leseclub-Treffen nach dem Sommer, kamen Judy und ihr Mann bei einem Autounfall ums Leben, und Paul zog an die Ostküste. Er war gerade mal zwanzig, eigentlich auch noch ein Kind, und plötzlich ganz allein auf der Welt. Er hatte nur noch Eric. Er brauchte einen Vater, der in seiner Nähe war. Also wechselte er von der Uni Kalifornien an die New York University, und Eric mietete ihm eine Wohnung. Aber Paul brauchte eine Familie. Er wollte richtig zu Erics Leben gehören. Und das bedeutete, daß Eric mir von ihm erzählen mußte.«

»Dann ist das also der Grund …«

»Ja, das ist der Grund, weshalb ich zu Eric gesagt habe, er muß ausziehen. Ich fühlte mich hintergangen. Es war, als wäre unsere ganze Ehe nichts als eine Lüge. Daß es Paul gibt, fand ich gar nicht so schlimm. Ich kannte ihn nicht, aber ich hatte Mitleid mit ihm, weil er so allein auf der Welt ist. Was mich aber sehr, sehr unglücklich gemacht hat, war die Tatsache, daß Eric mir nie von ihm erzählt hat! Während unserer ganzen Ehejahre hatte er nebenher dieses geheime Leben, genau wie mein Vater. Eric hat mir das gleiche angetan wie mein Vater meiner Mutter. Er hat uns getäuscht. Liza und Julie haben einen Halbbruder, von dem sie nichts wußten, den sie noch nie getroffen haben. Ich konnte ihm nicht verzeihen, daß er mich hintergangen hat, mich und unsere Töchter. Eric hat unser wunderbar geordnetes, schönes Leben ohne Vorwarnung ins Chaos gestürzt. Ich war maßlos wütend – wütend, enttäuscht und verletzt. Ich konnte es nicht ertragen, weiterhin mit ihm zusammenzuleben. Ich kannte ihn nicht mehr, und ich kann mein Bett nicht mit einem Fremden teilen. Ich wollte nicht, daß ein Fremder mit unseren Töchtern zusammen ist, im selben Haus, als Teil ihres Lebens.«

In Cynthias grünen Augen schimmerten ungeweinte Tränen. »Ach, Jen, ich weiß nicht mehr weiter. Was soll ich tun?«

Sie, die sonst immer so selbstbewußt auftrat, klang jetzt ganz verzweifelt, was Jen tief berührte.

»Aber du bist schwanger«, sagte sie schließlich. »Wann ist das passiert? Warum? Nach allem, was du gesagt hast ... Wenn du ihm doch nicht verzeihen kannst und dich so hintergangen fühlst?«

Diese Fragen spiegelten ihre ganze Verwirrung wider. Cynthias Enthüllungen überforderten sie, und sie schwankte zwischen Mitleid und Fassungslosigkeit.

»Wann? Nach dem Begräbnis deiner Mutter. Wir sind zusammen weggegangen, Eric und ich. Und wir haben uns beide so verloren gefühlt, so allein. Ich kann es nicht richtig erklären, aber jede Begegnung mit dem Tod – ein Begräbnis, die Todesanzeige eines Menschen, den ich kannte – weckt in mir einen unstillbaren Hunger nach Leben. Eric und ich haben uns früher einmal darüber unterhalten, daß wir eigentlich immer, wenn wir auf einer Beerdigung waren, beim Heimkommen miteinander schlafen. Vielleicht wollten wir uns auf diese Weise versichern, daß wir noch am Leben sind. Sex und Tod. Das eine löscht das andere aus. Wir haben uns angeschaut, als Tim anfing, Klarinette zu spielen, und ich glaube, wir hatten beide denselben Gedanken. Auf dem Weg vom Friedhof haben wir kein einziges Wort gewechselt, wir waren einfach nur zusammen – das erste Mal nach Monaten. Verbunden durch ein zärtliches, trauriges Schweigen. Im Auto haben wir uns an der Hand gehalten. Ich dachte nicht an das Leben, das er vor mir verborgen hat, Pauls Schatten stand nicht mehr zwischen uns. Ich war einfach nur froh, daß Eric bei mir war. Also sind wir in seine Wohnung gefahren, in diese schreckliche, kleine Junggesellenwohnung, und haben miteinander geschlafen. Ich hatte das Gefühl, seine Einsamkeit geradezu riechen zu können. Ich hatte solches Mitgefühl mit ihm, mit mir selbst, mit unseren Töchtern – und sogar mit Paul. Aber irgendwie habe ich mich auch gefreut. Eric und ich waren zusammen. Wir hatten dem Tod ins Auge geblickt, aber *wir* waren lebendig. Ich habe ihn sehr geliebt an dem Tag. Ich glaube, ich habe ihn mehr geliebt als je vorher.« Sie schwieg.

Jen nickte. »Ich verstehe dich.«

Sie stellte sich vor, wie die beiden Hand in Hand Erics Apartment betraten, ihre dunkle Trauerkleidung auszogen, ihre nackten Körper pulsierend vor Leben. Sex – nein, nicht nur Sex, sondern Liebe – Liebe triumphiert über den Tod.

»Das war alles. Ein paar Stunden. Und dann ...«

»Dann hast du herausgefunden, daß du schwanger bist.«

»Genau. Eins weiß ich mit Sicherheit: Ich werde dieses Kind bekommen.« Trotzig streckte Cynthia das Kinn vor. »In allen anderen Punkten bin ich mir völlig unsicher.«

»Weiß Eric schon davon?«

»Nein. Noch nicht. Ich brauche Zeit. Ich weiß nicht, ob ich ihm verzeihen kann. Ich weiß auch nicht, ob ich ihm je wieder vertrauen kann. Irgendwie komme ich mir vor wie auf einer Achterbahn: Wenn ich oben bin, denke ich, ach, das wird schon alles gutgehen und Eric und ich werden wieder glücklich miteinander, bis an unser Lebensende, und plötzlich sause ich wieder nach unten und denke, daß ich unmöglich mit einem Mann zusammensein kann, der mich dermaßen hintergangen hat. Ich will nicht so leben wie meine Mutter.«

»Aber es ist doch alles ganz anders als bei deiner Mutter«, warf Jen ein. »Es ist kein ständiger Betrug.«

»Paul ist zwanzig. Eric und ich sind seit vierzehn Jahren verheiratet. Das heißt, er hat mich die ganze Zeit belogen. Kann ich damit leben? Könntest du das?«

»Ja, ich glaube, ich könnte das«, erwiderte Jen zögernd. »Alles ist relativ. Ich habe in den letzten Monaten so etwas wie eine innere Liste über meine Beziehung mit Ian angelegt, in der ich alle positiven und alle negativen Seiten aufgezählt habe. Eine Art Abrechnung. Was ich anders haben möchte, womit ich umgehen kann. Ians Schwächen. Meine Schwächen. Wie ich mich verändern kann, wie er sich verändern kann. Seine Fehler. Meine Fehler. Rote Zahlen, schwarze Zahlen.«

»Gar nicht so übel«, sagte Cynthia nachdenklich.

»Also, dann laß uns doch mal überlegen, ob das bei dir auch funktioniert und wie das, was Eric getan hat, in mein verrücktes Buchhaltungssystem paßt. Ich glaube, es würde in die Grauzone fallen. Eric hat sich seinem Sohn gegenüber sehr verantwortungsbewußt verhalten. Er hat ihn unterstützt, war mit ihm in Kontakt. Und aus Liebe wollte er dir die Schmerzen ersparen. Er wollte nicht, daß du leidest – wegen etwas, was schon viele Jahre vor eurer ersten Begegnung passiert ist. Deshalb hat er es dir nicht gleich am Anfang erzählt. Er wollte dich schonen, dich nicht erschrecken. Und später, als ihr schon verheiratet wart, wußte er, wie du auf Unehrlichkeit reagierst, also hatte er Angst davor, das Thema anzusprechen. Und je länger er wartete, desto schwieriger wurde es. Ich bin überzeugt, daß er die ganze Zeit gedacht hat, er würde dich durch sein Schweigen beschützen. Er wollte eure Ehe nicht gefährden. Und er konnte natürlich nicht ahnen, daß Paul an die Ostküste kommen und Teil eurer Familie und eures gemeinsamen Lebens werden würde. Ach, Cynthia – kannst du das nicht einfach akzeptieren und ihm verzeihen?«

»Das weiß ich nicht! Ich denke permanent darüber nach. Manchmal ja, manchmal nein. Die Achterbahn geht hoch und runter. Aber bitte – erzähl niemandem davon.« Cynthia versagte die Stimme.

»Versprochen. Ich erzähl's keinem, weder Ian noch Eric

und auch keiner vom Leseclub. Aber glaub mir, Cynthia – alles wird gut.«

»Glaubst du wirklich?« Sie klang so mutlos, so kindlich.

»Ja, das glaube ich.« Jen sagte das mit sehr viel Überzeugung, obwohl ihre Hände zitterten und ihr Herz hämmerte.

Lange schwiegen sie beide, schauten hinaus auf den Fluß, in die rotgoldene Abendsonne, die langsam im kobaltblauen Wasser versank und mit ihren letzten Strahlen die kleinen Wellenkronen aufleuchten ließ.

10

Der Korea-Shop an Cynthias Ecke hatte die Tulpen in großen Keramiktöpfen rund um das Geschäft aufgestellt. Manche Blüten waren noch geschlossen, andere waren schon richtig aufgeblüht, es gab sie in allen Schattierungen von Rot und Gelb und Pink bis Orange, und sie wiegten sich sanft in der lauen Abendluft. Trish blieb stehen und studierte das Angebot. Sollte sie für Cynthia die pinkfarbenen Tulpen nehmen? Oder doch lieber eine Mischung aus Pink und Gelb, mit ein bißchen Schleierkraut?

»Sie hat bestimmt schon welche. Cynthia hat doch immer Blumen. Erinnerst du dich noch an die wunderschönen Zinnien, die du ihr bei unserem Herbsttreffen mitgebracht hast – und sie hatte natürlich schon eine Vase mit Astern auf dem Tisch.«

Trish drehte sich um und lächelte Jen zu, die jetzt neben ihr stand, in jeder Hand einen Topf mit kleinen Narzissen. »Ich konnte einfach nicht widerstehen«, sagte sie. »Die sind für die Zwillinge, für ihr Zimmer.«

Jen hatte immer noch das Gefühl, die beiden irgendwie um Entschuldigung bitten zu müssen. Aber sie hatte Liza und Julie die quälende Frage, die sie ihr damals im Büro stellten, doch nicht beantworten können! Es war nicht ihre Aufgabe, ihnen zu erklären, warum ihr Vater nicht mehr bei ihnen wohnte. Aber sie konnte ihnen wenigstens diese hübschen Blumen schenken, deren Duft vielleicht tröstlich in ihre Träume wehte.

»Ich weiß, daß Cynthia Blumen hat, aber ich will ihr die Tulpen trotzdem mitbringen. Man kann nie zu viele Blumen haben. Jedenfalls würde Louisa May das sagen«, erklärte Trish fast trotzig. »Erinnerst du dich an die Stelle, als sie erklärt, warum der alte Mr. Laurence, der Nachbar der Familie March, immer Blumen schickt? ›Ihr Haus war so voll, und wir haben sie alle so gern.‹« Trish sagte das mit affektiert hoher Stimme. »Also ehrlich gesagt, am Schluß hingen mir die Schwestern und ihre Blumen ziemlich zum Hals heraus. Dauernd binden sie irgendwelche wunderhübschen, zarten Sträußchen füreinander – iiiih!«

Trish zog eine Grimasse und begann Tulpen auszuwählen, nahm aber nur welche, die schon richtig aufgeblüht waren.

»Na, das wird jedenfalls kein zartes Sträußchen«, sagte Jen amüsiert. »Eher vital und sinnlich.«

»Stimmt. Irgendwie sind diese Tulpen ziemlich sexy. So ist das im Frühling. Heute hatte ich eine Patientin, die mir einen ewig langen Sextraum erzählt hat. Statt ihrer Vagina hatte sie eine riesige Rose, und die Blütenblätter haben sich geöffnet, um einen kräftigen phallusartigen Zweig aufzunehmen, der mit Moos bedeckt war. Zum Glück war da die Stunde vorbei, und sie konnte keine weiteren Details berichten.« Sie lachte, und Jen grinste.

»Ganz schön deutlich«, sagte sie. »Das hätte Betty und ihre Schwestern sicher schockiert, aber zu Alcotts Zeiten hatte man ja noch keine Ahnung von Freud.«

Die Frau des Ladenbesitzers nahm Trish die Tulpen ab und wickelte sie in weißes Seidenpapier.

»Eigentlich schade«, fuhr Jen fort. »Alcotts Familie hätte eine richtige Therapie gut gebrauchen können. Hast du ihre Biographie gelesen?«

»Ja, allerdings. Das war ja echt eine gestörte Familie – jeder von denen hätte eine Intensivbehandlung gebraucht. Ihr Vater, ihre Mutter, ihre Schwestern – und Louisa selbst sicher auch. Sie hat immer gedacht, sie kann alles ins Lot bringen. Total pathologisch. Ich bin froh, daß ich das als Kind nicht gewußt habe. Ich habe die March-Mädchen beneidet, weil ich dachte, sie sind nicht nur Schwestern, sondern auch Freundinnen.

Beim Lesen habe ich mir immer ausgemalt, daß ich auch bei ihnen wohnen würde. In meiner eigenen Familie kam ich mir vor wie ein Alien – das verrückte Mädchen vom Mars, das Bücher liest und in der Schule gute Noten bekommt und die komische Idee hat, daß es unbedingt Ärztin werden will. Es war so, als wäre E.T. in unserer Familie gelandet. Wir konnten nichts miteinander anfangen – bis heute nicht. Ich finde das sehr schade, weil Amanda dadurch gar keine Verwandten hat. Aber es könnte natürlich noch schlimmer sein. Viel schlimmer.« Trish seufzte resigniert und roch an den frischen Blumen.

Wenn Trish sonst über ihre Familie und über ihre einsame Kindheit gesprochen hatte, war sie immer sehr zynisch geworden oder sogar richtig böse. Jen fiel auf, daß die Verbitterung weg war, jetzt hörte man nur noch ein gewisses Bedauern, eine leise Trauer. Trish starrte nicht mehr wie gebannt auf die Vergangenheit, sie schaute in die Zukunft. Sie interessierte sich für die Gegenwart.

Ihre Ehe hatte eine Dynamik, es gab eine neue Nähe zwischen Trish und Jason, die erstaunlicherweise viel Spontaneität freisetzte. Sie lachten miteinander und redeten enthusiastisch von ihrem neuen Haus in den Berkshires, wo sie das große Nachtbild aufhängen wollten, das sie schon vor der Eröffnung von Ians Ausstellung bei der Maestrato Gallery gekauft hatten. Hatte Trish, genau wie sie selbst, nach Cynthias Enthüllung angefangen, ihr Leben mit Jason neu zu bewerten? fragte sich Jen, aber sie behielt die Frage für sich und lenkte statt dessen das Gespräch wieder auf die Alcotts.

Als sie die Stufen zu Cynthias Haus hinaufgingen, sagte sie: »Ich glaube, mich hätte es irgendwie getröstet, wenn ich etwas über die Probleme in der Familie Alcott gewußt hätte. Ich hätte es als Erleichterung empfunden, daß meine Familie nicht die einzige unglückliche Familie auf der Welt ist und daß andere auch ihre Probleme haben und man sich nicht überall glücklich lächelnd um den Eßtisch versammelt wie bei den Marchs und das Tischgebet spricht und sich dabei an den Händen hält. Für mich wäre es toll gewesen, wenn es auch Bücher über unglückliche Familien gegeben hätte. Damit hätte ich mich identifizieren können.« Sie blieb stehen und sah gedankenverloren auf die Haustür.

»Unglückliche Familien. Wie bei Tolstoi – weißt du noch, der Anfangssatz von *Anna Karenina* – ›Alle glücklichen Familien ähneln einander; jede unglückliche aber ist auf ihre eigene Art unglücklich‹.« Trish klopfte mit dem Messingtürklopfer. »Wir haben uns noch lange darüber gestritten. An dem großen Abend damals.«

»Ist es wirklich schon bald ein Jahr her, daß wir *Anna Karenina* gelesen haben?« sagte Jen.

»Ja, fast. Herbst, Winter, Frühling. Irgendwie kommt es mir aber viel länger vor, wenn ich mir überlege, was wir seither gelesen haben und was alles passiert ist.« In dem Moment ging die Tür auf, und Mae stand vor ihnen, mürrisch wie immer und ohne ein Wort zur Begrüßung.

»Toller Jogginganzug, Mae. Und wunderschöne Turnschuhe«, sagte Jen.

Mae nickte und zupfte den Kragen ihrer magentafarbenen Jacke zurecht. Jen merkte, daß sie sogar Magentasocken trug! Selbst für ein Genie wie Cynthia mußte es ein Triumph gewesen sein, Socken und Schuhe in dieser Farbe aufzutreiben.

»Sind die anderen schon da?« fragte Jen.

»Sie sitzen im Salon«, antwortete Mae kurz angebunden. »Ich nehme die Blumen.«

»Wir würden sie gern Cynthia und den Mädchen geben«, sagte Trish.

Elizabeth und Donna saßen auf dem Sofa, jede mit einem Glas Weißwein, und ihnen gegenüber Cynthia, die wieder in dem großen Ledersessel Platz genommen hatte. Die Zwillinge Liza und Julie kauerten auf den Armlehnen, die hellen Haare mit einem Band zurückgebunden, das jeweils genau zu ihrem Schlafanzug paßte – Apfelgrün für Julie und Gelb für Liza. Cynthia selbst trug ein fließendes Seidengewand in schimmernden Grün- und Gelbtönen. Es war bei der Modenschau vorgestellt worden, erinnerte sich Jen, das Werk eines vielversprechenden jungen asiatischen Designers. Sie hatte eine Tuschzeichnung davon gemacht und diese dann mit Aquarellfarben koloriert. Hatte Cynthia das Kleid gekauft, um ein harmonisches Farbentableau mit ihren Töchtern zu bilden? dachte Jen mit einem Anflug von Gehässigkeit. Aber sie schob den Gedanken schnell wieder weg. Cynthia hatte es ausgewählt, weil es in lockeren Falten fiel – ideal für die ersten Monate der Schwangerschaft, solange noch niemand etwas davon erfahren sollte. Ob Cynthia wohl auch das kupferfarbene Schwangerschaftskleid erstanden hatte?

»Cynthia, du strahlst ja richtig!« sagte Trish und überreichte ihr die Tulpen. Bewundernd konstatierte sie, daß alle Vasen im Zimmer mit Forsythien gefüllt waren, während in den Kupferkesseln neben dem Kamin riesige Weidenkätzchenzweige steckten. Aber nirgends Tulpen, stellte sie mit Befriedigung fest.

Cynthia lächelte. Ihre Haut hatte einen ganz besonderen Glanz, ihre Augen leuchteten, und sie ging mit fast tänzerischer Anmut auf Trish zu, um die Blumen in Empfang zu nehmen.

»Oh, Trish – die sind ja wunderschön!«

Sie schnupperte an ihnen und gab sie dann Mae, die sich unhörbar von hinten genähert hatte und bereits eine mit Wasser gefüllte Vase in der Hand hielt.

Jen überreichte ihre Narzissen den Zwillingen, die vor Verlegenheit ganz rot wurden.

»Ich liebe Blumen«, verkündete Julie. »Mommy sagt, bei dem Haus, in dem wir im Sommer Ferien machen, haben wir einen ganz großen Garten, und dann kann ich lauter Blumenzwiebeln pflanzen und sehen, wie alles wächst.«

»So ein Unsinn!« rief Liza. »Die Zwiebeln muß man im Herbst setzen, und wir fahren schon im Sommer aufs Land.«

»Manche Zwiebeln kann man auch früher setzen«, versicherte Jen. »Im Juli. Oder im August.«

Sie fragte nicht nach, wo das Landhaus war und wer mit ihnen dort den Sommer verbringen würde. Elizabeth und Donna mischten sich ebenfalls nicht ein. Sie wollten die unsichtbare Grenze, die durch Cynthias Schweigen gezogen wurde, nicht überschreiten.

»Wo steckt denn Rina?« erkundigte sich Trish.

»Sie hat angerufen und gesagt, daß sie sich vielleicht etwas verspätet. Sie kann erst weg, wenn Ray nach Hause kommt, und es gab irgendeinen Notfall im Krankenhaus«, erklärte Cynthia. Sie band Lizas Haarschleife neu und rubbelte Julie sanft den Rücken.

»Wenn Ray nach Hause kommt?« Elizabeth zog die Augenbrauen hoch. »Ich wußte gar nicht, daß die beiden zusammenwohnen.«

»Ja, Rinas Wohnung ist jetzt auch Rays Zuhause.«

Es war Donna, die das sagte, ruhig, fast belustigt.

»Ich nehme allerdings an, daß sie in ein paar Monaten eine größere Wohnung suchen. Nach der Hochzeit«, fügte sie hinzu. »Sie wollen bald heiraten.«

»Und das macht dir nichts aus, Donna?« fragte Elizabeth, deren Neugier heute größer schien als ihr sonst so gern zur Schau getragenes Desinteresse.

»Es macht mir nichts aus«, erwiderte Donna. »Nicht mehr. Am Anfang war es schwieriger, aber jetzt freue ich mich, daß die beiden einander gefunden haben. Ich habe mich ja schon immer irgendwie um Rina gekümmert und mich für sie verantwortlich gefühlt – seit wir im College Zimmerkolleginnen waren. Ich bin froh, daß sie sich jetzt auch auf Ray stützen kann. Ray ist ein toller Mann, und er kann unheimlich gut mit Jeremy umgehen. Er wird ein wunderbarer Ehemann sein und ein großartiger Vater, und er liebt Rinas Geschichten, ihre Träumereien. Er liebt Rina. Ich will nicht behaupten, daß es mich überhaupt nicht gestört hat, als es anfing – schließlich bin ich keine Heilige, und Ray und ich waren ja ziemlich lange zusammen, obwohl immer klar war, daß es keine exklusive Beziehung ist. Wir haben nie über eine gemeinsame Zukunft oder so etwas gesprochen. Wir haben gewußt, das paßt nicht zu uns. Es hat eigentlich nur meine Eitelkeit verletzt, aber davon habe ich mich ziemlich schnell erholt. Jetzt bin ich voll und ganz mit allem einverstanden. Und es bedeutet ja auch, daß ich mein eigenes Leben leben kann, ohne Schuldgefühle.« Sie goß sich noch einmal ein. »Auf ein Leben ohne Schuldgefühle!« Lächelnd hob sie das Glas.

»Auf ein Leben ohne Schuldgefühle«, antworteten die anderen im Chor. In dem Moment klopfte es wieder, und Mae schlurfte zur Haustür.

Es war Rina, vollgepackt mit Einkaufstüten. Sie streifte ihre knallorangefarbene Jacke ab und entschuldigte sich atemlos. Ray habe sich verspätet, sie habe kein Taxi bekommen und sei die ganze Strecke von der Bushaltestelle gerannt. Sie kramte in ihrer großen Leinentasche und hielt den Zwillingen zwei bunt verpackte Päckchen hin.

»Von Jeremy«, sagte sie. »Es sind Buchstützen, die er im Werkunterricht gebastelt hat. Und hier sind noch welche für Adam.«

Das dritte Päckchen überreichte sie Elizabeth, die etwas konsterniert reagierte. Es kam nicht oft vor, daß jemand ein Geschenk für Adam mitbrachte. Nachdenklich zog sie mit dem Finger das Karomuster des Geschenkpapiers nach, verwundert darüber, daß Jeremy ihren Sohn mit eingeschlossen hatte.

»Danke. Vielen, vielen Dank. Auch an Jeremy.«

Die Zwillinge rissen das Papier auf und hielten die hellen, ungleichmäßigen Holzdreiecke hoch.

»Cool!« lobte Liza.

»Supertoll«, stimmte Julie zu.

»Bringt sie am besten gleich nach oben in euer Zimmer. Und nehmt auch die schönen Narzissen von Jen mit. Und dann putzt ihr euch die Zähne und geht schlafen. Aber vorher gibt's noch Gutenachtküßchen für alle.« Wie immer klang Cynthia bestimmt und sanft zugleich.

Zuerst schoben die Mädchen schmollend die Unterlippe vor, aber dann machten sie brav die Runde, küßten die Freundinnen ihrer Mutter und rannten anschließend mit ihren Geschenken die Treppe hinauf. Die Frauen schauten ihnen nach und staunten wieder einmal über Cynthias mütterliche Fähigkeiten. Sie lächelten ihr zu, und alle spürten, wie entspannt sie war.

»Hungrig?« fragte sie, erhob sich von ihrem Sessel und ging voraus in den Eßbereich.

Sie hatte sich für diesmal – für das letzte Dinner vor der großen Sommerpause – ein Frühlingsmenü ausgedacht. Gelbe Schalen mit kalter Curry-Erbsensuppe standen auf geblümten Tischsets. Danach gab es gedünsteten Lachs mit grünem Salat, Safranreis und gegrilltes Fenchelgemüse. Wie immer aßen sie mit Genuß, lachten und redeten munter durcheinander. Mae, in ihrer üblichen knurrigen, aber effizienten Art, deckte die Suppenschalen ab und füllte die Wein- und Wassergläser wieder auf. Und genau wie sonst sprachen sie beim Essen noch nicht über die Lektüre, sondern über ihren Alltag. Wer hatte welche Ferienpläne für den Sommer? Ray und Rina wollten an die nordwestliche Pazifikküste. Von einer Hochzeitsreise sagte Rina noch nichts, und die anderen nahmen das Wort auch nicht in den Mund.

Elizabeth und Bert hatten eine Frankreichtour gebucht – ihre erste Europareise, ihr erster richtiger Urlaub. Dr. Theobald fand, daß sie das Risiko auf sich nehmen konnten. Vielleicht war es ja sogar gut für sie, wenn sie eine gewisse Distanz zu Adam gewannen, und ihre finanzielle Situation hatte sich schließlich auch gebessert.

»Für uns ist das so eine Art Probelauf«, sagte sie mit entwaffnender Ehrlichkeit. »Wir wollen sehen, ob es klappt, daß wir uns noch einmal neu kennenlernen.«

Die anderen sagten nicht viel dazu. Aber gleichgültig, wie es ausging – Elizabeth bemühte sich, Bert bemühte sich, soviel stand fest. So vieles veränderte sich! Vor allem Beziehungen veränderten sich. Das hatten sie begriffen. Cynthia schaute Elizabeth an, als wollte sie ihr eine Frage stellen, aber sie schwieg und faltete die Hände.

Jen und Ian planten eine Mexikoreise.

»Wenn die Ausstellung gut läuft«, sagte sie. »Ian ist total begeistert von der Idee, in Mexiko zu malen, und ich möchte an den neuen Zeichnungen für mein ›Lotterie‹-Buch arbeiten.«

»Aber es deutet ja einiges darauf hin, daß die Ausstellung ein Erfolg wird«, sagte Trish. »Als wir unser Bild abholten, sagte Maestrato, daß schon einige der Bilder verkauft sind.«

Jen nickte.

»Ich weiß, nur haben wir zu lange am Rand des Existenzminimums gelebt, um uns wirklich auf so etwas zu verlassen. Aber das schöne ist, daß wir uns immer mehr aufeinander verlassen können«, fügte sie hinzu. Vor ein paar Monaten hätte sie so etwas noch nicht gesagt – und jetzt erschien es ihr schon fast selbstverständlich.

Trish erzählte von dem Haus, das sie und Jason in den Berkshires gefunden hatten.

»Ein knapper Hektar Land und eine Veranda rund ums Haus herum«, schwärmte sie. »Ihr müßt uns unbedingt besuchen. Alle miteinander. Dann gehen wir zum Mount und verneigen uns vor dem Geist von Edith Wharton. Wir können ja schon mal ein Datum festlegen – irgendwann im August.«

Donna nahm sich noch eine Portion Reis.

»Im August geht es bei mir leider nicht«, sagte sie. »Da wohne ich nämlich schon in Washington. Ich habe heute erfahren, daß mein Finanzierungsantrag angenommen wurde, das heißt, ich fange dann schon an, für die National Institutes of Health zu arbeiten.«

Die anderen waren sprachlos.

»Ich wußte gar nicht, daß du nach Washington ziehen möchtest, Donna!« rief Cynthia. »Hast du dich ganz plötzlich entschlossen?«

»Nein.« Sie wählte ihre Worte mit Bedacht. »Eigentlich denke ich schon das ganze Jahr darüber nach. Es hat irgendwie auch mit unseren Büchern und mit unseren Diskussionen zu tun. Jedes Buch, das wir lesen, jeder Autor, über den wir reden, hat mich darauf gestoßen, daß ich mein Leben ändern muß, bevor das Leben *mich* verändert. Mir ist klargeworden, daß ich mich sonst womöglich in fünf oder zehn Jahren frage, warum ich die Veränderungen, über die ich nachgedacht habe, nicht in die Tat umgesetzt habe, warum ich untätig geblieben bin, obwohl ich mich hätte vorwärts bewegen können. Ich habe gewußt, daß ich mich entscheiden muß, so wie Nafisi es in dem Teheran-Buch sagt: Wir müssen unsere eigenen Entscheidungen treffen. Ich glaube, die Monate seit unserem Dinner mit Anna Karenina waren für jede einzelne von uns eine Zeit der Entscheidungen und der Veränderungen – aus ganz verschiedenen Gründen.«

Sie schwiegen und dachten alle an jenes Treffen, an die kühle Herbstluft, und wie sehr sie sich gefreut hatten, daß sie nach der langen Sommerpause in diesem wunderschönen Raum zusammensaßen – und dann war diese Freude, die fröhliche Stimmung durch Cynthias Worte zerstört worden. Ihre perfekte Welt, die sie sich mit soviel Geschmack und soviel Geld aufgebaut hatte und die so großzügig und achtsam instand gehalten wurde, war auf rätselhafte Weise erschüttert worden, und bei den Nachbeben hatte sich herausgestellt, daß auch ihre eigenen Beziehungen aus zerbrechlichen Strukturen bestanden, die gefährdet und verwundbar waren.

Und dieser Verwundbarkeit hatten sie sich im Wechsel der Jahreszeiten gestellt – durch die Bücher, die ihr Leben bereicherten und die sie noch im Traum verfolgten.

Wie Weberinnen hatten sie bei der Lektüre feine Fäden

der Phantasie durch den Stoff der Wirklichkeit gewoben. Sie hatten Farbzusammenstellungen und Muster ausgetauscht, hatten einander Fragmente der bunten Webteppiche gezeigt, bei denen sie keine Hoffnung hatten, sie je zu vollenden. Sie hatten sich über die Handlung und über die Entwicklung der Figuren gestritten, über den symbolischen Gehalt und die Motive; und ihre Diskussionen hatten der Fiktion Leben eingehaucht. Während sie bis spät in der Nacht lasen, hatten sie ihre eigene Wirklichkeit, ihre Sehnsüchte und Träume auf das imaginierte Leben projiziert, doch letzten Endes hatte ihnen das nicht genügt.

Auch an diesem Frühlingsabend, mit frischer Petersilie auf ihren Tellern und mit rosaroten und gelben Tulpen auf dem Tisch, gab es noch viele unbeantwortete Fragen. Aber Donna hatte etwas ausgesprochen, was auf sie alle zutraf. In den vergangenen Monaten hatten sie, während sie sich immer wieder über Cynthia und Eric Gedanken machten, gleichzeitig auch über sich selbst nachgedacht, ihre eigenen Entscheidungen getroffen und Veränderungen gewagt.

Die Fenster standen offen, eine sanfte Brise wehte herein. Die Blumen neigten sich zitternd, und die Frauen lächelten.

Cynthia erhob sich.

»Ich glaube, jetzt sind *Betty und ihre Schwestern* dran«, verkündete sie und ging hinüber in den Salon.

Erleichtert, weil sie aus dem Bannkreis der Erinnerungen heraustreten konnten, nahmen die Frauen ihre Bücher, folgten Cynthia und bildeten wie immer einen Kreis. Sie warteten, bis Mae den Kaffee brachte und die Platten mit Backwerk und frischem Obst auf den niedrigen runden Tisch stellte. Erst als die Haushälterin wieder aus dem Zimmer gegangen war, schauten sie Cynthia an, die ihr in blaßblaues Leinen gebundenes Notizbuch aufschlug, auf dessen elfenbeinfarbene Seiten sie mit der violetten Tinte ihre Anmerkungen geschrieben hatte.

»Ich muß gestehen, es war ziemlich egoistisch von mir, daß

ich *Betty und ihre Schwestern* vorgeschlagen habe«, begann sie. »Ich wollte in meine Kindheit zurückversetzt werden. Damals habe ich das Buch immer wieder gelesen, ich konnte manche Passagen sogar auswendig, ohne sie mir bewußt eingeprägt zu haben. Nachts lag ich wach und habe mir überlegt, welche der Schwestern ich gern wäre – es war jeden Abend eine andere. Ich war die verwöhnte Amy, die sanfte Betty, die verwegene Jo und die mütterliche Meg. Die March-Mädchen hatten alles, was ich gerne gehabt hätte – einen tapferen Vater, eine verständnisvolle, aufopfernde Mutter, ein liebevolles Zuhause. Ehrliche, idealistische Neuengländer. Jedes Mitglied der Familie war mit sich selbst identisch. Es gab keine Lügen, keine Maskerade.«

»Bei mir war das ähnlich«, warf Donna ein. »Ich habe mich genauso mit den verschiedenen Schwestern identifiziert. Und als Betty stirbt, wollte ich das natürlich auch ausprobieren: Ich habe immer nur ganz leise geflüstert und mir Babypuder ins Gesicht geklopft, damit ich so aussehe wie die sterbende Betty, ausgezehrt und bleich, zu schwach, um auch nur eine Nadel in die Hand zu nehmen. Meine Mutter mußte lachen und hat gesagt, ich sei aber bestimmt nicht zu schwach, um für das Soufflé, das sie für eine Dinnerparty zubereiten mußte, ein paar Eier schaumig zu schlagen. Aber dann gab sie zu, daß sie an der Stelle auch geweint hat, als Betty stirbt, und ich habe es tatsächlich geschafft, die Eier nicht schlagen zu müssen.«

Sie hatten alle geweint bei Bettys Tod. Und irgendwie waren sie stolz darauf, denn dieser Schmerz zeichnete sie aus als Leserinnen, die ein Buch wirklich in sich aufnehmen konnten.

»Wenn ich zurückdenke«, fügte Donna noch hinzu, »merke ich, daß ich mich eigentlich gar nicht so übermäßig für Betty selbst interessiert habe, sondern nur für ihren Tod. Die romantischen Neigungen eines präadoleszenten Mädchens, würdest du wahrscheinlich sagen, Trish.«

Sie lachte leise, voll zärtlicher, aber auch ein bißchen belustigter Zuneigung für ihr jüngeres Ich.

»Aber eigentlich hatte Louisa May Alcott ja gar nichts Romantisches«, sagte Cynthia mit einem Blick auf ihre Notizen. »Sie hat geschrieben, weil sie Geld verdienen mußte, um ihre Familie zu ernähren. Und die Familie im Buch hatte wenig mit Louisas eigener zu tun. Bronson Alcott, ihr Vater, war wahnsinnig und hatte nichts anderes im Sinn, als die reale Welt zu transzendieren – deshalb hat es ihn nicht im geringsten gekümmert, daß seine Kinder nicht genug zu essen bekamen und seine Frau unaufhaltsam auf einen Nervenzusammenbruch zusteuerte. Er hat sich von allen möglichen Leuten Geld zusammengeliehen – von der Familie seiner Frau, von Ralph Waldo Emerson, von Margaret Fuller. Schließlich zog er mit seiner Familie nach Fruitlands – das war ein Farmkollektiv in der Nähe von Concord, wo er sie quasi verhungern ließ. Zum Frühstück gab es ein Stück Brot, einen halben Apfel, ein Glas kaltes Wasser, und die anderen Mahlzeiten fielen auch nicht viel üppiger aus. Alle mußten sich der Philosophie von Charles Lane unterwerfen, seinem verrückten englischen Mentor, der vorschrieb, daß die Mädchen immer kalt duschten und Leinenschuhe trugen, weil Leder verboten war. Anscheinend fand er, daß das Leben der Tiere heiliger war als die Gesundheit der Kinder. Und es wurde natürlich immer schlimmer.«

Seufzend blickte sie auf.

»Heute hätte er das Jugendamt am Hals«, sagte Elizabeth und nahm sich ein Minieclair.

Jen traute ihren Augen kaum, als sie auch noch Zucker in den Kaffee gab. Ihre Schwester verzichtete doch fast immer auf den Nachtisch und trank ihren Kaffee ungesüßt! Aber andererseits – im vergangenen Jahr hatte sich so viel verändert … Sie lächelte zufrieden in sich hinein.

»Ich finde es interessant, daß in *Betty und ihre Schwestern* der Vater eigentlich kaum vorkommt«, sagte Rina. »Bei Sylvia

Plath ist das völlig anders – ihr Vater ist zwar schon gestorben, als sie acht war, aber in ihren Gedichten und Tagebüchern taucht er ständig auf.«

»Aber das ist doch, als würde man Äpfel mit Birnen vergleichen! Plath und Alcott gehören in verschiedene Epochen, und es sind ganz unterschiedliche Genres«, widersprach Elizabeth.

Eigentlich verneigten sich immer alle vor Rinas literarischen Analysen. Rina war schließlich die akademische Expertin, die seit Jahren an ihrer Promotion über Sylvia Plath saß und sogar selbst einen Roman angefangen hatte. Jetzt stimmte die Mehrheit eher Elizabeth zu. Doch Rina ließ sich nicht aus dem Konzept bringen.

»Alcott war eine Schriftstellerin, die ihr eigenes Leben, ihre eigenen Erfahrungen verarbeitet hat. Ihre Schwestern kommen alle in ihren Büchern vor, neu erfunden, versteht sich, aber es sind ganz eindeutig die Alcotts. In ihrer Darstellung des gütigen alten Mr. Laurence kann man Anspielungen auf Emersons Großzügigkeit und Menschenliebe erkennen. Marmee ist ein idealisiertes Portrait ihrer Mutter, Abba Alcott. Aber es gibt überhaupt keine Hinweise auf Charles Lane, obwohl er, grausam und exzentrisch, wie er war, eine tolle Romanfigur abgegeben hätte. Ich glaube, sie wollte ihn einfach ausblenden. Und sie wollte nicht wahrhaben, daß die Beziehung zwischen ihrem Vater und Charles Lane vermutlich eine homosexuelle Dimension hatte.«

Alle schauten sie an. Eine knisternde Spannung lag in der Luft. Rina hatte die unsichtbare Grenze überschritten.

Trish lief rot an vor Ärger. Es war – angesichts ihrer Spekulationen über Eric – wenig taktvoll von Rina, daß sie das Thema Homosexualität ansprach. Sie dachte an den jungen Mann, mit dem sie ihn vor einigen Monaten im Coffee-Shop gesehen hatte. Wie zärtlich er ihn angeschaut hatte! Aber wieso war Jen nicht irritiert, sondern blätterte weiter in ihrer Alcott-Biographie von Edna Cheney, offensichtlich auf der

Suche nach einer bestimmten Stelle? Wie konnte es sein, daß nur sie, Trish, in Verlegenheit geriet und Mitleid mit Cynthia hatte?

Aber auch Cynthia reagierte ganz gelassen.

»Ich nehme an, daß der Begriff ›Homosexualität‹ in Alcotts Wortschatz gar nicht vorkam. Man muß sich ja nur vor Augen führen, in welcher Zeit sie gelebt hat. Selbst wenn sich die Leute eingestanden haben, daß es so etwas gibt, haben sie trotzdem nicht darüber gesprochen, und schon gar nicht in Anwesenheit von Frauen und Kindern, egal, wie gebildet oder weltgewandt sie waren. Die Familie Alcott galt sicher als intellektuell, aber besonders gut kannten sie sich nicht aus in der Welt. Klar, Louisa, ihre ältere Schwester Anna und ihre Mutter machten sich große Sorgen, weil Lane soviel Einfluß auf Bronson hatte. Der Tropfen, der das Faß zum Überlaufen brachte, war, daß Lane darauf bestand, Bronson müsse sich von seiner Familie trennen, von Fruitlands weggehen und sich einer Shaker-Gemeinde anschließen, in der man zölibatär lebte.«

»Aber dazu ist es nicht gekommen«, sagte Jen, die endlich die Passage in der Biographie gefunden hatte. Sie versuchte, die Entwicklung zusammenzufassen.

»Es wurde offenbar eine Familienkonferenz einberufen. Abba und Bronson, Louisa und Anna. Die drei Frauen stellten Bronson ein Ultimatum. Wenn er mit Charles Lane in die Shaker-Gemeinde ging, wollte Abba sich scheiden lassen.«

»Im Endeffekt war das etwas, was wir heute in der Familientherapie eine ›Intervention‹ nennen würden«, bemerkte Trish sachlich. »Traumatisch für die Kinder. Und ein Ultimatum ist immer problematisch, selbst wenn es funktioniert. Ist es wirklich sinnvoll, jemandem die Pistole auf die Brust zu setzen, um die Ehe zu retten?«

»Es gibt Ehen, die man überhaupt nicht retten sollte«, sagte Donna. »Und es gibt Ehen, die nur auf dem Papier bestehen. Hat meine Mutter tatsächlich eine Ehe geführt? Sie war treu, sie hat sich aufgeopfert, alle haben ihren Mut und ihren unermüdlichen Einsatz bewundert, aber im Grunde war sie eine Pflegerin, eine Krankenschwester, keine Ehefrau. Und bei Abba Alcott war das auch nicht viel anders.«

Seufzend betrachtete sie das Foto von Bronson Alcott. Von ihrem Vater besaß sie nur ein einziges Bild, aufgenommen am Hochzeitstag ihrer Eltern, vor ihrer Geburt, vor Korea, vor seiner Krankheit.

»Ich verstehe, wieso meine Mutter so gelebt hat, wie sie gelebt hat«, fügte sie nach einer Pause hinzu. »Aber ich glaube, es wäre noch mutiger gewesen, wenn sie eine andere Wahl getroffen hätte. Sie hätte sich von meinem Vater scheiden lassen sollen. Er war krank, unheilbar krank – und bei Louisa Alcotts Vater war die Situation genauso hoffnungslos. Ihr Vater war absolut egoistisch, ihm waren alle anderen gleichgültig. Und genau wie mein Vater hat er diesen Egoismus, diese Gleichgültigkeit nie abgelegt. Am Schluß war er dann auch noch untreu und nahm sich eine andere Frau – was Rinas These von der Homosexualität untergräbt. Also, jedenfalls finde ich, Louisas Mutter hätte sich scheiden lassen sollen, Familienkonferenz hin oder her. Und sie hätte ihre Töchter mitnehmen sollen.«

Donna klappte ihr Buch zu und nahm sich eine Erdbeere, deren roter Saft ihre Lippen färbte.

»Wir reden vom neunzehnten Jahrhundert. Eine Scheidung war damals ziemlich schwierig«, wandte Rina ein.

»Das ist sie auch heute noch – und mit erheblichen ökonomischen Konsequenzen«, sagte Elizabeth. »Eine Scheidung ist teuer. Aber selbst die schlechteste Ehe kann besser werden – wenn man sich die Zeit nimmt.« Sie wurde rot, als sie das sagte, und fügte hektisch hinzu: »Und jede Scheidung wirkt sich auf die Kinder aus.«

Sie schluckte. Jetzt fühlte sie sich wieder sicherer, weil sie sich auf ihre berufliche Erfahrung beziehen konnte. »Die Kinder, die in der Schule zu mir ins Büro kommen … Wenn sie aus kaputten Familien stammen, sind sie wütend, haben ein schlechtes Gewissen und wenig Selbstbewußtsein, sind leistungsschwach. Manche wohnen teils bei der Mutter, teils beim Vater, sie schaffen ihre Hausaufgaben nicht, weil in den zwei Haushalten verschiedene Regeln gelten – und deshalb halten sie sich lieber an gar keine Regeln. Eine Scheidung ist für Kinder extrem problematisch.«

»Aber eine schlechte Ehe doch genauso!« wandte Jen verärgert ein. »Das wissen wir schließlich aus eigener Erfahrung, du und ich.«

»Jede Situation ist anders.« Cynthias Stimme zitterte. »So wie jede Ehe anders ist. Ihr erinnert euch – Tolstoi, glückliche Familien, unglückliche Familien und so weiter. Das gilt genauso für jede Scheidung.«

Sie verstummte und schaute sich um. Was für eine schöne Umgebung sie für ihre Familie, für ihre Freunde geschaffen hatte – die weichen Teppiche, die bunten Kissen, die gedämpfte Beleuchtung, die frischen Blumen in den geschmackvollen Vasen, die sie im Laufe der Zeit aus verschiedenen Ländern der Erde mitgebracht hatte. Ihr Blick fiel auf das silbergerahmte Foto, das Eric und sie an Bord eines Segelschiffs zeigte: Sie drückten Liza und Julie an sich, die Sonne beleuchtete hell ihre Gesichter, und sie lachten fröhlich in den Wind.

Die anderen warteten. Mae brachte frischen Kaffee und flüsterte Cynthia etwas ins Ohr. Cynthia nickte ungeduldig.

»Lassen Sie am besten alles in der Küche stehen«, sagte sie. »Ich kümmere mich später darum.«

Mit einem entschuldigenden Lächeln wandte sie sich wieder ihren Freundinnen zu.

»Aber zurück zu den Alcotts! Zur Verteidigung des Vaters könnte man folgendes vorbringen: Egal, wie viele Fehler er hatte – und er hatte viele, das will ich nicht bestreiten –, er hat nie jemandem etwas vorgemacht. Er war ehrlich. Er hat seiner Frau mitgeteilt, daß Lane darauf bestehe, er solle sich den Shakern anschließen. Er hat es ihr gestanden, als er Geld verloren hat. Als er sich in eine andere Frau verliebt hat. Er verdient keine Bewunderung, aber irgendwie war er doch integer und ehrlich, und diese Ehrlichkeit ist in Louisa Alcotts Werk eingegangen, weil sie ihr sehr wichtig war. Denkt doch nur mal an Amys schwarzen Tag in der Schule, als sie wegen der kandierten Zitronen in Schwierigkeiten gerät ...«

»Ja, die kandierten Zitronen!« riefen die anderen fast gleichzeitig. Sie mußten lachen, weil sich ihnen allen diese Szene so eingeprägt hatte. Wenn sie solche Ähnlichkeiten beieinander entdeckten, freuten sie sich immer. Das war ein Zeichen ihrer Freundschaft, ihrer Gemeinsamkeiten, ihrer Verwandtschaft im Leben und in der Literatur.

»Ich möchte nicht wissen, wie die geschmeckt haben!« Cynthia verzog das Gesicht. »Als der Lehrer Amy fragt, ob sie ihm alle Zitronen gegeben hat, antwortet sie, stolz wie alle Marchs: ›Ich lüge nie.‹ Jo sagt Laurie die Wahrheit, als er sie bittet, ihn zu heiraten – auch wenn diese Wahrheit weh tut. Und die heilige Betty lügt natürlich auch nie, auch nicht auf dem Totenbett. Für Louisa Alcott war Wahrheit ein hoher, hoher Wert. Vielleicht konnte sie deshalb ihrem Vater verzeihen – weil er nichts versteckt hat, sondern die Wahrheit immer auf den Tisch legte. Sie war sicher so ähnlich wie Sylvia Plath, die bereit war, ihrem Mann zu verzeihen, daß er ihr untreu war, aber nicht, daß er sie belogen hat.«

»Aber Lügen sind für Romanautoren das Salz in der Suppe«, sagte Donna. »Emma Bovary lügt. Anna Karenina lügt. Meinst du, daß sich Tolstoi und Flaubert für die absolute Ehrlichkeit in der Ehe einsetzen wollten?«

»Ich glaube, es gibt verschiedene Arten von Ehrlichkeit – und manchmal gibt es zwingende Gründe, daß jemand die Wahrheit für sich behält oder ein Geheimnis bewahrt«, protestierte Jen. »Wenn man beschließt, etwas *nicht* zu sagen, ist das nicht notwendigerweise das gleiche wie eine Lüge. Vor allem, wenn der Betreffende es tut, um den anderen vor Schmerz zu bewahren.«

Cynthia schaute sie lange an, trat dann ans Fenster und blickte für eine Weile hinaus in die Nacht, ehe sie sich wieder zu den anderen umdrehte.

»Also ich muß sagen, ich habe das Buch sehr gern noch mal gelesen, aber irgendwie hat es mich auch genervt.« Jen sprach etwas leiser weiter. »Viel zu pädagogisch. Zu süßlich und lieb, zuviel Güte und Opferbereitschaft. Und völlig überholt. Für mich war das so, als ob ich mich mit einer Freundin treffen würde, mit der ich nichts mehr gemeinsam habe. Im Grunde fand ich es viel spannender, Alcotts Biographie zu lesen. Ich glaube, die Autorin ist interessanter als ihr Buch. Jedenfalls heute. Wie ist es euch ergangen?«

Jetzt redeten alle durcheinander. Einig waren sie sich insofern, als sie alle Alcotts Prosa naiv fanden, ihre Figuren blaß und simplifiziert. Aber trotzdem hatten sie weitergelesen und innerlich gejubelt, als Jo endlich ihren Germanistikprofessor heiratete. Und sie sagten alle, sie seien froh, daß sie als Kinder so wenig über das Leben der Autorin gewußt hatten. Es hätte ihre Freude an dieser Traumwelt zerstört.

Jede erzählte nun, welche Szene ihr am besten gefallen hatte. Cynthia war begeistert von Megs Hochzeit, während Trish die Begegnung zwischen Amy und Laurie in Europa besonders mochte.

»Nicht zu konstruiert und banal?« warf Elizabeth ein.

»Und wennschon«, entgegnete Trish, was die anderen sehr lustig fanden.

Sie begaben sich zurück in ihre Kindheitstage, als Bücher sie verzauberten und die Einsamkeit vertrieben, weil sie sich immer mehr von einer Geschichte gefangennehmen ließen. Nicht zum erstenmal erzählten sie sich gegenseitig, wie sie spätnachts noch gelesen hatten, ohne auf die Drohungen ihrer Eltern zu hören – sie hatten die Bücher so hingelegt, daß sie in dem Lichtstreifen lagen, der durch die einen Spaltbreit geöffnete Zimmertür fiel, oder im Schein der Straßenlaterne, die durchs Fenster leuchtete. Jen hatte sich mit einer Taschenlampe unter die Bettdecke verkrochen wie in ein Zelt. Trish hatte ihre Bücher unter dem Bett versteckt, um nicht von ihren Geschwistern aufgezogen zu werden, und Rina hatte sich immer selbst einen Schluß ausgedacht und diesen in ein Notizbuch geschrieben, das sie in ihrer Schublade zwischen der Unterwäsche versteckte.

Wie schön, daß sie jetzt selbständige, erwachsene Frauen waren! sagten alle. Sie konnten lesen, wann es ihnen paßte, spätabends oder morgens in aller Frühe. Nur die Bedürfnisse der Familie und die Anforderungen ihrer Jobs schränkten sie ein. Insgesamt war *Betty und ihre Schwestern* eine sehr nostalgische Lektüre gewesen und hatte sie alle dazu gebracht, auch in anderen Büchern aus ihrer Kindheit noch einmal zu blättern.

Sie waren zu den Zufluchtsorten von damals zurückgekehrt, zu den Rettungsankern, die sie beschützt hatten – vor der Aggression in der Familie, vor Enttäuschungen und vor den Abgründen der pubertären Traurigkeit. Es störte sie nicht, daß diese Hilfestellungen ihnen jetzt nicht mehr genügten, denn sie hatten inzwischen, jede auf ihre Art, neue Anker gefunden. Manchmal waren sie regelrecht enttäuscht gewesen. Alte Lieblingsbücher hatten sie gelangweilt. Oder sie hatten noch einmal Geschichten überprüft, die ihnen früher nicht gefallen hatten: Elizabeth hatte beispielsweise *Kleine Männer* von Louisa May Alcott schon als Mädchen gehaßt, aber jetzt hatte das Buch sie noch viel mehr geärgert.

»Ich glaube, Alcott hatte keine Ahnung von Jungen«, sagte Rina. »Aber ich sollte ganz still sein – ich weiß im Grunde nicht, ob ich Jeremy verstehe. Ray versteht ihn, glaube ich.«

Sie holte tief Luft – und dann erzählte sie den anderen, was diese bereits wußten: daß sie und Ray demnächst heiraten wollten. In einem Monat. Oder auch in zwei Monaten. Sie hatten schon einen Termin beim Rabbi. Rina wollte eine Hochzeit, die in der Tradition verwurzelt war. Das entscheidende Wort für sie war *verwurzel*t.

»Rina – wie schön!«
»Toll!«
»Das freut mich so für dich!«
Alle redeten und lachten laut durcheinander.
Cynthia bot Rina an, ihr bei der Auswahl des Hochzeitskleides zu helfen. »Vielleicht kann ich ja auch eins von irgendeinem Fototermin abstauben.«
Die anderen fanden es sehr spaßig, sich Rina, die Königin der Secondhandläden, in einem Hochzeitskleid von Nightingale's vorzustellen.
»Wenn du willst, könnt ihr die Hochzeit in unserem Haus in den Berkshires feiern«, sagte Trish. »Dort haben jederzeit fünfzig Leute Platz.«
Rina zögerte. »Kenne ich überhaupt fünfzig Leute?«
»Wer braucht schon fünfzig Leute?« erwiderte Jen. Ja, wozu so viele Gäste? Eigentlich genügten sie einander.
»Ich backe den Kuchen«, verkündete Donna. »Es wäre nicht das erste Mal. Schließlich hatte meine Mutter einen Cateringservice.«
Jen schaute auf die Uhr. Es war schon spät, und sie wollte nicht, daß Ian sich Sorgen machte. Dieser Gedanke ist so neu für mich, für uns beide! dachte sie schmunzelnd.
Sie nahm ihr Handy und trat kurz hinaus in den Flur, aber als sie gerade die Nummer eingab, hörte sie, wie sich der Schlüssel im Schloß drehte. Die Haustür ging auf, und herein kamen Eric und Paul. Eric schüttelte seinen Schirm aus, und mit der Selbstverständlichkeit eines Mannes, der aus dem Regen nach Hause kommt, deponierte er ihn in dem Keramikständer. Paul zog seine Jacke aus und fuhr sich mit den Fingern durch die feuchten hellen Haare, die ihm, genau wie Eric, in die Stirn fielen.
Sprachlos verfolgte Jen, wie Cynthia aus dem Salon kam und auf die beiden zuging. Offenbar wäre Jens Ehrlichkeitspredigt gar nicht mehr nötig gewesen. Cynthia hatte, wie es schien, ihre Entscheidung schon vor Tagen, wenn nicht vor

Wochen getroffen. Zuerst war Jen ein bißchen sauer, aber dann siegte ihre Freude. Cynthia und Eric hatten sich wiedergefunden – das war wichtiger als alles andere.

Eric küßte seine Frau auf die Wange und ließ kurz seine Hand auf ihrem Nacken ruhen. In dem Moment kamen Liza und Julie angelaufen. Sie waren offenbar von dem Gepolter im Flur aufgewacht.

»Daddy! Paul!« jubelten sie und zerrten die beiden Männer in den Salon. »Daddy ist hier! Paul ist hier!«

Die Frauen erhoben sich, lächelten verwirrt.

»Darf ich euch Paul vorstellen?« sagte Cynthia. »Paul ist Erics Sohn.«

Paul hob die Zwillinge hoch, jedes Mädchen auf einen Arm. Schüchtern nickte er Cynthias Freundinnen zu, während Eric jeder die Hand gab: Er war wieder ihr Freund, ihr Gastgeber. Cynthias Mann.

»Mae hat euch was zu essen bereitgestellt«, erklärte seine Frau.

Sie schob die beiden, Vater und Sohn, Richtung Küche, und sie gehorchten brav, lächelten den Mitgliedern des Leseclubs zu und verschwanden dann mit den Zwillingen, die aufgeregt kicherten. Ihr Vater war zu Hause, sie hatten einen großen Bruder, der plötzlich und unerwartet aufgetaucht war, der stark war und mit ihnen spielte und ihnen sicher half, die Blumenzwiebeln hinterm Sommerhaus zu setzen – und niemand schickte sie zurück ins Bett.

Nach einer Weile kam Cynthia zurück in die Runde, um die unvermeidlichen Fragen zu beantworten. Donna durchbrach als erste das Schweigen.

»Ich wußte gar nicht, daß Eric einen Sohn hat«, sagte sie.

»Ich auch nicht«, erwiderte Cynthia leise. »Ich habe es erst im vergangenen Herbst erfahren. Und jetzt bekommt er vielleicht noch einen.«

Sie legte sich die Hand auf den Bauch. Jetzt konnte sie ihr

Geheimnis, das sie so sorgsam gehütet hatte, endlich preisgegeben.

»Cynthia!« Mit wieviel liebevoller Zuneigung sie ihren Namen riefen, ein wenig verdutzt, aber doch auch voller Verständnis …

Nun nahmen sie sich alle an der Hand, verschlangen die Finger ineinander und blieben eine Weile lang schweigend sitzen. Alle Fragen waren beantwortet. Eine tiefe Freundschaft verband sie miteinander, im Denken und im Fühlen. So vieles hatten sie sich schon anvertraut, und sie würden auch weiterhin immer wieder Neues voneinander erfahren. Lächelnd lauschten sie dem Frühlingsregen, der draußen auf das junge, zarte Gras fiel. Dann hoben sie ihre Bücher auf und drückten sie an sich, während aus der Küche das fröhliche Gelächter der beiden Männer und der kleinen Mädchen zu ihnen drang.

Ronlyn Domingue
Alle Tage, alle Nächte

Roman. www.list-taschenbuch.de
ISBN 978-3-548-60702-3

Razi und Andrew sind rettungslos ineinander verliebt. Doch noch bevor Razi Andrews Heiratsantrag annehmen kann, stirbt sie nach einem Unfall in seinen Armen. Und das ist der Beginn einer großen Liebesgeschichte.

»Liebe und Tod verschränken sich in diesem poetischen Roman zu einer mysteriösen Einheit. Wunderschön.«
Elle

Anne Tyler

Dinner im Heimweh-Restaurant

Roman. www.list-taschenbuch.de
ISBN 978-3-548-60694-1

Pearl Tull ist zierlich und zäh, eigenwillig und oft schwer zu ertragen. Ihr dandyhafter Mann Beck schlägt sich als Vertreter durch, während Pearl das perfekte Zuhause für sich und ihre Familie schaffen will – so perfekt, dass Beck sich eines Tages auf und davon macht. Unbeirrbar hält Pearl jahrelang an dem Glauben fest, Beck könnte jeden Moment zur Tür hereinkommen – aber er kommt nicht ...

»Große Schriftsteller wie John Updike, Jonathan Franzen und Nick Hornby haben immer gesagt: ›Anne Tyler gehört zum Besten, was wir an Erzählern gegenwärtig haben.‹« *Elke Heidenreich in Lesen!*

»Anne Tyler ist eine Zauberin. Voller Witz, Wissen und Neugier ... eine wunderbare Schriftstellerin.«
The New York Times

List Taschenbuch

L267